L'INCENDIAIRE

Nancy Price

L'INCENDIAIRE

Traduction de Francine Siety

Roman

PRESSES
DE LA CITÉ

Titre original : *Bonfire's daughter*

© Nancy Price, 1997.
© Presses de la Cité, 1998, pour la traduction française et 1999 pour la présente édition.
ISBN 2-258-04777-3

Je dédie ce livre à mes enfants : David, John et Catherine, ainsi qu'à tous ceux qui m'ont aidée, en particulier Amy Lockhard, Michael James Carroll, Barbara Lounsberry et Rye, le maître de Lamb House.

I

1

Anne Bonner avait sept ans lorsqu'elle tua sa mère.

Un accident, un simple accident, mais fatal à Patricia. Anne alla aussitôt se cacher dans la forêt, véritable océan de verdure autour de la maison que Daniel Bonner avait fait bâtir pour sa femme...

Après avoir acheté à bas prix un coteau au bord d'une rivière de l'Iowa pendant la Dépression, il avait niché cette demeure basse et massive, constellée de fenêtres, à l'extrémité d'une route forestière. Au printemps 1932, les pièces ensoleillées sentaient encore la peinture, le vernis et la colle à papier. Au moment de leur installation, Daniel et Patricia n'avaient sous leurs yeux qu'un escarpement boueux ; ils rêvaient de jardins et de terrasses fleuries descendant jusqu'à la rivière, éclairés les nuits d'été par des lanternes chinoises.

Dès qu'elle en avait la permission, Anne se réfugiait dans la forêt, loin de sa grande chambre tendue de rose. Toutes ces tentures lui permettaient d'épingler des cocons de *Cecropia*, des éphémères morts ou des feuilles séchées, couvertes de pustules. Mr. Hanson, le jardinier, lui avait appris que les éphémères ne vivent qu'un jour. N'ayant ni bouche ni estomac, ils pondent leurs œufs et meurent...

« Pourquoi naître si on ne peut pas se nourrir ? » avait demandé Anne à son père.

Daniel avait répondu qu'il ne savait pas.

Les hululements lugubres des chouettes entraient la nuit

par les fenêtres ouvertes, avec l'odeur de la terre retournée et de la rivière.

— Et ici, tu veux des arbres fruitiers en espalier ou un mur ? demanda Daniel à Patricia un beau matin de mai.

Il marchait à grands pas dans la boue pour évaluer la distance jusqu'à la bordure de plantes vivaces.

— Les deux ! s'exclama Patricia, en se jetant dans ses bras lorsqu'il remit les pieds sur un carré d'herbe.

Anne, qui sortait de la maison, les surprit et les photographia dans les bras l'un de l'autre à l'aide de son appareil rudimentaire. Daniel, semblable aux pirates des livres d'enfants, avec ses cheveux et sa moustache sombres, ses sourcils velus comme des chenilles ; et Patricia, souriante sous ses boucles blondes.

— J'aimerais avoir un jardin, moi aussi, dit Anne.

Ses parents ne l'entendirent pas. Elle les regarda s'éloigner. « Un jardin secret », murmura-t-elle en s'adressant au sol boueux, à la façade de la maison au-dessus du patio et au clapotis de la rivière.

Elle sautilla d'un carré d'herbe à l'autre pour rejoindre Mr. Hanson, qui lui adressa un petit signe de tête. Le jardinier pelletait de la terre dans un fossé, car il venait de tendre une clôture en fil de fer jusqu'à la rivière pour tenir à distance les cerfs et les lapins.

— Vous pourriez garder un secret ? lui demanda Anne.

— Pardi !

— Je sais où je veux planter mon jardin.

Elle franchit la porte du garage et pénétra dans la forêt verdoyante. Mr. Hanson la suivit.

Ce Danois, devenu veuf, avait perdu son exploitation agricole, mais il avait eu la chance d'être embauché par Daniel Bonner. Son patron, qui ne regardait pas à la dépense, le chargeait d'arracher le sumac vénéneux dans les bois et de tracer des chemins de gravier dans tous les azimuts. Bonner parlait de son « parc forestier » ; le jardinier n'y voyait aucun inconvénient, pourvu que personne ne l'appelle « Karl ». Il était « Mr. Hanson ».

Anne prit le chemin de gravier et s'arrêta en bordure de la prairie, près du grand chêne.

– Ici, dit-elle.

À l'ombre des branches, il cligna des yeux en regardant le ciel.

– Beaucoup de soleil, mais vous pourrez pas sarcler tout ça, ma p'tite demoiselle !

Il alla donc chercher sa bêche et arracha des racines pareilles à des ficelles blanches. L'après-midi même, Anne eut son jardin : un carré de douze pieds sur douze de terre noire de l'Iowa, si bien enfoui au milieu des hautes herbes que seuls les oiseaux pouvaient le voir.

Mr. Hanson lui donna des graines et cacha près de la prairie un tonneau qu'il emplissait régulièrement. Elle y plongeait son arrosoir pour irriguer son jardin chaque matin. Des rangées de pousses vertes apparurent enfin et l'on devina des zinnias, des œillets d'Inde et des corbeilles-d'argent.

– Les lapins n'y toucheront pas, affirma Mr. Hanson, mais faudra vous méfier des taupes.

Il n'y eut pas de taupes, et Anne attendit que ses fleurs s'épanouissent...

Un dimanche matin, ses parents étaient assis dans le patio tout neuf, leurs journaux posés à côté d'eux, après avoir bu leur café.

– J'ai une surprise, leur dit-elle doucement, car ils n'aimaient pas qu'elle hausse la voix.

Et comme ils appréciaient les jolies choses, elle ajouta :

– Vous voulez bien venir voir ? C'est joli.

Ils la suivirent en souriant le long des sentiers pailletés d'or par le soleil d'été. Ils s'arrêtèrent sous le grand chêne et Anne déclara :

– Il faut entrer dans la prairie, un tout petit peu.

Elle leur montra fièrement le chemin.

– Regardez mon jardin ! dit-elle posément. C'est moi qui l'ai fait pousser toute seule.

– *Toute seule ?* s'étonna Daniel en faisant le tour du carré entouré d'herbe.

– Presque, répondit Anne, qui avait déjà un sens aigu de la vérité. Mr. Hanson a bêché et m'a donné les graines. Il a apporté un tonneau pour que je puise l'eau.

– Tu es devenue un vrai jardinier, dit Daniel.

– Ces œillets d'Inde sont magnifiques ! s'exclama Patricia.

Elle se pencha pour en cueillir un ; sur le chemin du retour, elle le mit à sa boutonnière. Anne se sentit aux anges devant son sourire.

Mais le lendemain après-midi, elle aperçut le faucon. Elle était agenouillée devant son jardin secret, et les fleurs exhalaient leur parfum à la chaleur du soleil, surtout les œillets d'Inde. Des chardonnerets pépiaient à la lisière des bois ; une piéride du chou déployait ses ailes sur le chêne dans une flaque de soleil.

Le faucon à queue rousse plana au-dessus du pré comme s'il chevauchait un fil invisible. Anne l'observa en se demandant à quoi ressemblait son jardin vu d'en haut. Le papillon prenait toujours son bain de soleil sous un entrelacs de branches.

Anne grimpa sur un arbuste d'où elle atteignit sans peine la branche la plus basse du chêne, puis elle cala bien ses pieds pour se hisser plus haut. Elle gardait les yeux fixés sur son jardin, car elle voulait savoir exactement ce que voyait le faucon. Enfin, elle ne distingua plus qu'un carré de fleurs au milieu de la prairie verdoyante.

Alors, pour la première fois, elle regarda à ses pieds : elle était presque en haut du chêne. Le sol semblait à mille lieues sous ses sandales.

Son sang se glaça dans ses veines. Elle avait le vertige, la nausée. Jamais elle n'oserait redescendre au fond de ce gouffre... Elle serra le chêne de toutes ses forces entre ses bras, coinça ses sandales entre les branches et le tronc, puis ferma les yeux et appela.

Sa voix se perdit au milieu des arbres. L'écho et quelques chants d'oiseaux lui répondirent ; une brise souleva les feuilles comme une mer infinie et menaçante.

Anne ne sut jamais combien de temps elle était restée plaquée contre ce tronc rugueux. Elle s'égosilla à en perdre la voix et sa mère finit par l'entendre. Patricia était peut-être dans le patio, ou au jardin, à moins que les cris ne lui soient parvenus par une fenêtre ouverte.

Elle accourut au pied de l'arbre et appela sa fille : les derniers mots qu'Anne l'ait entendue prononcer... L'enfant sanglotait, incapable de répondre. Daniel était au bureau, mais Anne ne sut jamais pourquoi Patricia n'était pas allée chercher une échelle ou n'avait pas appelé Mr. Hanson à l'aide.

Jeune et vigoureuse, Patricia Bonner grimpa sur le chêne dans un tourbillon de sa large jupe jaune. Anne se souvenait de ses espadrilles de corde sur les branches du chêne, des éclats de soleil sur sa chevelure et de son visage inquiet tourné vers elle.

Juste au-dessous d'Anne, une branche s'étendait parallèlement au sol. Patricia s'y hissa, puis se redressa et tendit la main vers le pied de l'enfant. Anne revoyait cette main aux ongles vernis rouges et aux bagues étincelantes approcher. Mais la branche sur laquelle se tenait Patricia était pourrie. Elle se brisa avec un craquement sourd pareil à un coup de feu, et la jeune femme resta suspendue dans les airs une seconde, agrippée à des rameaux et à une poignée de feuilles. La branche pourrie s'écrasa au sol ; un nuage de poussière rouge et jaune s'éleva autour de Patricia, qui était tombée, face contre terre. Ce fut tout ; elle ne bougea plus...

15

Anne, muette de terreur, serra le tronc dans ses bras en se disant que les forces allaient bientôt lui manquer. À l'heure du dîner, Sophie Larson, l'employée de maison, partit à la recherche des deux disparues.

Sophie découvrit d'abord Patricia. Elle s'agenouilla avec un cri d'horreur puis, levant les yeux, elle aperçut la fillette dans les branches.

– Anne, hurla-t-elle, ne bouge pas ! Je vais chercher Mr. Hanson !

Le jardinier grimpa à l'arbre pour la délivrer. Elle sanglotait, affolée à l'idée de lâcher le tronc ou de dégager ses pieds. Il la persuada en douceur de lui passer les bras autour du cou, puis il la fit redescendre, un pied après l'autre, et il l'obligea à enfouir son visage dans son épaule pour ne pas voir sa mère. Enfin, il la porta sur le chemin à travers la forêt, les garages, les cuisines, le vaste salon et le long corridor menant à sa chambre rose.

Sophie les suivait de près.

– Je vais réchauffer une bonne tasse de bouillon pour cette petite, déclara-t-elle en la bordant dans son lit.

Son visage ingrat était assombri par l'angoisse et son tablier de coton sentait l'amidon. Elle ajouta d'une voix traînante :

– Mais *lui*, je ne vois pas comment je pourrais le prévenir...

– Réchauffez-vous, ma p'tite demoiselle, chuchota Mr. Hanson à Anne. Vous avez eu un sacré choc !

– Je reviens tout de suite, annonça Sophie.

Elle sortit avec le jardinier ; Anne les entendit parler dans le corridor.

– Quand vous aurez appelé le docteur, faudra joindre Bonner à son bureau, chuchotait Mr. Hanson. Prévenez-le qu'il est arrivé malheur dans sa famille, et raccrochez tout de suite pour qu'il puisse pas vous poser de questions.

– Mais les Bonner n'ont pas de famille en dehors d'eux trois, objecta Sophie.

– Vous pouvez pas lui annoncer par téléphone que sa femme est morte et le bébé aussi !

Morte. Et le bébé aussi. Des phalènes mortes étaient épinglées la tête en bas aux plis des rideaux. Sur leurs ailes se dessinaient des yeux sombres, couronnés de sourcils ; et ces yeux la dévisageaient.

Le visage caché entre ses mains, elle se revoyait au sommet du chêne, perdue dans un océan de feuilles. Sa mère gisait, inerte, au pied de l'arbre. Quand elle retira ses mains, les phalènes mortes étaient toujours au-dessus d'elle.

Sophie revint avec le bouillon.

– Où était le bébé ? demanda Anne.

Comme Sophie se taisait, elle insista :

– Je veux savoir où était ce bébé mort !

Elle refusa de boire son bouillon et répéta sa question à plusieurs reprises.

– Tu le sauras quand tu seras plus grande, répondit Sophie de guerre lasse.

Anne fondit en larmes. Elle raconta qu'elle était grimpée trop haut dans le chêne, qu'elle avait eu peur, et que sa maman voulait l'aider à descendre ; mais la branche s'était cassée, sa maman était tombée, et ce bébé, où était-il ?

– Réchauffe-toi, ce n'est pas bon de frissonner comme ça ! dit Sophie.

Elle remonta la couverture sous le menton d'Anne et sortit en refermant la porte derrière elle.

Anne resta immobile jusqu'à ce qu'elle entende un crissement de roues sur le gravier : son père était rentré. Toujours en larmes, elle courut le long du corridor, vers la porte donnant sur la cour. Son père sortait de sa voiture. Quand il l'aperçut, courant vers lui pour se jeter dans ses bras, il lui lança un regard si dur qu'elle s'arrêta net – comme si elle s'était cognée contre un mur. Elle seule l'entendit murmurer : *J'aurais préféré que ce soit toi !*

Sophie surgit à cet instant, tandis que Mr. Hanson se tenait devant l'entrée du garage.

– Mrs. Bonner ? leur demanda Daniel avec une dernière lueur d'espoir.

Ils secouèrent la tête.

– Que s'est-il passé ? fit-il en se prenant le visage dans les mains. Vous ne m'avez rien dit !

– Anne était en haut d'un arbre dans les bois. Elle est restée longtemps coincée sans oser redescendre...

Sophie parlait d'un ton apitoyé, comme pour prendre la défense d'Anne, qui se sentit en danger.

– Sa mère a dû entendre ses cris, reprit Sophie. Elle a grimpé à l'arbre pour l'aider, et une branche a cédé...

– Où est ma femme ? demanda Daniel.

– Sur votre lit. Nous pensions que...

Daniel s'élança comme une flèche. Ils le suivirent dans la maison, mais ils s'immobilisèrent au bout du corridor en entendant ses gémissements et ses sanglots, puis la porte de la grande chambre à coucher claqua bruyamment.

Anne tremblait de tous ses membres.

– Il y a des lits jumeaux dans ma chambre, lui dit Sophie. Viens dîner, et ensuite tu pourras dormir avec moi si tu veux.

À l'idée qu'elle ne pourrait même plus dormir dans son propre lit, Anne eut encore plus peur. Sophie referma la porte de la cuisine et de l'arrière-cuisine avant de s'adresser à Mr. Hanson.

– Vous feriez bien de manger un morceau avant de rentrer chez vous, sinon mon repas va me rester sur les bras !

Dans la grande chambre à coucher, au lit à baldaquin tendu de soie bleue et aux larges baies vitrées donnant sur le jardin et la rivière, Daniel continuait à gémir.

Anne ne put avaler une seule bouchée. Elle but un peu de lait chaud et regarda Sophie et Mr. Hanson attablés dans la cuisine. Ils mangeaient le dîner de Patricia Bonner, parce qu'elle ne pouvait plus se nourrir – comme les éphémères, qui n'ont pas de bouche.

On sonnait sans cesse à la porte. Sophie fit entrer le médecin, puis ie pasteur, et quelques autres visiteurs. Après le dîner, elle déclara à Anne que plus personne ne viendrait et que son père était si fatigué qu'il avait besoin de rester seul.

Plus rien n'allait comme avant... Derrière les vitres, le ciel et les jardins disparaissaient dans une ombre inquiétante.

Mr. Hanson prit congé après avoir tapoté le dos de l'orpheline. Sophie proposa à Anne de l'aider à faire la vaisselle, mais elle refusa d'un signe de tête. Assise dans un coin de la grande cuisine brillamment éclairée, elle respirait les effluves de la théière et des plats du dîner. Sophie avait préparé le déjeuner dans cette même cuisine, et sa mère avait étalé sa serviette sur sa jupe jaune avant le repas. Elle avait même demandé un second verre de thé glacé à Sophie.

La chambre de la domestique était à l'extrémité de la maison, derrière la cuisine et l'arrière-cuisine. La vaisselle terminée, Anne enfila sa chemise de nuit, puis se glissa dans l'un des lits jumeaux. Sa chambre à elle était déserte, son lit vide. La chambre dans laquelle dormait Sophie, sous les fenêtres du garage, donnait sur le jardin et sur les bois sombres au-delà de la clôture.

Les arbres, se sentant exclus, se blottissaient les uns contre les autres au crépuscule. D'un vert sombre et emplis de bruissements nocturnes, ils glissaient leurs feuilles et leurs branches à travers les fines mailles de la clôture. Des doigts verts qui semblaient saluer la fillette dans le vent du soir. Toutes les feuilles de la forêt bruissaient d'une musique qui lui rappelait celle qu'elle avait entendue du haut du chêne.

Les arbres pouvaient tuer. Anne se cacha la tête sous l'oreiller. Au bout d'un moment, la porte s'ouvrit et elle se souleva juste assez pour apercevoir Sophie, vêtue d'une chemise de nuit, en train de dénouer le chignon qu'elle portait sur la nuque. La domestique se glissa dans le lit accolé au sien.

Anne écouta sa respiration régulière et décida de dormir près d'elle chaque nuit. Elle ne pensait ni à son père ni à sa mère ; son seul désir était de dormir à côté de Sophie jusqu'à la fin de ses jours, en sécurité...

Daniel passa la journée du lendemain à faire les cent pas dans la maison ou dans le jardin, et à observer la rivière depuis le ponton. De temps à autre, il buvait au goulot d'une bouteille. Il ne s'enquit pas une seule fois d'Anne, et ne manifesta guère le désir de la voir.

Anne s'était réfugiée dans les bois.

– Laissez-la, conseilla Mr. Hanson à Sophie, qui voulait garder l'enfant à la maison après le déjeuner. La nature l'apaisera.

C'était une journée maussade. Anne vit le soleil disparaître derrière de longues traînées de nuages de l'autre côté de la rivière. Elle descendit au bord de l'eau par un étroit sentier, au milieu des racines de sycomores, et elle resta un long moment à écouter le clapotis de l'onde à travers les lentilles d'eau et les joncs.

Un soir, très peu de temps avant, Mr. Hanson lui avait dit :

« Vous voyez ces éclairs en nappe, là-bas ? Nous aurons

de l'orage ce soir quand tu seras au lit. Si nous faisions un peu de *sucrage* avant qu'il éclate ? Allez demander la permission à votre maman. »

Puis il s'était adressé à Sophie :

« Avez-vous du sucre ? Même vieux, ça n'a pas d'importance. Et du rhum ?

— Du rhum ! s'était indignée Sophie.

— Bien sûr. Il me faut du rhum et de la bière. »

Patricia avait autorisé Anne à accompagner Mr. Hanson. Elle lisait un magazine dans l'un des salons, et la lumière de la lampe éclairait ses cheveux blonds. Si peu de temps avant !

Appuyée à un sycomore, les yeux tournés vers la rivière, Anne croyait voir sa mère toujours en vie, à la lumière de la lampe...

« Il y a tant de belles choses la nuit, et les éclairs les mettent en valeur », lui avait expliqué Mr. Hanson quand elle l'avait rejoint dans la cuisine.

La bière sentait le médicament. Ils l'avaient mélangée à un peu de rhum et à un paquet entier de sucre.

Sophie faisait la grimace.

« Ce n'est pas une boisson ! avait dit Mr. Hanson. Maintenant que la nuit est tombée, ma p'tite demoiselle, prenez la torche et je me charge du seau et du pinceau. »

Anne l'avait suivi dans les bois obscurs. L'odeur du rhum et de la bière se mêlait aux senteurs de terre et de mousse.

Après avoir badigeonné les arbres de sirop le long du chemin, ils attendirent un moment, assis sur un tronc, près de son carré de jardin, en donnant de grandes claques aux moustiques.

« Maintenant, allons voir », avait dit enfin Mr. Hanson.

À la lumière de la torche, ils observèrent l'enduit humide dont ils avaient recouvert l'écorce grise d'un frêne. Quatre papillons de nuit d'un blanc argenté, aux ailes à pois noirs, aspiraient déjà à petites gorgées le breuvage sucré.

Anne retenait son souffle.

« C'est beau ! Si beau ! »

Sur l'arbre voisin, des papillons gris étalaient leurs ailes striées de noir et d'écarlate. Ils se battaient avec des fourmis scintillantes.

« On ne les tue pas, comme font les imbéciles, grommela Mr. Hanson.

– On se contente de regarder », avait approuvé Anne.

Ils s'étaient faufilés d'arbre en arbre, et, sur chacun, une multitude d'ailes palpitaient. Ces phalènes se dissimulaient toute la journée dans la forêt, en attendant la nuit.

Anne attendait maintenant, dans cette même forêt, que le jour décline. L'écorce rugueuse des noisetiers et des chênes était toujours enduite de sucre ; seule sa mère n'était plus là...

Des pas résonnèrent sur le chemin menant à la prairie ; blottie derrière un arbre, elle vit passer son père. Elle le suivit en marchant au bord du chemin, là où ses chaussures ne crissaient pas sur le gravier. Sa chemise blanche resplendissait. Il s'attaqua à coups de poing au grand chêne d'où était tombée Patricia. Il en fit le tour et se remit à cogner. Il hurlait, tourné vers le ciel. Enfin, il posa sa joue sur l'écorce et éclata en sanglots. Anne ferma les yeux et se boucha les oreilles pour ne rien entendre.

Quand elle rouvrit les yeux, son père n'était plus sous l'arbre. L'entendant crier et sangloter, elle marcha à travers les buissons dans sa direction. Les bois étaient dans la pénombre, mais il faisait encore assez clair pour qu'elle l'aperçoive.

Elle retint de justesse un cri d'horreur : son jardin saccagé s'envolait en débris, tandis que son père foulait aux pieds la terre couverte de fleurs.

Quand il fut rentré à la maison, elle se glissa dans la

prairie de plus en plus sombre pour voir... Les plantes étaient arrachées et écrasées. Aucune ne repousserait. Elle les aligna en une pauvre rangée terreuse, après les avoir démêlées.

– Ce n'est pas votre faute, dit-elle à ses fleurs dont elle rassemblait les corolles disséminées dans l'herbe. Ce n'est sûrement pas votre faute !

Elle découvrit dans la cabane à outils de Mr. Hanson un déplantoir avec lequel elle creusa un trou large et profond dans la terre piétinée. Il faisait nuit maintenant et un orage menaçait. Les bois ténébreux l'effrayaient : ils devenaient méconnaissables et semblaient à l'affût de quelque chose qu'elle ne pouvait pas entendre.

– Tu n'as sûrement rien fait de mal, souffla-t-elle à son jardin anéanti.

Ses larmes allèrent rejoindre les fleurs dans le trou noir. Un coup de tonnerre crépita au-dessus de sa tête, et la pluie frappa le dais de la forêt comme des vagues déferlant sur une plage. Elle sentait à peine la pluie sur le chemin si sombre que seul le gravier lui permettait de se repérer.

– Tu es trempée ! s'écria Sophie en la voyant revenir.

Elle courut chercher un drap de bain, tandis qu'Anne attendait en frissonnant dans ses vêtements humides. Son visage était aussi pâle et morne que celui d'une poupée.

Sophie acheta à Anne une robe noire pour les funérailles. Sa mère lui avait toujours acheté ses vêtements, mais, cette fois-ci, ce fut Sophie qui ouvrit les cartons et déballa une robe et un chapeau noirs, enveloppés de papier de soie.

Daniel restait enfermé dans son bureau.

– Il lui faudrait des chaussettes noires, dit Mr. Hanson en examinant Anne de la tête aux pieds dans la cuisine.

– Ce n'est qu'une enfant, répliqua Sophie.

– Oui, mais elle saura se tenir.

Anne remarqua leur intonation soucieuse.

— Ne t'inquiète pas, lui dit Sophie au bout d'un moment. Tout ira bien.

Elle regagna sa chambre.

— Non, ça n'ira pas, dit Mr. Hanson dès qu'elle fut sortie. Son père était un moins que rien, avant de rencontrer sa femme...

Sophie le regarda. Tous deux originaires d'une ville à forte population danoise, près de Cedar Falls, ils ne se connaissaient pourtant que depuis un mois ou deux.

— Des ragots... dit-elle.

Mr. Hanson se pencha sur la table et repoussa sa tasse de café.

— J'ai entendu parler de lui par mon meilleur ami ! Ils viennent du même bloc d'immeubles à Waterloo. Bonner et Bill Drucker — un boiteux — étaient chefs de gang avant la guerre. Ensuite, Drucker a fait son chemin dans la police et Bonner s'est engagé dans la marine.

— Ouais, grommela Sophie, sceptique.

— Après la guerre, Bonner a mis le grappin sur Patricia Sadler. Un beau matelot, en uniforme et tout ! Le père de Patricia dirigeait la Sadler Supply Company ; il n'avait pas de fils. La plupart des gars qui courtisaient sa fille devaient être des étudiants de bonne famille, mais ce jeune mécano n'avait nul besoin d'explications pour comprendre ce qu'il y avait dans le catalogue Sadler !...

Un silence profond régnait dans le reste de la maison. Assise sur son lit, Anne entendait le tic-tac de la pendule du vestibule. Petite silhouette noire, craintive, elle espérait que « tout irait bien ». Elle avait foi en Sophie et en Mr. Hanson.

Au bout d'un moment, elle se leva pour se regarder dans le grand miroir. Elle savait déjà qu'elle n'avait pas la beauté de sa mère. Sur l'étiquette de sa robe, Shirley Temple était représentée, portant ce vêtement ; mais Shirley avait des boucles blondes, des fossettes et de petites dents blanches.

La fillette qu'elle apercevait dans le miroir avait des cheveux châtains sans éclat particulier, et la bouche pleine de fil de fer à cause de son appareil dentaire. Sa mère était morte, ainsi que le bébé, et son père avait l'air de la considérer comme morte elle aussi. Elle se sentait coupable. Le mur auquel elle s'était heurtée lorsqu'elle avait couru vers lui n'avait pas bougé. Toute sa vie, elle allait chercher à le franchir : peut-on se passer d'un père ?

2

Ensuite, Anne resta seule. Elle pouvait parler à Sophie et à Mr. Hanson, mais elle n'avait plus de mère et presque plus de père... Daniel avait pris un appartement à Waterloo, près de la Bonner Supply Company ; il rentrait rarement chez lui.

Anne étudiait avec assiduité, dans l'espoir de faire plaisir à Daniel et de regagner ses bonnes grâces. Les autres élèves la considéraient comme une gentille fille plutôt bizarre. Elle était bien habillée, et un chauffeur la conduisait aux cours, puis la raccompagnait dans une lointaine maison où personne ne lui rendait visite. Un peu comme les enfants des fermes, qui rentraient chez eux en bus pour travailler la terre et restaient à l'écart des activités aussi vitales que les soirées dansantes et les sorties entre amis.

Elle avait toujours su se distraire par elle-même, dans son univers entouré de forêts.

– J'ai beaucoup de chance d'avoir les bois, la rivière, mes plantes, mes animaux, tout cet espace et tant de livres à lire ! dit-elle un jour à Sophie.

Sophie approuva, mais elle confia à Mr. Hanson, peu de temps après, qu'Anne était « horriblement solitaire ».

– Bonner ne s'intéresse qu'à ses affaires et à ses conquêtes, grommela le jardinier. Les hommes comme lui ne méritent pas d'avoir des filles à élever ! Ils devraient se contenter d'araignées ou de crapauds !

Quand Anne eut terminé ses études secondaires, Daniel

l'envoya au collège à Cornell. « Papa ne veut pas que je m'éloigne trop », déclara-t-elle à Sophie et Hanson, mais Daniel se souciait d'elle moins que jamais : les États-Unis venaient de s'engager dans la Seconde Guerre mondiale et il « refaisait » fortune.

Comme les jeunes gens partaient sous les drapeaux par trains entiers, Cornell devint bientôt un univers féminin où les étudiantes étaient regroupées à trois par chambre dans des lits superposés – « le ciel, la terre et l'enfer ». Leurs vêtements s'entassaient dans des placards trop exigus et elles s'empruntaient systématiquement leurs sweaters et leurs jupes.

Toutes ces demoiselles devaient rentrer à leur résidence avant huit heures du soir. Anne passait donc de longues heures – au ciel, sur terre ou en enfer – à écouter ses camarades bavarder dans l'une des chambres, en se mettant des bigoudis et en grignotant des biscuits « faits à la maison ». Elles appréciaient Anne, qu'elles initiaient à tout ce qu'il fallait savoir en ces années quarante...

– Pas question de perdre sa réputation ! déclara un soir Barb Ash.

– Sa réputation ? gloussa Marge Birkman. C'est un euphémisme pour ne pas parler de virginité !...

Tout le monde rit d'un air embarrassé en entendant prononcer ce mot.

– Les garçons tentent toujours leur chance, observa Norma Kraft. Ils se permettent des choses...

– Combien de garçons as-tu embrassés ? demanda Barb à Anne.

– Aucun, répondit-elle, avec sa franchise habituelle.

– Aucun ? Vraiment ?

Anne devint le point de mire, car embrasser était la grande affaire. Quand une fille sortait avec un garçon, la première question qu'on lui posait était : « Il t'a embrassée ? » De sexe,

27

pas question ! « Faire l'amour » signifiait devenir une marchandise avariée et perdre tout espoir de trouver un mari ; l'expression elle-même était prohibée. On discutait de choses essentielles : les différents styles d'argenterie, les meilleurs endroits pour une lune de miel, les robes de mariée. Le mariage était la seule issue, sauf si l'on souhaitait devenir secrétaire, enseignante ou infirmière. Pas une de ces étudiantes n'aurait envisagé un troisième cycle universitaire ! Cela se passait dans les années quarante...

Des lettres dispensées de timbrage arrivaient dans les boîtes aux lettres des étudiantes. Elles leur étaient adressées par des militaires – pilotes de l'US Air Force envoyés au front ou marins naviguant en mer. Les radios de la résidence égrenaient les nouvelles et les maisons de Mount Vernon arboraient des étoiles d'or à leurs fenêtres. Ces rangées d'étoiles s'alignaient jusqu'au monument aux morts de la ville.

Anne allait trois fois par semaine panser des blessés à la Croix-Rouge avec ses camarades. Elle accepta quelques rendez-vous avec des aviateurs basés au collège. Dans un cinéma de Mount Vernon, l'un d'eux lui prit la main ; elle en embrassa un autre devant la porte de la résidence, pour ne pas se ridiculiser. Elle avait choisi l'anglais comme matière principale et invitait des étudiantes chez elle pendant les week-ends. La guerre leur semblait interminable.

Mais elle prit fin... Quand Anne eut obtenu son diplôme, Daniel lui suggéra de passer le printemps et l'été suivants à l'étranger. Elle apprécia cette marque d'intérêt inhabituelle. Avec deux amies, elle randonna à travers l'Angleterre et l'Europe bouleversées par la guerre. Les trois étudiantes rentrèrent au pays, impressionnées par ce qu'elles avaient vu, épuisées et mûries.

Quand l'automne arriva, Anne se sentit désœuvrée. Elle envisageait de devenir enseignante, secrétaire ou bibliothécaire, à moins de se consacrer à un travail bénévole. Elle demanda l'avis de Daniel, qui lui répondit de faire ce qui lui plairait.

Parfois, elle discutait avec Sophie, dans l'immense cuisine prévue pour préparer de grands dîners ou des buffets servis dans le patio, avec des lanternes illuminant le chemin jusqu'à la rivière.

– Ma mère était enceinte quand elle est morte ? lui demanda-t-elle un après-midi.

– Oui, répondit Sophie, laconique.

– Je me suis posé tant de questions sur ce bébé. Un petit garçon, n'est-ce pas ? J'ai entendu mon père dire un jour qu'il avait perdu un fils.

– Il a interrogé le docteur ! Mais tu n'y es pour rien, je te l'ai répété mille fois. Si seulement cette branche n'avait pas cédé...

– Si seulement...

Daniel dînait parfois avec sa fille. Un soir, il lui sourit, puis il lui demanda si elle était heureuse. Anne était devenue une jolie fille ; il voyait son visage s'éclairer dès qu'il lui accordait un instant d'attention. D'ailleurs, elle lui rappelait quelqu'un qu'il avait connu. Certainement pas Patricia. Jamais elle ne serait aussi belle que Patricia... Mais le bleu profond de ses yeux, ses très longs cils et l'éclat de ses cheveux châtains lui étaient familiers. Son corps ne manquait pas de grâce.

– Oui, je suis heureuse, marmonna Anne en l'accompagnant dans le vestibule, où il mit son manteau. On est si bien ensemble !

Il ne répondit pas.

Elle le regarda s'éloigner. Quoi qu'elle fît, cet homme solitaire se dérobait toujours.

C'est alors qu'elle rencontra Tom Lovell.

Emily Webb lui présenta son neveu à l'occasion d'une soirée de Noël. Malgré quelques années passées en Californie, Emily se sentait dans son élément à Cedar Falls et Waterloo. Au courant de tout, elle put dire à Tom comment on appelait Daniel Bonner derrière son dos, et pourquoi. À l'époque, elle considérait Anne comme une gentille personne, plutôt insignifiante, mais entretenue par son père, un homme immensément riche...

Tom Lovell invita Anne à danser. Quand il la prit dans ses bras pour la première fois, il l'enveloppa du regard comme s'ils étaient seuls au monde dans ce grand salon. Elle parvint tout juste à balbutier qu'il faisait très chaud ; il acquiesça. Avant de se séparer, ils se sourirent. Un garçon comme lui pouvait inviter toutes les jolies filles présentes : elles n'attendaient que ça !

Tom dansa avec chacune d'elles. Anne resta assise dans son coin, jusqu'à ce que Shirley Jarvis la rejoigne et murmure en le dévorant des yeux :

– Diplômé de Berkeley. Il était dans la marine et il travaille maintenant chez Morse Brothers.

– Orphelin ! déclara Fran Wilde en s'asseyant à son tour. Quand je l'ai interrogé sur sa famille, il m'a dit qu'il avait perdu ses parents dans un accident de voiture.

– Il a des cheveux si noirs, des yeux si sombres...

– Des yeux gris, rectifia Anne.

Tom quitta sa dernière partenaire et s'approcha d'Anne.

– Que diriez-vous d'une valse ? demanda-t-il.

Quand elle se retrouva dans ses bras, ses rivales se détournèrent en affectant un air indifférent. Les yeux et la bouche de Tom la frôlaient presque.

– Vous venez de Californie, lui dit-elle. Vous étiez dans la marine, vous avez étudié à Berkeley, vous avez perdu vos parents et vous travaillez chez Morse...

– Oui, dit Tom, maintenant, à mon tour ! Vous avez fait

30

des études d'anglais à Cornell, vous avez voyagé à l'étranger, vous avez perdu votre mère, et vous êtes bien jolie. J'adore le bleu de vos yeux !

Anne rougit de confusion. Il lui faisait des compliments par galanterie. S'il donnait rendez-vous à une fille, elle ne serait certainement pas l'heureuse élue. Sa main, posée sur son épaule, n'était qu'à quelques centimètres de son épaisse chevelure noire et, s'il tournait la tête, ses lèvres effleureraient son visage. Mais il ne fallait pas rêver...

Pourtant, il la raccompagna chez elle et rencontra son père. « Un diplôme de gestion ! » constata Daniel avec intérêt, puis il parla affaires avec Tom jusqu'à une heure du matin.

En entendant sonner l'horloge, Tom adressa à Anne un regard contrit :

– J'aimerais vous emmener quelque part demain soir pour me faire pardonner de vous avoir importunée si tard, lui dit-il après avoir serré la main de Daniel devant la porte.

– Désolée, mais... je suis prise demain soir, bafouilla Anne.

– Le soir suivant ?

Anne fit non de la tête.

– Alors, que diriez-vous du soir après le soir suivant ?

– Appelez-moi et on verra, fit Anne en souriant.

– Eh bien, d'accord !

Après le départ de Tom, Daniel jeta à Anne un regard admiratif, sous ses sourcils broussailleux.

Tom appela, Tom revint. Emily Webb rencontra les deux jeunes gens ensemble un nombre incalculable de fois au moment du nouvel an.

– Tom est un charmant garçon, souffla-t-elle à Anne assise à côté d'elle un soir dans la grande maison des Tindall à Waterloo. (Elle hocha la tête, et ses boucles d'oreilles en filigrane d'argent lancèrent des étincelles.) Mais quelle triste histoire ! Ma sœur et mon beau-frère sont morts dans un accident de voiture il y a deux ans. Après son diplôme, Tom s'est engagé dans la marine et il est venu ici. D'ailleurs, où aurait-il pu aller ? Il travaille très dur chez Morse Brothers...

Anne eut vaguement l'impression qu'Emily lui faisait l'article, comme si elle souhaitait obtenir un poste ou une faveur pour Tom ; mais elle le considérait déjà comme le centre du monde. S'il ne l'aimait pas, elle en mourrait, se disait-elle.

Malgré tout, elle n'avait pas oublié les conseils de ses camarades de Cornell.

– Non, fit-elle d'une voix douce quand il essaya de déboutonner son corsage.

Elle le laissait l'embrasser jusqu'à plus soif, mais elle avait toujours assez de présence d'esprit pour dire « Non, pas ça ! » lorsqu'elle sentait ses mains s'aventurer en terrain interdit.

Risquait-elle de le perdre ? Dans la quiétude de la nuit, il lui arrivait de s'adresser à son miroir. *Il ne se serait jamais intéressé à moi si j'avais été pauvre,* lui confiait-elle, sans illusions. Parfois, elle ajoutait : *Il connaît la vie,* car elle ne pouvait se résoudre à dire : *Il a l'expérience des femmes.* Pourtant, elle en avait la certitude, et cette certitude la dérangeait. Y avait-il parmi les hommes aussi des « marchandises avariées » ?

En dépit de tout, elle l'aimait. Moins d'un mois après leur première rencontre, il lui proposa de l'emmener à Chicago. Naturellement, sa tante les accompagnerait, déclara-t-il à Daniel pour le tranquilliser ; Daniel donna son accord.

Tout se passa selon les règles. Ils roulèrent jusqu'à Chicago par des routes encombrées d'Américains avides de voyages depuis la fin des restrictions d'essence. Emily et Anne avaient des chambres contiguës à Palmer House ; Tom dormait à l'étage inférieur.

Comme prévu, ils allèrent visiter le musée des Beaux-Arts

et assister à un concert. Au musée, elle surprit Tom et Emily par son enthousiasme devant certains tableaux. Assise entre eux au concert, elle leur avoua qu'elle avait eu beaucoup de chance de voyager en Europe. L'émotion la rendait particulièrement jolie, et elle était tout excitée à l'idée d'entendre jouer du Brahms.

– Quand on va à l'étranger, on devient connaisseur, leur dit-elle. Ensuite, on est marqué pour toujours...

– J'ai parcouru des dizaines de fois l'Europe, mais je ne dois pas être très réceptive, fit Emily.

– Et moi qui n'aurai jamais la chance d'y aller, je ne serai jamais qu'un rustre ! ajouta Tom comme les lumières de la salle pâlissaient.

– Ça ne tient qu'à toi ! ricana Emily à son oreille d'un air complice.

Tandis que la scène s'éclairait, elle le vit hausser un sourcil et esquisser un sourire séduisant et sardonique.

Qu'il était beau dans son smoking quand il emmena Emily et Anne à l'Empire Room ! Employé au magasin de confection pour hommes Morse Brothers, il portait une chemise à la dernière mode, avec des plis et un jabot, mais il avait dû louer le smoking.

Anne était vêtue d'une robe du soir signée par un couturier new-yorkais et qui lui appartenait personnellement. Une robe bleue, cintrée, à jupe ample, que Tom avait jugée « splendide ». Mais elle se sentait à l'étroit dans sa gaine et son bustier baleiné. Quand Tom l'entraîna sur la piste de danse, elle eut l'impression de n'être plus qu'une cage à oiseau en train de valser.

Elle avait appris la valse à Cornell, où elle virevoltait pieds nus et en pyjama à travers les salons de la résidence universitaire avec les autres étudiantes. Elle récoltait maintenant les fruits de cet entraînement au milieu des fous rires et au son d'un disque rayé. La corolle bleue de sa jupe tournoyait au-dessus du plancher étincelant ; Tom avait posé une main légère sur sa taille et la serrait contre le lainage sombre de sa veste, leurs joues se frôlaient... L'Empire Room n'était plus qu'un halo brillant et flou lorsqu'il lui chuchota à l'oreille, au rythme de la valse :

– Valsons ensemble toute notre vie. Marions-nous !

Anne prit assez de recul pour plonger son regard dans ses yeux gris, qui s'étaient assombris. Il semblait grave.

– Oui, répondit-elle en rougissant, marions-nous !

Elle le considéra à son tour d'un air solennel.

– Je t'aime, dit-il.

À cet instant, la musique ne comptait plus, et si un fox-trot avait succédé à la valse, ils auraient sans doute continué à valser sans même s'en apercevoir.

Elle murmura :

– Je t'aime pour la vie.

Tom la lâcha et sortit quelque chose de sa poche de smoking. Puis il saisit sa main gauche et lui glissa une bague sur l'annulaire. Soudain, elle vit qu'elle avait un diamant à son doigt...

– Je meurs d'envie d'embrasser en public la future Mrs. Lovell, mais j'attendrai que nous soyons dans l'intimité ! dit Tom.

Anne se moquait du qu'en-dira-t-on. Elle enfouit son visage dans son cou tiède en évitant de tacher son col de rouge à lèvres, puis elle passa son bras gauche autour de ses épaules pour le serrer de toutes ses forces.

Emily Webb, assise près de la piste de danse, sourit d'un air entendu. Quand le couple enlacé passa, virevoltant, devant elle, elle fit mine de ne rien remarquer et alla même jusqu'à feindre la surprise quand ils lui annoncèrent leurs projets de mariage.

Anne avait l'impression que jamais elle n'arrêterait de danser. Seule, elle valsait dans sa chambre en pressant ses doigts contre ses lèvres comme si Tom l'embrassait. Son diamant était petit, mais authentique ! Elle échangeait des baisers brûlants avec son fiancé et perdit presque l'appétit et le sommeil pendant une ou deux semaines, tant elle planait dans le bonheur.

Son père semblait ravi.

– Vous êtes jeunes, leur dit-il. Prolongez vos fiançailles jusqu'en juin 48 ; Tom pourra se familiariser avec Bonner Supply et j'aurai le temps de vous faire construire une maison au bord de la rivière, près de la mienne. Nous les relierons par des chemins de gravier à travers bois.

Tom se tourna vers Anne.

– Ça sera bien long, dit-il.

Il vit briller une étincelle dans ses yeux, preuve qu'il avait trouvé le mot juste. Puis il s'adressa à son futur beau-père :

– Et je n'ose accepter une maison... C'est un cadeau beaucoup trop important.

– Allons, dit Daniel, je me fais plaisir au moins autant qu'à vous !

– Papa a des talents d'architecte et de paysagiste, observa Anne. Nous pouvons choisir ce qui nous plaira. Un salon sur deux niveaux ? Un patio rempli de plantes vertes ?

– Un jardin clos de murs ?

– Nous avons vu de ravissants vitraux représentant des anges, pour les impostes de l'une des chambres ! renchérit Anne.

– Vous pourriez passer votre lune de miel en Angleterre et ailleurs en Europe, suggéra Daniel.

Anne trouva l'hiver froid et interminable. Elle bavardait souvent avec Tom en se promenant dans la forêt : leur souffle formait de petits nuages vaporeux dans l'air et l'épaisse couche de neige craquait sous leurs pas. Les bulldozers avaient déjà dégagé le terrain où s'élèverait leur maison.

— Je vais donc retrouver ces bois que je connais depuis ma tendre enfance... dit-elle un jour, songeuse.

Assise sur un tronc d'arbre à côté de Tom, elle tourna son visage vers le pâle soleil.

— Tu as eu une enfance si différente de la mienne ! observa-t-il. J'ai vécu pendant dix-huit ans dans une banlieue ouvrière... Des rangées de maisons identiques, construites à peu près en même temps, sur le même plan. Quand on allait chez un voisin, on pouvait trouver la salle de bains ou la cuisine les yeux fermés.

— Je n'imagine pas qu'on puisse avoir des voisins !

Tom continua à évoquer ses souvenirs :

— Je ne voyais mon père qu'en de très rares occasions. Il travaillait la nuit dans une usine de papier, et il revenait épuisé à la maison. Pendant longtemps, j'ai pensé qu'il ne nous aimait pas, ma mère et moi.

— Tu étais plus proche de ta mère ?

— Elle voulait que je *réussisse* dans la vie. Je me demande ce qu'elle dirait si elle me voyait aujourd'hui... si amoureux, et rangé...

Le vent hivernal colorait le visage grave de Tom. Il embrassa les lèvres froides d'Anne, qui le serra dans ses bras en murmurant :

— Tu sais, j'ai l'impression que papa commence... à vraiment m'aimer.

— Bien sûr qu'il t'aime ! Je ne vois pas comment...

Anne lui désigna du doigt une étendue enneigée, au-delà de la lisière des bois.

— Tu vois cette prairie, et ce chêne ? Quand j'avais sept ans...

Elle eut du mal à lui raconter sa mère morte sous le chêne, avec le bébé qu'elle portait... L'ombre des branches découpait sur la prairie des ombres bleutées, comme des veines sur une peau blanche.

– Mon Dieu ! dit Tom lorsque la voix tremblante d'Anne se tut.

Il l'étreignit et caressa tendrement ses cheveux.

Mai arriva, et Tom alla travailler pour Daniel à la Bonner Supply Company afin de s'initier à ses nouvelles fonctions avant ses noces.

À son retour de Waterloo, après sa première journée au bureau, il emmena Anne se promener dans les bois. Des coups de marteau retentissaient au milieu des arbres bourgeonnants. Ils dépassèrent la maison de Daniel – longue et basse, construite en briques carrées, et enfouie dans la verdure.

Une autre grande bâtisse s'élevait non loin de là, au bord de la rivière miroitante : des murs en pierre de taille, des fenêtres et des portes en arcade. Une allée empierrée menait à un patio et à un porche arrondi. Daniel voulait qu'ils puissent s'installer dès leur retour de voyage de noces et que l'ensemble des travaux soit achevé en moins de deux ans.

Tom et Anne se faufilèrent autour de la maison, parmi les piles de bois de charpente. Des ouvriers, torse nu, construisaient un escalier menant du patio au ponton sur la rivière.

– Daniel possède une entreprise énorme et très ancienne, dit Tom. Il a tout un rayonnage de catalogues qui datent de la Sadler Supply Company.

Il tendit la main à Anne pour l'aider à escalader une passerelle et, ensemble, ils pénétrèrent dans la maison.

– Sur la page de garde figure John Mortimer Sadler en personne, avec une lavallière et un costume trois-pièces, reprit-il.

— Grand-père...

— Daniel m'a dit qu'il lui avait donné sa fille en mariage et une belle situation, puis qu'il était mort moins de trois ans après.

— Tu te conformes à la tradition, mais Dieu veuille que ce soit seulement en partie !

Ils étaient debout au milieu du salon donnant d'un côté sur les bois et de l'autre sur le patio qui surplombait la rivière. Le soleil pénétrait à flots par les parois vitrées et leurs pas résonnaient bruyamment.

— Ces catalogues ! dit Tom. Des pages entières d'hommes en chemises empesées, les manches retroussées au-dessus des coudes, vantant les mérites de « robinets en fer vulcanisés garnis de cannelures... systèmes de lubrification à poussoir... contre-écrous forgés... armatures vissées en fonte »...

Ils rirent tous les deux de bon cœur.

— Et puis j'ai un bureau ! s'exclama Tom. Meublé de cuir et de noyer, avec vue sur les quais... Quand je me mets à la fenêtre, j'aperçois le grand magasin des Morse Brothers où j'étais un simple employé modèle.

Anne désigna d'un grand geste le salon ensoleillé.

— Nous serons si heureux dans notre nouvelle maison !

Elle se souviendrait toujours de cet instant béni. Elle aimait Tom, Tom l'aimait, et elle avait donné satisfaction à son père. Elle vibrait d'espoir et de joie, en attendant le jour de juin où elle porterait enfin le voile nuptial et la robe de satin qu'elle s'était choisis.

3

Une semaine avant son mariage, Tom quitta son bureau à la tombée de la nuit. Après avoir soufflé sur des centaines d'hectares de champs de maïs, une brise estivale effleurait les feuilles des faubourgs et se mêlait aux gaz qui polluaient Waterloo par cette longue journée de juin.

Il traversa Webster Street hors des clous. Sa veste jetée sur son épaule, il sentait une agréable fraîcheur sur son dos moite. En passant devant un alignement de magasins illuminés, il prit le temps de s'arrêter devant la vitrine d'un bijoutier.

L'or et l'argent étincelaient sur fond de satin. Il admira une paire de brosses à habits plaquées argent. Une femme, à l'intérieur du magasin, remarqua son beau visage au regard triste : il avait l'air de quelqu'un qui ne pourrait jamais s'offrir de telles merveilles. Mais quand il releva la tête, ses yeux gris argent lançaient des feux.

L'époque où il était pauvre était révolue ! Il portait d'élégants costumes, même au bureau : Daniel Bonner tenait à ce que son futur gendre ait l'air prospère. Lui qui s'était toujours contenté de deux repas par jour dînait maintenant dans la salle à manger de Daniel, au milieu de porcelaines précieuses, de cristaux et d'authentiques œuvres d'art, en écoutant de la musique classique. Ce monde le mettait mal à l'aise...

Des cris parvinrent à ses oreilles, portés par la brise. Toute la journée, des manifestants avaient défilé sur la place. Il les aperçut à la lumière d'un réverbère quand il tourna au coin de la rue. Le visage dissimulé derrière des masques blancs pareils à des têtes de morts, ils transportaient de grands seaux et criaient à tue-tête, à propos du procès de Nuremberg :

– Tous les assassins doivent être jugés ! Ils ont réduit en cendres des milliers de Juifs !

Des badauds faisant des courses tardives ou rentrant du travail s'arrêtèrent pour les observer. Il croisa le regard d'une belle blonde au chapeau bleu.

– La Gestapo a torturé des enfants ! criaient les manifestants au visage masqué. Nous demandons justice !

La blonde sourit à Tom, qui parcourait maintenant la foule des yeux. Soudain, son regard se figea sur une jeune femme aux cheveux bruns dénoués sur les épaules. Il balbutia quelques mots et courut vers elle.

– Raina, souffla-t-il.

Elle pâlit en le voyant et ne fit pas un geste.

Tom regarda autour de lui avant de la prendre par le bras.

– Viens chez moi !

Ils s'éloignèrent rapidement par une petite rue ténébreuse.

L'un des hommes à tête de mort qui hurlaient toujours renversa un seau, et une eau rouge s'étala à la manière d'un drapeau.

La foule recula comme si du sang écarlate avait éclaboussé les pavés blancs.

La chambre de Tom était imprégnée de l'odeur du sandwich au thon qu'il avait mangé à midi.

– Ne pleure pas, murmura-t-il en enlaçant Raina.

La forme de son dos mince et le parfum de ses cheveux lui donnaient envie de grincer des dents. Les cris des manifestants, sur la place, parvenaient à travers les rues jusqu'à ses fenêtres.

Elle recula pour retirer son chapeau et ses gants.

– Trois ans... dit-elle en essuyant ses joues des deux mains. Je viens d'arriver à l'hôtel et je me promenais en attendant de te téléphoner.

Quand il alluma la lampe de chevet, Raina laissa errer son regard sur la chambre – deux chaises, une table, un lit étroit, un coin-cuisine.

– Tu vis *ici* ? fit-elle.

Que Raina était belle ! Elle souleva sa voluptueuse chevelure des deux mains, un geste si familier que Tom, ému, dut détourner les yeux.

– Tante Emily m'avait annoncé que tu épousais Quentin cette semaine.

– J'habite toujours notre petite chambre, répondit Raina en embrassant l'une de ses paumes.

Tom retira sa main.

– Que se passe-t-il ? Tu as téléphoné pour annoncer que tu viendrais après ton mariage...

– Une dernière semaine avec toi... Je vais me cacher ici pour que nous passions une dernière semaine ensemble avant que tu épouses ta riche héritière.

Les yeux de Raina s'emplirent de larmes. Elle attrapa un soldat rembourré de chiffons, posé sur la table de nuit.

– Le Général ! Tu l'as gardé !

Le soldat de la garde royale britannique avait le regard absent et quatre galons étoilés d'or brillaient à son épaule.

– J'ai gardé aussi ta lettre d'adieu qui l'accompagnait.

Raina remit le jouet à sa place sous la lampe, et le Général resta au garde-à-vous tandis qu'elle laissait glisser sa robe, après l'avoir déboutonnée.

– Quand tu me l'as offert, tu m'as dit que nous irions passer notre lune de miel à Londres, et assister à la relève de la garde... Et nous avons fait l'amour pour la première fois, souffla-t-elle d'une toute petite voix.

– Raina...

– Tu as la chance d'avoir décroché le gros lot.

– Toi aussi. (Tom, debout à la porte, avait gardé sa veste.) Quentin a une résidence en ville, une autre au bord de la mer, des voitures de luxe... Il voyage aux quatre coins du monde et il te comble de cadeaux...

– Emily m'a écrit qu'on te faisait construire une grande maison, dit Raina en dégrafant son soutien-gorge, qui alla rejoindre ses chaussures dans un coin de la pièce.

– Tu avais horreur de la pauvreté toi aussi !

Raina lui jeta un regard à travers ses cheveux aux reflets chatoyants.

– Quentin allait m'épouser en présence de la moitié de la ville. Le grand événement de l'année à San Francisco.

Tom haussa le ton.

– Et alors ?

– Il n'arrêtait pas de changer d'avis. Il voulait d'abord louer le Golden Gate, ensuite il a trouvé plus drôle de convoler entre les murs de la prison d'Alcatraz. À un moment, il a envisagé d'engager Dizzy Gillespie et de se marier au son d'un orchestre de jazz. Pour finir il voulait revenir à la tradition – cérémonie à l'église, une douzaine de demoiselles d'honneur...

– Et alors ? répéta Tom.

– Nous en sommes restés là. Lundi dernier, je suis allée chez lui pour régler les derniers détails : liste d'invités, factures, etc. Quentin était en compagnie de Tony Tucker. Tu te souviens de ce type ? Je pensais que son nom te dirait quelque chose... Eh bien... (Raina saisit une mèche de ses cheveux qu'elle tordit nerveusement.) Je les ai surpris ensemble...

– Ensemble ?

– Oui, en train de coucher ensemble ! C'était évident.

Des larmes ruisselaient sur les joues de Raina.

– Tout le monde s'en doutait depuis longtemps, sauf moi. Ils se sont payé ma tête, et je me suis sentie complètement ridicule.

– Je suis désolé, murmura Tom.

Les cris des manifestants s'amplifiaient : les protestataires masqués devaient passer maintenant au bas de l'immeuble.

– Ça n'avait pas l'air de les gêner, ajouta Raina d'une voix brisée. Ils étaient nus et complètement ivres !

Assise au bord du lit, elle se pencha en avant. Ses longs cheveux dissimulaient son corps et Tom ne vit plus que ses genoux et ses deux mains plaquées sur son visage.

– Ils tournaient autour de moi en ricanant. Ils se sont enroulés dans leurs draps pour jouer aux jeunes mariés. J'ai rendu à Quentin les cadeaux qu'il m'a offerts – sauf la robe que je porterai à ton mariage – et je lui ai tout lancé à la figure.

Tom se rapprocha. Raina tiraillait ses jarretelles et ses bas. Sa nudité resplendissait à la lumière de la lampe.

– Je n'ai jamais eu de chance, gémit-elle, et il me semble que ça va de mal en pis... Tu n'as même pas ôté ta veste !

Elle jeta un regard furieux à Tom, dont les yeux gris restèrent impassibles.

– Je compte sur toi pour jouer le jeu quand je prétendrai être arrivée jeudi prochain chez ta tante Emily. Je serai simplement la fille de sa meilleure amie. (Elle prit le soldat de chiffons, qu'elle serra contre ses seins nus.) Une de tes vagues *relations,* rien de plus !

– Tu ne peux pas rester ici.

Le parfum qui flottait maintenant à travers la pièce rappela de lointains souvenirs à Tom.

– Je t'attendrai tous les soirs, déclara Raina avec un battement de ses longs cils. Tu pourras sortir comme tu veux avec ta fiancée, mais chaque soir tu me retrouveras ici.

– Tu me demandes de jouer la comédie à Anne ? Pourquoi ne pas lui dire que nous avons été amants ? À vingt-cinq ans, j'ai le droit d'avoir une certaine expérience...

Raina bondit sur Tom et l'empoigna par les épaules.

– Non ! Tu dois passer pour un gentleman ! (Sa voix se brisa.) Tu m'as abandonnée...

– Tu voulais de l'argent. Tout de suite et beaucoup ! Nous aurions pu nous marier...

– Je sais ! s'écria Raina. Je tenais vraiment à toi et il y a longtemps que je ne pouvais plus supporter Quentin, mais j'étais trop vaniteuse...

– Habille-toi, dit Tom en ramassant la robe de Raina. Je te ramène à ton hôtel.

– Tom !

Raina plaqua son corps contre Tom, qui glissa ses bras sous ses longs cheveux tièdes et soyeux.

– Je souffre tant, gémit-elle. Je n'aime que toi. J'ai été stupide, mais il n'est pas trop tard. Partons ensemble !

Tom la lâcha pour atteindre le commutateur, au-dessus de la table de nuit.

– Habille-toi, tu ne peux pas rester ici !

Raina se prit la tête entre ses mains. Des larmes ruisse-laient sur son menton. Au bout d'un moment, elle parvint à se maîtriser, et elle murmura en détournant la tête :

– J'ai déposé ma valise à l'hôtel, mais je n'ai pas les moyens d'y rester plusieurs jours.

– J'ai de l'argent...

– Non ! Je vais appeler ta tante et lui dire que j'ai décidé de venir une semaine à l'avance.

– Je dîne chez elle ce soir à six heures, dit Tom.

Le téléphone était à côté du lit. Raina sortit son carnet d'adresses de son sac et composa le numéro d'Emily sans un regard pour Tom.

– Emily ? dit-elle d'une voix encore un peu rauque d'avoir tant pleuré. Ici Raina.

Tom entendit le petit gloussement de surprise de sa tante.

– Je suis arrivée, reprit Raina. Oui, une semaine plus tôt que prévu ! Finalement, je ne me marie pas.

Tout en écoutant Emily, Raina ramassa son soutien-gorge noir. Elle feignait toujours d'ignorer Tom, debout à côté d'elle.

– Je sais que tu reviens juste de Paris et que tu n'as même pas déballé tes bagages, mais si tu pouvais m'héberger... susurra-t-elle. Oh, c'est parfait !

Les bas de Raina pendaient à une poignée de commode, comme un cocon arachnéen portant encore l'empreinte de ses cuisses et de ses mollets. Tom posa le porte-jarretelles et les bas sur le lit.

– J'arrive à sept heures ! disait Raina à Emily. Je serai contente de revoir Tom.

Elle ajusta son soutien-gorge sur ses seins et coinça le combiné entre sa joue et son épaule le temps de l'agrafer.

Tom déposa sa robe à côté d'elle, puis son petit bob de marin et ses gants. Il aligna soigneusement ses chaussures à ses pieds, sur le tapis, comme si les moindres détails avaient leur importance...

La rue retentissait de cris et de slogans, tandis que Raina disait au revoir à Emily et appelait un taxi.

Tom trouva sa chambre bien exiguë lorsque Raina eut raccroché. Ils évitèrent de se regarder pendant que les hommes à tête de mort tournaient au coin de la rue. De lointains échos résonnèrent encore un moment dans la pièce, avant de se noyer dans le bruit habituel de la circulation.

Raina finit de se rhabiller. Tom, qui était resté à la fenêtre un moment, s'assit sur une chaise. Elle vint s'installer face à lui.

– Alors tu épouses Anne, et tu n'auras plus qu'à te tourner les pouces, dit-elle.

– Mais non ! protesta Tom. Daniel m'a engagé. J'occuperai le poste de directeur de l'immobilier et d'administrateur de sa fondation.

– Tu vas donc travailler avec ton beau-père.

Tom la regarda jouer avec le fermoir de son sac.

– Un café, en attendant ton taxi ?

– Non, merci.

Un long silence plana.

– Comment est Anne ? demanda Raina.

– Charmante et intelligente. Je l'aime.

– Elle n'est pas jolie ?

– Je n'ai jamais dit ça.

– Trop forte ?

– Non.

– J'en déduis qu'elle est mince, pas très jolie, et riche, conclut Raina avec assurance.

Tom suivait des yeux les voitures qui passaient dans la rue à la lumière des réverbères.

– Et toi ? Tu as réussi tes examens et trouvé un travail ?

– Dans la petite galerie d'art de Reeno, sur Henter Street. Ça m'a donné une bonne expérience dans ce domaine. Quand j'en ai eu assez, je suis devenue étalagiste chez Harriman. Un diplôme d'histoire de l'art, voilà où ça mène ! conclut-elle amèrement.

Toujours au garde-à-vous, le Général les guettait du coin de l'œil. Le visage dissimulé sous son chapeau, Raina étala ses longs doigts sur ses genoux. Tom se souvint de ce geste. Il n'avait jamais aimé ses griffes rouges, dont elle grattait le vernis dès qu'elle était nerveuse, laissant sur son passage des copeaux écarlates dans les éviers, sur les tapis...

– Emily m'a appris que tu avais perdu tes parents, dit-elle. Je suis navrée.

– Oui, il y a deux ans. Un camion a franchi la ligne jaune, et voilà !

46

– Emily t'a dégoté une riche épouse. Elle est fière de son coup. Ça représente des tas de gros sous !

– Ton taxi arrive, annonça Tom.

Raina bondit. Avant d'arriver à la porte, elle se retourna brusquement.

– Une histoire d'argent, rien de plus ! lança-t-elle.

– J'aime Anne, fit Tom.

– Et elle a du fric ! cria Raina.

Elle passa en courant à côté d'une vieille poussette et d'un tricycle relégués près de la porte de Tom, puis elle fonça dans l'escalier qui sentait la cuisine rancie. Les marches boueuses crissèrent sous ses pas.

Tom regarda le taxi s'éloigner. Le parfum de Raina imprégnait sa chambre. Un parfum coûteux, alors qu'elle avait à peine de quoi se nourrir !

Elle n'avait pas remarqué qu'il tremblait de tous ses membres. Les mains encore moites, il inspira profondément jusqu'à ce que les derniers effluves se soient évanouis. À côté du lit, le Général au garde-à-vous avait maintenant son bonnet bizarrement accroché devant la bouche.

Raina...

Tom ferma sa porte à clef derrière lui.

Je n'aime que toi, Raina !

Il roula dans des rues où des rangées de pavillons, dressés au milieu de vastes pelouses, formaient des traînées de lumière jaune dans l'obscurité.

Il se gara dans l'allée de sa tante et monta les marches du perron deux à deux, les bras chargés d'une gerbe de fleurs achetée en chemin. Mrs. Park, la gouvernante, vint lui ouvrir.

– Vous voici de retour ! fit-il. Comment vous sentez-vous après avoir goûté les charmes de Paris ?

– Comme quelqu'un qui n'a pas encore eu le temps de

déballer, grommela Mrs. Park. La cuisine est sens dessus dessous !

– Allons, entre ! s'écria sa tante qui l'avait entendu arriver.

Tom lissa ses cheveux et rectifia sa cravate devant le miroir du vestibule. Il vérifia en même temps qu'il n'avait aucune trace de rouge à lèvres sur son visage.

Emily l'attendait dans son salon dont les lumières se réfléchissaient sur un mur de vitrail gris et rose, contre l'indigo du jardin. Petite et vive, elle avait un regard perçant d'oiseau. Ses boucles d'oreilles en filigrane d'argent scintillaient comme toujours.

Tom l'embrassa en la serrant contre lui.

– Désolé de ne pas avoir pu t'accueillir à l'aéroport. (Il jeta un coup d'œil autour de lui.) On dirait presque que tu n'es jamais partie.

– Et te voilà presque marié !

Elle lui prit le bouquet des mains.

– Des roses, comme c'est gentil à toi !

Mrs. Park apporta une carafe de vin et des verres, avant de repartir avec les roses.

– Assieds-toi, fit Emily en tendant un verre à Tom. Nous allons porter un toast à ce grand jour.

Tom s'installa à côté d'Emily, face à la fenêtre donnant sur le jardin, et soupira en posant ses pieds sur un tabouret rembourré.

– Fatigué ? demanda Emily.

– Hum ! fit-il, les yeux mi-clos sous la lumière chatoyante de la lampe.

– Il paraît que la soirée chez les Nordstrom a été un succès... Maintenant, le grand jour approche ! Levons nos verres à ton bonheur et à celui d'Anne !

Ils burent leur vin à petites gorgées dans un silence paisible, face au jardin éclairé de lanternes.

– Tes parents auraient été contents, déclara Emily.

Il y eut un nouveau silence.

– Soucieux ? reprit-elle, intriguée.

Tom haussa les épaules et passa la main dans ses cheveux noirs.

– Tu es la seule famille qui me reste. Je compte sur toi.

Emily haussa les sourcils.

– Je compte sur toi pour m'empêcher de me ridiculiser, poursuivit Tom. On ne vit pas ici comme en Californie...

– L'Iowa n'est pas le bout du monde.

– Je me sens étranger.

– Tu plaisantes ?

– Anne et son père... (Tom s'interrompit pour trouver le mot juste.) Leur comportement ne correspond pas à... ce qu'on attend. Enfin, à ce que moi j'attendais...

Emily prit le temps de réfléchir.

– Nos vieilles valeurs terriennes : travailler dur, parler franc, épouser une femme solide, ne pas se faire remarquer...

– C'est comme ça qu'ils vivent.

– Ils sont la discrétion même.

– Pourquoi ?

Emily se mit à rire. Ses boucles d'oreilles jetaient des feux.

– Tu les trouves trop austères ? Ils devraient conduire des voitures de sport, skier, jouer, boire, lézarder à la plage ? Ce n'est pas leur genre ! Je me demande s'il leur arrive même d'aller au cinéma...

– Rarement.

– Ils écoutent de la musique classique ?

– Je commence à m'y faire.

– Ils lisent ? Ils jardinent ? Je suppose qu'Anne t'emmène à toutes les pièces de théâtre, les opéras et les concerts à cent kilomètres à la ronde. À des expositions...

Tom prit un air penaud.

– Au début, ça me paraissait...

– Embêtant ?

– Pas exactement...

– Mais ce n'est pas tout à fait ton genre...

– Il m'a fallu quelques mois pour...

Ses yeux gris croisèrent le regard acéré d'Emily et il ajouta à voix basse :

– Je compte sur toi pour me rappeler à l'ordre si je m'avance sur un terrain miné.

– Pas de danger, tu es un garçon brillant, dit Emily. Tu as un charme fou ! Il ne te manque que l'argent, et ils en ont suffisamment pour t'en faire profiter.

– Daniel en a.

La lampe projetait des cercles de lumière au plafond et faisait étinceler les diamants des bagues d'Emily. Ses mains menues croisées sur ses étroits genoux, elle avait le maintien discret d'une femme de quarante-cinq ans contemplant paisiblement son jardin.

– Daniel t'apprécie.

Emily observa d'un air admiratif le visage songeur de Tom. Il avait les yeux de sa mère, et le fait que ses oreilles soient légèrement décollées ne choquait guère.

Mrs. Park rapporta la douzaine de roses dans un vase de cristal taillé ; elles commençaient tout juste à s'épanouir.

– Daniel est si... distant avec Anne, dit Tom. Évidemment, elle en souffre ; mais je t'ai écrit qu'il dépense des fortunes pour notre mariage...

– Il veut épater toute la ville !

– Il nous a fait construire une maison.

– Ça aussi, c'est pour épater la galerie. On parlera des « maisons Bonner ».

– Il y a plus d'un an que j'observe Anne...

– Elle est toujours d'accord avec Daniel ? Elle se met en quatre pour lui faire plaisir ?

– Oui.

– Elle cherche à se faire aimer.

Tom prit une voix acrimonieuse :

– *Bonner l'incendiaire*... Mon patron m'a dit : « Alors, tu fréquentes la fille de « l'Incendiaire » ? Tu ferais bien de te méfier. C'est pas pour rien qu'on lui a donné ce surnom. » Tu vois, je me sens étranger...

– Anne est quasi étrangère aussi. On l'a tenue à l'écart, et je serais bien étonnée qu'elle ait la moindre opinion personnelle sur quoi que ce soit !

– Tu la sous-estimes, objecta Tom.

Emily emplit à nouveau les verres et se cala dans son siège, les yeux fixés sur son neveu.

– Une chose me laisse perplexe...

– Toi, perplexe ? Impossible !

– Une chose proprement incroyable !

Emily posa son verre de vin comme si elle avait besoin de ses deux mains pour faire face à l'énigme qui la troublait.

– Une amie, du temps où nous vivions en Californie toi et moi, vient d'atterrir ici cet après-midi. Elle dîne avec nous ce soir et elle m'a demandé de l'héberger. Raina Weigel...

Le visage de Tom resta de marbre malgré le ton légèrement provocant d'Emily.

– Elle a travaillé dans une galerie d'art après son diplôme. Je croyais qu'elle épousait Quentin Bradford cette semaine, mais elle m'a annoncé par téléphone qu'il n'en était plus question. Étrange, non ?

Tom détourna la tête.

– Je n'ai jamais dit à personne que vous étiez plus que de simples... connaissances, Raina et toi, insista Emily en dévisageant son neveu.

Tom garda les yeux baissés sur son verre de vin.

– Tu étais la meilleure amie de sa mère.

– Tu m'as parfaitement comprise ! Pourquoi arrive-t-elle au moment précis où tu te maries ? (Devant l'air embarrassé de Tom, Emily s'adoucit un peu.) Tu vas passer ta lune de miel à l'étranger et t'installer dans ta nouvelle maison...

– Peut-être qu'elle a le cœur brisé par cette rupture et qu'elle n'a nulle part où aller. Sa mère, qui l'a élevée toute seule, travaillait dans un restaurant. Elle ne lui a pas laissé un sou.

Une lueur de mépris brilla dans le regard perçant d'Emily, et ses boucles d'oreilles scintillèrent quand elle détourna la tête.

– Elle aurait très bien pu t'avoir, si elle avait été plus maligne !

On sonna à la porte. Mrs. Park alla ouvrir et une voix jeune se fit entendre.

– Raina ! dit Emily.

Elle guetta la réaction de Tom, qui se levait en même temps qu'elle : un intérêt poli se lisait sur son visage et les beaux yeux de Raina avaient une expression identique lorsqu'elle entra.

– Ce chapeau te va à ravir ! s'exclama Emily en la serrant dans ses bras. Tu es plus jolie que jamais ; tout le portrait de ta mère. Tom est ici...

Raina retira ses gants blancs et tendit en souriant une main froide à Tom.

– Il y a bien longtemps que je ne t'ai vu. Emily m'a écrit que tu te mariais samedi prochain. Toutes mes félicitations.

– Merci, dit Tom.

Il remarqua qu'elle avait les yeux brillants et un peu rouges. Elle s'assit à côté d'Emily comme pour se mettre sous sa protection.

– J'espère que tu es contente de ton séjour à Paris, dit-elle. Quelques-uns de tes vieux amis de San Francisco m'ont chargée de te transmettre leurs amitiés – les Atkinson, Rene Herbert, et Patrick...

Son élocution claire était la réplique exacte de celle de Tom.

À table, Emily aiguisa son regard lorsqu'ils se mirent à évoquer des souvenirs communs.

– Quand j'ai rencontré ton beau neveu Tom Lovell pour la première fois, dit Raina, je me souviens qu'il se croyait trop pauvre pour me proposer de sortir avec lui.

Comme Emily se tournait vers la table roulante, elle jeta un regard passionné à Tom. Ses yeux brillaient et elle releva des deux mains son épaisse chevelure ; mais son air distant et taquin de « vieille amie » réapparut dès qu'elle leur fit face à nouveau.

– Tom ne se doutait pas, confia-t-elle à Emily, que je me nourrissais de sandwiches et que je portais toujours le même chandail et la même jupe pour assister aux cours à Berkeley. Tu te rends compte ?

– Je me rends compte.

Après un silence, Emily l'interrogea :

– Et qu'en est-il de ton mariage avec Quentin Bradford ?

Le nom de Quentin plana un instant sur eux, mais Raina le saisit au vol :

– Quentin Bradford... Quentin a trente et un costumes différents accrochés dans son placard, et chacun correspond à un jour du mois. Sa chemise à rayures bleues signifie qu'on est le 10 ; sa chemise à rayures marron correspond au 24...

Mrs. Park vint desservir la table. Lorsque la porte de l'office se referma, Raina reprit :

– Je crois que c'est pour cette raison que j'ai déclaré forfait le jour de nos noces. Comment aurait-il réagi si j'avais accroché par erreur la chemise rayée bleue à la place de celle du 24 ? Et, pis encore, si je l'avais fait exprès ?

Tom et Emily gardèrent le silence un moment, puis Tom jeta à Raina un regard clair et presque détaché.

– Que deviens-tu depuis ton diplôme ? Tu l'as obtenu en 47, si je ne me trompe.

Emily écouta Raina parler de son emploi dans une galerie d'art. Tom expliqua en quoi consistait son travail et exprima sa gratitude à l'égard de sa tante.

Emily souriait, mais elle avait compris ce qui se cachait derrière leur ton neutre. Ils s'adressaient l'un à l'autre machinalement, comme un vieux couple qui joue la comédie devant des invités, sans éprouver de réel intérêt ou de curiosité l'un pour l'autre.

4

La nef de l'église était claire et bondée d'invités, mais des rideaux assombrissaient la sacristie. Le peu de lumière qui y régnait semblait provenir de l'éblouissant cocon de satin, dentelles et volants de tulle au fond duquel était nichée Anne Bonner.

Raina franchit la porte derrière Emily et aperçut la future mariée qui attendait patiemment dans son îlot de blancheur. Avec son visage pâle et ses grands yeux bleus, elle semblait bien jeune et fragile sous son voile ; mais son éclat projetait une lueur chatoyante sur quiconque l'approchait. Emily apparut dans un halo et les longs cheveux de Raina s'allumèrent d'un reflet argenté.

– Qui est-ce ? demanda l'une des demoiselles d'honneur à sa voisine. Cette femme aux longs cheveux avec ce somptueux chapeau ?

Anne se pencha vers Emily :

– Je devrais t'appeler « maman », car tu es la seule mère que nous ayons, Tom et moi ! (Elle tendit vers elle son énorme bouquet.) Et j'aimerais te prendre dans mes bras si j'étais encore libre de mes mouvements...

– Tu es magnifique ! répliqua Emily. Permets-moi de te présenter la fille de l'une de mes amies très chères : Raina Weigel, de San Francisco. Elle séjourne chez moi en ce moment.

Anne sourit à Raina.

– Ravie que vous assistiez à mon mariage.

– Tous mes vœux de bonheur, dit Raina.

– Vous ne connaissez pas Tom, n'est-ce pas ? Sinon, vous n'auriez aucun doute sur mon bonheur futur, plaisanta Anne.

– Ils se sont rencontrés chez moi... marmonna Emily.

À cet instant, un homme de grande taille, entre deux âges, s'approcha très près d'Anne et posa sur elle son étrange regard, d'un bleu semblable au sien. Raina en conclut qu'il était plus qu'un ami.

– Raina Weigel, une amie de Californie, dit Emily. (Elle se tourna vers Raina :) Daniel Bonner, le père d'Anne.

– Le cortège se forme ! annonça l'une des demoiselles d'honneur.

Anne prit le bras de son père, et tous les invités se turent.

Assise à côté de Raina, Emily entendit l'orgue retentir dans l'église. Tom et son garçon d'honneur entrèrent, splendides dans leurs smokings blancs, et attendirent. De temps en temps, elle jetait un coup d'œil à Raina qui buvait Tom des yeux ; c'est à peine si elle aperçut Anne et son père avançant dans l'allée centrale, escortés des demoiselles d'honneur.

Un jeune homme entonna un chant, le pasteur fit un bref sermon, des « oui » furent prononcés et des alliances échangées. Raina observait Tom, les mains croisées sur ses genoux. Le jeune marié embrassa sa jeune épouse, et les invités sortirent de l'église.

Pas une seule fois le visage de Raina ne trahit son émotion. Quand tous les invités se furent dispersés, elle avait simplement les yeux brillants.

Elle suivit Emily dans la chaleur du soir. Les voitures sortaient en file du parking ; Emily se mit au volant de la sienne.

– Daniel a réquisitionné le nouveau musée pour la réception et le dîner, confia-t-elle à Raina lorsqu'elles parvinrent dans la rue.

– Il ne recule devant rien quand il s'agit d'Anne !

– Pas exactement. Il s'intéresse surtout à Tom, son gendre et héritier. Daniel ne s'est jamais beaucoup soucié de sa fille.

– Pourquoi ?

Emily haussa les épaules.

– Qui sait ? Anne ne ressemble en rien à sa mère. Patricia était belle... « Quel visage ingrat ! » C'est mot pour mot ce qu'elle a dit un jour devant moi en parlant de sa fille. Comme une poule qui aurait couvé un œuf de cane !

Emily s'engagea dans la file de voitures.

– Ce mariage avec Tom est la première initiative d'Anne qui donne satisfaction à son père, reprit-elle. (Elle observa Raina du coin de l'œil.) Et toi, vois-tu le tien de temps en temps ?

Soudain, le regard de Raina se perdit au loin.

– Je ne sais même pas s'il est encore en vie !

– Ma chérie, susurra Emily en posant une main sur la sienne.

Raina ravala un sanglot, hocha la tête et s'essuya les yeux en déglutissant à plusieurs reprises.

– Il ne désirait pas d'enfant. Toujours la même histoire !

Emily gara sa voiture dans le parking du musée qui s'emplissait rapidement. Les invités s'avançaient sous la verrière de la cour, brillamment éclairée, et bavardaient en buvant du champagne dans les galeries.

Les jeunes mariés attendaient leurs hôtes dans le hall d'entrée.

– Serez-vous encore là quand nous reviendrons de notre lune de miel ? demanda Anne à Raina dès qu'elle la vit.

Raina croisa un instant le regard de Tom.

– Il faudra nous rendre visite, insista Anne.

D'autres invités s'approchaient pour féliciter le jeune couple.

– Je... ne sais pas, balbutia Raina.

Elle leur adressa quelques mots aimables et prit un verre sur un plateau tendu par un serveur. Puis elle s'éloigna, en évitant le regard d'Emily.

Les toiles et les sculptures exposées se reflétaient dans les coupes de champagne lorsque Emily et Raina pénétrèrent dans la galerie.

– Je t'ai cachée chez moi jusqu'à maintenant, déclara Emily à la jeune femme, mais ce soir j'ai l'intention de t'introduire auprès du gratin de la ville. Tout le monde est là !

Elle se mit à circuler de groupe en groupe, Raina à ses côtés.

– Je vous présente Raina Weigel, la fille de l'une de mes très chères amies de San Francisco, annonçait-elle à qui voulait l'entendre.

Les visages généralement indifférents à ce genre de propos s'animaient la plupart du temps. Les conversations s'interrompaient et les gens leur ouvraient leurs rangs.

Lorsque Raina s'isola pour admirer une toile de plus près, elle ne resta pas longtemps seule. Un homme vint lui parler, un autre lui offrit une nouvelle coupe de champagne.

Emily balaya la foule du regard et son attention se concentra sur Daniel Bonner. Il se tenait à l'écart, le visage énigmatique, selon son habitude. Seuls ses yeux d'un bleu de glace laissaient parfois deviner ses sentiments. On se sentait mal à l'aise quand ces yeux-là se fixaient sur vous...

Raina s'approcha d'Emily.

– On a annoncé le dîner, et nous sommes invitées toi et moi à nous placer avec les intimes des mariés, lui dit-elle.

La grande galerie étincelait de tables nappées de blanc,

couvertes de cristaux et d'argenterie. Tom et Anne étaient assis sous un dais : un couple d'une blancheur virginale, sous une toile violemment colorée représentant des danseurs nus.

Emily et Raina prirent place à une table voisine. Emily fit à nouveau les présentations et déclara que Raina comptait s'inscrire en troisième cycle à Berkeley. On plaisantait sous le dais des mariés, et le rire de Tom fusa.

– Une maîtrise d'histoire de l'art, fit distraitement Raina en réponse à une question qu'on lui posait.

L'orchestre joua un air de Mozart. Raina coupa son rôti en morceaux minuscules ; elle n'en avala qu'une ou deux bouchées et but une gorgée d'eau. Au bout d'un moment, le garçon lui retira son assiette. On plaça devant chacun des convives un gâteau surmonté d'un couple de mariés miniature. L'arôme du café embauma la salle.

Le couple qui trônait sur le gâteau de Raina avait les pieds plongés jusqu'aux chevilles dans un glaçage rose.

– On nous réserve une bonne surprise ce soir, dit un homme à l'autre bout de la table. Savez-vous que Daniel Bonner a l'intention d'offrir son Ruysdael au musée ?

– Oui, dit Raina, qui venait de précipiter le couple miniature la tête la première dans le glaçage.

Elle laissa le gâteau sur son assiette et but quelques gorgées de café. Toute son attention se concentrait sur Anne. La femme de Tom avait une jolie silhouette, de grands yeux bleus, un nez correct, des dents régulières, mais elle était peu maquillée, et elle avait une de ces coiffures !

Des coups de cuillère sur un verre abrégèrent les conversations et l'orchestre fit silence. On porta des toasts à la mariée et au marié ; il y eut des discours, des rires et des applaudissements. Tom semblait à l'aise dans son smoking blanc et personne ne pouvait supposer qu'il jouait un rôle à l'intention de son beau-père et des relations de celui-ci. Anne fut la seule à remarquer des gouttelettes de transpiration à la racine de ses cheveux sombres, et le tremblement nerveux de sa main à laquelle brillait sa toute nouvelle alliance en or, rehaussée d'un diamant. Quand leurs regards se croisèrent, elle lui chuchota en souriant :

— Je me sens tout engourdie, pas toi ? Aussi apprêtée que ce gros bouquet !

— Oui, c'est un peu ça, reconnut-il.

Le délicat profil d'Anne se découpait sous son voile de mariée. Sa lèvre supérieure, plus renflée que l'inférieure, lui donnait un air pensif et vulnérable.

— J'ai l'impression de tricher, dit-elle.

— Pourquoi ?

— Nous faisons semblant. Nous connaissons à peine tous ces gens et nous sommes tout sourires, comme si nous étions aux anges !

— Je t'aime, dit Tom en haussant ses sourcils sombres qui mettaient en valeur le gris profond de ses yeux.

Anne lui chuchota qu'elle l'aimait elle aussi et, quand Tom se retourna vers la salle bondée, il serra tendrement sa main dans la sienne.

Le directeur du musée se leva et désigna un chevalet recouvert d'un drap en vantant la générosité de Daniel Bonner.

— J'ai l'insigne honneur, dit-il, de vous annoncer un don exceptionnel qui va encore enrichir cette collection dont s'enorgueillit notre État.

Daniel Bonner s'approcha du directeur et déclara qu'il faisait don au musée de ce tableau, intitulé *Paysage sous l'orage*, en l'honneur du mariage de Tom et d'Anne. Les deux jeunes gens le rejoignirent. La plupart des femmes dévoraient Tom des yeux. Emily vit Anne dissimuler un instant sa bouche et son menton derrière ses doigts – un geste dont elle avait l'habitude... Était-ce parce qu'elle doutait de sa beauté ?

Le directeur arracha le drap qui recouvrait le chevalet et deux hommes soulevèrent la toile à la hauteur de leurs épaules.

Le paysage du XVIIe siècle baignait dans cette étrange luminosité caractéristique de Ruysdael. Un bouquet d'arbres et des falaises sombres, des champs de blé jaune d'ocre, le tout sous un grand nuage noir. Le zigzag d'un éclair déchirait le ciel et donnait à la falaise couronnée de ruines une blancheur nacrée.

Un murmure s'éleva parmi les convives et il y eut de vifs applaudissements. Des photographes s'accroupirent aux pieds des jeunes mariés et de Daniel. Le visage souriant à côté de la toile, Daniel, Tom et Anne furent un moment exposés à la lumière brutale des flashes.

Les jeunes époux s'élancèrent sur le parquet ciré du musée, où d'autres couples ne tardèrent pas à les rejoindre. Anne valsa avec son père. Tom s'approcha d'Emily, assise le long du mur avec Raina.

– M'accorderais-tu cette valse ? lui demanda-t-il.

– Je me sens un peu gavée, après ce délicieux repas, soupira Emily. Invite plutôt Raina.

Ils se regardèrent tous les trois en silence un moment. Tom haussa les sourcils, Raina prit sa main tendue et resta muette jusqu'au moment où elle lui emboîta le pas.

– C'est au-dessus de mes forces, souffla-t-elle enfin.

– Je t'en prie ! dit Tom, les yeux rivés sur Anne qui avait soulevé son voile d'une main, de sorte qu'elle semblait danser avec deux cavaliers – son père et un nuage d'*organza* blanc.

La joue de Raina effleurait presque le visage au teint pâle

du jeune marié, et leurs corps se retrouvaient comme après une longue absence.

– J'aurais dû rester sur la côte, à des milliers de kilomètres d'ici, dit Raina d'une voix tremblante.

– Oui, fit Tom.

En parfaite harmonie parmi les autres couples, ils dansèrent jusqu'à la fin de la valse, aussi silencieux que deux feuilles mortes tournoyant ensemble. Quand Tom s'arracha aux bras de Raina, un autre cavalier lui succéda. Les lèvres de ce dernier remuèrent ; elle leva les yeux vers lui comme si elle s'éveillait en sursaut, et elle reconnut Daniel Bonner.

Il venait de l'interroger sur Emily.

– C'est une amie de lycée de ma mère, elle m'a invitée, répondit-elle.

De près, les yeux de Daniel brillaient d'une lueur presque provocante et il dansait avec elle comme s'il était le maître du monde.

– Avez-vous rencontré Tom à San Francisco chez Emily ? demanda-t-il.

– De temps en temps.

Daniel resta silencieux, et ses dernières paroles résonnèrent dans les oreilles de Raina jusqu'à ce que la musique ait cessé.

Tom fit danser les demoiselles d'honneur. Daniel invita les épouses des hommes d'affaires avec qui il traitait depuis des années. Ces derniers dansèrent avec la jeune mariée, et pour finir Daniel la reprit dans ses bras.

– Ta mère me manque, ce soir, lui souffla-t-il, son regard bleu perdu dans le vague. Lorsque je l'ai épousée, elle m'a tout donné – son amour, une vie nouvelle, une bonne situation, une magnifique maison.

– Oui, dit Anne. Elle me manque, à moi aussi. Elle m'a manqué toute ma vie.

Ils s'interrompirent lorsque Tom vint tapoter l'épaule de son beau-père.

– Je vous demande pardon de vous priver d'Anne. Il est près de dix heures et je pense que nous devrions nous changer et filer à l'anglaise...

La musique se déversait dans les longues galeries du musée, brillamment éclairées, par cette nuit de juin. Anne et Tom, en costume de ville, prirent un taxi sous une pluie de riz et agitèrent la main en signe d'adieu.

Après un silence, les deux jeunes mariés poussèrent au même moment un long soupir, puis éclatèrent de rire.

– Voilà, c'est fait ! dit Anne, bien qu'elle n'en fût pas persuadée.

– C'est fait, approuva Tom. Et maintenant, une boisson fraîche et une bonne douche !

– Oui, dit Anne, reconnaissante. (Elle redressa son chapeau, et quelques grains de riz glissèrent le long du bord.) C'est ce qu'il nous faut.

– Et nous l'aurons ! murmura Tom en l'embrassant.

À l'hôtel, ils prirent directement l'ascenseur, car Tom avait déjà rempli leurs fiches. Dans la suite réservée aux nuits de noces, un lit immense les attendait, éclairé d'une lumière rose. Anne retira son chapeau et ses gants, déballa ses vêtements et étendit sa chemise de nuit blanche sur le lit. Le miroir lui renvoya l'image d'une jeune femme qui cachait sa bouche derrière ses doigts.

Mais Tom l'appelait : les cocktails étaient prêts. Anne avala le sien plus vite qu'elle ne l'aurait voulu, il lui en servit un autre. Les lumières de leur suite semblaient de plus en plus tamisées...

– Regarde cette baignoire ! s'exclama Tom, debout à la porte de la salle de bains.

Anne le rejoignit et partagea son hilarité à la vue de l'énorme baignoire rose, circulaire, et pleine d'une mousse

63

parfumée sur laquelle flottaient des pétales de roses. Tout un assortiment de flacons était disposé sur le bord, ainsi que des piles de serviettes de bain. Au-dessus étaient fixées deux douches jumelles.

– Allez, viens ! dit Tom. J'y serai avant toi !

Il commença à se déshabiller en suspendant ses vêtements à des patères de cuivre. Anne suivit son exemple et, deux minutes plus tard, ils étaient nus, en train de s'éclabousser d'eau parfumée, au milieu des pétales de roses.

Anne appréhendait ce moment de vérité, mais tout se passa comme en un jeu, dans une lumière diffuse. Quand elle ferma les yeux, elle sentit les mains de Tom se promener sur elle. Tout était si facile, si rassurant, quand on avait le corps à demi dissimulé dans l'eau ! On pouvait se caresser délicatement, par petites touches, tout en s'embrassant et en se murmurant des mots d'amour.

Les bras de Tom et son torse étaient robustes et musclés. Ses jambes aussi, constata-t-elle en s'aventurant jusqu'à ses pieds. Les femmes faisaient donc l'amour avec des êtres humains si grands, si solides... Elle n'y avait jamais songé, mais on devait avoir le corps couvert de bleus quand on partageait le lit de ce type d'homme.

Ils batifolèrent longtemps dans l'eau parfumée comme de jeunes otaries. « Tu es une princesse de conte de fées, aux yeux bleus comme le ciel ! » lui dit Tom avant de la dévorer de baisers, la tête plongée sous les pétales odorants. Elle s'y plongea à son tour, et ses cheveux bruns s'étalèrent sur l'eau comme un long écheveau. Quand il lui dit qu'elle était belle, elle ne put retenir ses larmes.

Les boissons et l'eau parfumée l'emplissaient d'une douce langueur, aussi apaisante que le grand drap de bain dont Tom l'enveloppa lorsqu'ils sortirent de la baignoire. Ils se mirent au lit ; la chemise de nuit de satin glissa à terre.

Anne se blottit contre Tom. Contre ce corps à l'anatomie

si étrange... Comment les hommes pouvaient-ils supporter toute leur vie d'être ainsi « encombrés » sous leurs vêtements ? Grâce aux photos ou aux tableaux, elle n'ignorait rien des caractéristiques masculines, mais elle éprouvait une sorte de perplexité devant ces formes devenues réelles, palpables.

Elle n'avait pas peur, cependant. Les bras autour du cou de Tom, elle ne poussa pas un cri lorsqu'il la pénétra. Entre deux baisers, il lui demanda s'il lui faisait mal, et elle se contenta de répéter plusieurs fois « Je t'aime », la tête enfouie dans son épaule.

– Je t'aime moi aussi, lui dit-il un peu plus tard, lorsqu'ils furent allongés côte à côte. Quand tu auras l'habitude, ça ne te fera plus mal et tu éprouveras du plaisir. Sois patiente.

À demi endormie, elle pensa qu'il avait deviné ses sentiments.

Ils restèrent silencieux un moment, échangeant encore quelques baisers, presque trop fatigués pour trouver le sommeil.

– Je me sens si... différente, dit enfin Anne. Je redoutais cet instant. J'avais peur de me sentir gênée... Quand on a passé toute sa vie parmi des femmes, c'est un très grand choc, tu sais. Faire l'amour devrait sembler naturel, mais j'avais des doutes...

Elle regarda droit devant elle, avant de se tourner pour l'embrasser, et elle ajouta :

– Jusqu'à maintenant...

Tom la serra contre lui. Elle frotta sa joue sur son épaule, émit un petit soupir de béatitude, puis s'endormit dans un souffle, avec la sensation de voguer sur un océan paisible. Elle se sentait rassurée, et elle réfléchirait à ce qu'elle venait de découvrir un peu plus tard – quand elle serait moins lasse.

Tom passa la main sur les cheveux humides, embaumant la rose, de sa jeune épouse, avant de s'abandonner à son tour au sommeil. Il avait suffi de quelques heures, de quelques mots, et maintenant Anne dormait dans ses bras, après l'avoir comblé au-delà de toute espérance...

Si une femme aux yeux sombres et aux cheveux bruns traversa soudain ses rêves, elle n'apparut qu'un court instant, comme une flaque d'huile noire sur une eau pure.

5

La gouvernante d'Emily Webb vint la rejoindre à la table de jeu du petit salon.

— Vous avez l'air ravie, lui dit-elle.

— Raina repart mardi pour la Californie.

— Il était temps ! grommela Mrs. Park en drapant son tablier sur le dossier de son siège.

C'était une femme corpulente, entre deux âges. Ses lunettes à lourde monture glissaient le long de son nez et elle les remontait sans cesse d'un doigt distrait.

Emily vida les dominos du coffret en marqueterie plus bruyamment que d'habitude.

— Je me faisais du souci, comme vous.

Leurs regards se croisèrent. Mrs. Park semblait pensive.

— Elle sera partie bien avant le retour des deux jeunes mariés...

— Au moins, je n'aurai pas à mentir, dit Emily d'un air digne.

— Si seulement vous n'aviez pas passé tant d'années à San Francisco !

Emily transperça Mrs. Park du regard.

— Je n'y suis pour rien. Mon cher Wendell avait fait ce choix !

— Raina tenait à Quentin, lança Mrs. Park.

— Un beau garçon !

— Aussi beau garçon que Tom ?

— Non, mais il avait beaucoup, beaucoup d'argent !

Leur donne manquait d'intérêt ; elles mélangèrent leurs dominos et en firent une nouvelle. Deux femmes grisonnantes, passionnées par le jeu...

Au bout d'un moment, Mrs. Park remonta ses lunettes d'un geste vif.

– Tom ne prendrait pas le risque de perdre tout ce qu'il a gagné !

Elle échangea un regard avec sa partenaire avant de se concentrer à nouveau sur la partie de dominos.

– En tout cas, elle s'en va, observa-t-elle avec un soupir.

Le jeu promettait d'être intéressant, compte tenu de la règle qu'elles s'étaient fixée : un domino à demi blanc pouvait, selon les cas, être blanc, égal au chiffre de l'autre moitié ou au double de ce chiffre. Pendant un moment, elles réfléchirent à différentes combinaisons qui leur firent oublier Raina et Tom.

Mrs. Park gagna la partie. Elles mélangèrent avec fracas les lourdes pièces serties de laiton.

– Au moins, il n'y aura pas à faire de cachotteries ! dit Emily.

– Sauf en ce qui concerne la raison de son retour en Californie...

Mrs. Park était capable de terminer la plupart des phrases d'Emily, et elle ne s'en privait pas. L'habitude aidant, il arrivait même à Emily de s'interrompre volontairement pour lui laisser la parole. Mais si elle s'interrompait en présence d'une tierce personne, Mrs. Park se faisait un devoir de garder le silence.

– J'ai un double-six, annonça Emily en regardant les dominos qu'elle avait tirés.

– Vous lui avez donné les moyens financiers de terminer sa maîtrise, fit Mrs. Park, amusée par l'air coupable d'Emily. Évidemment, il valait mieux l'envoyer à l'autre bout de la Californie pour ne pas avoir à s'inquiéter de son...

– De sa dissipation ! (Emily hocha la tête, faisant tinter ses boucles d'oreilles en filigrane d'argent.) Elle n'a absolument aucun sens des convenances...

Mrs. Park observa un silence diplomatique.

– Espérons qu'elle trouvera chaussure à son pied là-bas, reprit Emily. Il lui faudrait un homme...

– Riche, évidemment.

– J'ai tiré Tom d'affaire, dit Emily après un temps de réflexion, mais Raina est si...

Pendant un moment, les deux femmes échangèrent un regard perplexe au-dessus de leurs dominos.

Le paquebot laissait derrière lui un long sillage, tandis qu'à l'horizon l'Océan se perdait dans la brume. Appuyés au bastingage, les jeunes mariés contemplaient les flots. Le vent faisait claquer le foulard d'Anne comme un drapeau et ses lèvres avaient un goût de sel lorsque Tom l'embrassa.

Les gens jouaient à la canasta, accouraient aux repas et se doraient au soleil sur des chaises longues... les premiers temps. Mais au bout de quelques jours, le vent s'était levé et la foule avait déserté les salons. Tom et Anne prenaient leurs repas à une table dont le rebord élevé retenait les plats et l'argenterie dans leurs glissades. Monter un escalier n'était pas une mince affaire : ils riaient de se sentir soulevés dans les airs comme des oiseaux, avant de retomber de tout leur poids sur la marche suivante.

À leur descente du train, ils furent frappés de voir qu'il y avait encore des maisons en ruine à Londres, alors que la guerre leur semblait de l'histoire ancienne. Des façades par rangées entières laissaient transparaître le ciel à travers leurs fenêtres, comme des yeux bleus dans une tête de mort. De petites croix, des drapeaux et des gerbes de fleurs indiquaient l'endroit où des corps étaient enfouis sous les décombres.

– Des Américains ! lança d'un ton hargneux une femme qui avait remarqué leur accent dans un restaurant. Vous vous en êtes mis plein les poches avec votre prêt-bail [1] !

La National Gallery, la Tate Gallery, le Victoria and Albert Museum et le musée d'Histoire naturelle... Un matin, Tom et Anne, épuisés, rentrèrent se reposer à leur hôtel. Des bus rouges à étage passaient à grand fracas le long de King's Road, sous les fenêtres de leur chambre.

– Tu as deviné ma pensée, murmura Tom à l'oreille d'Anne.

Elle se pelotonna contre lui dans le grand lit.

– Saturé de musées ? J'ai bien vu que tu ne t'intéresses plus qu'aux nus, observa-t-elle en pouffant de rire.

– On ne peut rien te cacher !

– J'ai faim. Comment pouvais-je me douter que faire l'amour demande tant d'énergie ?... Je mange pour deux. (Elle s'interrompit, confuse.) Et si...

– Si quoi ?

– Si je mangeais *réellement* pour deux ?

– Tu m'avais dit que tu souhaitais...

– Bien sûr ! Rien ne me rendrait plus heureuse que d'attendre un enfant. Je rêve de promener mon bébé dans mon ventre comme dans une brouette, de me tourner les pouces pendant neuf mois, et de donner naissance à un être humain qui te ressemblera à s'y méprendre. Il n'y a pas de plus grand miracle !

Tom croisa le regard bleu d'Anne.

– Oui, dit-il en effleurant d'une caresse sa peau soyeuse. L'enfant a faim, allons déjeuner !

Elle le regarda traverser la chambre. Tout ce poil sur le torse, les bras et les jambes, déjà entrevu sur des hommes en

---

1. Loi qui permit aux États-Unis de contribuer à la défense militaire de la Grande-Bretagne avant leur entrée en guerre.

costume de bain, lui semblait une énigme. Ça devait tenir chaud et se coincer dans les boutonnières et les fermetures Éclair. Les caleçons et les manches de chemise picotaient sans doute... Avec ces mains velues, on ne devait jamais se sentir tout à fait net ! Pendant leur sommeil, la barbe des hommes poussait. Justement, Tom, planté devant le miroir, se passait la main sur le menton. Après l'amour, elle avait faim, et Tom avait le visage noirci par la barbe...

Elle sourit. Il était si beau ! Les os de ses hanches avaient la forme d'un bouclier ou peut-être d'une carapace de tortue...

— Dépêche-toi, charmante enfant ! fit-il. On ne te servira pas ton repas dans tes draps.

Il se tenait près du lit, après avoir enfilé son caleçon et son pantalon. Elle se rappela qu'il n'avait pas semblé surpris le moins du monde quand il l'avait vue pour la première fois nue de la tête aux pieds, ne portant que ses bagues. Elle n'était donc pas la première, mais combien y en avait-il eu avant ?

Elle sortit du lit en se disant qu'elle ne supportait pas de penser aux anciennes conquêtes de Tom, puis elle s'habilla rapidement en évitant d'apercevoir son reflet dans la glace. Quand elle se mit du rouge à lèvres et un chapeau, elle dut affronter un moment l'image d'Anne Bonner, ou plutôt d'Anne Lovell, dans le miroir... Un visage quelconque, que Tom aimait couvrir de baisers, et des yeux qu'il trouvait « si bleus et si beaux ». Elle avait peut-être de beaux yeux, mais elle avait constaté un fait alarmant : quand elle marchait dans la rue au bras de Tom, les femmes croisées sur son chemin lui jetaient un regard qui ne pouvait signifier qu'une chose : « Comment a-t-elle fait pour l'avoir ? »

Comme pour concrétiser son appréhension, Tom était debout devant elle, prêt à partir, son portefeuille à la main.

– Je n'ai pas l'habitude d'avoir autant d'argent sur moi, dit-il en comptant une liasse de billets.

Il ne remarqua pas l'air préoccupé d'Anne, qui préféra lui tourner le dos.

– Ça ne te paraîtra pas une somme aussi fabuleuse quand tu seras chargé de la fondation et que tu devras sélectionner une dizaine de causes dignes d'intérêt parmi mille autres.

– J'espère que je saurai m'acquitter de cette tâche.

– Papa en sera d'autant soulagé. Il ne supporte pas d'entendre les gens faire le récit de leurs malheurs. Lui-même a connu longtemps la pauvreté et il en a vu de toutes les couleurs avant de devenir riche...

La veste de tailleur d'Anne sur son bras, Tom la suivit le long de King's Road. Ils flânèrent au soleil parmi les petites boutiques de Chelsea.

– J'ai parfois l'impression que beaucoup de gens en veulent à mon père de sa réussite, dit Anne. Il n'a pas d'amis intimes, et personne ne vient jamais lui tenir compagnie à la maison.

Derrière eux, deux bus à étage se croisèrent, manquant de se frôler.

– Je pense qu'il s'est fait des ennemis, ajouta Anne.

Tom garda le silence. Ils descendirent Beaufort Street, la main dans la main, jusqu'à la Tamise.

Anne s'arrêta devant une grille pour admirer les fenêtres en encorbellement de Crosby Hall et les pierres imposantes, vieilles de cinq siècles.

– Papa est un battant. Il a grandi dans la rue et il estime que tous ceux qui ne sont pas pour lui sont contre lui.

L'Albert Bridge projetait ses piliers roses et blancs et un lacis de câbles au-dessus des bateaux de la Tamise. Anne et Tom se promenèrent le long de Cheyne Walk en admirant le fleuve. Des messieurs d'un certain âge, assis sur des bancs, les suivirent des yeux quand ils entrèrent au *Kings Head and Eight Bells.*

Le pub était sombre, mais des rangées de bouteilles et de verres étincelaient au-dessus du bar. Dans l'arrière-salle, une serveuse attendait derrière une vitrine où trônaient une dinde entière, rôtie et dorée, ainsi qu'un jambon découpé en tranches. Il y avait aussi un rôti saignant, des pâtés en croûte rebondis et des pommes de terre cuites au four. Tous ces mets étaient rehaussés par le vert des feuilles de laitue ou des petits pois, et par le blanc des tranches de pain et de la salade de chou.

Tom se fit servir et repartit avec deux assiettes pleines de victuailles. Anne l'attendait, assise à l'une des petites tables de guingois. Il était non seulement bel homme, mais si fin, si désireux d'apprendre ! Il n'aurait aucun mal à devenir directeur de la fondation...

Son amour pour son mari brillait dans ses yeux. Elle déplia sa serviette au moment où il déposait l'assiette devant elle.

– Délicieux, dit-elle...

– Tu parles du cidre ? demanda Tom, en buvant à son tour une première gorgée d'un grand verre.

Elle plongea son regard dans ses yeux gris, ombrés de longs cils.

– Du cidre, de l'amour, de la chance d'être à Londres avec toi...

Il lui prit les mains, les retourna et embrassa chacune de ses paumes.

– J'ai toujours rêvé d'aller à Londres en voyage de noces et d'assister à la relève de la garde...

– Allons-y demain ! s'exclama Anne. Tu auras le plaisir de voir les gardes marcher de long en large et taper du pied dans leur uniforme rouge et noir !...

– Volontiers, dit Tom.

73

– Papa se donne tant de mal pour installer notre maison pendant que nous roucoulons comme des tourtereaux...

– Ton bonheur avant tout !

Tom se voulait rassurant, mais Anne protesta.

– Non, il se félicite surtout de t'avoir pour gendre ! Tu vas le seconder dans ses affaires et nous aurons besoin de recevoir. Il te considère comme le fils qu'il n'a jamais eu...

Ému par son regard, Tom baisa à nouveau ses deux mains, qu'il plaqua ensuite contre ses joues, comme pour lui faire comprendre qu'il était tout à elle.

Les pilotes, volant à basse altitude après avoir décollé de l'aéroport tout proche, pouvaient apercevoir le chemin privé serpentant parmi les arbres depuis la grande route. Il passait près de chez Daniel Bonner et se terminait à la nouvelle maison : deux toitures imposantes sur un coteau surplombant la rivière, entouré de pelouses, de jardins et de forêts. Des allées de gravier serpentaient d'un jardin à l'autre parmi les arbres. À l'arrière, un patio et des terrasses étagées descendaient jusqu'au ruban soyeux du fleuve.

Quand vint le mois de septembre, les jeunes mariés rentrèrent au bercail en avion. Le matin de leur retour, Daniel fit disposer des bouquets de fleurs dans toutes les pièces et passa une dernière fois la nouvelle maison en revue. Il conduisit lentement jusqu'à l'aéroport, en se retournant tant qu'elle resta visible.

L'avion atterrit, et Anne l'aperçut, seul derrière les vitres du hall d'arrivée.

– Personne à part Daniel ! observa Tom.

Anne sourit en prenant son sac et sa veste.

– Il a tenu à venir seul pour nous faire visiter la maison en petit comité !

Daniel embrassa sa fille et serra la main de Tom en lui souhaitant la bienvenue.

– Des roses pour moi ? s'étonna Anne à la vue d'un bouquet de fleurs dans la voiture.

– Pour toi, dit Daniel.

Elle serra un instant le bouquet contre ses joues.

Ils avaient quitté l'Iowa en été ; des feuilles mortes jonchaient maintenant les pelouses de la ville, et de hautes rangées de maïs s'étendaient à perte de vue le long des routes.

– Où vas-tu nous héberger ? demanda Anne, taquine, lorsque la voiture de Daniel s'engagea dans le chemin privé.

Daniel se retourna vers le jeune couple.

– Je vous rappelle que rien n'est définitif, et que vous pourrez changer ce qui ne vous plaît pas !

Anne étouffa un cri de surprise. Là où n'était autrefois qu'un chemin de terre s'étendait une route. La lumière du soleil traversait la rivière, pénétrait par une trouée entre les arbres et teintait de rose la maison de pierre longue et basse.

– Nous sommes chez nous... dit-elle dans un souffle.

Tom descendit de la voiture, lui ouvrit sa portière, puis échangea un regard avec Daniel.

– Quelle merveille ! Comment trouver les mots pour vous remercier ?

– Épargnez-vous les remerciements, et prenez Anne dans vos bras pour franchir le seuil. La tradition l'exige.

Anne et ses roses furent soulevées de terre. Puis Tom l'embrassa, avant de la déposer dans le vestibule circulaire, inondé par les derniers rayons du soleil qui pénétraient à travers les hautes fenêtres du salon.

– Tout y est ; exactement ce que nous avions prévu ! murmura Anne.

Elle ôta son chapeau et ses gants. Debout au milieu du

75

salon, elle promena son regard de la rivière bordée d'arbres, derrière la maison, à la route et à la forêt sur le devant.

– De l'or partout ! dit-elle.

– Ta statuette de troll ! lui fit remarquer Daniel.

Anne avait passé un bras autour des épaules de Tom, mais ses yeux restaient rivés sur Daniel.

– Et le Picasso... Quel mal tu t'es donné ! La salle à manger est exquise. Et cette cuisine ! Tu as fait installer les placards que Tom avait tellement admirés. Le carrelage s'harmonise aux rideaux...

Les chambres à coucher étaient tapissées des teintes vives qu'ils avaient choisies.

– La vue est splendide, dit Tom en sortant par une porte-fenêtre dans le jardin clos de murs, devant la chambre à coucher.

Les plates-bandes embaumaient dans la fraîcheur du soir, et les abeilles bourdonnaient encore.

– Vous pourrez terminer l'aménagement des jardins au printemps prochain, suggéra Daniel qui avait rejoint son gendre sur les dalles. J'ai fait placer ici des espèces annuelles, mais je vous rappelle que nous voulions aussi un jardin à l'anglaise...

Anne les regardait depuis la chambre à coucher. La brise entrée par la porte-fenêtre agitait le baldaquin blanc, richement brodé, et les rideaux. Elle fit ensuite avec eux le tour des chambres d'enfants ; Tom remarqua les vitraux décorés d'anges. En entrant dans le patio, elle battit des mains, ravie.

– Mes violettes, toutes mes violettes ! s'écria-t-elle, éblouie par les bleus, les roses, les blancs et les violets des corolles.

Le patio en demi-lune était dallé, et des terrasses en gradins descendaient vers la rivière. Anne accompagna Tom et Daniel jusqu'au ponton, puis ils regagnèrent la lingerie et la vaste cuisine où une domestique bien en chair et souriante, prénommée Mirabelle, préparait le repas. Ils visitèrent le garage et la remise pour les outils de jardinage.

– La perfection absolue ! s'exclama Tom en s'adressant à Daniel, mais tourné vers Anne.

– Les clôtures qui nous protègent des cerfs et des lapins bordent les deux jardins depuis la façade des maisons jusqu'à la rivière, dit Daniel. Il faut traverser les garages pour aller en forêt, mais notre tranquillité est à ce prix !

Ils sablèrent le champagne, puis Mirabelle leur servit le dîner dans une vaisselle de porcelaine disposée sur une nappe immaculée.

Tom trônait dans *sa* maison, au milieu de meubles de prix soigneusement sélectionnés. Avant d'aller chez Daniel, il n'aurait jamais imaginé ces grandes pièces paisibles, lui qui avait passé sa vie dans des appartements encombrés d'un fouillis de téléphones, de photos de famille, de corbeilles, de boîtes, de figurines, de plantes, de fleurs en plastique, d'assiettes décorées, de souvenirs de voyage, de livres, de piles de magazines, de courrier ouvert, de confiseries, de bouteilles de bière, de calendriers, de machines à écrire, de trophées, de journaux, d'aquariums et de pendules...

Rien à voir avec son nouvel intérieur ! Quand ils allèrent prendre le café au salon, il se félicita d'avoir au moins eu la sagesse de se taire. Dès le début, il avait réalisé que les choix d'Anne et de son père ne coïncidaient en rien avec ses goûts personnels. Mais, qu'il s'agisse de la maison, du mariage ou du voyage de noces, ils l'avaient toujours associé à leurs projets, avec de discrètes interrogations, du genre : « C'est bien ce que vous souhaitez ?... »

Et c'était certainement ce qu'il souhaitait. Sans en avoir une conscience claire, il en avait toujours rêvé. Il découvrait un monde nouveau, qu'il aurait pu ne jamais connaître, et il croyait entendre un hôte un peu distant lui dire avec assurance : « Où étiez-vous donc ? Pourquoi avez-vous mis si longtemps à venir ? »

Derrière les parois vitrées, les arbres se balançaient dans la nuit. Il se dit qu'il avait évolué de jour en jour, avec une secrète opiniâtreté...

Mais Daniel et Anne l'avaient connu *avant*. En leur souriant, Tom rougissait presque au souvenir du rustre mal dégrossi dont ils gardaient peut-être le souvenir. Il s'était forgé une nouvelle personnalité grâce à eux. Malgré sa reconnaissance, une telle dette le mortifiait.

– Je n'ai pas encore acheté vos voitures, dit Daniel. J'ai pensé que vous préféreriez les choisir vous-mêmes...

– Nous pourrons les acheter de nos deniers ! affirma Tom. Vous nous avez déjà tant donné, et j'ai une excellente situation... grâce à vous.

La lune s'élevait au-dessus de la rivière. Daniel déclara qu'il était l'heure de rentrer chez lui.

– Je suis votre voisin, rappela-t-il.

Comme il se dirigeait vers sa voiture, il se ravisa brusquement.

– Les clefs de votre maison ! dit-il en les tendant à Tom. J'allais oublier de vous les donner !

Ils regardèrent la voiture s'éloigner sur la route au milieu des bois. Des bruissements nocturnes d'insectes s'élevaient de partout, et l'air était frais, doux et humide.

Tom se retourna vers la maison, les clefs à la main. *Sa* maison... Il rangea ses vêtements dans la penderie et fit l'amour avec Anne sous un baldaquin brodé, d'une blancheur de givre.

Tout était si calme en forêt, au-dessus de la rivière ! Quand ils se furent aimés et embrassés, ils s'endormirent avec des mots tendres. Daniel poursuivit Tom dans ses rêves et Anne les accompagna jusqu'au matin.

Ils prirent leur petit déjeuner sous les légers ombrages de la terrasse, puis Anne ouvrit la pile de courrier qui les attendait.

– Pour Mr. et Mrs. Lovell... de Californie, annonça-t-elle. Elle déplia une lettre, la lut et examina la signature.

– Raina Weigel ?

– Une amie de tante Emily, dit Tom en s'emparant de la lettre.

– Elle connaît un horticulteur qui pourrait hybrider mes violettes !

Tom, incapable de l'écouter, se concentrait sur l'un des paragraphes de la lettre : *J'apprécie le séminaire d'art médiéval, mais en général mes cours me semblent plutôt fastidieux. Je travaille dur et je n'ai généralement pas beaucoup de temps pour les mondanités. Il y a beaucoup de GI démobilisés à Berkeley et l'ambiance générale du campus est particulièrement studieuse...*

En exposant le papier à lettres au soleil, il aperçut une marque discrète sous chaque « général » – une simple empreinte laissée par un ongle rouge et effilé. Les salutations s'adressaient à « mes chers Tom et Anne », mais deux marques semblables apparaissaient sous « chers » et « Tom ».

– Raina... Un prénom étrange ! dit Anne.

Tom respira des effluves bien connus : Raina avait inondé le papier à lettres de son parfum.

– Un prénom inspiré d'une pièce de Bernard Shaw, *Le Héros et le Soldat...*

– Elle te l'a dit à notre mariage, quand tu dansais avec elle ? demanda Anne, paisible.

C'est au-dessus de mes forces. J'aurais dû rester sur la côte, à des milliers de kilomètres d'ici... Tom croyait entendre la voix tragique de Raina souffler ces mots à son oreille ; il croyait sentir son corps dans ses bras...

– Oui, répondit-il. Quand je dansais avec elle...

6

À peine une semaine après son retour, Anne aperçut son père en train d'errer sur le talus, récemment planté de gazon, au-dessus de la rivière. Elle lui proposa de déjeuner avec elle pour consulter les catalogues d'arbres fruitiers, de roses, de dahlias et de lys.

– J'ai besoin de tes conseils ! lui dit-elle. Que choisirais-tu pour les massifs du patio et des terrasses, et autour du cadran solaire ?

– Une bordure de haies, vert et blanc, comme à Sissinghurst, répondit-il en la scrutant de son regard bleu sous ses sourcils broussailleux.

Daniel accompagna Anne chez tous les pépiniéristes de la région.

– Que dirais-tu d'une rocaille ? lui demanda-t-il au bout de quelques jours.

Anne ayant approuvé cette suggestion, il passa des semaines à chercher des pierres dans les prés et à les faire déposer dans ses jardins. Le père et la fille travaillaient au soleil ou sous la pluie avec Mr. Hanson et son aide. Dès octobre, « les jardins d'Anne » furent prêts pour les plantations de printemps.

Tom allait au bureau tous les matins et souvent l'après-midi.

– Je savais que papa avait toujours aimé le jardinage, lui dit Anne d'une voix réjouie, un jour d'octobre. Nous nous parlons de plus en plus, mais j'ai l'impression que toi, tu te surmènes. L'hiver arrive, et j'espère qu'il va retrouver son rythme de travail habituel...

En réalité, Daniel avait pris goût à ses nouveaux horaires. Comme il se sentait seul dans sa maison déserte, il passait volontiers la matinée chez sa fille, déjeunait avec elle, et discutait de limaces, d'engrais azotés et de chiendent, tout en feuilletant des catalogues.

— J'ai mes violettes, dit un jour Anne en admirant ses plantes en fleurs par centaines le long des murs. Mais que faire au jardin en hiver ?

Daniel haussa les épaules.

— Rêver du printemps !...

— Tu devrais te construire une serre.

— Pourquoi ?

— Pour cultiver des orchidées.

— Des orchidées... répéta Daniel, pensif.

— Ton bureau a un mur orienté vers le sud. Si tu installes une paroi vitrée avec une porte de l'autre côté, tu pourras admirer tes orchidées depuis ta table de travail ! s'écria Anne en battant des mains.

Daniel crut soudain voir sa propre mère battant des mains de cette manière inspirée, avec la même étincelle dans son regard bleu, et une intonation semblable.

— Anne, tu me rappelles ma mère, dit-il.

— Grand-maman ?

— Elle avait un cœur d'or. Tu lui ressembles, murmura Daniel d'un air étonné. Tu lui as toujours ressemblé...

Les yeux d'Anne semblaient plus bleus que jamais, et elle avait rougi d'émotion.

— Tu l'aimais beaucoup, n'est-ce pas ?

— Oui. Je n'avais qu'elle. Je ne pouvais compter sur personne d'autre.

Incapable de parler, Anne recula sa chaise et alla regarder

ses violettes, dont elle ne discernait qu'une traînée de couleur à travers ses larmes.

– Je la revois passant de l'encre sur les manches de mon premier costume pour cacher ses bords élimés, reprit Daniel. Son alliance était si usée qu'elle avait dû la consolider avec du papier adhésif.

– Tu ne m'as pas raconté grand-chose à son sujet, mais je sais que je lui dois mon prénom.

– Elle n'a pas vécu assez longtemps pour apprendre que j'avais quitté mon ami Bill Drucker et Wasserman Street. Fini les couteaux, les pistolets et le vagabondage ! Elle s'inquiétait à mon sujet, comme toi.

– Ta solitude me désole.

– Elle ne pouvait pas se douter que je deviendrais quartier-maître, que j'épouserais Patricia Sadler et que j'aurais les moyens de lui rendre la vie plus douce. Dommage !

Anne enlaça tendrement son père.

– Avec son sens des affaires, insista Daniel, elle aurait été enchantée de me voir prendre en main la gestion de Sadler Supply... Moi à la tête d'une grosse boîte qui a pulvérisé tous ses concurrents !

– Elle aurait été fière de son fils.

La tête sur l'épaule de Daniel, Anne ne put apercevoir son regard éteint.

– Bill Drucker était ton meilleur ami ? demanda-t-elle après un silence.

– Un vrai dur, ce type-là !

– Qu'est-il devenu ?

Daniel eut un rire amer.

– Il était inspecteur de police quand j'ai pris la tête de Sadler Supply. Par la suite, on l'a retrouvé dans la rivière.

– Noyé... murmura Anne. Presque tous les êtres auxquels tu tenais sont morts.

Elle resserra son étreinte, encore étonnée d'oser toucher son père.

— Presque tous, sauf un, ou plutôt une ! marmonna-t-il en se dégageant pour la regarder en face.

— Deux, papa. (Des larmes de joie brillaient dans les yeux d'Anne.) Il y a Tom et moi !

Daniel fit construire une serre de l'autre côté du mur de son bureau. Il harcela les maçons pour que les travaux soient terminés lorsque l'interminable automne céderait la place aux premiers froids. Le soubassement était en billes d'argile et le déflecteur du toit de verre se soulevait pour laisser s'échapper la chaleur. Quand il était fermé, des radiateurs à circulation d'eau chaude tiédissaient l'air. Des présentoirs à double niveau, en métal galvanisé, attendaient les orchidées.

Anne et Daniel écumèrent toutes les serres à orchidées d'est en ouest, et même au sud. Leurs virées duraient plusieurs jours et ils revenaient chargés de *cymbidiums* aux fleurs en forme de crabe, avec des feuilles rappelant les hémérocalles. Ils rapportaient des *paphiopedilums* aux moustaches ondulées, les petites poupées dansantes des oncidiums et des *phalaenopsis* voltigeant comme des papillons. Le père et la fille se sentaient de plus en plus proches et parlaient le même langage, hermétique pour Tom, tandis que la serre s'emplissait de *Polystachia paniculata*, d'*Odontoglossum reichenheimii*, de *Cirrhopetalum ornatissimum*...

Des années plus tard, il suffirait d'une orchidée à la devanture d'un fleuriste pour éveiller les souvenirs d'Anne. Les souvenirs d'une époque où elle s'était rapprochée de son père et où elle avait confiance en Tom.

— Elle est heureuse, dit Sophie à Mr. Hanson qui faisait une pause café dans la cuisine, après avoir emmailloté des roses grimpantes avec de la toile à sac et de la paille pour les protéger des vents secs de l'hiver.

Il laissa ses bottes à la porte et s'assit sur ses mains pour les réchauffer.

– Des tourtereaux ! fit-il.

– Elle construit son nid comme un oiseau, observa Sophie avec satisfaction. Elle ne s'est jamais sentie bien ici, sauf quand nous lui tenions compagnie. Maintenant, elle a Tom. Un gentil garçon...

– Il devrait se méfier, sinon l'Incendiaire n'en fera qu'une bouchée.

– En tout cas, Anne n'a plus rien de la petite orpheline solitaire que nous avons connue ! Daniel vient jardiner avec elle et son visage s'illumine quand il la rejoint. Vous avez remarqué, non ?

Sophie déposa un plat de beignets devant Mr. Hanson, qui se servit.

– Autrefois, il ne lui consacrait jamais plus de dix minutes d'affilée !

Cet homme et cette femme aux cheveux gris, attablés dans la cuisine, se souvenaient parfaitement de la fillette de sept ans sanglotant dans un chêne, de la gamine revenant seule de l'école, de l'étudiante qui passait ses vacances à l'université. Vouée à la solitude...

Les premières neiges hivernales transformèrent le paysage du jour au lendemain. Les jardins et les bois ressemblaient à des gravures à l'eau-forte, en noir et blanc.

– Il est temps que je me mette au travail, déclara Anne à Daniel. Tom et toi, vous avez des obligations professionnelles, mais pas moi, et il n'y a rien à faire au jardin jusqu'au printemps prochain.

Elle trouva un poste de bénévole dans une vieille bâtisse

de l'autre côté de la ville. Sur cet immeuble, un panneau récent indiquait, en toutes lettres, « Centre pour le Troisième Âge ». Daniel, qui en était l'acquéreur, l'avait transformé en petits appartements, répartis sur deux étages, qu'habitaient d'anciens sans-abri.

– Papa souhaiterait que j'aide le centre à démarrer, déclara Anne un beau jour à Tom. Je pense que c'est sa manière de payer sa dette à la communauté. Je n'ai aucune formation dans ce domaine, mais je ferai de mon mieux pour me mettre à la place de ces personnes âgées qui se sentent exclues du monde.

Lorsque les feuilles d'automne disparurent sous la neige, Anne prit l'habitude d'aller travailler tous les jours au centre.

– V'là la fille de Daniel Bonner ! chuchota une femme de ménage à une nouvelle collègue, par une froide matinée de novembre. (Elle observa Anne du coin de l'œil.) C'est lui qui a financé cette maison.

– Alors, qu'est-ce qu'elle fait là ?

– Moi, j' l'aime bien, observa la cuisinière qui s'était jointe aux deux commères. Elle dit que si on nourrit tous ces vieux de purée de pommes de terre, de poulet à la crème et de pudding au chocolat, ça leur permettra de finir leurs jours en douceur.

– Et les vitamines ? demanda la première femme de ménage.

– On en fourre partout, rétorqua la cuisinière. J' vous assure que c'est pas ça qui manque !

– Elle est aimable, assura la seconde femme de ménage. Quand elle m'a demandé ce que je pensais de mon boulot, je lui ai répondu que j'étais pas payée pour faire des critiques, du moment que j' peux élever mes gosses.

– À quoi ça sert de poser ces questions stupides ?

– Elle a dit qu'elle espérait que je me plairais ici. Quand

j'aurai besoin de renouveler du matériel, je n'ai qu'à la prévenir !

– C'est une bénévole ; on appelle comme ça les gens qui n'ont pas besoin de gagner leur vie, expliqua la première femme de ménage.

– J' crois bien qu'on peut rajouter des vitamines aux vitamines, fit la cuisinière.

– Si j'avais pas besoin de gagner ma vie, je préférerais rester chez moi !

– Je lui ai demandé des nouvelles serpillières qui se tordent facilement, et je les ai eues.

– Peut-être que les gens riches finissent par s'ennuyer ! D'après George, son père est surnommé « l'Incendiaire ».

– Pourquoi ?

– J'en sais rien.

Trois paires d'yeux inquisiteurs se tournèrent vers « la fille de l'Incendiaire ». Anne venait d'accrocher son manteau et regardait par la fenêtre du vestibule. Dehors, la neige tombait toujours ; les gens se hâtaient sur les trottoirs en cherchant à se protéger du vent.

– Bonjour, dit Anne à George Tredwell qui entrait justement.

Ce grand Noir déjà âgé, ancien chauffeur de taxi, connaissait la ville comme sa poche.

– Vous voulez sortir aujourd'hui ? demanda-t-il en époussetant ses épaules blanchies de neige.

Anne lui versa une tasse de café.

– Il y a une vieille femme, dans un logement insalubre de Forker Street, qui tient absolument à rester chez elle.

Après avoir bu son café, George roula à travers les rues enneigées et déposa Anne à l'adresse indiquée. Elle sonna à une porte délabrée, puis elle frappa car la sonnette ne fonctionnait pas. Personne ne répondit.

Au bout d'un moment, elle se décida à entrer.

– Mrs. Downey ? Lila ? appela-t-elle depuis l'entrée crasseuse.

Elle s'engagea dans l'escalier branlant. Le vent et la neige s'engouffraient par des carreaux cassés. Elle arriva au premier étage ; George attendait au rez-de-chaussée.

– Mrs. Downey, où êtes-vous ?

Toutes les portes étaient entrouvertes ; certaines tenaient à peine sur des gonds cassés. Un léger bruissement attira l'attention d'Anne.

Dans un coin d'une pièce glaciale, une plate-forme composée de caisses en bois disparaissait sous des couvertures et des manteaux déchirés.

– Lila Downey ? demanda-t-elle.

Un petit visage tout ridé risqua un regard brillant au-dessus des loques.

– J'espérais bien vous trouver...

– Pourquoi ? J' vous connais pas !

– Je suis une amie. Vous n'avez pas froid ? Je vous ai apporté un manteau, des couvertures, et du thé chaud.

À la mention du thé, Lila se redressa.

– Mettez ce manteau, il vous tiendra chaud, dit Anne.

La vieille femme, maigre et voûtée, enfila ses bras décharnés dans les manches et boutonna le manteau marron au col de fourrure synthétique.

– Vous permettez que je m'asseye ?

Ne voyant aucun siège dans la pièce, Anne tira à elle une caisse en bois.

– Du thé bien chaud, dit-elle en emplissant deux tasses. Quel temps ! La neige s'est remise à tomber.

– J'ai pas vu, marmonna Lila.

Le dos voûté, elle serrait sa tasse entre ses deux mains pour se réchauffer, et son crâne pâle apparaissait entre ses cheveux clairsemés.

– Vous avez des voisins ? demanda Anne.

– J'avais un mari, des gosses, des voisins... Aujourd'hui, y a plus que Bill Boyd qui habite au coin de la rue. Il m'apporte quelquefois à manger.

Anne versa à nouveau du thé.

– Et vos enfants ?

– J'ai perdu mes deux garçons.

Il y eut un long silence ; une porte grinça quelque part sur ses gonds. Au bout d'un moment, Anne crut bon de se présenter.

– Je m'appelle Anne Lovell, dit-elle. Je travaille au Centre pour le troisième âge, un foyer de personnes âgées. Nous pouvons vous procurer un logement gratuit pas très loin d'ici. La restauration et la blanchisserie sont également gratuites. Si vous souhaitez vous y installer...

Un regard noir transperça Anne.

– Vous voulez que je fasse mon balluchon et que j'y aille ?

– Si vous en avez envie, nous serions heureux de vous accueillir.

– J'ai ma maison.

– Je sais, mais vous seriez peut-être plus à l'aise dans un appartement.

– Je préfère *ma* maison !

– Il fait froid ici, et vous m'avez dit que vous n'avez plus ni famille ni voisins...

– Oui, mais c'est chez moi.

Lila posa sa tasse vide, ferma les yeux et son visage disparut sous les couvertures élimées.

Anne battit en retraite.

– Et la vieille dame ? demanda George dans la voiture.

– Elle se laisse mourir de faim là-haut, répondit-elle d'une voix navrée. Je reviendrai la voir demain. Le thé lui a fait plaisir, et j'ai une idée.

La neige tomba toute la nuit. Le lendemain matin, George reprit le même chemin avec Anne. Elle ouvrit la porte d'une main en retenant son chapeau de l'autre, mais le vent lui fit lâcher prise, et la porte claqua violemment contre le mur.

Étendue sous ses couvertures, Lila ouvrit les yeux lorsque Anne approcha.

– C'est ma maison, fit-elle.

– Et si je vous promets que nous vous amènerons ici quand vous voudrez, sans discussion ? demanda Anne en lui montrant la Thermos de thé.

Lila s'assit, et elles burent toutes les deux en silence.

– Vous pourrez venir faire le tour de votre maison et jeter un coup d'œil partout, même au fond des placards ! insista Anne.

Les petits yeux brillants de Lila l'observaient au-dessus de la tasse en plastique.

– Je vous propose de faire l'inventaire avec moi dans les moindres détails. Chaque fois que vous souhaiterez garder quelque chose, je prendrai une photo. Nous n'oublierons rien, pas même la vue de vos fenêtres, l'arrière-cour, la rue... (Elle plaça son appareil sous les yeux de Lila.) Ensuite, je vous composerai un album que vous pourrez feuilleter tous les jours. Rien ne vous empêche de garder cette maison tant que vous voudrez, mais vous ne souffrirez plus ni de la faim, ni du froid, ni de la solitude.

Toujours silencieuse, Lila finit par marmonner « Peut-être » entre ses dents. Anne, qui était restée assise à côté d'elle, l'aida à se lever.

La vieille femme portait le manteau marron qu'elle lui avait donné et une longue jupe de laine traînant sur ses chaussures d'homme dépareillées.

– Ce plafond ! dit-elle en pointant un doigt noueux dans les airs. Prenez la photo des fissures. Elles sont mes amies. Chaque fois que j'accouchais, je criais en regardant cette étoile. Vous la voyez ? Et au-dessus du lit, il y a un borgne qui fait la grimace.

Anne photographia le plafond, ainsi que le placard vide de la chambre.

– C'est là que je cache toujours les cadeaux de Noël, lui dit Lila. (Elle insista pour lui faire prendre une photo depuis chacune des fenêtres.) Si on se penche, on aperçoit dans le coin un arbre au-dessus du toit !

Anne se pencha par la fenêtre aux carreaux cassés du couloir pour appuyer sur le déclic, le visage au vent.

– Ça fait du bien de voir un arbre, observa Lila.

La salle de bains, à l'autre bout du couloir, était à peine plus grande qu'un placard.

– Quand Bertie rentre tard de son travail, il commence toujours par se laver. Je lui prépare une chemise et un pantalon propres. Il travaille si tard ! Ça l'empêche de voir les enfants...

Anne recula dans un coin de la salle de bains pour photographier un lavabo rouillé et un tabouret.

– Les gosses aiment patauger dans la baignoire les soirs d'été quand il fait chaud, pour se rafraîchir.

Lila descendit l'escalier traversé de courants d'air en titubant à chaque marche ; ses gros souliers faisaient un bruit sourd. Elle demanda à Anne de prendre une photo du plâtre écaillé.

– Vous pouvez pas deviner qui a esquinté ce mur, mais je vais vous le dire, marmonna-t-elle. C'est Bertie avec sa batte de base-ball. Le soir où notre Joe est mort, Bertie a pris la batte de Joe et il s'est rué dans l'escalier en donnant des coups furieux. Oui, jusqu'à ce que les forces finissent par lui manquer !

Le menton tremblant, elle prit une profonde inspiration avant de déglutir longuement.

Les pièces du rez-de-chaussée étaient vides.

– Mes gamins rangent leur bicyclette devant la porte de la cuisine, reprit Lila en traînant sa longue jupe au milieu des mégots de cigarettes. Vous voyez les traces des guidons sur les murs ?

Le flash de l'appareil photo éclaira le sol jonché de bouteilles de bière et de quelques préservatifs. La vieille femme n'avait d'yeux que pour les traces noires des guidons.

– Joe est le plus malin des deux. Quand je me suis fait une entorse, il a installé un système de poulies pour que je puisse actionner les appareils de cuisine sans me lever. Vous voyez, ce crochet, au-dessus de la porte !

Sur les murs nus de la cuisine, le flash fit apparaître des marques lépreuses laissées par un poêle et un évier.

Les planchers glacés craquaient sous leurs pas.

Les yeux noirs de Lila contemplaient toujours la maison qu'elle avait connue jadis...

– Mon placard à vaisselle ! s'écria-t-elle en montrant un carré bleu pâle sur un mur sinistre. Ma porcelaine bleue dans mon placard bleu !

Le flash d'Anne se déclencha aussitôt.

– Et voici mon salon, murmura Lila, tandis que du verre cassé crissait sous ses pas. Mes voisines viennent prendre le thé et manger des gâteaux le jeudi. Nous jouons au bridge.

Anne tournait sur elle-même, ne négligeant aucun mur, aucun recoin, aucune fenêtre, jusqu'au moment où elle arriva sur le seuil délabré, mais Lila semblait à peine remarquer sa présence.

– Des dîners ? s'étonna Daniel ce soir-là.

Anne s'adressa à Tom d'une voix taquine.

– Papa vit en ermite. Depuis la mort de maman, il a renoncé à recevoir. Il se cache... comme s'il était recherché par la police.

– Les réceptions donnent beaucoup de tracas, observa Daniel.

– Nous avons deux maisons à notre disposition, et Sophie et Mirabelle sont à la hauteur pour le service, objecta Anne. Il suffira de trouver de bons cuisiniers.

Elle avait raison, se dit Tom. Elle pouvait compter sur Sophie et Mirabelle, devenues de véritables amies avec qui elle bavardait longuement dans les cuisines. Elle se souvenait des prénoms des enfants de Mirabelle, des rhumes et des problèmes de chacun.

– Vous m'aiderez tous les deux à faire les listes d'invités, dit Anne. Vous rencontrez chaque jour des gens importants, et je dois savoir par qui commencer.

Des gens importants furent donc conviés à dîner. Ils y passaient d'agréables soirées et ne manquaient jamais de s'extasier devant les deux maisons au bord de la rivière.

– Tu l'as vue dans le journal, ce week-end ? demanda une femme de ménage, au moment où Anne franchissait le seuil du Centre pour le troisième âge.

– Une superbe maison sur la rivière ! opina la cuisinière.

Anne tint la porte pour un vieillard qui arrivait, une valise en carton sous le bras. Les sans-abri surgissaient des recoins les plus éloignés de la ville, chargés de quelques effets arrachés au naufrage de leur vie. Certains se terraient sous leurs couvertures dans une pièce du centre et se sentaient éternellement étrangers. D'autres étaient plus sociables, comme Lila Downey qui allait de pièce en pièce, l'album de photos d'Anne sous le bras, pour montrer à tout le monde *sa* maison.

George Tredwell vint accueillir Anne.

– Après votre départ, hier soir, Lila Downey nous a dit qu'elle voulait rentrer chez elle, mais nous avons préféré attendre qu'elle vous en cause.

– Rentrer chez elle ? s'étonna Anne. Elle va geler ! Je vais lui parler.

George garda un visage inexpressif.

– Je reste ici.

– Non, venez avec moi.

– J'aimerais mieux pas.

– Lila commence à vous connaître, insista Anne. Votre présence peut me rendre service.

Anne entra dans la salle à manger où les pensionnaires prenaient ensemble le petit déjeuner. Lila était assise à une table centrale, l'album de photos sous sa chaise.

– Mrs. Downey ? dit Anne en s'approchant.

Soudain, l'album surgit entre les mains noueuses de Lila qui s'était levée, chancelante, les cheveux en bataille, les yeux brillants et la bouche ouverte sur les quelques dents qui lui restaient.

– La fille de l'Incendiaire ! cria-t-elle. Laissez-moi tranquille !

– Mrs. Downey...

– Fichez le camp ! gronda Lila. Je ne veux pas devoir un centime à l'Incendiaire !

– L'Incendiaire ? répéta Anne d'une voix étranglée.

Plusieurs dizaines de personnes restaient figées sur place, une cuillère, une fourchette ou un toast beurré à la main. George se tenait prudemment dans le vestibule.

Puis Lila fondit en larmes et en gémissements sinistres.

– Votre père a mis le feu aux entrepôts de Clingman ! À cause de lui, mon Joe a été brûlé vif ! C'est lui qui a brisé le cœur de mon Bertie !

L'album qu'elle avait saisi des deux mains alla brusquement atterrir, grand ouvert, aux pieds d'Anne. Des photos d'un mur fissuré, d'un plafond aux craquelures en forme d'étoile et d'un salon aux vitres brisées s'en échappèrent.

Lila sanglotait dans un silence de mort.

93

— Si j'avais pu me douter que vous étiez la fille de l'Incendiaire ! Reprenez vos photos et fichez-moi la paix, je rentre à la maison ! hurla-t-elle en crachant sur le plancher avec un regard haineux.

Tous les yeux se braquèrent sur Anne. Pour la plupart, ils n'exprimaient guère la surprise, comme si les paroles de la vieille femme étaient parfaitement compréhensibles...

Se sentant dévisagée, Anne se redressa machinalement et courut se réfugier dans les toilettes, sans dire un mot à George qui l'attendait dans le vestibule. Tremblant de tous ses membres devant le lavabo, elle ne put retrouver un semblant de calme qu'après s'être aspergé le visage d'eau froide. *La fille de l'Incendiaire...*

Alors seulement, elle alla parler à George.

— Il faut essayer de faire admettre Lila à l'hospice. Cette malheureuse ne peut pas continuer à dormir chez elle dans ce tas de chiffons !

George, muet, regardait par la fenêtre de ses yeux striés de veinules rouges. Elle s'adressa à son profil énigmatique.

— Vous avez entendu raconter des histoires au sujet de mon père ?

— Ouais.

— Les gens les croient ?

— Certains. Surtout les vieux.

— Mon père a provoqué un incendie ? Tué des gens ? Quand ?

— En 1935... Clingman était un concurrent. Il avait ses entrepôts au bord de la rivière, à l'endroit où sont installés les établissements Bonner.

George parlait d'un ton sec et désabusé, comme s'il lui racontait une vieille histoire que personne n'ignorait. Anne attendit la suite en silence, mais il n'en dit pas plus.

La fille de l'Incendiaire...

– Je vais téléphoner à l'hospice, dit Anne d'une voix défaillante. Vous la déposerez là-bas.

Les personnes âgées arrivaient maintenant dans le vestibule ; elle leur tourna le dos. Après avoir prévenu George qu'elle l'appellerait plus tard, elle empoigna son manteau et son chapeau accrochés à une patère et sortit par la porte principale.

Un vent froid matinal fouetta ses jambes et faillit lui arracher son chapeau. Certaines personnes croyaient à ces histoires, surtout les vieux... Elle roula en voiture jusqu'à la bibliothèque.

Des piles du *Waterloo Courier* jaunissaient sur les étagères. Quand elle eut trouvé les publications de 1935, elle les feuilleta une à une sur une table. Elle n'avait que neuf ans en 1935 !

Dans l'un des numéros de novembre, elle lut en toutes lettres : « L'entrepôt Clingman dévasté par un incendie. Quatre hommes trouvent la mort. Incendie volontaire ? »

Une photo de Daniel lui sauta aux yeux dans le numéro suivant. Un jeune homme sans un cheveu gris et sans rides amères autour de la bouche : il affirmait qu'il n'avait joué aucun rôle dans cette « tragique affaire ». L'éditorial suggérait que Daniel et l'inspecteur de police étaient amis d'enfance. Ni les pompiers ni la police n'étaient venus sur les lieux.

Anne parcourut les journaux de l'année suivante. Pendant plusieurs mois, des lettres furieuses, adressées au rédacteur en chef, s'en prenaient à Daniel. On avait dissimulé des preuves accablantes contre lui... Il avait des amis haut placés... Il voulait se débarrasser de Clingman... Il allait installer son entreprise sur des cendres encore fumantes... Le maire demanda une nouvelle enquête, mais les témoins se turent : ils avaient peur, paraît-il. Et l'immeuble Bonner s'éleva sur le site de Clingman...

Les doigts noircis d'encre d'imprimerie, Anne, assise dans

95

un coin, respirait l'odeur de moisi du vieux papier et du cuir. Des souvenirs d'enfance, jamais éclaircis, lui revenaient à l'esprit. Des enfants de sa classe avaient mis le feu à son casier, sans aucune explication. Ils griffonnaient sur des papiers : *Ton père est le diable*, ou : *Bonner, sale type !* Sophie, à qui elle en parlait, lui disait : « Ce sont des envieux ; ne les écoute pas. » Elle faisait semblant de suivre ses conseils, mais elle avait eu longtemps horreur d'aller à l'école.

Un jour où elle marchait en ville avec son père, un inconnu avait crié : « Assassin ! » Daniel avait prétendu qu'il s'agissait d'un ivrogne.

Votre père a mis le feu aux entrepôts de Clingman ! À cause de lui, mon Joe a été brûlé vif ! Il a brisé le cœur de mon Bertie !

Anne décida de rentrer chez elle. Quand elle quitta la grande route, la maison de son père se distinguait à peine derrière les branches dénudées. Elle lui apparut sous un jour nouveau : dissimulée et isolée au bord de la rivière, tel un îlot entouré d'arbres et d'eau...

Après s'être garée dans l'allée de Daniel comme une simple visiteuse, elle resta assise dans sa voiture. Elle avait froid malgré la tiédeur de l'air climatisé. Tom travaillait à Waterloo depuis plusieurs années maintenant. Il avait dû entendre parler de l'incendie et des gens brûlés vifs. Il avait épousé la fille de l'Incendiaire...

Au bout d'un moment, elle se décida à aller chez Daniel. Les hurlements de Lila et la voix sèche de George la hantaient... Elle se sentait mal à l'aise comme si ces meubles, ces tableaux, ces sculptures l'épiaient – esclaves sournois sachant depuis toujours qu'elle vivait dans la maison de l'Incendiaire.

Elle pénétra dans le bureau de son père. Daniel se tenait près d'un banc, dans la serre, au-delà de la paroi vitrée. À cause des reflets, il ne la vit pas et elle put l'observer comme

96

une bête curieuse dans une cage de verre. D'après les derniers journaux qu'elle avait lus, il était clair que Daniel avait payé des hommes pour incendier l'entrepôt. Personne n'avait eu le courage de lui intenter un procès. Aucun témoin n'avait parlé, et quatre hommes avaient péri...

Elle garda longtemps les yeux fixés sur lui. Pourquoi Daniel restait-il solitaire dans les réceptions si Tom ou elle ne lui tenaient pas compagnie ? Il se montrait d'une extrême générosité pour toutes les œuvres de bienfaisance de Waterloo, mais peu de gens le saluaient au concert ou au théâtre. *Il n'a pas d'amis intimes et personne ne vient lui tenir compagnie à la maison ; il a dû se faire des ennemis...* C'était exactement ce qu'elle avait dit à Tom pendant leur lune de miel à Londres.

Daniel se pencha pour tourner un robinet de la serre, et le tuyau d'arrosage qu'il tenait à la main projeta un rideau argenté sur les *Sophronitis coccinea* rouge sang. Elle pouvait l'interroger : était-il Bonner l'incendiaire ? Était-elle la fille de l'Incendiaire ?

Daniel se retourna en entendant la porte s'ouvrir. Il sourit à Anne qui se dirigeait vers lui. Incapable de faire bonne figure, elle cacha son visage blême dans son épaule...

7

Tom et Anne s'habituèrent aux coups de téléphone en pleine nuit. Une chaudière en panne dans l'une des usines de Daniel, un voleur qui s'était introduit clandestinement, un toit qui fuyait... Tom s'habillait aussitôt et partait. C'était à lui et non à son beau-père qu'il appartenait d'arranger les choses.

Anne décora leur premier sapin de Noël. Comme elle suspendait un Cupidon rouge à l'une des branches, elle vit Tom s'emparer des cartes de vœux récemment arrivées.

Il avait reconnu l'écriture de Raina sur une enveloppe. Sa carte, adressée à ses « chers amis » les Bonner, faisait allusion à la « confusion générale » de Noël en Californie et à ses cours « généralement » intéressants. Un léger trait soulignait les mots clefs. Tom se souvint des longs ongles rouges de Raina...

– Tu as l'air fatigué, lui dit Anne.

Il reposa la carte.

– Une mauvaise journée ! J'ai commis une erreur... En négociant un bail qui devait nous rapporter gros, j'ai oublié de faire signer le contrat d'assurance par le locataire.

– Je suppose que ça ne doit pas être facile de travailler avec papa !

Anne alla l'embrasser. *Bonner l'incendiaire.* Elle avait l'impression d'entendre ces deux mots résonner dans toute la pièce.

– Pas facile, en effet, répondit-il.

Il pensait aux multiples mensonges et omissions qui sous-tendaient sa nouvelle vie comme une trame invisible. Les secrets qu'il avait appris au sujet des affaires de Daniel... Et Raina, dont la carte pourpre lançait des feux dans la corbeille du courrier.

– On l'appelle Bonner l'incendiaire, n'est-ce pas ?

Tom sentit peser sur lui un regard bleu dont la gravité et la franchise le troublèrent.

– Son meilleur ami était inspecteur de police, reprit Anne. Quand j'avais dix ans, il a fait incendier les locaux de son concurrent et il s'en est tiré à bon compte. J'ai lu d'anciens numéros du *Courier* à la bibliothèque. Tout y est.

Les yeux fixés sur elle, Tom restait muet.

– Il y a eu mort d'hommes, dit Anne.

– Oui.

– Tu le savais quand nous nous sommes mariés. Tu te doutais que tu épousais « la fille de l'Incendiaire ».

– Pour moi, tu n'as rien à voir avec...

– Et maintenant tu travailles pour lui !

Tom la prit dans ses bras et plongea son regard dans le sien.

– Les affaires sont les affaires ! J'essaie de faire de mon mieux. Il s'est créé des ennemis par sa faute, mais il a fait fortune et nous en bénéficions. Il vaut mieux oublier et jouer le jeu...

– Mentir, toujours mentir ! Faire comme si rien ne s'était passé ! Les gens se souviennent...

– On finit toujours par oublier.

– Non, ils se souviennent. Les personnes âgées du centre se souviennent... L'une d'elles m'a craché au visage. Elle prétend que mon père a tué son fils.

Tom resserra ses bras autour d'Anne comme pour la protéger de telles insultes.

– N'y va plus ! murmura-t-il.

– Je n'y mettrai plus les pieds. Le centre peut se passer de moi ; il y a maintenant un directeur à plein temps. Je vais travailler à la crèche de Joyland, près de l'université. (Elle parlait d'une voix étouffée contre l'épaule de Tom.) Le personnel est trop jeune pour se rappeler un incendie datant de plus d'une douzaine d'années !

– Quand commences-tu ?

– Lundi.

Tom haussa le menton.

– Un jour ou l'autre, tu pourras te consacrer à nos propres enfants.

– Oui, dit Anne doucement.

Elle se sentait si proche de Tom, à la lumière scintillante de leur grand sapin de Noël, près de cette pile de cartes de vœux !

La crèche de Joyland comportait un ensemble de bâtiments préfabriqués, en forme de H, dans une cour fermée donnant sur une rue animée. Un côté se composait de bureaux, la barre transversale regroupait une cuisine et une salle de réunion pour les puéricultrices. Le reste du H abritait trois grandes salles de jeux, chacune dotée de toilettes avec des lavabos et des sièges miniatures.

– Salut ! dit à Anne la responsable des enfants de trois ans, le premier matin. Je m'appelle Gwen French.

Grande et mince, mais avec des genoux et des coudes anguleux, elle semblait avoir à peu près son âge. Assise par terre, elle tirait de toutes ses forces sur la botte d'une petite fille.

– Je suis bien contente de t'avoir avec moi, reprit-elle. Joues-tu du piano par hasard ? (Sans laisser à Anne le temps de lui répondre, elle se mit à rugir :) Billy, ne sors pas cette chaise dans la cour ! Non, pas dans la neige !

100

Elle baissa la voix d'une octave pour s'adresser de nouveau à Anne.

— Je te préviens que nos conversations risquent d'être souvent interrompues. Oh ! Bill, remets-la à sa place ! Les luges sont sorties, va en chercher une.

— Oui, je peux jouer des morceaux faciles, dit Anne.

— Très bien. Nous les envoyons dans la cour dès qu'ils arrivent le matin. Vas-y, Betsy ! (Gwen observa l'enfant qui ouvrait la porte du préfabriqué, le visage face au vent d'hiver.) Chez eux, on les confine dans un appartement exigu et on les oblige à se tenir tranquilles parce que papa travaille ; ils étouffent !

Quand les vingt-cinq enfants revinrent dans la salle de jeux, ils avaient la goutte au nez, des moufles humides et un visage rubicond. Gwen et Anne essuyèrent les nez et décoincèrent les fermetures Éclair, mais les petits de trois ans étaient déjà capables de se déshabiller tout seuls.

— Ils apprennent ! dit Gwen. Les mères me disent : « Je n'en reviens pas ; ma fille refuse de s'habiller ou de se déshabiller sans mon aide à la maison. » Je leur réponds qu'ici les enfants n'ont pas le choix. Toute la différence est là. Peux-tu les emmener aux toilettes et vérifier qu'ils font leurs besoins ? Dis aux garçons de rabattre les sièges pour les filles. C'est quelque chose qu'il vaut mieux leur apprendre dès leur plus jeune âge. Après, c'est trop tard !

Anne jeta un coup d'œil par-dessus les stalles. Les enfants s'exécutèrent sans histoires, et les garçons rabattirent docilement les sièges.

— Maintenant, lavez-vous les mains, leur enjoignit Gwen.

Les enfants s'installèrent ensuite à des tables, dans la grande salle préfabriquée, et se munirent de feuilles de papier et de crayons.

La porte s'ouvrit brusquement et un gamin de trois ans, maigre et pâlot, fit son apparition. Un sentiment de désespoir se lisait dans ses yeux. Les petits, négligeant un instant leurs papiers et leurs crayons, lui jetèrent un regard furtif. Le gamin, en pantalon et anorak, courut vers le coin des poupées, les jeta à terre et se pelotonna dans un lit miniature, les yeux fermés et le pouce dans la bouche.

– Jesse, dit Gwen en s'asseyant sur un coffre de rangement construit sur toute la longueur des murs.

– Quel est son problème ?

– Si je savais ! J'ai parlé à sa mère, mais elle est aussi nerveuse que lui. Elle paraît toujours sur la défensive.

Jesse refusa d'utiliser la pâte à modeler ou de peindre avec les doigts, bien qu'Anne, agenouillée à côté de lui, ait tenté de le convaincre. Il refusa aussi de toucher au jeu de construction, de charger des cubes sur un camion, ou de prendre un jus de fruits et des biscuits. Autour de lui, les enfants habillaient et déshabillaient les poupées, tandis qu'il restait prostré.

À l'heure de la sieste, le silence se fit dans la longue salle. Seuls deux ou trois bambins chuchotaient sur leur matelas de coton ou fredonnaient entre leurs dents. Anne s'assit dans le rocking-chair en se disant qu'elle aurait un jour un enfant comme celui qui enroulait ses cheveux blonds sur ses doigts, celui aux deux lacets dénoués, ou celui qui faisait rouler une petite voiture d'avant en arrière sur le sol. Pendant un moment, son désir de maternité flotta sur eux comme une aura. Elle était mariée depuis six mois, mais, quand Gwen lui demanda si elle avait des enfants, elle dut lui répondre qu'elle n'était « même pas enceinte ».

L'heure du départ arriva : le sol disparaissait sous des montagnes de bottes, de moufles, de combinaisons de ski et de bonnets, tandis que les enfants s'habillaient.

Jesse, qui avait gardé toute la journée son anorak sur lui, repartit avec une baby-sitter. Parfois un père venait chercher son enfant, mais la plupart du temps les mères s'acquittaient de cette tâche. Ces jeunes femmes fatiguées s'en allaient dans le froid avec leurs petits qui traînaient les pieds derrière elles, en brandissant des dessins au crayon que le vent d'hiver tentait de leur arracher.

Le printemps succéda à l'hiver, puis ce fut l'été. Tom demandait souvent à Anne si son travail lui plaisait.

– Tu rentres à la maison épuisée, lui dit-il un soir. Un tel travail mérite salaire !

Elle protesta vivement.

– La pâte à modeler sous mes ongles, la boue sur mes genoux et ma chemise tachée de peinture... j'adore !

Les enfants ne venaient plus à l'école emmitouflés dans des anoraks et des combinaisons de ski. Ils portaient maintenant des T-shirts et des shorts. Seul Jesse continuait à se cacher sous des pantalons et des manches longues.

– Il a beaucoup trop chaud, dit Anne à Gwen French, un après-midi, en regardant l'enfant pelotonné dans le lit de poupée.

– Il est couvert d'ecchymoses !

– C'est vrai ?

– Vendredi dernier, son père a cassé le poignet de sa mère. Elle a fini par me lâcher le morceau hier soir, après ton départ. Si elle quittait son mari en emmenant Jesse, elle pourrait trouver un job. Elle a fait des études de pharmacie. Malheureusement, elle n'a pas un sou.

Anne s'agenouilla auprès de Jesse. N'osant pas le toucher, elle se mit à lui chanter une chanson : il était question d'un pigeonnier qu'on ouvrait et dont tous les pigeons s'envolaient. Jesse remonta une couverture de poupée encore plus haut au-dessus de son visage. Avait-il seulement écouté ?

Les autres enfants, au contraire, entouraient Anne de plus en plus chaque jour. Ils grimpaient sur ses genoux, jouaient avec ses cheveux, l'embrassaient sur le nez ou le menton. Toutes ces petites mains la caressaient et la câlinaient comme si elles parcouraient un texte en braille.

Quand elle mêlait des flocons de savon à la peinture afin de l'épaissir, une douzaine de mains se tendaient pour l'aider. Les enfants venaient s'installer à tour de rôle sur ses genoux, tandis qu'elle jouait des marches et des polkas sur le vieux piano droit désaccordé.

Elle leur apprenait des comptines et des chansons dont elle avait été privée pendant son enfance : *Il pleut, il pleut, bergère, rentre tes blancs moutons... Malbrough s'en va-t-en guerre...*

Pendant leurs rares moments de loisir, les puéricultrices se retrouvaient dans la petite « salle de réunion » surchauffée, où régnait une odeur de renfermé, parmi les boîtes de biscuits et les jus de fruits. Les pieds posés sur de petits sièges d'enfants, elles mangeaient leurs sandwiches en bavardant.

Elles taquinaient volontiers Anne sur sa condition de jeune mariée.

— La première année, ça n'est pas rien ! proclamait Marcy. Même un incendie ne nous aurait pas interrompus, Sam et moi. Ma mère s'affolait : elle me trouvait pâle et maigre comme un clou. Évidemment, je ne fermais pas l'œil de la nuit ! Quand nous avions faim, nous courions acheter des hamburgers et des Coca, que nous nous partagions au lit, comme de juste...

— On faisait l'amour partout, même sur la planche à repasser, insistait Rita, qui secouait son double menton en riant. Mais nous commencions par enlever le fer !

Anne les écoutait en souriant. Elle se demandait si ses collègues en rajoutaient ou non.

— Tu es bien Anne Bonner, de la famille Bonner, lui déclara un jour Rita. J'ai dû voir ta photo dans le journal quand tu t'es mariée.

– Une pleine page ! s'exclama Marcy Bond. Et on prend aussi des photos quand tu reçois chez toi, non ?

Trois paires d'yeux dévisagèrent Anne, dont les cheveux étaient aplatis d'un côté à cause du chapeau de cotillon qu'elle avait porté ce matin-là. Ses baskets étaient imprégnées de boue depuis l'heure de la récréation. Elle se cacha le menton derrière la main en murmurant :

– C'est affreux d'être harcelé par des photographes qui exigent encore un sourire... une dernière photo...

En jouant à la « pauvre petite fille riche », elle arracha un sourire à ses collègues. D'ailleurs, elle était toujours volontaire pour les tâches les plus salissantes. Quand un plateau de jus de fruits se renversait ou qu'un gosse vomissait, elle accourait la première. Elle lavait les blouses de peinture, reconstituait les boules de pâte à modeler et passait un coup de balai le soir avant de partir.

Rentrée chez elle, elle recevait assidûment dans sa nouvelle maison – de grands dîners suivis de soirées dansantes, une cuisine raffinée, d'excellents alcools... Tom et Daniel étaient des personnalités en vue, elle devait fréquenter le « gratin » de Waterloo et de Cedar Falls. Mais elle ne se liait jamais avec les femmes de ce milieu : son père était Bonner l'incendiaire, elle était *la fille de l'Incendiaire...*

– Charmante soirée ! susurra Emily Webb, assise parmi les invités qui dînaient ce soir-là chez les Bonner.

– Quel temps faisait-il en Europe ? demanda aimablement Tom.

– Délicieux. Tu pourras en juger par toi-même, car je crois savoir que tu vas traverser l'Atlantique dans quelques semaines avec Anne. Une seconde lune de miel ?

– Mon premier séjour en Europe a été enchanteur. Un vrai rêve.

Tom sourit malgré lui de l'effroyable banalité de sa remarque. Un rêve ? Plutôt un choc, comme le jour où il avait découvert la maison offerte par Daniel, dans laquelle il s'était installé clefs en main. Quel contraste avec le petit bungalow étriqué de ses parents ! Rétrospectivement, sa vie d'étudiant lui avait semblé aussi terne que les longues heures qu'il avait passées à s'ennuyer pendant son enfance.

– Et tous ces magnifiques musées ! gloussa Emily.

– Une révélation pour moi !

Tom revoyait les foules piétinant pendant des heures sur des sols de marbre, leur air inspiré et passionné. Les visiteurs discutaient dans des langues étrangères, en arrêt devant une statue ou le visage illuminé à la vue d'une toile célèbre.

– Vous avez dû aimer Rome tous les deux, même si ses habitants conduisent comme des fous, insista Emily.

Tom se revit assis, les dents serrées, dans un taxi romain. Ce bolide se faufilait à travers des rues étroites comme des tunnels, frôlait les passants, les chiens, les voitures en stationnement, les chaises des cafés, et finissait par s'arrêter avec une secousse et un grincement à l'ombre d'un immense édifice de pierre.

San Clemente...

Tandis qu'Emily se tournait vers une amie, Tom se souvint de la majestueuse église, fraîche et obscure, où la voix d'Anne résonnait étrangement.

« Cette église date du XIe siècle... »

Il avait posé sa paume sur la pierre poussiéreuse et murmuré :

« Elle a neuf siècles.

– Il y a mieux, avait chuchoté Anne en l'entraînant dans un escalier. (Sous les colonnes monumentales et le sol de pierre apparaissaient les fondations d'une autre église.) Celle-ci est du IVe siècle ! »

Des spots éclairaient des fragments insérés dans les murs :

une tête sculptée... des motifs d'oiseaux et de fleurs autour d'une colonne.

Ils empruntèrent un escalier menant en un lieu humide et ténébreux. De petites lampes brillaient à peine plus que des vers luisants.

« Nous sommes maintenant plusieurs siècles avant notre ère, avait dit Anne. Cette église était destinée au culte de Mithra. »

La main dans la main, ils avaient franchi le seuil d'une pièce mal éclairée, puis d'une autre.

« Une ville romaine, des maisons romaines », avait ajouté Anne.

Dans les pièces sombres et humides, on entendait le murmure régulier et mélancolique d'une source.

« L'eau coule vers le Colisée, lui avait expliqué Anne. Des gens ont vécu ici, dans ces pièces. Ils ont fait l'amour, élevé leurs enfants, mais le ciel était au-dessus de leur tête et le soleil entrait par les fenêtres. Ces villes ont brûlé, elles ont été enfouies sous les décombres, puis on en a construit d'autres. Et ainsi de suite jusqu'à nos jours. »

Un instant, Tom avait senti le poids du passé peser sur lui. Il en avait inspiré une bouffée en même temps que l'air humide ; il l'avait entendu filer avec le cours d'eau souterrain. Le passé semblait aussi réel sous sa main que les pierres râpeuses. Cette sensation s'était gravée en lui et ne l'avait plus quitté, bien qu'Anne et lui aient remonté l'escalier comme deux amoureux s'échappant d'une tombe. Ils s'étaient retrouvés dehors, graves et solennels, éblouis par le soleil italien.

Emily se retourna vers Tom quand son amie s'éloigna.

– Alors, vous refaites un grand tour en Europe ?

– Anne s'inquiète à l'idée de jouer les professeurs...

– Ce n'est pas dans ses habitudes, je suppose.

Tom perçut une note amusée dans la voix d'Emily. Il

craignit de passer pour un jeune homme inculte, accompagné d'une épouse pédante.

– Oui, dit-il en rougissant, elle a beaucoup de tact et je ne sais pas ce que je deviendrais sans elle.

– Où en es-tu maintenant ? Tu parais très affairé.

– Daniel possède des immeubles dans toute la ville...

– Du moment que ton travail te plaît... Cette tournée en Europe te sera très utile quand tu porteras ta nouvelle casquette de directeur de la fondation. Tu te sentiras comme un poisson dans l'eau quand tu discuteras avec des artistes, des écrivains et des professeurs du Salon vert de la reine Victoria ou de l'endroit où mourut Keats, près de la place d'Espagne...

– Je ferai de mon mieux.

– Et Daniel te traite bien ? demanda Emily en tendant sa tasse à une domestique qui l'emplit de café.

– Il semble satisfait.

Le ton de Tom attira l'attention de son interlocutrice.

– Il est difficile à contenter ?

– Oui, plutôt.

Emily avala une gorgée de café.

– Comment réagit Anne ?

– Elle est... Quelqu'un lui a parlé de l'Incendiaire. Elle m'a demandé si je savais qu'elle était « la fille de l'Incendiaire » quand je l'ai épousée. Elle a horreur du mensonge. J'ai dû lui avouer que je savais. Je crois qu'elle est allée lire de vieux numéros du *Courier* à la bibliothèque. (Il jeta un regard noir à Emily.) Elle avait à peine dix ans quand ça s'est passé. Pourquoi se sent-elle coupable ?

Emily se tourna pour observer Anne.

– La fille vaut mieux que le père !

– Elle jardine avec lui chaque jour et presque tous les week-ends. Ils prennent le petit déjeuner et le déjeuner ensemble, et elle passe souvent la soirée en sa compagnie.

– Elle ne le quitte pas ?

– Il est seul.

– Toi aussi, et tu te charges de ses affaires pendant qu'il accapare Anne !

Tom but son café sans répondre.

– Je ne comprends pas qu'elle te traite de cette manière, insinua Emily.

– Elle a perdu sa mère si jeune, et elle ne s'est jamais sentie aimée par son père... jusqu'à maintenant.

– Toi, tu ne comptes pas ?

– Anne... (Tom hésita.) Elle est très attachée à lui. Nous n'avons toujours pas de bébé à l'horizon, et son travail à la crèche la passionne. Le soir, elle rentre tard, après avoir rencontré les parents qui ont des problèmes. Elle vient même de créer pour eux un fonds de soutien. Je l'aime, tu sais. Hier, elle était bouleversée par la mort d'une vieille femme qu'elle avait voulu arracher à un taudis l'hiver dernier...

Ils apercevaient par la fenêtre d'élégants invités dans la lueur verte des jardins éclairés de lanternes. Anne et Daniel avaient transformé le coteau surplombant la rivière en une succession de terrasses croulant sous les fleurs.

– Que penseraient de notre existence les riches des grandes villes ? demanda Tom. Nous avons des habitudes de petits-bourgeois...

Emily lui jeta un regard perçant.

– J'ai vécu assez longtemps en Californie pour savoir ce que tu veux dire. Tu es riche, mais tu ne passes pas l'hiver dans une villa de la Costa del Sol.

– Non.

– Tu ne conduis pas une voiture qui vaut une fortune.

– Non.

– Et tu ne peux même pas y songer, parce que Anne et son père n'ont pas ce genre de prétentions.

– Exactement.

– Mais, pour l'instant, tu aimes Anne. (Tom remarqua l'intonation particulière d'Emily.) Tu vas à l'église tous les dimanches et tu te plais en Iowa.

– À mon arrivée ici, j'avais l'impression de sortir d'une autoroute californienne. On roule sur six voies, on emprunte une bretelle de sortie, et on se retrouve dans une ville où les gens tondent leur gazon et vont faire leurs courses à pied comme si les autoroutes n'existaient pas. Il faut ralentir, s'intéresser aux détails...

– Au fond, ça ne te déplaît pas, et vous allez repartir bientôt à l'étranger...

– Pas avant juillet. Je ne peux pas m'absenter trop souvent. J'espère que ce voyage permettra à Anne d'oublier ses soucis : elle devra subir des examens médicaux complémentaires à Mayo l'automne prochain si elle n'est toujours pas enceinte.

Emily se leva.

– En Europe, tu auras au moins ta femme pour toi tout seul et tu ne te chargeras pas du travail de Daniel en plus du tien. Anne est stupide de passer tout son temps avec son père alors qu'elle a un mari comme toi !

La voix d'Emily avait un son métallique qui rappelait le scintillement de ses boucles d'oreilles. Elle ajouta, pensive :

– Je m'étonne que tu ne trouves rien à y redire !

8

Tom et Anne ne partirent pour l'Angleterre et, de là, pour le continent qu'en plein mois de juillet. Un jour de canicule, Emily Webb, qui avait passé l'après-midi à jardiner, était rentrée dans la maison prendre le frais et lire son courrier. Elle réapparut presque aussitôt à la porte de la cuisine, l'air sidéré et une lettre à la main...

– Des ennuis ? demanda Mrs. Park en remontant ses lunettes qui avaient glissé sur son nez.

– Raina ! Écoutez ce qu'elle m'écrit. Elle va diriger la galerie Rolinger. C'est inconcevable, elle s'installe ici...

– En ville ?

Emily lut à haute voix :

– « J'ai appris l'ouverture de la galerie et j'ai écrit à Daniel pour qu'il me pistonne. Ça ne démarre que l'hiver prochain, mais j'arrive vendredi pour me familiariser avec Waterloo et trouver un appartement. Je me réjouis d'être si près de toi, que j'ai toujours considérée comme une vraie mère... »

– Très bien ! grommela Mrs. Park.

– Tout sauf bien ! rétorqua Emily, dont les boucles d'oreilles étincelèrent tandis qu'elle jetait un regard noir à Mrs. Park, puis à la lettre. Quand Anne et Tom vont revenir...

– Anne ne se doute de rien... à moins que quelqu'un ne lui ouvre subitement les yeux...

– Ce n'est pas moi qui ferai ça, ni vous ! Et Raina compte sur moi ; elle sait que je serai discrète...

Nue sur son matelas, la tête sur l'oreiller et les pieds contre le mur, Raina écoutait pour la dernière fois les bruits de la circulation nocturne dans les rues californiennes. Elle se souvenait des heures passées avec Tom dans cette chambrette. Un lieu magique où ils réchauffaient leurs haricots en conserve dans une petite casserole et où ils faisaient l'amour, tandis que la guerre traînait en longueur et que la fin du sursis de Tom approchait.

De l'eau bouillait sur le réchaud à côté d'elle. Ses valises étaient bouclées, la chambre était vide, à l'exception des roses de Steve et d'un reste de vin de Richard.

– Tom, s'écria-t-elle, j'arrive !

Elle pouffa de rire, car Tom était à l'étranger avec Anne, mais il ne tarderait pas à revenir.

Sa première rencontre avec Tom... Elle se retourna et cacha son visage dans l'oreiller. Un homme dont le corps rappelait les plâtres de dieux grecs qu'elle copiait au cours de dessin, et dont elle remarqua tout de suite les pommettes saillantes d'Indien et les yeux gris, si pâles au soleil... En plein campus de Berkeley, il s'était dressé devant elle.

Il s'était réellement mis en travers de son chemin depuis le jour où il l'avait suivie dans sa chambre et où ils avaient écouté ensemble les nouvelles du jour J sur son petit poste de radio. Pendant qu'ils s'embrassaient, les voix familières d'Edward R. Murrow et de Lowell Thomas annonçaient le débarquement, « la plus grande opération militaire de tous les temps ».

Ce corps, ce visage s'étaient interposés entre Quentin et elle. Le riche Quentin Bradford l'embrassait, mais c'était à Tom qu'elle pensait... Elle faisait l'amour avec Quentin dans la chambre couleur pourpre de son hôtel particulier en ville, ou entre les murs vert d'eau de sa villa au bord du Pacifique, mais elle fermait les yeux pour s'imaginer qu'elle était avec Tom...

Quentin lui offrait des toilettes somptueuses à l'époque où elle était censée apporter son café à Reeno et où elle passait ses journées à éviter ses grosses mains moites dans la galerie. Elle n'aimait pas Quentin, mais elle aimait prendre son petit déjeuner en regardant les vagues de l'océan se briser à ses pieds, et elle aimait porter un rubis, suspendu à une chaîne en or, qui venait se nicher entre ses seins. Quand, agenouillée en pleine vitrine, des épingles dans la bouche, elle entendait murmurer des plaisanteries douteuses, ce rubis rouge sang se balançait devant ses yeux... Au bout de deux ans, pourquoi n'aurait-elle pas épousé ces robes de Paris, cette vue sur le large et cette bague au diamant presque trop lourd pour rester à son doigt ?

Elle préférait ne plus y penser.

« Tom, je viens te rejoindre. »

Seul le bouillonnement de l'eau sous un fin panache de vapeur lui répondit.

Après avoir bu son café, elle s'assit, les bras croisés autour de ses genoux.

« Je ne te quitterai plus. Attends un peu et tu vas voir. Je vais diriger ma propre galerie ! Jamais je n'aurais cru... »

Elle passa une nuit blanche et ne ferma pas l'œil une seconde, le lendemain, dans l'avion. Son regard restait rivé aux montagnes dont quelques routes sillonnaient les flancs rocheux.

Aux montagnes succédèrent des plaines brumeuses, qu'elle survola en étudiant les plans de la galerie Rolinger. Elle avait présenté sa candidature dès qu'elle avait lu l'annonce dans le journal ; le comité de sélection lui avait adressé une réponse polie. Puis Daniel Bonner était intervenu en sa faveur, et il avait suffi d'un coup de téléphone pour qu'elle obtienne le poste.

L'avion atterrit sous un soleil torride.

– Je vais avoir un poste en or, dit-elle à Daniel, et c'est grâce à vous !

Il haussa les épaules.

– Mais non, vous étiez déjà en tête de liste...

Elle trouva un appartement près de la galerie. Après avoir passé la matinée dans la fraîcheur des salles, elle quittait chaque jour la ville à l'heure du déjeuner pour emprunter la longue route privée de Daniel Bonner.

Comme elle avait besoin d'argent, il lui avait suggéré de répertorier sa collection d'œuvres d'art. Rien de plus simple et de plus innocent !

Mais personne n'était au courant. L'employée de maison de Daniel avait dû s'absenter pour aller soigner une sœur malade. Ils avaient donc la grande maison au bord de la rivière pour eux seuls.

L'hôtel particulier de Quentin Bradford avait ébloui Raina par son luxe : un écrin de pierre et de verre, perché au sommet d'une rue à pic de San Francisco, vrombissante du bruit de la circulation. Au contraire, la grande demeure longue et basse de Daniel était environnée de jardins et de forêts, comme la résidence d'un gentleman-farmer britannique. Ni voisins, ni bruits intempestifs, ni passants indiscrets... La lumière de la rivière se reflétait sur ses hauts plafonds. Seuls des chants d'oiseaux s'élevaient dans la chaleur de l'après-midi.

Raina était sincèrement reconnaissante à Daniel de son aide financière. Il avait acheté des appareils pour photographier sa collection et installé un bureau pour elle dans l'une des nombreuses chambres de la maison. « Vous en avez assez fait pour aujourd'hui ! lui disait-il souvent en fin de journée. Je vais vous emmener dîner quelque part. »

Ils travaillaient et discutaient ensemble pendant des heures, et faisaient parfois un tour dans le jardin ou en forêt. Rien de plus simple et de plus innocent, en effet ! Pourtant, quand ils allèrent visiter une exposition dans un musée de Chicago, ils n'en dirent mot à personne. Le soir, lorsqu'ils dînaient ensemble, ils évitaient la ville.

— Raina ne passe presque jamais me voir, confia un jour Emily Webb à Mrs. Park.

— Elle doit avoir beaucoup de travail à la galerie, répondit Mrs. Park. Avez-vous écrit à Tom et Anne qu'elle vit ici ?

Emily fronça les sourcils.

— Je leur ai envoyé un petit mot à Venise pour leur annoncer qu'elle a trouvé un emploi et un appartement. Tom est au courant...

Les derniers rayons du soleil filtraient à travers les bois en bordure de la rivière lorsque Daniel se gara dans son allée un après-midi, à son retour de la ville. Il fit une pause devant la porte d'entrée pour admirer le grain du chêne sous cette douce lumière. Patricia avait découvert jadis cette porte à Salisbury et ils avaient construit la maison tout autour.

Il se retourna en entendant une voiture remonter l'allée.

— Bonjour ! dit Sally McDonald, toujours filiforme et d'une élégance tapageuse, en dégageant ses jambes maigres de la voiture.

Elle lui demanda de contribuer à ses œuvres de bienfaisance ; il promit la somme habituelle.

— Raina Weigel se plaît à la galerie Rolinger ? demanda-t-elle.

— Je suppose que oui, répondit Daniel avec une intonation légèrement impatiente.

Sally avait toujours eu la fâcheuse habitude de le serrer d'un peu trop près et de ne lui épargner aucune de ses confidences. Il aurait pu compter chacune des roses de son chapeau et chacun de ses cils noirs, englués de Rimmel.

— Avez-vous remarqué qu'elle nous éclipse toutes dès

qu'elle apparaît ? C'était frappant à ce dîner, hier soir. (Sally émit un petit rire guttural.) Personne ne peut rivaliser avec elle. Son physique, sa manière de s'exprimer... Aucune de nous ne lui arrive à la cheville !

N'obtenant pas de réponse, Sally remonta en voiture après avoir remercié Daniel.

Quand il eut poussé la porte de chêne, il entendit Raina taper à la machine dans son bureau. Il erra sans but jusqu'à l'ancienne chambre à coucher d'Anne. Sur son lit, une poupée le regardait fixement – une poupée offerte autrefois par Patricia à sa fille. Elle avait un visage rose de bébé sur lequel était peint un sourire, mais ses yeux vitreux le mirent mal à l'aise.

Il fit les cent pas dans la maison, puis dans le jardin. Au bout d'un moment, il se retrouva devant son bureau, en train de relire une lettre à demi achevée qu'il adressait à Tom et Anne. Elle ne contenait aucune allusion à Raina.

Il avait cinquante-quatre ans, Raina vingt-neuf.

C'était la fin de la journée. Il termina sa lettre, la cacheta et regarda la rivière, qui lui parut une traînée de paillettes au soleil. Puis il reprit son errance de pièce en pièce, examinant ses costumes sur mesure dans sa penderie, ses tableaux de maîtres sur les murs et ses souliers faits main soigneusement alignés. Un moment, il observa sa propre image dans une psyché.

Le soleil se couchait. Il traversa les garages et marcha jusqu'à la lisière des bois. Des chemins de gravier reliaient sa maison à celle d'Anne. À leur croisée, un grand tilleul s'était effondré au bord du chemin ; ses racines déchiraient l'air comme une masse de serpents tortueux. Des rais de lumière passaient encore à travers le feuillage et le fleuve charriait ses eaux brunes au pied des terrasses.

Il traversa la forêt en respirant son étrange odeur d'herbe chaude, mêlée à la pourriture et au moisi du bord de l'eau.

116

Quand le soleil eut disparu, il entendit Raina appeler. Il lui répondit et ils se retrouvèrent sur le chemin.

– Les nouvelles photos sont arrivées, dit-elle en lui montrant l'album. Ce travail s'imposait : vous avez une belle collection d'objets de prix, uniques en leur genre.

Ils allèrent dîner dans leur restaurant préféré, dans une bourgade voisine.

– Anne et Tom sont dans le Yorkshire, apprit Daniel à Raina lorsqu'ils s'assirent à la lumière des chandelles. Ils vont passer une semaine à Haworth. Anne m'écrit qu'elle a toujours été fascinée par la triste histoire des sœurs Brontë et le romantisme des *Hauts de Hurlevent*.

– Pauvre Heathcliff, murmura Raina en souriant, et pauvre Cathy ! Tous deux mal mariés...

Leur conversation, ponctuée de silences après lesquels ils abordaient d'autres sujets, se poursuivit agréablement jusqu'à l'heure du retour.

– Venez prendre un dernier verre chez moi, proposa Daniel en se garant dans l'allée à côté de la voiture de Raina.

Après avoir déposé son chapeau et ses gants au salon, Raina s'arrêta sous une lanterne du patio – une femme si belle qu'un amateur d'art aurait été tenté de tourner autour d'elle pour admirer en détail ses formes parfaites.

Ils descendirent palier par palier les marches de pierre jusqu'au ponton, où une petite table et des chaises étaient installées au bord de la rivière.

Le visage pâle de Raina, auréolé de sa chevelure voluptueuse, brillait dans l'ombre. Daniel prit son verre, le posa à côté du sien sur la table, puis l'attira contre lui pour l'embrasser encore et encore. Malgré la brusquerie de son geste, elle n'eut pas un mouvement de recul et passa ses bras autour de son cou.

L'obscurité donnait confiance à Daniel. Ils restèrent longtemps près du fleuve, enlacés, à écouter sans un mot le clapotis des vagues. Au-dessus d'eux, une chouette passa avec un hululement étouffé.

En remontant dans la maison vide, ils échangèrent un regard grave.

– Marions-nous, souffla Daniel au milieu du salon ténébreux, puis dans son grand lit, sous le baldaquin de soie bleu pâle.

– Oui, dit Raina en accompagnant sa réponse de baisers et de caresses.

Daniel sombra dans un profond sommeil. Peu après, un bruissement soyeux se fit entendre lorsque Raina se glissa hors du lit.

Une femme nue, à demi cachée par le voile de ses longs cheveux, promenait son reflet furtif dans les miroirs de la chambre...

Le clair de lune scintillait sur le tapis du salon, à travers les feuilles des arbres. Les cuivres, les vitres et les bois cirés luisaient doucement. Raina laissa échapper un petit rire, rejeta la masse de sa chevelure derrière ses épaules et tendit les mains. En pivotant lentement sur elle-même, elle fermait les poings comme pour saisir l'un après l'autre tous ces beaux objets plongés dans l'ombre – un dauphin de bronze, un buffet d'acajou, un nu de pierre, un bouquet d'orchidées dans un vase chinois, un paysage dans son cadre brillant...

Elle vagabonda de pièce en pièce, s'arrêtant pour allumer les flammes bleues de la cuisinière et ouvrir le double réfrigérateur, qui embua sa peau nue de gouttelettes. Elle se faufila à travers une porte pour se tenir, pieds nus, sur le sol chaud d'une terrasse et regarder la rivière couler au clair de lune.

Quand elle rentra à la maison, le sourire aux lèvres, Daniel dormait toujours. Il avait fermé ses extraordinaires yeux bleus et n'était plus qu'un homme entre deux âges, allongé sur le dos, la bouche ouverte.

Elle reprit place à côté de lui, tout imprégnée de la fraîcheur nocturne, et ses pieds sales se glissèrent entre les draps de satin.

La brume de la rivière remontait vers la maison de Daniel, et la surface des jardins brillait de rosée dès l'aube.

À neuf heures, Raina, étendue sur une chaise longue, admirait les massifs de roses, lorsque Daniel se pencha sur elle :

– Si nous fixions la date de notre mariage ?

Elle ne broncha pas. Pour lui donner un peu de répit, il ajouta qu'il n'était pas pressé, mais qu'il l'aimait et qu'il l'épouserait le jour même si c'était possible.

– Nous avons tant de points communs ! dit Raina au bout d'un moment... Ces derniers mois... (Elle le regarda dans les yeux, sans avoir la force de soutenir longtemps son regard.) Nous nous sentions si proches que j'ai deviné dès le début ce qui allait se passer. Moi qui ai été longtemps pauvre et seule, je ne pouvais imaginer de plus grand bonheur !

– J'ai connu moi aussi la solitude et la pauvreté... répliqua Daniel. J'avais trois ans à la mort de mon père ; ma mère a travaillé comme cuisinière dans un restaurant pratiquement jusqu'à la fin de ses jours. Mon premier souvenir est celui d'un tire-bouton avec lequel elle m'avait pincé en me mettant mes chaussures montantes. Je devais rester assis dans un coin des cuisines, me tenir tranquille pendant des heures... Sinon, nous n'aurions rien eu à manger. Absolument rien ! Je savais ce que c'était d'avoir le ventre vide.

– Je comprends, dit Raina.

– J'ai commencé à aller en classe en plein milieu de la Dépression. Pas de cantine pour moi ! Je rentrais lire à la maison des livres empruntés à la bibliothèque, jusqu'au retour de ma mère qui rapportait des restes du restaurant.

Des restes qu'elle avait parfois récupérés dans les poubelles...
Nous faisions réchauffer le tout à la casserole, sur notre
plaque chauffante, pour tuer les microbes. Ma mère disait
que c'était le plus vieux ragoût du monde, et que nous avions
beaucoup de chance de ne pas aller nous coucher le ventre
vide. Notre mixture n'avait jamais le même goût deux fois
de suite. Elle comprenait selon les cas du jambon, un morceau de poisson, un œuf dur, une rondelle de citron... Donc,
nous mangions et nous lisions ensemble, ma mère et moi.
En hiver, nous nous blottissions sous un tas de couvertures !

– En été, se souvint Raina, nous ne pouvions pas fermer
l'œil de la nuit, sur notre escalier de secours...

– Nous aspergions d'eau notre peau et nos vêtements,
mais nous avions l'impression de rôtir entre nos quatre murs.
(Daniel laissa errer son regard sur les roses du jardin.) Ma
mère avait été institutrice.

– Mon grand-père était ouvrier dans une fonderie, dit
Raina, dont les paroles résonnèrent étrangement dans l'air
parfumé, à l'ombre de l'imposante demeure. Ma mère était
serveuse. Je l'ai perdue avant d'entrer à l'université. Quant
à mon père, j'ignore s'il est encore en vie. J'ai toujours rêvé
d'avoir une famille comme tout le monde. Un père et une
mère...

Daniel aperçut une abeille butinant une rose.

– Nous avons eu la chance de pouvoir nous débrouiller
par nos propres moyens !

– Une grande chance... Mais que pensera Anne si je
deviens sa belle-mère ? s'inquiéta Raina.

– Allons en Angleterre la mettre au courant ! Je peux te
procurer un passeport rapidement. Faisons nos bagages et
prenons l'avion vendredi prochain.

– En Angleterre ?

– À Haworth !

– À Haworth, répéta Raina en écho.

Elle lança une œillade à Daniel sous sa grande capeline de paille jaune, ornée d'une touffe de coquelicots de soie. Son reflet doré donnait à ses pommettes un éclat oriental, au-dessus de sa bouche écarlate.

– Un vrai Renoir ! s'exclama-t-il. Tu as tout d'un Renoir, ce matin.

– La semaine prochaine nous serons en Angleterre, chuchota Raina, le souffle coupé par l'émotion.

Ils admirèrent les roses en silence pendant un moment. Comme Raina se retournait, le bord de son chapeau lui cacha Daniel, mais elle sentit son regard l'envelopper. S'il avait été plus près, elle aurait pu voir son image reflétée dans le miroir de ses yeux, comme deux copies d'un même Renoir...

9

Anne et Tom étaient assis à une table, si près du canal que l'eau semblait clapoter presque sous leurs pieds. Après s'être régalés de fruits et de fromage, ils buvaient un café à l'ombre bleutée d'un palais vénitien, dont les fenêtres en ogives laissaient pénétrer une lumière irisée. Le quai de pierre était verdi par les mousses au-dessus du niveau de l'eau.

Tom inspira une bouffée d'air embaumant la *pasta*, le bois pourrissant et le café corsé qu'ils buvaient à petites gorgées. Des gondoles glissaient sur l'eau ; dans une cour, des enfants criaient.

Le reflet du vieux palais tremblota dans l'eau comme une dentelle de pierre. Depuis le début de ce voyage de rêve, Tom avait souvent l'impression qu'Anne et lui étaient de petits personnages secondaires d'une toile du Canaletto, de Rubens ou de Fragonard : un couple admirant une succession de merveilleux paysages...

Pareille béatitude lui avait toujours semblé inimaginable. Il se prélassait dans son fauteuil en songeant au plaisir que lui donnait la compagnie d'Anne. Tout en restant discrète et pleine de tact, elle savait imposer son exceptionnelle intelligence. De plus, sa beauté s'affirmait de jour en jour. Les gens semblaient fascinés par le bleu de ses yeux ; certains s'approchaient même pour voir de plus près cette lumière si limpide entre ses longs cils. Sa lèvre supérieure charnue donnait une forme délicieuse à sa bouche, et les hommes n'étaient pas indifférents à son corps harmonieux.

Elle portait un large chapeau blanc. Tom regarda avec une admiration somnolente le scintillement de l'eau jouer sur son visage. Elle se sentait heureuse, et le bonheur lui allait bien...

– Des nouvelles intéressantes ? demanda-t-il incidemment, car Anne venait d'ouvrir une lettre arrivée à leur hôtel vénitien.

Elle leva les yeux en souriant.

– De bonnes nouvelles. Emily m'apprend que la galerie Rolinger – tu te souviens sans doute de la rétrospective à laquelle nous avons assisté – a engagé une nouvelle directrice. L'une de nos amies.

Tom vit passer un bateau chargé de corbeilles de poissons argentés dont les yeux éteints semblaient le fixer.

– Une amie ? demanda-t-il, l'esprit ailleurs.

– Enfin, pas vraiment une amie... Raina Weigel.

Anne fit glisser la première page de la lettre derrière la seconde. Concentrée sur sa lecture, elle ne remarqua pas l'expression ébahie de Tom, qui s'était brusquement redressé.

– Raina accompagnait Emily à notre mariage, reprit Anne. Tu l'as interrogée sur son prénom quand tu l'as fait danser. Elle s'appelle Raina à cause de Bernard Shaw, *Le Héros et le Soldat,* ou *L'argent n'a pas d'odeur.* (Elle poursuivit sa lecture tout en parlant.) Elle est déjà installée à Waterloo où elle a trouvé un appartement... Elle commence à travailler cet automne.

Malgré le grand air et le soleil sur le canal, Tom se sentait littéralement étouffé, piégé. Il posait sur Venise le même regard éteint que les poissons morts entassés dans les corbeilles.

– Papa l'a aidée à obtenir ce poste, dit Anne.

Raina... songeait Tom. Ils habiteraient la même ville. Ils se rencontreraient au concert, dans les dîners mondains. Daniel l'inviterait, Anne elle-même l'inviterait.

123

Il contempla le canal, le pont, les palais, Anne... Une minute à peine venait de s'écouler. Le bateau chargé de poissons était encore en vue, Anne continuait à lire la lettre d'Emily, mais tout s'était assombri autour de lui, comme si un nuage masquait le soleil.

Tom fit son possible pour paraître naturel. Ils regagnèrent l'Angleterre par l'Italie et la France, puis louèrent une voiture à Londres avant de se diriger vers le nord. Par un matin d'août, le Yorkshire offrit ses pierres grises et ses prairies verdoyantes aux regards du jeune couple.

– Il y a quelques années, je n'aurais pas pu imaginer ce genre d'itinéraire, fit Tom. Voyager signifiait pour moi...

Il hocha la tête et serra le volant de ses deux mains, en fixant le plafond comme s'il levait les yeux au ciel.

– Disons que je n'aurais jamais pensé faire un pèlerinage à travers la littérature anglaise et m'arrêter pour visiter des cathédrales, reprit-il.

– Ça te plaît, non ?

Tom remarqua l'air ravi d'Anne. Par la vitre ouverte, la brise balaya sur sa joue ses cheveux bruns, qu'elle repoussa d'un geste paisible.

Quant à lui, il avait perdu la paix de l'esprit ! Le visage et la voix de Raina planaient sur sa tête comme une menace. Elle avait quitté leur petite chambre de Berkeley, où la distance la rendait inoffensive. C'était sur son territoire qu'elle avait pénétré, et il croyait l'entendre, le jour où elle était réapparue chez lui. *Je n'aime que toi*, avait-elle dit. *Je t'attendrai...*

Haworth, ville entourée de murailles et surmontée par le clocher de l'église où avait officié le révérend Brontë, semblait grise même sous le soleil de l'après-midi. L'auberge du *Black Bull* était située près de l'église ; Tom et Anne venaient de s'installer dans leur chambre quand on frappa à la porte pour leur remettre un télégramme.

– De la part de papa, dit Anne, éberluée. Il nous annonce son arrivée avec Raina, le 13 août, à Haworth.

– Raina, ici ?

– Elle accompagne mon père, répliqua Anne d'un air sombre. Aujourd'hui !

Tom parcourut le télégramme, et Raina lui apparut, un jouet de chiffons serré contre ses seins nus.

– Pourquoi ? s'étonna-t-il.

Anne haussa les épaules.

– Nous ferions mieux de leur retenir une chambre avant d'aller faire un tour dans le village.

Tom la suivit dans l'étroite cage d'escalier. Le bar sentait la fumée de cigarettes refroidie et le pop-corn.

– Au moins, nous ne pourrons pas les rater, il n'y a qu'une seule rue dans cette bourgade ! dit Anne lorsqu'ils sortirent sous un soleil déclinant, après s'être entendus avec le patron.

– Mais pourquoi viennent-ils ? s'étonna Tom, une fois dans la grande rue pavée de Haworth.

Cette voie était si étroite et si raide que les voitures n'y roulaient qu'au ralenti. Les piétons pouvaient se dispenser de longer les murs pour se mettre à l'abri.

– Et s'ils nous annonçaient qu'ils ont l'intention de se marier ? suggéra Anne en lissant ses gants. Je ne vois pas d'autre explication. Sinon, papa n'arriverait pas ici en compagnie d'une jeune femme. On est plutôt collet monté dans l'Iowa !

Tom en resta médusé. Une odeur de pot-pourri à la rose et au géranium s'échappait par la porte ouverte d'un magasin. Anne avait noué autour de son chapeau noir un foulard de mousseline bleue dont les extrémités scintillaient aux derniers feux du soleil.

À la vue de manteaux de cuir dans une devanture, Tom

125

s'arrêta, mais il avait devant les yeux l'image de Raina promenant ses longs doigts sur sa peau nue, comme elle l'avait fait si souvent. *Ils ont l'intention de se marier...*

– Si vite ! murmura-t-il.

– C'est probable, fit Anne en scrutant la devanture du magasin.

Tom observa les franges de cuir et les lanières de l'autre côté de la vitrine. À côté de lui, Anne, dont l'univers s'était soudain assombri, pensait que son père lui avait choisi une belle-mère qu'elle connaissait à peine : Raina...

– Autrement, elle ne viendrait pas, insista Anne.

– Tu crois ?

– D'après Emily, Raina est une personne indépendante et fière. Elle n'a pas eu la vie facile et elle a travaillé dur. (Anne croisa le regard de Tom.) D'ailleurs, tu l'as connue à Berkeley, il me semble. Emily m'a dit que tu l'avais rencontrée chez elle.

– Effectivement, je la *connaissais,* reconnut Tom.

Gêné par le sens biblique du mot, il précisa qu'elle était alors fiancée à un homme très riche.

– Que s'est-il passé ? demanda Anne.

– Finalement... il préfère les hommes.

Anne émit un murmure compatissant, puis ils regardèrent en silence la vitrine du magasin pendant un moment.

– Il te donnerait donc une belle-mère ! fit Tom, la rage au ventre.

– Tu te rends compte ? Papa doit avoir vingt-cinq ans de plus qu'elle !...

Anne parlait d'une voix éteinte, les yeux fixés sur les articles de cuir.

– Ce manteau t'irait bien, reprit-elle en essayant de surmonter son trouble.

Tom regarda le manteau de cuir sans le voir.

– Si tu l'essayais ? suggéra Anne. Tu pourrais le garder en souvenir...

– En souvenir de quoi ?

– Du jour où Raina et mon père sont venus nous parler.

– De leurs projets de *mariage* ? articula Tom, les lèvres sèches.

Ils entrèrent dans le petit magasin aux fortes odeurs de cuir tanné.

– J'aimerais essayer le manteau marron exposé en vitrine, dit Tom à un vieil homme, à peine visible dans l'arrière-boutique mal éclairée.

Anne semblait songeuse.

– Ils veulent peut-être nous demander sincèrement notre avis, parce que rien ne laissait supposer qu'un jour...

Tom fut frappé par son ton mélancolique : Daniel avait agi sans la tenir au courant, presque derrière son dos... Il pivota lentement devant une glace à demi dissimulée par des rangées de vêtements de cuir constellés de clous. Son regard gris semblait aimanté par leurs reflets, mais sa pensée était ailleurs.

– En tout cas, ce manteau te va parfaitement, dit-elle.

Tom paya et sortit avec son paquet. Il songeait à la liberté dont il avait joui jusqu'alors. Son avenir lui paraissait sans issue, comme la rue pavée qui s'étendait devant lui. *C'est une question d'argent, comme toujours !* avait bien dit Raina.

Un groupe de cavaliers galopa bruyamment à l'angle de l'auberge du *Black Bull*. Une femme qui essuyait des verres dans un salon de thé les vit passer ; elle prit un autre verre et se pencha pour observer une voiture qui s'arrêtait dans la rue. Une femme aux longs cheveux bruns, portant un chapeau de paille, en descendit.

– Tu la vois ? On dirait une star de cinéma, dit la serveuse à sa collègue.

Un couple sortit de la boutique du maroquinier et accourut au-devant de l'actrice et de l'homme plus âgé, au volant de la voiture.

– Le grand brun, quel amour ! remarqua la seconde serveuse.

– Il est marié à cette fille au chapeau noir avec un ruban bleu, je crois. Ils sont descendus au *Black Bull*.

– Dommage ! Un si beau garçon...

Le seuil vermoulu du *Black Bull* n'était qu'à quelques pas de la place pavée. L'église voisine, derrière sa grille de fer forgé, s'arc-boutait au milieu des tombes.

– Haworth me semble une ville fabuleuse, confia Anne à Raina et Daniel au cours du dîner. Mais c'est peut-être un point de vue de touriste. En hiver, les gens d'ici doivent détester entendre le vent mugir sur la lande.

Depuis son arrivée, Raina avait très peu parlé et elle manquait d'appétit. Daniel l'observait à la dérobée, tandis qu'elle guettait Anne du coin de l'œil.

– Demain, nous pourrions explorer les Hauts de Hurlevent et y pique-niquer s'il fait beau, proposa celle-ci.

– Elle est tombée amoureuse du Yorkshire, plaisanta Tom en lui souriant.

Daniel et Raina sourirent à leur tour avec un soulagement manifeste.

– Le *Black Bull* n'a rien d'un hôtel de luxe, fit Daniel.

– Nous nous plongeons à fond dans l'ambiance de la famille Brontë, expliqua Anne. C'est ici que Branwell Brontë venait s'enivrer.

Elle jeta un coup d'œil à travers la vitre : un réverbère était déjà allumé et les boutiques de la place fermaient une à une. Les Brontë reposaient sous le sol de l'église. Près de la plaque de cuivre sur laquelle étaient gravés leurs noms, leurs admirateurs venaient déposer des bouquets de bruyère qui se fanaient dans l'obscurité.

Au moment du café, Daniel s'adressa à Anne et Tom :

– Je suppose que vous avez deviné la raison de notre venue. Nous voulons vous demander votre bénédiction, selon l'expression consacrée. Raina a accepté de m'épouser, et je crois qu'elle s'inquiète un peu à l'idée de devenir votre belle-mère... Quant à moi, je ne me fais pas de souci.

Il prit la main de Raina, qui leva les yeux au moment précis où Tom baissait les siens sur sa tasse de café.

– Je... pensais... bredouilla-t-elle, qu'il fallait d'abord vous en parler.

Anne posa une main sur les mains jointes de Daniel et de Raina en murmurant :

– Je vous souhaite tout le bonheur possible.

Comme ils se levaient de table, Tom serra la main de Daniel et lui présenta ses félicitations.

– Si nous marchions un moment pour parler du mariage ? suggéra Anne.

Autour du *Black Bull*, des lumières scintillaient dans la nuit noire, mais les façades et les murs de pierre d'Haworth semblaient d'une obscurité insondable.

Une ville de rêve ou de cauchemar...

Après avoir erré tous les quatre par les rues pavées, ils décidèrent de fixer la date du mariage.

– Pourquoi pas en septembre ? suggéra Anne. Si nous rentrons tous cette semaine, vous aurez le temps de partir en voyage de noces avant que Raina commence à travailler...

Tom la connaissait assez bien maintenant pour savoir que la jeune femme comblée, au regard pétillant, qui l'accompagnait le matin même n'avait rien de commun avec celle dont la voix résonnait entre les murs sombres d'Haworth.

Raina se fit prier pour rentrer à l'hôtel quand vint l'heure

129

d'aller dormir. Elle traversa à contrecœur le bar encore bondé, puis gravit l'étroit escalier.

– Fatiguée par le voyage ? lui demanda Anne, debout devant la porte de sa chambre.

– Non, je m'endors dès que je monte en voiture. J'ai toujours été comme ça. Daniel me taquine à ce sujet.

Après avoir dit bonsoir à Anne, Raina alluma la lampe et referma la porte. Les doubles rideaux étaient tirés. Elle s'assit sur un des deux lits en songeant à ce qui se cachait derrière la lourde étoffe. Pendant l'après-midi, elle avait évité de regarder dans cette direction, mais la fenêtre l'attirait malgré elle.

Au pied du mur de sa chambre – il suffisait de faire quelques pas dans l'herbe – s'alignaient les tombes : des dalles de pierre à même le sol, ou, pis encore, de pesants couvercles de sarcophages... À moins de dix mètres de son lit, des corps se décomposaient sous la terre.

Certaines dalles s'étaient fissurées, et même entrebâillées. Elle avait vu des ombres jouer en fin d'après-midi dans tous les recoins, changeant la mousse en une douce fourrure verte et faisant ressortir les lettres de noms vieux de plusieurs siècles. Penchée à sa fenêtre, elle pouvait presque toucher du doigt les tombes les plus proches ou entrevoir des profondeurs ténébreuses sous leurs dalles de guingois.

Au-delà des tombes, elle avait imaginé une foule d'individus descendant la colline, à la lumière floue du crépuscule. Leurs épaules oscillaient au rythme de leurs pas, ils portaient des capuches, des bonnets pointus, des chapeaux ronds, ou des sortes de plumets. Éclairés de face, ils avançaient dans une sorte de brume semblable à un nuage de poussière surgi sous leurs pas. Ils approchaient, menaçants...

Elle avait tiré les rideaux en plein après-midi, mais ils continuaient à dévaler la colline, inlassablement, dans l'obscurité.

Maintenant ils ne devaient plus être qu'à un ou deux pas de sa fenêtre...

Des cadavres. Enfant, elle en avait vu un, découvert par la police dans un dépôt d'ordures. Elle avait fait ensuite d'effroyables cauchemars. Pour rien au monde elle n'aurait feuilleté un livre illustré de squelettes ou même de momies égyptiennes, avec leurs nez écrasés et leurs crânes à la peau brunie.

Raina se déshabilla, enfila sa chemise de nuit et se brossa les cheveux, toujours en pleine lumière. Daniel parlait à Anne dans la chambre voisine ; quand elle se glissa dans son petit lit, elle entendait toujours le murmure de leurs voix à travers le mur.

Les voix se turent, et Anne regagna sa chambre. Daniel ferma sa porte. La tête sous l'oreiller, Raina voyait les traits de Daniel se profiler sur de vertes prairies et des villes grises ; Anne, tournée vers son père, lui souriait. Et Tom, sous les lettres dorées du Kings Arms, donnait la main à Anne. Mais sous la fenêtre de sa chambre, il y avait des pierres tombales au clair de lune, et ces ombres inquiétantes...

Le long de l'étroit corridor du *Black Bull*, une autre chambre donnait sur le cimetière. Tom et Anne, allongés sur le lit, parlaient dans l'obscurité.

– Sais-tu que ton père est plein d'égards pour toi ? dit Tom en caressant la joue d'Anne. Il a fait tout ce voyage pour t'annoncer son intention d'épouser...

Il s'interrompit, incapable de prononcer le nom de Raina. Ses bras se refermèrent autour d'Anne, puis ils firent l'amour dans un monde nouveau, où toutes leurs certitudes étaient bouleversées.

Ils finirent par trouver le sommeil, puis Tom entendit sa propre voix dans l'obscurité. Il parlait à Anne de la maison d'Emily à San Francisco : il appréciait d'y être reçu, car il vivait dans un réel dénuement. Sa tante Emily l'invitait à prendre des repas et l'entourait d'affection tandis qu'il menait de front un emploi de vendeur et des études à plein temps. Elle lui avait même présenté d'autres étudiants pour qu'il soit moins seul. *Je t'avais dit à quel point j'étais seul,* murmura-t-il.

Il avait l'impression de parler dans une obscurité plus profonde encore que la nuit qui l'entourait. *Un beau jour, Emily a invité Raina. La première fois que je l'ai vue, j'ai eu l'impression de lui plaire, mais elle sortait avec Quentin Bradford. Nous sommes tombés amoureux,* reprit-il, d'une voix brisée par l'émotion. Il transpirait d'angoisse, son front était moite. *Raina m'a demandé de ne jamais t'en parler, mais les temps ont changé... Je ne veux pas vivre près d'elle, je ne veux pas de sa présence. Je ne lui fais pas confiance.* Il s'interrompit, mais sa pensée suivait son cours. *Je ne me fais pas confiance.*

Tu peux parler à ton père, pas moi. Tom eut l'impression de sombrer dans les ténèbres et le silence. *Dis-lui que c'est impossible. Fais-le pour moi...*

Tout à coup, il poussa un grand cri et envoya promener draps et couvertures en saisissant Anne à bras-le-corps, si violemment qu'il lui fit mal.

– Ne m'écoute pas ! Surtout ne m'écoute pas !

– Que dis-tu ? demanda Anne, les yeux ouverts dans la lueur diffuse du cimetière, mais encore endormie.

– Je... je te parlais.

– Tu crois ?

– Tu n'as pas entendu ? s'étonna Tom qui la tenait toujours étroitement serrée.

Anne parvint à se dégager de son étreinte.

– Entendu quoi ? demanda-t-elle d'une voix brumeuse. Tu rêvais ?

Tom se cacha un moment le visage entre les mains.

– Oui, c'était un rêve, un mauvais rêve. Embrasse-moi !

Des chouettes chassaient dans l'air humide du cimetière.

Le vent, qui s'était levé, secoua l'enseigne d'une échoppe et la fit tinter bruyamment. Des pas solitaires martelèrent le chemin du cimetière et résonnèrent dans les salles du *Black Bull*.

Une porte ancienne s'ouvrit en grinçant, se referma. Une autre s'ouvrit.

Daniel dormait profondément lorsque Raina se glissa dans son lit. Il s'éveilla en sursaut avec un petit gémissement de plaisir. Après l'avoir prise dans ses bras, il retint son souffle, car elle faisait l'amour à la manière d'une tigresse... d'une primitive aux dents d'une blancheur éclatante, pour qui chaque étreinte était un danger à affronter, un défi à relever...

Le lendemain matin, le soleil brillait dans un ciel bleu. Ils roulèrent donc tous les quatre jusqu'au bout d'une route de campagne, puis continuèrent à pied par un chemin à travers la lande, jusqu'à High Withins.

– Nous y voici ! s'exclama Anne après avoir escaladé une colline. Les Hauts de Hurlevent, ou plutôt ce qu'il en reste...

La maison avait perdu son toit et de hautes herbes croissaient entre les murs des quelques pièces.

Ils restèrent muets dans la lande silencieuse. Les ombres des nuages mouchetaient le paysage comme des taches d'aquarelle sur du papier humide. Le chemin qu'ils avaient emprunté faisait une boucle et disparaissait un peu plus loin.

– Je vais prendre quelques photos, dit Daniel.

Tom posa le panier de pique-nique à l'ombre, près de la porte, avant de l'accompagner, son appareil photo autour du cou. Anne et Raina les regardèrent gravir la pente au-dessus de la maison en ruine. Soulevés par le vent matinal, les longs cheveux de Raina lui balayèrent le visage ; elle les rejeta derrière ses oreilles et se tourna vers Anne.

– Mon père rayonne de bonheur, lui dit celle-ci en souriant. Il a rajeuni de vingt ans depuis mon départ.

– Ça doit être un choc pour toi, murmura Raina. Tu ne crois pas que nous faisons une erreur ?

Le silence profond de la lande les enveloppait ; à l'horizon, les verts du paysage viraient au gris.

– Si vous vous aimez, ce n'est pas une erreur, protesta Anne en la scrutant de ses grands yeux bleus.

Les deux femmes franchirent le seuil d'une pièce sans toit.

– Je serai ta *belle-mère*, insista Raina.

– Pourquoi pas ?

Anne désigna d'un grand geste les deux hommes en haut de la pente, la lande, les ombres projetées par les nuages, le souffle continu du vent sur la maison en ruine.

– Nous sommes quatre amis ; nous pouvons former une famille...

– Ne bougez plus ! s'écria Daniel.

Tom et lui dirigeaient sur elles leurs objectifs ; elles entendirent les légers déclics des obturateurs. La pellicule allait immortaliser l'image de ces jeunes femmes pensives, dans une maison en ruine. Vues d'en haut, elles avaient l'air de deux personnages entrant dans un labyrinthe...

– À table ! s'écria Tom en dévalant la pente couverte de bruyère poussiéreuse.

Sous un vent violent, ils étendirent une nappe sur des pierres plates, à l'intérieur de la maison, puis ils déballèrent leurs provisions : un poulet rôti, des tomates, du pain, du fromage, de la bière et un gâteau au chocolat.

Au cours du repas, Anne observa Raina, assise sur une pierre, qui prenait plaisir à exhiber ses longues jambes et à soulever voluptueusement ses cheveux des deux mains – le manège classique d'une femme amoureuse qui cherche à faire pétiller le regard de l'élu de son cœur. D'ailleurs, quel homme aurait pu rester insensible au charme de Raina ?

Ils terminèrent le gâteau et la bière. Des nuages s'amoncelaient à l'horizon ; le temps de plier bagage, leur masse sombre s'était beaucoup rapprochée à travers la lande.

— Fini le beau temps ! grommela Daniel.

En arrivant au chemin, à peine assez large pour deux personnes, Anne sourit à Raina.

— Si tu permets, je vais marcher un petit moment avec papa.

— Je te le prête, acquiesça celle-ci.

Le père et la fille marchèrent d'abord en silence, puis Anne se risqua à parler :

— Tu as l'air heureux.

Daniel promena son regard bleu sur la lande.

— Elle te plaît ?

— Je pense aux femmes qui t'ont poursuivi de leurs assiduités ces derniers temps... Raina est d'une autre trempe. Elle a eu une vie difficile, elle a dû se battre pour faire de longues études, et...

Daniel l'interrompit.

— J'ai parlé à Emily avant ma demande en mariage. Elle connaissait la mère de Raina, ses antécédents... Il paraît qu'elle a été fiancée, à San Francisco...

Ils franchirent une petite grille. Des murs de pierre serpentaient le long d'une pente et disparaissaient au loin comme une corde à nœuds grise.

Daniel se retourna : Raina et Tom marchaient très en arrière. Le panier de Tom frôlait les hautes herbes en bordure du chemin.

Raina regardait les tiges ployer sous le panier.

— J'ai souvent pensé à toi en Californie, disait-elle à Tom. J'ai reloué notre ancienne chambre pendant toute l'année dernière.

— Comment peux-tu...

— On était si pauvres, tous les deux ! Je nous revois en

train de partager un hamburger dans ce petit café de Telegraph Avenue... L'odeur des eucalyptus...

Raina avait les larmes aux yeux.

– Comment peux-tu me faire ça ! demanda Tom.

– Tu m'as donné l'exemple.

– Moi, j'aime Anne !

– J'aime Daniel.

Tom jeta un regard sombre à Raina.

– On ne plaisante pas avec un homme comme Daniel Bonner. Il s'est battu, bec et ongles, pour faire fortune. Les gens le craignent, et personne n'a intérêt à lui mettre des bâtons dans les roues. Je crois qu'il m'apprécie, mais je me tiens à carreau...

– L'argent, comme toujours, souffla Raina en regardant le panier se balancer.

– Si tu l'épouses, nous serons voisins.

– Et il nous entretiendra tous les trois, dit Raina avec un petit rire guttural.

– Pas moi. Je *travaille* pour lui !

– Ça revient au même.

– Non, il est heureux et fier d'avoir son gendre à ses côtés.

– Mais ta situation est intolérable.

– Pas du tout. Il s'est montré très généreux. Il m'a offert un poste que j'aurais mis des années à obtenir. Si j'ai une fille un jour, j'en ferai autant pour elle et je m'en féliciterai.

– C'est une occasion inespérée, murmura Raina en observant le profil de Tom qui se découpait sur la lande assombrie. J'aurai un job dont j'osais à peine rêver ; presque trop beau pour être vrai. Je serai donc une bonne épouse pour Daniel et je dirai pour toujours adieu à la pauvreté.

– Avouons-leur la vérité ! Jamais je ne pourrai...

Raina l'interrompit d'un ton sans réplique.

– Mais si, tu peux ! Quoi de plus naturel qu'une bonne entente entre ta future belle-mère et toi ? Vois-tu un inconvénient à ce que nous soyons voisins jusqu'à la fin de nos jours ? C'est notre droit le plus strict.

— Il va pleuvoir ! cria Daniel de loin.

Raina et Tom accélérèrent le pas.

— Tu sais quelle vie j'ai menée jusqu'à aujourd'hui, souffla Raina à l'oreille de son ancien amant. J'espère que tu ne vas pas *tout* gâcher !

La voiture les attendait au détour du chemin. Ils se mirent à courir. La senteur vive et fraîche de la pluie leur monta aux narines. Derrière eux, des nuages de plus en plus menaçants obscurcissaient la lande.

II

10

Le jour de septembre où Raina Weigel épousa Daniel Bonner, on livra toute la matinée des cadeaux au domicile d'Emily Webb.

– As-tu fini tes bagages ? demanda Emily en entrant dans la chambre de Raina, les bras chargés de présents.

Raina jeta un regard à ses valises, rangées près de la porte.

– Que de vêtements somptueux ! Daniel a dépensé des fortunes pour moi.

– Il se fait une joie de se montrer avec sa jolie femme à Paris.

– À Paris, à Londres, à Rome !

Raina bondit sur son lit comme une gamine, puis commença à déballer ses cadeaux.

De l'argenterie, des cristaux, et un dernier carton, plus petit...

Emily se pencha pour voir de plus près son contenu : une poupée de chiffons, ou plutôt un soldat anglais enveloppé d'un papier de soie étoilé, le regard absent sous son haut bonnet...

– Qui a pu t'envoyer ça ?

– Il n'y a pas de carte de visite, dit Raina après avoir examiné l'emballage.

– C'est peut-être une manière humoristique... de te souhaiter la naissance d'un petit garçon.

Le soldat de chiffons disparut sous le sweater que Raina venait d'enlever.

– Je vais prendre une douche, annonça-t-elle en s'enfermant dans la salle de bains.

Alors seulement, elle fondit en larmes, la poupée de chiffons contre son cœur ; puis elle la glissa dans l'une de ses valises.

Pendant ce temps, Emily et Mrs. Park avaient fait déposer le voile et la robe de cérémonie à l'église ; elles s'y rendirent toutes les trois.

– Ce sera une jolie mariée ! susurra Mrs. Park en admirant les drapés de satin blanc déployés sur un banc dans la sacristie.

Emily lui répondit d'un regard.

– Quel temps magnifique ! s'exclama Anne qui arrivait, déjà revêtue de sa robe de demoiselle d'honneur. Une journée idéale pour un mariage.

– Raina est en train de se tresser les cheveux, fit Emily.

– Un couple parfait, insista Anne au milieu d'un tourbillon de jupons roses et verts. Quand je pense que je me suis habillée dans cette même pièce le jour de mon mariage, en juin... Il y a à peine un an et demi !

Raina revint du vestiaire dans les effluves d'un capiteux parfum de fleurs. Les miroirs captèrent les lueurs de son caraco, de son jupon de satin blanc et de ses souliers lamés. Un énorme diamant étincelait à son doigt, sous les derniers feux de l'été. Les trois femmes lui apportèrent sa robe, la firent glisser au-dessus de son chignon tressé, puis boutonnèrent la longue rangée de boutons de satin dans son dos.

– Éblouissante ! souffla Anne.

Le voile arachnéen de Raina et la cascade d'orchidées qu'elle tenait à la main lui arrachèrent des cris d'admiration, auxquels se joignirent Emily et Mrs. Park.

L'église était bondée. Un soleil de septembre inondait les vitraux, et les accords de l'orgue – don de Daniel à l'église – faisaient vibrer le bois, les chairs, le métal et la pierre. L'air

142

lui-même semblait agité d'un frisson qui courait à travers le bouquet d'Anne, les fougères autour des corbeilles de roses, et les pendentifs de perles aux oreilles de Raina.

Tom et Daniel, en smoking blanc, attendaient près de l'autel, où Raina, accompagnée de sa demoiselle d'honneur, les rejoignit. L'alliance en or de la mariée passa des mains de Tom à celles de Daniel, et de celles de Daniel à l'annulaire de Raina.

— Ça m'écœure ! grommela Alice Ryesdal en regardant les mariés danser dans la salle de bal de Grover Place.

— On connaît la chanson, renchérit Mary Clellan. Daniel a l'argent et Raina la beauté...

— Elle a surtout mis le grappin sur « Bonner l'incendiaire ». Il doit bien avoir... la cinquantaine.

— Pas loin.

— D'après Bob Henly, Daniel ne plaisante pas en affaires, lança Joyce Bettingdorf. Tom Lovell mérite bien l'argent qu'il gagne ! Le pauvre garçon se charge de tout le boulot, paraît-il, mais on ne lui demande pas souvent son avis...

— Anne est un ange.

— Je ne dis pas le contraire.

Le regard pensif des trois femmes alla se poser sur Anne qui valsait avec Tom.

La musique cessa. Quand elle reprit, Daniel avait enlacé Anne, et Tom entraînait Raina.

— Quel beau couple ! s'exclama Mary.

De nombreux invités regardaient Tom et Raina danser. Cette dernière chuchota à l'oreille de son cavalier :

— Si seulement nous pouvions...

— Tais-toi ! dit-il en la faisant tourbillonner dans sa blancheur étincelante.

143

Alice Ryesdal n'avait d'yeux que pour la large jupe vaporeuse de Raina qui ondulait autour d'elle.

– Elle est sa belle-mère, dit Mary Clellan.

– Ça m'écœure ! répéta Alice.

– Et moi, ça m'intrigue, fit Mary Clellan.

Tom rendit Raina à Daniel et entraîna Emily Webb sur la piste de danse.

– Toute cette histoire a été manigancée par Emily, dit Joyce Bettingdorf à Mary. Les deux mariages Bonner !

– Si seulement elle pouvait trouver une riche épouse pour mon Russell !

– Il joue encore dans ce groupe ?...

– Non, maintenant il peint, je crois...

– Emily est toujours si élégante et si contente d'elle, ricana Joyce.

Emily dansait avec Tom. Ses boucles d'oreilles en filigrane étincelaient et elle avait le sourire aux lèvres, mais elle s'adressa à lui d'un air embarrassé tandis qu'il l'entraînait dans une valse lente.

– Je suis vraiment désolée.

– Ce n'est pas ta faute.

– Tu semblais avoir trouvé ta place.

Tu semblais avoir trouvé ta place... Cette expression d'Emily poursuivit Tom pendant toute la soirée.

Quand Anne et lui rentrèrent chez eux, bien après minuit, ils passèrent devant la maison de Daniel – celle de Raina. Sa voiture une fois garée dans son allée, Tom se mit à errer de pièce en pièce. « Viens te coucher ! » lui cria Anne, mais il continua à parcourir la maison un long moment. De la chambre au salon, du salon au patio...

Étonnée, elle le rejoignit en chemise de nuit et chaussée de mules.

– Qu'y a-t-il ? lui demanda-t-elle. Tu fais les cent pas, comme si un danger nous menaçait...

Paris ! Raina osait à peine y croire.

Quand Daniel l'emmena au cœur de la ville, elle envoya promener ses souliers pour danser, pieds nus, dans la rosée nocturne du jardin des Tuileries.

Elle l'entraîna dans un interminable escalier en colimaçon, pour voir Paris du haut des tours de Notre-Dame.

– Trop beau pour être vrai ! s'écria-t-elle.

Cela fit rire Daniel.

Puis elle lui chuchota à l'oreille, en l'enlaçant tendrement au-dessus des lumières de la ville :

– Je t'aime, et je me sens heureuse comme je ne l'ai jamais été. J'espère que je saurai te rendre aussi heureux...

– Rien à craindre ! répondit Daniel. Je suis excité comme un garçon de vingt ans qui ne pense qu'à faire l'amour, à toute heure du jour et de la nuit.

Loin d'être pudibonde, Raina se contentait volontiers de la parure soyeuse de ses cheveux bruns, mais elle fermait les yeux pendant l'amour. « Tu es un don du ciel », disait Daniel. Il lui faisait ouvrir ses yeux sombres comme la nuit, qui pétillaient parfois d'une joie enfantine avant de s'éclairer d'une lueur sauvage. Jeune femme sophistiquée, elle pouvait regarder le propriétaire d'une galerie parisienne déballer un reliquaire d'argent, le surprendre par son érudition et chuchoter deux minutes après, à l'oreille de son mari : « Tu vas me faire un enfant, n'est-ce pas ? Un fils ! » Quand le propriétaire réapparaissait, elle retrouvait par magie ses airs éthérés et distants. Telle était la plus récente acquisition de Daniel Bonner...

La première fois qu'il avait visité l'Europe avec Patricia, Daniel se sentait comme un novice intimidé ; il était maintenant le témoin émerveillé des réactions de Raina. « Moi qui n'ai vu toute ma vie que des reproductions, je crois rêver quand j'ai réellement sous les yeux les coups de pinceau, la pierre, le bois, le bronze ou le verre ! » s'écriait-elle. À Londres, elle parcourut pieds nus les salles de la National Gallery, s'arrêtant à chaque tableau.

– Une gamine dans une confiserie ! lui déclara Daniel en s'asseyant avec un soupir devant un portrait de Rembrandt.

Raina vint s'installer près de lui.

– Oui, c'est vrai, murmura-t-elle. Et nous allons assister à des ballets, des concerts, des opéras, des pièces de théâtre... Je suis divinement heureuse avec toi !

Daniel l'emmena en Italie, où il faisait encore chaud en ce début d'automne. Dans les hôtels luxueux où ils descendirent, les chambres avaient de hauts plafonds décorés et des sols en mosaïque ; derrière leurs volets s'étendaient des étalages de fleurs et des marchés aux légumes – une débauche de couleurs et de parfums, rehaussée par des cris d'enfants, des envolées de musique, et le gazouillis d'oiseaux dans leurs cages. Si Raina s'accoudait au balcon, où le soleil donnait un reflet roux à ses cheveux, les hommes qui passaient dans la rue n'hésitaient pas à lui adresser des déclarations d'amour et des baisers.

Daniel les voyait et les entendait... Dans les rues grouillantes de monde, il tenait Raina tendrement enlacée, et affrontait les regards masculins d'un œil bleu et froid.

En octobre, il ramena sa jeune épouse au bercail. Il la souleva dans ses bras pour franchir le seuil, applaudi par Tom et Anne. Pendant qu'ils sablaient le champagne, cette dernière dit à Raina qu'elle la trouvait particulièrement en beauté depuis son mariage.

Raina jeta un regard enamouré à Daniel.

– C'est à cause de toutes ces toilettes ! Mon cher époux estime qu'une directrice de galerie d'art se doit d'être à la pointe de la mode et il insiste pour que je renouvelle toute ma garde-robe. Il n'y a pas d'homme plus adorable sur terre !

(Elle se tourna en riant vers Tom.) À l'exception de la personne ici présente, objecterait sans doute Anne...

Daniel buvait Raina des yeux. Il passa un bras autour de sa taille lorsqu'elle dit bonsoir à Tom et Anne. Peu après, un cri d'admiration lui échappa quand il la vit allongée, les yeux fermés, sur le grand lit drapé de satin bleu. Derrière les fenêtres, un vent frais d'automne soufflait dans la forêt.

Le lendemain matin, les pelouses disparaissaient sous un épais tapis de feuilles. Daniel fut éveillé par les bruissements champêtres qu'il aimait tant ; le soleil brillait à travers les branches. Il but une tasse de café dans le patio, avant d'aller téléphoner de son bureau à son agent de change new-yorkais.

Raina s'éveilla à son tour, nue sous le baldaquin bleu. Elle s'étira, bâilla, puis, enveloppée de son drap de satin, elle promena son regard autour de l'immense chambre, somptueusement meublée. Dehors, les jardins et la forêt se paraient de tous les ors de l'automne. Ses yeux s'embuèrent de larmes de joie...

Elle s'approcha de la fenêtre, toujours nue. Personne ne pouvait la voir, sauf un merle près d'un massif de chrysanthèmes pourpres.

– Tom, souffla-t-elle, je suis ici et tu sais ce que je désire...
Au bout d'un moment, elle ajouta :
– Je crois rêver !

Qui aurait imaginé que la Raina Weigel efflanquée qui débarrassait les tables d'un night-club et balayait les mégots dormirait un jour dans cette merveilleuse chambre, déploierait ses robes dans ces penderies, tournerait des robinets en or sous sa douche et utiliserait des savonnettes en forme de rose ?

Elle n'avait jamais vu tant de serviettes de bain empilées sur une plaque de marbre, jamais ouvert une coiffeuse garnie de tant de miroirs ni disposé d'une telle collection de peignoirs vaporeux...

« Tout cela m'appartient, chuchota Raina. Et Tom m'aime, j'en suis certaine. » Dans son déshabillé bleu, elle parcourut sa superbe demeure en se répétant ces mots envoûtants.

Mais où avait donc disparu Daniel ? Elle le retrouva dans la serre avec Anne. Le père et la fille, en contemplation devant leurs orchidées, ne levèrent même pas les yeux lorsqu'elle poussa la porte vitrée. Quand ils finirent par remarquer sa présence, ils avaient le regard poli et préoccupé de spécialistes interrompus par un amateur. Ils reprirent avec un plaisir évident leur conversation dès qu'elle eut quitté la serre aux odeurs capiteuses.

Le temps de boire son café, Raina aperçut, par la fenêtre ouverte de la cuisine, Anne et Daniel faisant le tour des jardins. Ils ne payaient pas de mine ! Coiffée d'un chapeau informe, Anne trottinait dans une chemise trop large, un jean et des baskets. Sa jolie silhouette se distinguait à peine ! Ses cheveux retombaient en désordre sous son chapeau ; elle aurait dû les faire couper. Et elle n'était pas même capable de se maquiller correctement !

Quant à Daniel, avec son pantalon informe, il avait l'allure d'un vieil homme. Le père et la fille creusaient, taillaient, grattaient...

Anne initia Raina au fonctionnement des deux maisons.

– La cuisine et la vaisselle se font dans la grande cuisine, lui expliqua-t-elle. L'arrière-cuisine est réservée à notre usage personnel. Le travail se termine le matin. Après le déjeuner, la cuisinière et la femme de chambre s'en vont en nous laissant le dîner préparé à l'avance – sauf quand nous recevons – et nous restons seuls à la maison le reste de la journée. Nous avons adopté ce système depuis des années. J'espère qu'il te donnera satisfaction à toi aussi.

Raina apprit à connaître les habitudes de Sophie Larson, l'employée de maison, l'organisation du ménage, des menus, des lessives, des courses, et le mode de paiement des factures. Elle faisait l'amour avec Daniel aussi souvent qu'il le souhaitait, écoutait de la musique classique avec lui, allait chaque jour à la galerie pour se mettre au courant, dans l'attente de l'hiver suivant où elle prendrait ses fonctions de directrice.

Pourtant, elle avait une idée fixe : Tom... La nuit, elle le sentait si proche ! Un simple chemin de gravier les séparait ; dans les bras de Daniel, c'est à lui qu'elle pensait constamment. Quand elle passait des heures à se coiffer, à se maquiller, à s'habiller, c'était pour attirer son beau regard gris. Pendant les dîners, chez elle ou chez les Lovell, elle suivait d'une oreille distraite la conversation, les yeux rivés sur lui.

Elle attendait, et il le savait.

Un simple regard de Raina par-dessus son épaule le bouleversait. La courbe gracieuse de ses seins, son bras mince et nu, les formes épanouies de ses hanches ou de ses cuisses le mettaient au supplice. Les mains de Tom se souvenaient, tout son corps se souvenait...

11

Tout naturellement, Raina et Tom se retrouvèrent souvent en tête à tête cet automne-là. Daniel et Anne allaient ensemble en ville et passaient quelquefois leur samedi à jardiner. « Pourquoi n'emmènes-tu pas Raina à cette exposition qui l'intéresse ? » demandait Anne à son jeune époux qui ne savait que répondre. Il s'asseyait au restaurant à côté de Raina, roulait en voiture avec elle, et leurs corps se frôlaient...

Un soir, au théâtre, elle le remercia chaleureusement de l'avoir débarrassée de son manteau. Daniel et Anne s'étaient arrêtés dans la travée centrale pour bavarder avec des connaissances, et les sièges autour d'eux étaient vides.

– Les Bonner ont fait de toi un véritable esthète florentin, observa Raina. Quel est leur secret ? Laissent-ils traîner des livres d'art sur leurs tables basses ? T'ont-ils fait écouter de la musique classique jusqu'à ce que tu saches distinguer une symphonie d'un concerto ? Anne passe-t-elle ses soirées à te lire des livres ?

– Je te rappelle que je suis chargé de la fondation, répliqua Tom. Et j'aime entendre Anne lire. Le soir, quand je suis fatigué, je ferme les yeux et je me laisse porter.

– Tu vas au théâtre, au concert, à l'opéra... Un vrai miracle ! Tu peux même donner ton point de vue et c'est un plaisir de discuter avec toi, pas seulement de... (Elle laissa sa phrase en suspens.) Autrefois, tu étais beau gosse, mais sans aucune curiosité intellectuelle ! Je te taquinais à ce sujet et tu ne comprenais pas pourquoi : ton univers d'étudiant se bornait à la bouffe, la bière et les matches de football.

– J'ai beaucoup appris, dit Tom, pensif. Ils se sont donné du mal, surtout Anne. Tout le monde n'a pas ses dons d'éducatrice.

Anne et Daniel avaient pris possession de leurs sièges. Tom s'éloigna de Raina et glissa la main d'Anne sous son bras.

Le mois de novembre fut plus chaud que de coutume. Raina contemplait de sa fenêtre les bois dénudés. Quand tomberaient les premiers flocons de neige, elle prendrait la direction de la galerie Rolinger.

– Te sens-tu prête ? lui demanda Anne un samedi matin.

– Certainement, répondit Raina en les accompagnant, Daniel et elle, au jardin.

Le père et la fille s'attelèrent à leur tâche dès qu'elle fut rentrée à la maison. Agenouillés dans la boue, ils coupèrent les tiges des delphiniums fanés et détachèrent les clématites grimpant sur les clôtures, avant de protéger les pieds à l'aide de feuilles mortes.

Au déjeuner, ils semblaient épuisés. Après le repas, Anne, assise au salon, hocha la tête en souriant lorsque Daniel repartit au jardin. Raina vint s'asseoir à côté d'elle et lui montra une photo dans un cadre doré.

– Regarde ce que j'ai trouvé dans un tiroir !

– Papa et maman pendant leur lune de miel, dit Anne. Ils avaient vingt et un ans. Quelles coiffures ! Ils ont fait une randonnée en montagne, dans l'Ouest, et quelqu'un les a photographiés devant ce visage de pierre.

Au-dessus du couple souriant, la falaise était zébrée d'une grande fissure pâle, comme la trace d'un nez arraché. Deux trous symétriques ressemblaient à de sombres orbites.

151

– Daniel ne m'a jamais dit comment il avait rencontré Patricia, fit Raina.

– Il était dans la marine pendant la Première Guerre mondiale. Au cours d'une permission, elle a trébuché dans la rue et elle lui est tombée dans les bras !

– Exprès ?

Anne rit de bon cœur.

– Qui sait ? répliqua-t-elle en souriant. Elle l'a ramené chez elle pour le présenter à son père. Et grand-père a dit qu'aucun de ses collaborateurs ne connaissait aussi bien que lui le catalogue Sadler. Papa vient pourtant de Wasserman Street ; il a toujours soutenu que c'est maman qui a fait de lui un autre homme...

– Où as-tu fait la connaissance de Tom ?

– Chez Emily Webb. Elle nous avait invités avec des arrière-pensées matrimoniales, paraît-il. Ça ne m'étonne pas d'elle.

– Oui, dit Raina, c'est bien son genre. Je suppose qu'au premier regard tu as eu le coup de foudre.

– Mon seul problème était de savoir s'il partageait mes sentiments.

– Il n'a pas dû hésiter bien longtemps.

– Je suis follement amoureuse de lui, soupira Anne. Comme toi de Daniel ! (Elle jeta un coup d'œil à la photo dans son cadre doré.) Et nous avons toutes les deux perdu notre mère...

– La mienne ne s'est jamais remise du départ de mon père. À la fin de sa vie, elle divaguait presque ! Quand je rentrais du lycée, elle prétendait qu'il avait téléphoné pour annoncer son retour. Les premiers temps, je l'aidais à nettoyer la maison et je me faisais belle...

Raina se détourna et ses longs cheveux dissimulèrent son visage.

– Comme c'est triste ! murmura Anne. Tu as dû beaucoup souffrir...

Elle prit la main de Raina, qui ajouta :

– Ma mère est morte avant que j'entre en fac. Je me demande parfois si ce n'est pas à cause de moi que mes parents se sont séparés...

– Voyons, tu n'y es pour rien ! s'exclama Anne.

Elle s'était emparée de la photo pour voir de plus près son père et sa mère, le sourire aux lèvres, en un temps depuis longtemps révolu.

– Je me souviens encore très bien de maman, soupira-t-elle. Elle était belle, comme toi, mais elle avait des cheveux blonds. Tes yeux me rappellent les siens. Elle ne devait pas s'attendre à avoir une fille aussi quelconque...

Assise tout près d'Anne, Raina scruta son visage d'un air soudain calculateur.

– Tu n'es pas *quelconque*! Il suffirait d'un meilleur maquillage...

– Du moment que Tom m'aime telle que je suis ! s'exclama Anne.

Son ton légèrement agressif ne changea rien à l'expression de Raina, qui se contenta de hausser les épaules en murmurant :

– Oui, sans doute.

Cette nuit-là, l'hiver fit son apparition. Le martèlement sourd des gouttes d'eau – vite transformées en neige fondue – réveilla Anne, qui se mit à pleurer.

Tom se réveilla à son tour et la serra dans ses bras.

– Je rêvais de bébés, dit-elle.

– Prends ce somnifère que t'a prescrit le docteur Hess.

Tom alla chercher un cachet qu'il lui apporta, ainsi qu'un verre d'eau. Elle l'avala et fit un effort pour cesser de pleurer.

– J'ai peur, dit-elle. Demain, les médecins vont peut-être nous dire de renoncer à tout espoir...

Elle enfouit sa tête sous l'oreiller, et Tom éteignit. Il sentait ses sanglots secouer le matelas comme de gros battements de cœur.

– Ne pleure pas, souffla-t-il dans ses cheveux humides. Ne pleure pas !

Ils s'endormirent enlacés. Les yeux fixés sur le baldaquin, Anne repensait aux tests que Tom et elle avaient subis.

Avant son mariage, elle s'imaginait qu'il suffisait de faire l'amour pour avoir des enfants. Les autres femmes avaient peut-être cette chance, mais, dans son cas, il avait fallu des thermomètres, des courbes de température, puis des médecins en blouse blanche et des appareils chromés. Les mots tendres qu'elle échangeait avec Tom se terminaient par « scopique », « gramme », « étrique », « opsie », et les exigences du calendrier et de l'horloge présidaient à leurs ébats.

Les médecins lui avaient affirmé, aimablement, qu'il n'était pas nécessaire de procréer pour mener une vie normale. Elle était d'ailleurs en parfaite santé...

Mais ils pouvaient peut-être faire quelque chose pour l'aider. Elle se réveilla avec une lueur d'espoir et parut presque gaie au petit déjeuner. Le vent s'était calmé et la neige fondue ne tombait plus, mais les champs disparaissaient sous un fin glacis lorsqu'elle prit une fois de plus le chemin de Rochester avec Tom.

Les salles d'attente de la clinique Mayo étaient, comme toujours, bondées de patients au visage soucieux. On finit par les convier à un entretien avec trois médecins dans une petite salle d'examen.

– Nous sommes navrés, dit l'un d'eux à Anne qui venait de s'asseoir. Votre mari n'a aucun problème et vous êtes en parfaite santé, mais il semblerait que vous soyez inféconde.

– À votre âge, une adoption est envisageable, suggéra l'un de ses collègues avec aménité.

– Il n'y a aucun espoir ? demanda Anne.

– Apparemment, non.

– Vous devriez envisager une adoption, insista le troisième.

Tom et Anne traversèrent à nouveau la salle d'attente et le grand vestibule, où Anne fondit en larmes.

– Je ne peux pas avoir d'enfants, mais à part ça tout va bien ! (Les larmes ruisselaient sur ses joues, mais elle ne les sentait plus.) J'ai l'air d'une femme, j'agis comme une femme, je suis en parfaite santé, et je ferai, paraît-il, de vieux os...

– Ne t'inquiète pas, murmura Tom en l'enlaçant.

– Mais si, mais si !

Anne fonça à travers le vestibule, si vite qu'il eut du mal à la suivre.

La route du retour était bordée de champs de maïs. Elle regarda les grands épis brunis, sous le ciel gris, en se disant que l'hiver lui convenait : elle souffrirait certainement moins qu'au printemps ou en été...

– Alors ? demanda Raina sur le seuil de la maison des Bonner.

Elle suivit Anne jusqu'à son ancienne chambre de jeune fille, où elle la questionna à nouveau :

– Alors ? Qu'en disent les médecins ?

– Aucun espoir, chuchota Anne d'une voix blanche en posant son manteau sur le lit.

Raina l'entoura de ses deux bras.

– Je regrette vraiment...

– Il faudra que je m'habitue à cette idée, soupira Anne. Il faudra que *nous* nous habituions, après une année et demie d'illusions...

Raina desserra son étreinte.

155

– Je ne sais pas si ça pourra te réconforter, ça n'a rien à voir avec un bébé que tu mettrais toi-même au monde... mais est-ce que tu aimerais avoir un demi-frère ou une demi-sœur ?

Anne pâlit. Avait-elle bien entendu ?

– J'en ramène un de France, ou d'Italie, reprit Raina.

– Quoi ?

– Un bébé.

– Un bébé, répéta Anne, d'une voix éteinte.

– Tu es la première à qui je l'apprends. J'ai consulté le médecin aujourd'hui ; même Daniel n'est pas au courant.

Anne parut revenir à la réalité.

– Un bébé ! murmura-t-elle, en écarquillant ses grands yeux bleus.

– Il naîtra en juin prochain. Je prendrai mon poste à la galerie, naturellement, mais je ne pourrai pas faire tout ce que j'avais prévu...

– Ça serait merveilleux d'avoir un bébé dans la famille ! articula Anne en s'efforçant de retrouver sa voix.

Ses yeux bleus s'emplirent de larmes qui la surprirent elle-même...

Le froid de l'hiver était en harmonie avec le froid qu'Anne ressentait dans son cœur. Elle envisagea d'adopter un enfant. Tom refusa.

– Pourquoi ? s'étonna-t-elle.

– Quand j'étais gosse, j'ai connu quatre enfants adoptifs dans mon quartier. Des enfants d'origines diverses, vivant dans des familles différentes. C'était loin d'être une réussite !

– Nous saurions les aimer et leur donner...

– Ces familles leur donnaient un maximum d'amour et d'attention, mais ça ne marchait pas. Je ne veux pas tenter cette expérience. N'en parlons plus !

– Jamais ?

– Ne sommes-nous pas assez heureux comme ça ? souffla Tom à son oreille en la serrant dans ses bras.

Anne renonça.

Mois après mois, elle vit la silhouette de Raina s'arrondir. Son père ne lui avait jamais semblé aussi détendu : la tête haute, il riait souvent, et ses yeux bleus perdaient leur froideur lorsqu'ils se posaient sur sa jeune épouse.

Plus belle que jamais, Raina portait des vêtements de grossesse coûteux et jetait à Tom des regards qui signifiaient : « Voilà ce que peut faire une vraie femme ! » Il en avait conscience mais l'idée qu'elle le laisserait en paix lorsqu'elle serait mère le rassurait.

Raina devenait parfois irritable et tendue : la plupart de ses projets concernant la galerie Rolinger devaient être différés. Une femme enceinte peut difficilement parcourir le globe en quête d'artistes méconnus, et le mois de juin lui paraissait bien loin.

Il finit pourtant par arriver. Nerveux comme un jeune père, Daniel appela une ambulance dès que Raina éprouva les premières douleurs. Il la suivit à la clinique, où Daniel Steven Bonner vit le jour quelques heures plus tard.

« Un beau gosse, déjà presque assez solide pour jouer au football », plaisantait Daniel. Le bébé avait les yeux bleus des Bonner, et hurlait, selon Raina, comme un cochon qu'on égorge.

Anne fut tout de suite attirée par son demi-frère.

– Reste couchée et repose-toi, dit-elle à Raina quand elle revint chez elle avec le bébé, je vais voir pourquoi il pleure.

Raina engagea une nurse chevronnée et replongea dans ses activités, la tête pleine de projets. Elle avait profité du répit des derniers mois de grossesse pour réfléchir à l'avenir de sa petite galerie. Oui, *sa* galerie ! Maintenant qu'elle pouvait voyager, elle décida d'aller rencontrer sur place les artistes dont elle avait eu l'occasion d'admirer les œuvres.

Elle leur demandait s'ils étaient satisfaits de leur galerie. « J'ai les moyens financiers de vous exposer dans des conditions exceptionnelles et je peux vous aider à constituer votre dossier, leur disait-elle. Je vous garantis une exposition par an... »

Raina avait du flair, c'est-à-dire un sens infaillible du marché et des artistes promis à la célébrité. Les jeunes talents accouraient, impressionnés par sa renommée croissante et par l'argent de Daniel. Les collectionneurs et les décorateurs d'intérieur aussi, intrigués par l'originalité de la galerie Rolinger : un masque africain côtoyait une chaise espagnole ancienne, des tables chromées et des aquarelles somptueusement encadrées.

Raina accrochait des *drippings* de Pollock à côté de toiles éclatantes de Grant Wood et d'œuvres de Thomas Hart Benton aux lignes incurvées. « Pollock, Wood et Benton font partie de notre patrimoine américain ; ils nous appartiennent ! » disait-elle.

La jeunesse dorée aimait ses lampes en papier de riz et le fil de fer aux formes étranges, ses meubles scandinaves et l'impression très « côte est » qui émanait des lieux.

Une fois par mois, les galeries de la ville restaient ouvertes le vendredi soir pour attirer les amateurs de peinture. Raina, vêtue de toilettes sophistiquées, papillonnait d'un groupe à l'autre ; de bons vins et des petits-fours étaient généreusement offerts. On s'arrêtait donc en priorité à « la Rolinger », et on y restait...

Raina passait parfois la nuit à sa galerie quand elle préparait un nouvel accrochage. Un jour où elle était allée chercher Daniel au bureau pour déjeuner, il ne put se libérer. Tout naturellement, elle repartit avec Tom, qu'elle emmena dans un élégant restaurant panoramique.

— Tu invites ta belle-mère au restaurant, ricana-t-elle, tandis que le garçon les menait à une table.

Celui-ci retourna près de l'un de ses collègues.

— Des amoureux, bourrés de fric...

— Un gros pourboire, veinard ! lui souffla ce dernier.

Pendant que Tom consultait le menu, Raina émiettait son petit pain d'un geste nerveux.

— Les « seconds rôles » se mettent à table, dit-elle.

Tom ne répondit rien. Ils passèrent leur commande et gardèrent le silence jusqu'à ce que le garçon leur serve d'abondantes salades et du pain aux noix de pécan.

Raina mordit avidement dans la mie.

— Je me trompais. Pas les seconds, mais les troisièmes rôles. J'avais oublié Stevie. À moins de trois mois, il nous a déjà éclipsés...

— Normal, marmonna Tom. Nous ne sommes pas des Bonner.

— Ça te satisfait ? demanda Raina en savourant une première bouchée de salade de crevettes. Évidemment, Daniel est un rival avec lequel tu ne peux te mesurer. Il a de l'argent, il est le père d'Anne. As-tu remarqué comme il la couve ? Il m'a dit l'autre jour que son travail commence à le lasser et qu'il va se « faire plaisir ». Je suppose que « se faire plaisir » signifie rester avec Anne.

— Au moins, elle a un père maintenant.

La fourchette de Tom tremblait dans sa main, mais il n'avait pas haussé le ton. Raina lui jeta un regard amer.

— D'après Emily, il a ignoré Anne pendant des années ; ce n'est certainement plus le cas aujourd'hui. Tu pourrais te mettre à ma place de temps en temps : je suis encore plus à plaindre que toi ! Anne est si délicieuse, si attentionnée... Tu as vu comme elle m'entourait quand j'étais enceinte... Depuis la naissance de Stevie, elle multiplie ses visites. Elle a l'art de se rendre utile...

– En effet, dit Tom.

Raina le toisa d'un air méprisant.

– Tu es aux ordres, n'est-ce pas ? Pendant que tu te crèves au travail, Daniel rentre chez lui ventre à terre pour jouer avec le bébé, jardiner avec Anne. Ils passent leur temps au bord de la rivière, dans leur cocon capitonné...

Tom sentit des regards s'attarder sur Raina et sur lui. Ils formaient un beau couple – un couple d'amoureux...

12

Pour s'acquitter de ses deux fonctions – de directeur de l'immobilier et de directeur de la fondation –, Tom allait au bureau de bonne heure et rentrait tard. Les sarcasmes de Raina le poursuivaient comme des casseroles attachées à la queue d'un chien : *Nous ne sommes même pas des seconds rôles...*

En revanche, sur le plan professionnel, il jouait un rôle primordial, car lui seul pouvait résoudre certains problèmes. Il connaissait toutes les facettes de la Bonner Supply Company et de la Fondation Bonner. Puisque Daniel passait son temps à jouer avec Anne et Stevie, il lui appartenait de décider, de signer et de s'exprimer en son nom.

« Tu apprends les ficelles du métier, lui disait son beau-père. Tiens bon ! »

Mais Tom se sentait las. Raina le guettait, comme un chat à l'affût de sa proie.

Elle *le* voulait... Il en avait l'intuition à chacun de ses gestes, chacun de ses regards. Il retrouvait ses sensations de jeune homme, brûlant de désir auprès d'elle dans sa minuscule chambre. Il ne se souvenait que trop de cette époque !

L'été arriva et les plates-bandes du jardin retrouvèrent leurs couleurs, sur le fond vert sombre des bois. Anne s'était imaginé pendant un an et demi que les enfants de la crèche lui permettraient d'assouvir son instinct maternel ; mais elle avait maintenant un bébé presque à elle...

– Pourquoi fais-tu le travail de Sophie ? lui demanda Raina par un matin d'été.

Debout sur le seuil de la cuisine, Raina portait un tailleur et un chapeau bleu pâle ; Anne, vêtue d'une robe d'intérieur froissée, le visage écarlate, venait d'ouvrir le couvercle du stérilisateur à biberons dont l'eau bouillonnait à un rythme d'enfer.

– Sophie est occupée et ça ne me gêne pas, répondit-elle.

Sophie entra dans la cuisine à l'instant où Raina s'en allait. Anne sortit les pinces brûlantes du stérilisateur en se protégeant la main.

– Je reste à la maison ce matin, annonça-t-elle. La nurse ne peut pas venir.

Sophie se versa un café et s'assit en souriant. Ses cheveux avaient blanchi mais elle posait sur Anne le même regard affectueux que sur la petite fille qu'elle avait habillée le jour de l'enterrement de sa mère.

– Il va faire chaud aujourd'hui, observa-t-elle avec un léger soupir. Tu te souviens quand nous dormions allongées sur les draps au salon, pendant ce mois d'août torride – en 1939, je crois...

– Avec des ventilateurs au-dessus de nous.

Anne s'assit face à Sophie, et les deux femmes échangèrent un regard complice.

– J'ai mis les biberons à bouillir avant qu'il fasse trop chaud. Nous pourrions nous contenter d'un déjeuner froid, je suppose.

Sophie objecta :

– Il faut du chaud aussi. Rien que du froid, ça n'est pas bon pour les intestins.

– Stevie est réveillé, dit Anne.

Elle courut au bout du corridor chercher le bébé, qui s'agitait dans son berceau. En passant près du bureau de Daniel, elle l'entendit téléphoner à son agent de change.

162

Dans la cuisine, elle assit Stevie sur ses genoux et défit sa couche humide.

– Oup là ! s'écria-t-elle, car, au contact de l'air frais, un jet inattendu avait surgi.

– C'est ton œil qu'il visait ? demanda Sophie.

– Il a essayé, en tout cas...

Anne épingla la couche propre. Le réfrigérateur flambant neuf de Raina bourdonnait dans un coin. L'arôme du café se mêlait à l'odeur caoutchouteuse des biberons stérilisés. Depuis dix-huit ans, les deux femmes se retrouvaient dans cette cuisine ; Anne avait maintenant dans ses bras un petit garçon aux yeux aussi bleus que les siens.

Elle embrassa Stevie sur le haut du crâne.

– Il me semble parfois... (Elle hésita à préciser sa pensée.) J'ai un peu l'impression que Stevie est le bébé qui est mort en même temps que maman. Mon petit frère a fini par arriver, mais avec quelques années de retard...

– Pourquoi pas ? marmonna Sophie en lui tapotant la main.

Anne passait maintenant le plus clair de son temps chez Daniel. Des baby-sitters venaient, ou ne venaient pas... Raina semblait se satisfaire de cette solution qui lui donnait meilleure conscience vis-à-vis du bébé, dont elle ne s'occupait guère.

En août, pas un nuage n'assombrit le ciel. Quand Anne arriva dans la cour de la crèche ce matin-là à huit heures, la rosée s'était déjà évaporée sur la pelouse.

– Quelle chaleur ! s'exclama Gwen French. Mettons l'arroseur en marche et laissons les gosses courir en petite culotte, nous avons de quoi les changer ensuite.

Les bambins de trois ans gambadaient sous le jet d'eau cristallin, haletant lorsque l'eau froide les atteignait, poussant des cris et piétinant l'herbe humide. Anne et Gwen profitèrent de ce moment de répit pour s'asseoir tranquillement à l'ombre.

Jesse se faufila par la porte du préfabriqué et vint se blottir sur les genoux de Gwen en suçant son pouce. Les deux puéricultrices, qui retenaient leur souffle, échangèrent un regard de triomphe.

– Plus qu'une semaine, dit Gwen.

La semaine suivante, la mère de Jesse pourrait enfin quitter le domicile conjugal, grâce aux fonds donnés par Anne, et se mettre à l'abri.

– Bientôt, fini les coups ! murmura Anne.

La grande cour de récréation, mouchetée d'ombre, résonnait des cris des enfants trempés. De l'autre côté du grillage, la circulation était particulièrement dense dans la rue voisine.

– Je crains de devoir renoncer à mes activités bénévoles, dit Anne au bout d'un moment.

– Oh non ! protesta Gwen.

– Je tenais à te prévenir la première. Je me sens bien ici, et je ne serais jamais partie si...

– Comment fera-t-on pour se passer de toi ?

– Je maintiendrai le « fonds secret » pour venir en aide aux parents en difficulté ; je sais que vous veillerez toutes les trois à ce que l'argent soit équitablement réparti.

– Tu es enceinte, je parie.

– Non, hélas ! Mais il y a Stevie, balbutia Anne, embarrassée. Nous regrettons de le confier toute la journée à des nurses ou des baby-sitters. Je me sens des devoirs vis-à-vis de lui.

– Il a une mère.

Anne enroula un brin d'herbe autour de son doigt.

– Raina considère la galerie comme son véritable enfant ! Elle veut en faire la meilleure de tout l'Iowa ! Ça ou mourir... Je suis la seule *bénévole* de la famille, et je ne supporte pas de voir Stevie abandonné.

164

– Quand pars-tu ?

– Dès que possible, et sans faire de chichis. Je ne compte pas revenir lundi.

– Même pas un pot de départ ? Nous aurions pu... Oh ! mon Dieu !

Gwen posa Jesse à terre et bondit de son siège. Vingt-cinq bambins, nus et trempés, gambadaient dans la cour. Leurs culottes constellaient l'herbe de taches blanches. Au-delà du grillage, les gens qui passaient en voiture ou en autobus dans la rue trépidante les montraient du doigt en riant.

Gwen attrapa Betsy et lui enfila le premier slip venu. Anne fit de même pour Jimmy. Les autres enfants s'enfuirent en criant à pleins poumons ; chaque fois qu'elles en lâchaient un pour courir après les autres, il se déshabillait à nouveau, en moins de temps qu'il n'en faut pour le dire.

Le jet d'eau arrosait Anne et Gwen à chacun de leurs passages.

– Attends-moi à l'intérieur, je vais les attraper un à un ! cria Anne, les cheveux dégoulinants.

Gwen gardait les enfants parqués dans la classe, tandis qu'Anne rabattait les fuyards vers l'intérieur.

– Quelle histoire ! s'écria celle-ci quand elle eut posé le dernier à terre et soigneusement refermé la porte derrière elle.

Les puéricultrices ruisselantes et les enfants nus et trempés riaient tous en chœur.

– Tu vois, dit Gwen, comme j'ai besoin de toi !

– Je ne vous oublierai pas. (Anne promena son regard sur le petit groupe.) Si j'avais pu, je serais restée...

Anne se réveillait chaque jour à l'aube. Laissant Tom assoupi, elle filait, aussitôt habillée, à travers les jardins encore obscurs. Personne n'était réveillé dans la maison de son père, à part Stevie. Elle le levait avant qu'il pleure, le changeait et réchauffait son premier biberon.

– Mon petit frère ! murmura-t-elle un matin de septembre, en allant s'installer avec le biberon et le bébé sur les marches ombragées du ponton.

Des pierres et des touffes d'herbes brisaient le cours de la rivière et formaient des flaques sous les saules, pour les gyrins et autres insectes aquatiques. Elle retira ses sandales et s'assit, les pieds dans l'eau froide. Stevie tétait goulûment son biberon, son poing humide sous le menton. Elle se pencha pour l'embrasser en le serrant sur son cœur.

À ses pieds, les insectes aquatiques égratignaient la surface diaphane de l'eau. Ils virevoltaient, comme sur une piste de danse, s'entourant de cercles concentriques, de plus en plus larges, qui projetaient des taches sombres sur le fond boueux. Elle inspira à pleins poumons l'air de la rivière, rafraîchi par la rosée nocturne.

Cependant, Tom s'était réveillé, seul dans le grand lit blanc. Après avoir bu un café, s'être rasé et habillé, il trouva Raina qui l'attendait à côté de sa voiture au garage. Par cette chaude matinée, elle portait un short et un dos-nu.

– Tu vas te tuer au travail, lui dit-elle d'emblée, sans un bonjour, sans un sourire. Je m'étonne que Daniel n'en fasse pas plus : il reste à la maison le matin, et parfois même l'après-midi !

Tom ne dit rien.

Comme il ne bronchait pas, elle saisit son visage entre ses mains. Il aperçut son propre reflet dans ses grands yeux sombres. La bouche de Raina était tout près de la sienne et il savait exactement ce qu'il éprouverait si...

– Reprends ta liberté, souffla-t-elle. Tu n'es pas lié pour la vie à Daniel Bonner, et moi non plus. Nous nous sommes fait un nom dans notre domaine et nous pouvons trouver un emploi n'importe où.

Il sentait son souffle haletant et leurs lèvres faillirent s'effleurer, mais elle s'éloigna brusquement en riant.

– À ce soir au bal ! lui cria-t-elle de loin.

Toute cette journée de septembre, un soleil de plomb s'appesantit sur les deux grandes maisons et leurs jardins. En fin d'après-midi, la chaleur risquait d'incommoder Stevie, même dans le patio ombragé.

– Il a besoin de se rafraîchir, dit Anne à son père en rentrant avec le bébé.

Elle passa le petit corps dodu sous le robinet d'eau tiède de la cuisine, puis le sécha et changea ses couches. Bien qu'elle n'ait jamais eu un bébé entre les mains avant Stevie, elle savait maintenant épingler les couches à la perfection, reconnaître l'odeur du lait suri et interpréter le moindre de ses cris. Un si petit bébé se donne tant de mal pour découvrir le monde qui l'entoure ! Il s'endort, épuisé par l'énergie déployée dans ses efforts d'apprentissage...

Après lui avoir enfilé une culotte imperméable, elle posa Stevie sur les genoux de Daniel. Il leva ses yeux bleus – aussi clairs que ceux de son père – vers les cheveux grisonnants et les sourcils broussailleux de celui-ci.

– Ah ! soupira Anne en se plongeant dans le journal du soir.

Ils entendirent la voiture de Raina dans l'allée. Au bout d'une ou deux minutes, elle entra et s'assit d'un air las.

– Fatiguée ? lui demanda Anne en lui apportant un verre de vin.

– J'ai supporté toute la journée la présence de Mavis Maxwell, une décoratrice d'intérieur, grommela Raina. Un vrai supplice ! Je grinçais des dents en la voyant changer les cadres des tableaux pour les assortir à ses papiers peints d'importation.

– Qui est son client ? demanda Daniel.

– Le nouveau vice-président de Figlers. Il exige « des œuvres originales de haut niveau » à son bureau, et le même style chez lui. Le dernier cri ! Par exemple, un authentique Norman Rockwell dans la chambre d'enfants, et ainsi de suite. Il voudrait faire très « côte est ».

– Qu'est-ce qu'il entend par là ? demanda Anne.

– Il a une cage d'escalier en fer forgé rose sur toute la hauteur de la maison, et j'ai accroché en haut la *Marilyn* de Barb Vaske. Elle a l'air d'être en argent.

– Je vois, dit Anne.

– Que vois-tu ? s'enquit Daniel.

– La robe que portait Marilyn Monroe dans l'un de ses films. On dirait un filet de métal, gonflant au-dessus des hanches et des cuisses, mais vide... Une simple cage argentée. Marilyn n'est plus là, il ne reste que sa silhouette.

Raina avala une dernière gorgée de vin avant de s'adresser à Daniel :

– Tu n'es pas prêt ?

Daniel secoua la tête en fronçant ses sourcils broussailleux.

– J'ai eu des vertiges toute la journée. Si je m'écroule de tout mon long à ce bal, les gens croiront que je suis ivre.

Raina lui palpa le front et l'arrière des oreilles d'un air contrarié.

– Je tiens à ce que tu consultes un médecin. (Elle se tourna vers Anne.) Il refuse, malgré mon insistance. Essaie de le persuader !

– Je tenterai ma chance. Je lui ai promis de rester à la maison pour lui tenir compagnie.

Raina dévisagea Anne.

– Avec une si jolie robe, tu ne sors pas ?

– Ce soir, tu seras notre ambassadrice de beauté ! Tom pourra venir te chercher et te ramener à la maison. Il doit faire un discours à propos du centre de jeunes de la fondation, pour récolter des fonds. Va vite t'habiller. Je vais le prévenir, et ensuite je m'occuperai du dîner de ces messieurs.

Raina resta un moment interdite, à contempler le père, la fille et le bébé...

Le bal de la Junior League avait toujours lieu à Grover Place, une imposante demeure de brique datant de l'époque victorienne. Lorsque la ville s'était développée, cette bâtisse s'était muée en un édifice public doté d'une grande salle de bal rouge et ivoire, surchargée de dorures et de miroirs.

Raina Bonner était debout, toute seule à l'une des entrées de la salle de bal. Rien d'étonnant à cela, car son mari l'accompagnait rarement ! Sa solitude semblait lui convenir, autant que le décor, qui mettait en valeur la soie abricot de sa robe et ses diamants. Voyant qu'Emily Webb l'observait de l'un des balcons, elle lui sourit sans cesser un instant de prendre la pose.

Tom traversa alors la salle de bal parmi les couples en train de valser, puis entraîna Raina sur la piste.

Emily Webb n'avait rien perdu de cette scène. Comme une publicité pour un alcool, un parfum ou une croisière sous les tropiques, le couple virevoltait sur le parquet couleur miel. Ils avaient dansé en ce même lieu le jour du mariage de Raina.

Raina finit par s'asseoir sur une causeuse recouverte de velours écarlate, pendant que Tom allait chercher des coupes de champagne ; Emily descendit la rejoindre en rassemblant ses jupes des deux mains.

— Daniel avait des vertiges. Rien de grave, mais il a préféré rester à la maison ; Anne lui tient compagnie, dit Raina à bout de souffle et les joues empourprées.

— Je comprends.

Alertée par l'intonation d'Emily, Raina se redressa et lissa

169

ses longs gants blancs, comme si elle se préparait à quelque tâche difficile.

— Daniel et Anne adorent rester en tête à tête à la maison. Rien ne les rend plus heureux ! Ils passent leurs journées ensemble et, s'ils n'ont pas envie de s'habiller et de sortir, nous pouvons les remplacer, Tom et moi...

— Si Daniel était trop mal en point pour venir...

— Quelques petits vertiges, c'est tout. Autrement, je ne l'aurais pas quitté.

— Anne était soucieuse ?

Raina se pencha vers Emily, son beau visage coloré par le rose orangé de sa robe.

— Tu connais Anne, elle a toujours tendance à s'inquiéter pour Daniel.

— Et toi ?

Une lueur étrange se précisa dans le regard de Raina.

— Elle s'en charge pour moi, elle prend ma place auprès de son père, comme auprès de mon fils... (Raina haussa doucement ses épaules nues.) J'arrive au troisième rang, devancée par Anne et Stevie ! Tu l'as sûrement remarqué. Puisque tu étais la meilleure amie de ma mère, je peux te parler en confiance, sans jouer la comédie !

— Anne est si amoureuse de Tom...

— Pourtant, elle n'est pas là, ce soir. Je me retrouve seule ici avec Tom, sans Daniel. Pourquoi ne pas danser ensemble... comme de vieux amis ? (Emily pinça les lèvres.) Tom compte moins pour Anne que son père. Évidemment, Daniel lui a tout donné, y compris le bébé qu'elle désirait ; et Tom est un simple spectateur, conclut Raina. Comme elle dit souvent, son père l'aime enfin. Nous sommes vraiment dans le même sac, Tom et moi...

Emily, qui regardait Raina en retenant son souffle, vit une étincelle s'allumer dans ses yeux.

– Nous sommes dans le même sac, mais nous vivons dans un luxueux cocon. Où en serions-nous sans lui ?

– Vous lui en avez donné... pour son argent, risqua Emily.

Seul un témoin averti aurait pu deviner qu'elle était sur le point d'ajouter : *jusqu'à maintenant.*

– À qui le dis-tu ? s'exclama Raina avec une intonation aussi froide qu'un courant d'eau sous une pellicule de glace. C'est toi qui nous as réunis, n'est-ce pas ?

Emily resta muette.

– C'est une aubaine pour nous tous, poursuivit Raina. Maintenant que j'ai donné un fils à Daniel, que pourrais-je souhaiter de mieux, à condition d'avoir un semblant de liberté ? (Elle parlait d'un ton enjoué, mais Emily sentit qu'il fallait la prendre au sérieux.) Daniel nous met dans l'embarras, mais ne t'inquiète pas ! Si nous faisons quelques petits écarts de temps en temps, Tom et moi, nous savons parfaitement rentrer dans le droit chemin quand il le faut.

– Tu devrais te satisfaire de ton sort, dit Emily sans quitter Raina des yeux.

– Je suis satisfaite ! répliqua Raina qui avait vu Tom approcher derrière Emily. Jamais tu ne m'entendras me plaindre !

13

Le jardin des Lovell, écrasé de soleil et bourdonnant d'abeilles sous les fenêtres de la chambre à coucher, perdait ses couleurs – à l'exception du vert, du blanc et du gris. Tom jeta un coup d'œil au phlox, aux pétunias et aux fleurs de tabac, puis alla regarder la rivière de la « chambre d'enfants ».

Plus personne n'utilisait ce terme...

C'était un samedi, mais Anne avait certainement rejoint son père et Stevie, après s'être levée aux aurores. Devant les cheveux bruns du bébé et ses yeux bleus, beaucoup d'étrangers affirmaient qu'il était « tout le portrait de sa mère », et souriaient à Tom et Anne, qu'ils prenaient pour de jeunes parents, fiers de leur progéniture.

Hélas ! c'était Daniel qui avait donné à Anne ce bébé qu'elle adorait ! Il lui avait tout donné, même Tom Lovell...

Tom gagna la salle de séjour inondée de soleil – encore un cadeau de Daniel à Anne – et crut entendre Anne s'exclamant, le premier jour : *Papa, papa ! Tout y est, exactement comme nous l'avions prévu !*

Il repensa au modeste bungalow de ses parents, parmi d'autres bungalows identiques. D'étroites fenêtres aux rideaux froissés, des sièges étriqués, la proximité des voisins. Même la lumière du soleil lui semblait dérisoire à l'époque, entre la rue et l'arrière-cour. Ses parents avaient péri ensemble sur une large autoroute, et on les avait enterrés parmi une rangée de tombes aussi serrées que les touches d'un piano.

Tout était calme à la maison, en cette fin d'après-midi, car la femme de ménage restait rarement après le déjeuner.

Il se versa à boire en se disant qu'il allait finir par se soûler. Daniel laissait la société reposer sur ses épaules, et il devait lui rendre des comptes le soir, à son retour. Il se sentait épuisé... La veille, Raina lui avait fait remarquer qu'il perdait du poids et qu'il se surmenait pendant que Daniel se tournait les pouces.

« On ne plaisante pas avec les affaires, avait-il rétorqué.

– Évidemment, mais Daniel t'exploite, et Anne est incapable de réagir. L'amour de son père avant tout ! Sinon, pourquoi passerait-elle son temps plongée dans ses encyclopédies de jardinage, ou le nez dans les plates-bandes avec lui ? »

Tom erra dans la maison qu'avait fait construire Daniel – une maison de rêve, nichée entre bois et jardins. Il s'arrêta devant l'eau-forte de Picasso. Qu'aurait-il pensé, autrefois, de cet élégant gentilhomme de la Renaissance, avec sa fraise et sa cape ? Les Bonner avaient connu Tom Lovell au temps de son ignorance crasse !

L'homme au nez aquilin semblait le regarder d'un air dédaigneux...

Nous ne sommes même pas des seconds rôles, mais des troisièmes. Stevie nous éclipse déjà. Raina avait raison...

Raina, si belle ! Daniel vivait dans un véritable jardin d'Éden, avec deux Ève et un fils...

Tom s'aperçut dans le miroir de sa chambre et faillit ne pas reconnaître son visage furibond d'homme à demi ivre.

– Calme-toi, tu as tout ce que tu désires ! souffla-t-il, la tête entre ses mains.

Il tourna le dos au miroir, mais sa rage n'avait pas cessé pour autant : Anne tenait compagnie à son père, dont il ne pouvait plus supporter le regard froid et désabusé !

De la fenêtre de la chambre à coucher, Tom aperçut le

toit de la maison de Daniel. Anne trouvait son bonheur dans cette maison, loin de lui, et elle serait absente jusqu'au soir.

Soudain, il entendit des pas. Elle était donc de retour ! Son besoin de la voir le surprit lui-même...

Raina apparut alors. Entrée par le patio, elle se tenait sur le seuil de la chambre, les joues empourprées et les yeux brillants.

— Tu savais que je viendrais, dit-elle. Un jour ou l'autre...

Il la regarda sans un mot, en songeant qu'elle disait vrai. Cette révélation le sidéra, comme s'il venait de traverser une muraille qu'il avait crue infranchissable.

Raina le suivit dans la salle de séjour. Debout côte à côte devant une fenêtre, un verre de whisky à la main, ils clignaient des yeux en regardant le jour tomber à l'ouest. Les rayons obliques du soleil brillaient comme des lames entre les arbres au bord de la rivière.

— C'était fatal ! s'écria subitement Raina.

Tom buvait son whisky à petites gorgées.

— Je suis passée à la maison trois fois dans la journée, reprit Raina. Anne n'a pas bougé de chez moi ! Maintenant, ils ont laissé un petit mot pour me prévenir qu'ils allaient promener Stevie.

Tom fit cliqueter les glaçons dans son verre.

— Quand as-tu vu ta femme pour la dernière fois ? demanda Raina.

— Hier soir.

— Elle ne t'a pas dit où elle allait ce matin ?

— Je ne le lui ai pas demandé.

Raina esquissa un geste de désespoir.

— Pour une fois que tu avais un week-end libre ! Tu ne lui as posé aucune question ?

— Aucune.

— Aujourd'hui, j'ai pris le petit déjeuner avec Daniel — comme de juste en présence d'Anne. Afin de tenter une expérience, je suis partie toute la journée. Tu m'entends, *toute la journée*! Ils ne s'en sont même pas aperçus. Ils trouvent naturel que je m'en aille. C'est pourtant ma maison, mon enfant!

Tom détourna la tête.

— Nous commençons à les connaître. Ils nous font confiance et ils ont une très bonne opinion de nous. De toi surtout...

— Tu cherches à me culpabiliser?

— Ce n'est pas mon intention.

— Je vais rester ici jusqu'au retour de ta femme, déclara Raina en promenant un regard furieux autour de la salle de séjour nimbée de rose au coucher du soleil.

— Que diras-tu à Daniel?

— Que j'ai passé la journée avec toi.

— Toute la journée?

— Ils n'attendent que ça, non? Nous sommes deux couples *interchangeables*. Daniel lui tient compagnie, donc tu peux me tenir compagnie. Quoi de plus évident?

Avec l'impression de perdre pied et qu'une porte invisible se refermait derrière lui, Tom murmura:

— Et moi, que vais-je bien pouvoir dire à Anne?

— Si elle finit par revenir, ricana Raina.

— Je lui dirai que tu étais ici.

Le beau visage de Raina était si proche qu'il préféra s'éloigner. D'un pas mal assuré, il alla se jeter sur les coussins d'un canapé.

— Ils nous mettent dans une situation intenable! reprit-il d'une voix furieuse. J'ai bien dit à Emily que je ne les comprenais pas.

— Emily n'y comprend rien non plus!

Raina alla se pelotonner à son tour sur le canapé et rejeta ses longs cheveux en arrière.

— Nous sommes les seuls à y voir clair! rugit-elle.

175

– Daniel considère Anne comme sa propriété...

– Daniel a deux femmes, tu n'en as aucune. Nous vivons seuls, chacun de notre côté, toi et moi. Ils se passent de nous sans problème, et ils se sentent parfaitement heureux ensemble. Qui aurait supporté de les épouser dans de telles conditions ?

Tom contemplait Raina et le coucher de soleil entre les arbres, dans une rage qui le rendait muet. Il respira les effluves de son parfum capiteux.

– Mais nous acceptons leurs conditions, ajouta Raina. Nous comprenons leur jeu, nous les plaignons, et nous évitons de les contrarier.

Tom parcourut du regard la pièce assombrie.

– Il m'a évincé !

– Ils nagent dans le bonheur. Un bonheur sans nuage, souffla Raina comme elle aurait susurré un mot d'amour.

Soudain, elle fut dans ses bras, et il retrouva la sensation familière de sa bouche, de son parfum, de ses cheveux glissant sous ses mains, de ses seins. Un monde secret et dangereux... Ils étaient dans une petite chambre en Californie, jeunes, seuls au monde et libres...

Haut dans le ciel, un avion qui venait de décoller de l'aéroport s'élançait vers les nuages au crépuscule.

– Un avion ! dit Anne à Stevie en l'approchant de la vitre, tandis que la voiture conduite par Daniel filait sur l'autoroute.

L'avion fit un virage sur l'aile au-dessus de deux maisons en bordure de la rivière. Deux maisons vides et silencieuses, sauf une chambre verrouillée où des vêtements étaient éparpillés sur un tapis bleu.

Sur les vitraux, au-dessus des fenêtres, des angelots regardaient deux amants s'étreindre, comme si le temps et le monde autour d'eux ne comptaient pas plus que le vrombissement lointain des moteurs.

Anne rentra à l'heure où les jardins se constellent de lucioles. Tom était vautré sur un canapé et Raina imitait deux hommes d'affaires visitant sa galerie.

– J'ai gardé mon sérieux quand ils ont prétendu que ça coûtait dix fois trop cher et que leurs gosses faisaient aussi bien quand ils avaient deux ans, conclut-elle. Je tiens au succès de ma galerie ; c'est grâce à Daniel que j'ai obtenu ce poste et je me sens très redevable...

Anne, qui rentrait son T-shirt dans son jean sali par la boue du jardin, ne remarqua pas le regard de Tom.

– Papa est si fier de toi, dit-elle à Raina. Je lui disais encore aujourd'hui combien tu es admirable...

Tom ne parvint pas à articuler un seul mot. Après avoir bu du whisky et fait l'amour avec Raina, qui était-il ? Un individu aussi dangereux que Bonner l'incendiaire ? Un homme libre ? Un bigame ?

Son regard gris et songeur n'inspirait nul soupçon à Anne. Elle lui sourit, puis, quand Raina fut rentrée chez elle, elle ouvrit les bras d'un grand geste enthousiaste.

– Je suis si heureuse ! s'écria-t-elle. Notre vie s'organise le mieux du monde depuis que j'aide Raina à s'occuper de Stevie. (Elle esquissa un pas de danse autour de la salle de séjour.) Tu as pris la direction des affaires de papa en peu de temps, et il est devenu un autre homme depuis la naissance du bébé. Ce matin, il riait de bon cœur dans le jardin !

– Ah oui, fit Tom.

– C'est merveilleux, dit Anne en se jetant dans ses bras. Chacun de nous a ce qu'il désire. Quelle chance !

Le lendemain soir, des lanternes illuminaient les terrasses et les jardins de Daniel, et les invités affluaient dans les salons par les portes ouvertes. Les dîners de Raina étaient de véritables événements mondains...

Tom et Anne traversèrent les bois et s'arrêtèrent un moment dans le patio pour regarder évoluer cette assemblée un peu terne de gens d'un certain âge, élégants, fortunés et influents.

Tom se souvenait des dîners de Quentin Bradford, dans sa somptueuse maison de San Francisco. Quentin paradait, Raina à son bras, avec un air de propriétaire que rien ne justifiait. À cet instant, il aperçut Daniel – lui aussi un homme d'un certain âge, élégant, fortuné et influent – qui tenait Raina par la taille.

Elle évita son regard lorsqu'il entra, mais elle savait que ses yeux gris la fixaient. Après s'être échappée des bras de Daniel, elle alla rejoindre un groupe debout devant l'imposante cheminée. La coupe de porcelaine céladon posée sur le manteau était exactement du même vert que sa robe.

Anne avait disparu dans la chambre de Stevie ; elle revint au bout d'un moment avec le bébé, qu'elle voulait présenter aux invités. Raina le lui arracha des bras.

Les yeux s'attardaient sur la charmante mère et le bel enfant. Le regard de Raina croisa celui de Tom, lequel remarqua autour d'elle une subtile aura. Les hommes avec qui elle parlait semblaient comme aimantés, mais Raina pouffa d'un léger rire, s'échappa du cercle de ses admirateurs et alla demander au garçon une autre coupe de champagne.

Raina et Tom jouèrent ensemble à distance pendant toute la soirée. Raina, apparemment lointaine, ne pensait qu'à lui. Elle rejetait ses cheveux en arrière pour lui permettre d'apercevoir, depuis l'autre côté de la table, un pendentif de jade effleurant son cou blanc comme un baiser. Elle évitait de le fixer à travers la frange épaisse de ses cils, mais elle lui faisait l'amour lorsqu'elle portait voluptueusement sa cuillère d'argent à sa bouche, et elle faisait lentement tourner son verre dans sa main pour qu'il puisse bien voir l'empreinte rouge de ses lèvres sur le bord.

Cet hiver et ce printemps-là, ils n'éprouvèrent aucune difficulté pour se retrouver chaque matin en semaine. Tom travaillait toujours aussi dur à son bureau, mais, de ces années, il ne garda que le souvenir de leurs jeux en public, et de ces heures dangereuses et brûlantes où ils faisaient l'amour en secret.

Ils laissaient la voiture de Tom dans un garage près de la société Bonner ; personne ne remarquait Raina lorsqu'elle ressortait au volant de la sienne, avec Tom allongé sur le plancher. Quelques blocs plus loin, ils entraient dans le parking sombre de sa galerie.

La Rolinger n'était éclairée que par quelques spots dans la salle d'exposition, où ils n'allaient jamais. Entrant en catimini par une porte sur cour, ils avaient pour eux seuls le bureau de Raina, aux fenêtres masquées par de lourdes tentures de coton qu'elle avait tirées la veille avant de partir. Des tigres étaient imprimés sur le fond violet des tentures. Il y avait aussi des tigres sur la tapisserie qui recouvrait le canapé où s'ébattaient les deux amants, à la faible lueur d'une bougie.

— Tu es pire que la drogue ou l'alcool, déclara Tom à Raina.

— Donc, tu ne peux plus te passer de moi, répondit-elle avec suffisance.

Ils se sentaient en sécurité, car qu'y a-t-il de plus évident qu'une directrice de galerie travaillant tard le soir ?

— Je suis ton jouet, comme le Général bourré de chiffons. Tu devrais épingler quatre étoiles à mon épaule, suggéra Tom.

Raina s'échappa de ses bras en riant et trouva dans son bureau une boîte d'étoiles en papier collant.

– Voilà, dit-elle en fixant quatre d'entre elles sur l'épaule nue de Tom. Tu es mon Général et tu m'aimes... plus qu'Anne.

– Non.

– Autant ?

– Tu joues un jeu avec moi, et j'accepte de jouer.

Tom aurait pu dire qu'il *volait la femme de Daniel*, mais cette pensée lui parut aussi primitive que les animaux de la jungle représentés sur la tapisserie du canapé.

Nue et superbe, Raina était assise dans la lueur de la bougie.

– Tu mens à Anne pour venir faire l'amour avec moi.

– Oui.

Raina cligna des yeux.

– Alors, de quoi s'agit-il ?

– D'une revanche, peut-être.

– Le danger t'attire. Tu sais que Daniel est un gangster, Bonner l'incendiaire.

– J'aime autant ne pas penser à mes raisons, ou aux tiennes, dit Tom.

Il évitait en effet d'y penser. Faire l'amour avec Raina lui donnait l'impression de posséder un talisman. Il n'avait plus à craindre Daniel, ni les heures qu'Anne passait chez son père, ni la joie qu'elle éprouvait auprès de Stevie, ni les élégants costumes dont il ne pouvait plus se passer... Quand il regardait le père et la fille, il lui arrivait d'esquisser un sourire entendu – celui d'un homme sans illusions. Anne eut du mal à s'habituer à ce sourire qui n'atteignait jamais les yeux gris de l'homme qu'elle aimait.

Raina, déchaînée et insatiable, parvint à communiquer un peu de son insouciance à Tom. Lorsque vinrent les chaleurs de l'été, elle ne se contenta plus de faire l'amour sur le canapé de son bureau. « Retrouvons-nous chez toi à l'heure du déjeuner, dans notre chambre aux angelots ! » lui proposa-t-elle un jour.

Elle alla donc le chercher en ville puis elle le déposa en bordure de la prairie. Tandis qu'elle rentrait en voiture chez elle, il se rendit chez lui à pied.

Il pénétra dans la prairie où une petite fille avait jadis planté son jardin secret, maintenant enfoui sous le trèfle et les hautes herbes. Le long du sentier à peine visible, les insectes bourdonnaient et les oiseaux chantaient. Raina arriverait chez lui après le déjeuner : elle quitterait Daniel et Anne sous prétexte d'aller faire un tour...

Tom traversa rapidement la route privée pour ouvrir la porte de son garage et disparaître avec Raina dans sa maison silencieuse.

– C'est si facile ! dit-elle en se jetant dans ses bras. Ils ne se doutent de rien.

– C'est dangereux, objecta Tom. Beaucoup trop...

– Ils rendent visite à Emily. Après le déjeuner, je leur ai annoncé que j'allais me promener dans les bois. Ils sont partis en voiture.

Raina était à bout de souffle et ses longs cheveux collaient à sa peau nue. Elle avait croisé Daniel qui allait au garage chercher sa voiture. Pouvait-elle se douter qu'il allait s'arrêter, hésiter, regarder autour de lui et la suivre ?

– J'ai l'impression d'être devenue invisible, murmura-t-elle contre son oreille. Alors, autant rester avec toi !

Ils se déshabillèrent en s'embrassant, avant de se réfugier dans la chambre d'enfants.

– Notre domaine... dit-elle à Tom entre deux baisers. Nous sommes deux vilains garnements...

L'épaisse moquette bleue leur parut aussi moelleuse qu'un lit, sous le regard des angelots.

Rien ne vint interrompre leurs retrouvailles, mais, dans le

silence à peine troublé par les chants d'oiseaux et le clapotis de la rivière, ils n'entendirent pas les grandes herbes ployer sous les pas d'un homme marchant lentement autour de la maison.

Les fenêtres étaient ouvertes, sous l'imposte aux angelots. L'homme s'arrêta en entendant leurs voix.

– C'est divin, chuchotait Raina. J'aimerais passer le reste de ma vie allongée à côté de toi...

Tom ferma les yeux. Sa poitrine se soulevait et s'abaissait harmonieusement au rythme de sa respiration.

– Anne n'arrête pas de jardiner ou de travailler dans la serre avec Daniel, dit-il. C'est de pis en pis.

– On dirait qu'ils te considèrent comme un invité qui ferait partie des meubles. (Raina promena un ongle sur la poitrine velue de Tom.) Après s'être montrés polis et attentifs, ils se désintéressent de toi comme s'ils avaient mieux à faire.

Tom jeta un regard mauvais aux angelots joufflus des vitraux.

– Et puis tu as eu Stevie...

– Puisqu'elle n'est pas capable d'avoir des enfants par elle-même, ricana Raina d'un air satisfait.

– Depuis, elle ne sort presque plus de la maison !

– Elle adore le baby-sitting.

– Elle peut faire beaucoup mieux, et elle le sait. Elle a travaillé au centre et à la crèche. Il n'y a pas plus forte qu'elle ! Elle pourrait convaincre l'URSS de lever le rideau de fer ; les gens les plus odieux fondent devant elle...

– Une idiote !

– Non, une fille intelligente, à la fois douce et...

– Elle a préféré Daniel alors que tu étais en son pouvoir ! Et Daniel a tout, maintenant, sauf moi...

Bouillant de rage, Tom saisit les longs cheveux bruns de Raina d'une main tremblante. *Anne avait choisi Daniel...*

Dehors, en plein soleil, la silhouette sombre d'un homme se penchait sur l'encadrement d'une fenêtre toute proche. Il posa un moment sa tête sur le rebord. Puis il se retourna et courut vers les bois qui séparaient les deux maisons. Se frayant un chemin à travers les fourrés qu'il rencontrait sur son passage, Daniel haletait, le visage livide. Arrivé en bordure de son jardin, il émit un long gémissement.

Tom pressa contre sa joue une poignée de longues mèches brunes, étalées sur la moquette bleue. Ils avaient une étrange odeur, un peu âcre, l'odeur de Raina. Au soleil de l'après-midi, les angelots projetaient un arc-en-ciel sur les vêtements éparpillés près de la porte close.

— Il est temps de partir, dit Tom.

Leurs corps nus n'avaient laissé aucune empreinte sur la moquette, les domestiques étaient partis, et personne n'aurait pu les voir s'ils avaient erré dans la maison comme deux fantômes enamourés. Ils se rhabillèrent rapidement.

Raina courut chez elle. Tom emprunta son chemin secret à travers bois et le long de la prairie, puis il l'attendit au bord de la route, après avoir laissé un léger sillage au milieu des fougères et des herbes.

— Je suis follement heureuse ! s'écria Raina quand il la rejoignit dans sa voiture. Pas toi ?

— Oui, dit Tom d'une voix neutre.

Daniel conduisait sur la route encombrée, en direction de chez Emily. À côté de lui, Stevie gazouillait, les mains tendues vers le tableau de bord. Anne, qui le tenait dans ses bras, guettait du coin de l'œil le profil de son père, pendant que défilaient les champs dorés sous le soleil de septembre. Il avait à peine dit un mot depuis le début du trajet...

Elle soupira en remarquant ses mains crispées sur le volant. Daniel avait suivi Raina le long du chemin après le déjeuner ; peut-être s'étaient-ils disputés...

Quelques jours plus tard, Raina appela Tom à son bureau.

– Aujourd'hui ? demanda-t-elle.

– Non.

– Pourquoi ?

– C'est trop risqué.

– Alors, à mon bureau, proposa Raina, déçue.

Tom alla la rejoindre à la tombée de la nuit. Il traversa rapidement le parking avant de se faufiler par l'entrée sur cour. Raina se jeta dans ses bras, à la lumière tamisée d'un candélabre, dès qu'il eut refermé la porte.

– C'est plus drôle dans la chambre aux angelots, dit-elle au bout d'un moment.

– Ça te plaît de tout piétiner ?... fit Tom, s'adressant aux cheveux bruns qui formaient comme un rideau entre leurs deux visages.

– J'ai eu une année de bonheur avec toi, murmura Raina. Une année entière...

Septembre arriva et les journées raccourcirent. Les feuilles tombaient en averse à chaque rafale de vent.

En octobre, Raina devint plus téméraire que jamais.

– Viens me rejoindre sur le bateau de Daniel vers trois heures, ils seront partis, proposa-t-elle à Tom qui travaillait à son bureau un samedi matin.

Tom descendit deux à deux les marches du ponton, sous un soleil presque aussi chaud qu'en juillet. Le bateau se balançait sur la rivière, effleuré par des branchages. Les coussins de la cabine et la peau nue de Raina se coloraient de reflets rosés. Allongée à même le sol, elle rit en regardant Tom se déshabiller au-dessus d'elle.

Non loin de là, les deux grandes maisons étaient vides et silencieuses – Anne et Daniel visitaient une pépinière dans les environs ; ils avaient emmené Stevie.

Au bout d'un moment, Raina émergea des coussins, rejeta

184

ses cheveux en arrière et pressa sa joue sur la poitrine nue de Tom.

– À quoi bon les remords ? lui demanda-t-elle. Nous avons droit au bonheur, nous aussi... Tu as accepté des boulots atroces à Berkeley, et moi je trimais déjà quand j'étais au lycée. Les gens riches ne se rendent pas compte.

– Daniel a connu la pauvreté, objecta Tom.

– Il a oublié. (Elle promena son regard sur le ciel bleu et les nuages par les hublots.) As-tu remarqué comme ses yeux sont bizarres, parfois ?

– Oui, je l'ai remarqué.

– Mais il n'a pas le moindre soupçon. Il est follement naïf ! Te souviens-tu de notre code, après ton mariage, quand je glissais le mot « général » dans toutes mes lettres pour te rappeler notre Général britannique ? Je le conserve dans un tiroir avec mes dessous sexy. Une bonne place, non ?

– Tu prends trop de risques, dit Tom.

– J'ai bien droit à mes petits secrets !

Tom garda le silence.

– Il me donne tout ce que je désire, reprit-elle avec un sourire attendri. Il est si généreux ! Grâce à moi, il se sent rajeunir et j'ai de bonnes raisons de croire qu'il m'aime. (Elle déposa un baiser sur la poitrine nue de Tom.) Je suis comblée, toi aussi ! Dans deux semaines nous irons à Drayton Point ensemble... un week-end entier...

Allongés côte à côte, ils se laissèrent bercer doucement par le courant.

– Plus de deux ans ! murmura Raina. Je vis en Iowa depuis plus de deux ans, et ça va faire six pour toi.

– Le rythme trépidant de la Californie ne me manque pas ; je me sens bien ici.

– Vraiment ?

– J'aime ces immenses prairies, ces orages spectaculaires, ces paysages recouverts de neige, ce calme...

185

— Mais nous sommes en plein Midwest !

— Et alors ? Manques-tu d'expositions prestigieuses, de bons orchestres, de films étrangers, de bals, de festivals, de célébrités ?

— Non.

Tom se souleva sur ses coudes et lui jeta un regard morne.

— Tu t'imaginais que la Californie avait le monopole de tout cela, n'est-ce pas ?

— C'est vrai, admit Raina.

Bercés par le bateau, ils virent un nuage disparaître derrière les cimes des arbres, sur la rive opposée de la rivière.

— Daniel est la bête noire de cette ville, dit enfin Tom.

— Malgré son argent ? s'étonna Raina en lissant de légères rides sur le front de son amant et en caressant ses cheveux.

— Moi qui gère ses biens immobiliers, si tu savais ce que j'entends raconter !...

— Il te fait des reproches presque tous les soirs depuis quelque temps. Vous avez beau vous enfermer dans le bureau, il faudrait être sourd pour ne pas entendre ! Anne ne lui dira rien, du moment qu'il l'aime !

— Bonner l'incendiaire commence à se faire vieux, insinua Tom avec une intonation étrange.

— Vieux, et de plus en plus riche. Il va nous emmener en Italie. (Raina scruta le visage de Tom.) Retrouvons-nous chez toi mardi. Nous prendrons ma voiture, comme la dernière fois. Anne passe la journée à la crèche et Daniel a rendez-vous chez le médecin après le déjeuner.

Tom fronça les sourcils sans un mot. « Il est fou de moi et il viendra », se dit Raina en recroquevillant voluptueusement ses orteils sous le tas de coussins.

— Je figure peut-être sur l'un des carnets où tu as répertorié les collections de Daniel, dit Tom. Le prix qu'il a payé pour m'acheter doit être inscrit sous ma photo...

Raina couvrit son torse d'une pluie de baisers.

186

– Si tu y figures, tu es le plus précieux de ses biens, le plus beau...

– Non, il a Anne, qui est unique en son genre.

Raina ne se laissa pas dérouter par cette réponse provocante.

– Moi je t'ai, toi, fit-elle en l'embrassant, et nous allons passer tout un week-end à Drayton Point.

Tom lui rendit ses baisers, mais il scrutait d'un œil sombre les branches dénudées qui se balançaient sous le vent.

14

L'été indien se terminait et les feuilles brûlées enfumaient l'air. Un mardi matin, Anne partit à onze heures, laissant Daniel et Stevie jouer avec un train sur le tapis de la salle de séjour.

– Je fais un tour à la crèche et je rentre déjeuner, annonça-t-elle à Daniel.

Vêtue de vieux vêtements confortables, elle alla au garage ; mais, au lieu de monter tout de suite en voiture, elle s'arrêta devant l'une des fenêtres pour regarder les bois déjà dénudés.

Aller à la crèche signifiait prendre de jeunes enfants sur ses genoux ; entendre Gwen, Rita et Marcy discuter de leurs ébats amoureux, des problèmes posés par leur progéniture...

– Non ! hurla-t-elle à pleins poumons dans le garage vide.

Après avoir jeté ses clefs sur le siège avant, elle traversa la rue et s'engagea dans les bois.

Des feuilles mortes recouvraient tous les chemins, tandis que d'autres continuaient lentement à tomber. Leur bruissement continu, dans les bois silencieux, était semblable à celui de la pluie.

La fumée d'un feu allumé par Mr. Hanson croisait parfois son chemin. Quand elle eut atteint la prairie, Anne porta son regard sur la route, au-delà des hautes tiges et des mauvaises herbes. Près d'elle se trouvait une souche, en lente décomposition. Elle se souvint d'une plaque d'écorce arrachée jadis pour observer une multitude sombre de fourmis affolées, surgissant de leurs galeries labyrinthiques. Les longues galeries étaient toujours là, mais à ciel ouvert.

À portée de sa main, le grand chêne s'inclinait au bord du pré, témoin fidèle des cris d'épouvante poussés autrefois par une gamine de sept ans.

« Je suis si près du but, se dit-elle à haute voix, en caressant son tronc massif. J'ai presque tout ce que je désire : Tom, papa, ma maison, et Stevie... »

Personne ne l'entendit, et son rire troubla à peine le frémissement incessant des bois.

La prairie mordorée s'étendait devant elle, à peine marquée par la trace d'un passage récent sur un de ses côtés. La fumée arrivait toujours par bouffées, comme la vapeur d'un chaudron caché quelque part.

Elle pénétra à nouveau dans les bois par un étroit chemin envahi de mauvaises herbes. Une voiture passa sur la route ; elle l'entendit s'arrêter. Une portière claqua. Panne d'essence ? se demanda Anne en se dirigeant vers la route par les bois enfumés.

La fumée s'éclaircit un instant ; elle aperçut alors Raina au volant de sa voiture, qui redémarra aussitôt.

Pourquoi s'était-elle arrêtée là ? Anne entendit la voiture tourner sur la route privée.

La fumée s'élevait maintenant en tourbillons au-dessus de la prairie, mais elle distingua un bruissement de pas dans les hautes herbes. Cachée derrière un arbre, elle vit Tom surgir un instant de la fumée, le visage détourné. Il s'éloigna à travers les feuilles mortes.

Anne suivit Tom sans entrer chez elle, puis courut jusqu'au patio de Daniel. Il était à table et discutait avec Raina.

– Tu n'es pas restée à la crèche ? demanda-t-elle à Anne lorsqu'elle la vit apparaître.

– J'y retourne cet après-midi.

Raina soupira.

– Une journée bien chargée pour chacun de nous !

Anne resta silencieuse, mais Raina parlait gaiement de ses projets de voyage à Drayton Point avec Tom.

– Nous prendrons des contacts importants, dit-elle avant de repousser son assiette presque pleine. Excusez-moi, j'ai besoin de faire un tour dans les bois pour me détendre avant de repartir à la galerie. Embrassez Stevie de ma part, je n'ai pas eu le temps de le faire moi-même.

Au bout de quelques minutes, Daniel et Anne la virent disparaître par un chemin du jardin, en short et chaussures de jogging, les cheveux au vent.

Ses longs cils baissés, Anne jouait négligemment avec sa fourchette. Elle ne remarqua pas l'éclair bleu fulgurant dans les yeux de Daniel, qui repoussa brusquement sa tasse. Le café se répandit.

– Raina a bien raison de faire de l'exercice.

Anne avait parlé sans même savoir ce qu'elle disait, car elle avait envie de bondir, de courir...

– Elle garde la forme, répliqua Daniel.

– Tu n'as rien à lui envier.

Anne arrêta la coulée de café avec sa serviette. *La poursuivre, savoir où elle allait...* Ces mots résonnaient dans sa tête.

– Elle est si belle ! marmonna Daniel.

Mais Anne ne l'entendait plus. Où était Tom ? Pourquoi ne les avait-il pas rejoints à table ? Elle s'agrippa d'une main moite à sa chaise.

– Il est temps que j'aille à la crèche.

Daniel ne la vit pas traverser la route, devant la porte d'entrée, et se précipiter dans les bois. Quelques minutes plus tard, elle arrivait devant le vieux chêne, en bordure de la prairie.

Elle tendit les mains vers la branche la plus basse. À son contact, elle se souvint qu'il fallait se plier en deux, pieds et jambes relevés entre les bras, pour se hisser. Elle se balança plusieurs fois d'avant en arrière jusqu'à ce qu'elle se retrouve assise dessus, le visage ruisselant de larmes.

Les branches montaient comme une échelle au-dessus de sa tête ; ses baskets posées avec assurance sur l'écorce, elle parvint jusqu'à une fourche élevée qui formait un siège rudimentaire. Depuis l'âge de sept ans, elle n'avait pas eu cette vue plongeante sur les bois, la prairie et les toits. Entre les fourrés dénudés, la rivière ondulait comme un serpent.

Elle ferma les yeux et se mit à trembler comme si sa mère, les cheveux pailletés par la lumière du soleil, se tenait sur une branche plus basse et lui tendait la main...

Elle s'agrippa à l'arbre, les yeux toujours fermés ; le vent menaçait de tourner à la pluie, et elle ne tarda pas à avoir froid. Au bout d'un moment, semblable à une éternité, elle ouvrit les yeux pour contempler la forêt à ses pieds. Soudain, un bruissement la surprit.

Tom se dirigeait vers la prairie. Il disparut sous les branches tentaculaires du chêne, puis réapparut sur le chemin à travers les hautes herbes. Il attendit ensuite, caché derrière les arbres au bord de la route. Tout en sifflotant doucement, il donnait de petits coups de pied distraits dans les feuilles mortes.

La voiture de Raina vint s'immobiliser sur le bas-côté. Anne retenait son souffle. Elle aurait pu crier, du haut de l'arbre, comme une petite fille : « Je vous vois ! Je vous vois ! », mais elle parvint à se taire.

Les doigts contre la bouche, elle vit Raina descendre, faire le tour de la voiture et enfouir un instant son visage dans le manteau brun de Tom. Quand elle s'installa à la place du passager, il passa la main sur sa cuisse avant de refermer la porte. Anne entendit des éclats de rire, puis Tom prit le volant et la voiture s'éloigna sur la route.

Toujours agrippée au tronc du chêne qu'elle serrait dans

ses bras, Anne observait les deux maisons, pareilles à des îlots au milieu des bois. Maintenant que la fumée s'était dissipée, elles apparaissaient distinctement dans l'air limpide. Elle tendit la main un instant pour les dissimuler, comme s'il s'agissait de deux taches de moisissure sur une écorce.

Dans sa cachette, rien ne lui interdisait de hurler, de cogner ses poings contre le chêne, de pousser des cris d'enfant terrorisé. Elle se revoyait courant chez Daniel – toujours chez Daniel – comme une fourmi laborieuse, laissant Tom tout seul, livré à Raina. Les fourmis-ouvrières veillaient sur les œufs pondus par leur reine : elle les avait vues s'affairer dans l'herbe du jardin, chargées de leurs précieux fardeaux... « Tout en même temps : maîtresse de maison, gardienne du foyer, baby-sitter ! » murmura-t-elle, hors d'haleine car le vent lui soufflait en plein visage.

Elle resta longtemps assise, tandis que les bois devenaient de plus en plus sombres à l'approche de la pluie. Quand elle redescendit de son arbre, les premières gouttes tombaient avec un clapotis régulier. Elle s'arrêta au bord de la route, là où Tom avait attendu Raina en donnant des coups de pied dans les feuilles mortes, puis elle rentra discrètement chez elle en suivant sa trace dans la prairie.

Sa maison lui parut étrange, bien qu'elle connût le moindre bruissement de ces pièces vides. Aucun signe ne permettait de deviner ce qui s'était passé, mais si elle avait retourné les couvertures du grand lit blanc...

Elle courut au garage, monta en voiture et resta sans bouger tandis que la pluie tambourinait sur le toit. Des larmes ruisselaient le long de ses joues. Elle finit par les essuyer, puis elle se moucha, soupira et redressa les épaules, comme si elle se préparait à un long voyage, avec une lourde charge sur le dos.

Sous une pluie froide, la rivière virait au gris étain. Tandis que les champs s'assombrissaient entre des rangées de tiges brisées, le vent plaquait des torrents d'eau sur le pare-brise de la voiture de Raina en route vers la ville.

– Daniel a été odieux avec toi hier soir après le dîner, dit-elle à Tom. Nous avons tout entendu, Anne et moi.

Elle se souvenait des rugissements de Daniel. *Qu'est-ce qui t'a fait croire au succès de Sawyer ? Tu aurais pu te douter qu'il serait en faillite au bout d'un an ! La prochaine fois, vérifie le cahier des charges, avant de louer ! C'est du travail bâclé !*

– Je m'occupe de presque tout, mais depuis quelque temps il contrôle chacune de mes décisions. On dirait qu'il me considère comme un rival, un ennemi... répondit Tom.

– Il ne peut tout de même pas...

Ils se regardèrent en silence.

– Non, insista Raina, il ne peut pas avoir le moindre soupçon. Nous avons été très prudents !

Pendant un moment, ils n'entendirent plus que la pluie, qui martelait la mince coquille de la voiture.

– Et que pourrait-il faire ? insista Raina. Un scandale ? Ce n'est pas son genre : il a horreur d'attirer l'attention sur lui.

Les phares d'une voiture qui passait projetèrent l'ombre de la pluie battante sur leur visage. Tom regarda les essuie-glaces affronter le déluge et ne dit rien.

– Tu deviens peut-être meilleur que lui en affaires, suggéra Raina. (Elle prit une intonation méprisante :) Anne pourrait lui parler et lui faire entendre raison, mais elle ne lèvera pas le petit doigt. Évidemment, tu n'es qu'un second rôle !

La pluie cessa peu après minuit. Comme la matinée était ensoleillée, Anne et Daniel emmenèrent Stevie sur le ponton. Le niveau de la rivière avait monté.

Anne, profondément mélancolique, observait d'un œil

sombre les feuilles mortes entraînées par le courant. Une chenille tardive reculait sur une branche en essayant de se poser sur une feuille, mais ne trouvait que le vide...

— Fatiguée ? lui demanda Daniel lorsqu'ils s'assirent au-dessus de l'eau pour regarder Stevie jouer avec deux feuilles roussies.

— Je voudrais te parler pendant que nous sommes ici, répondit-elle. Personne ne risque de nous entendre. (Stevie laissa tomber une feuille, qu'elle tendit vers le soleil après l'avoir ramassée.) Mon devoir est de te dire certaines choses. Tu tiens trop à Raina et Tom pour te fâcher, mais je...

Elle haussa les épaules. La feuille tournoya entre ses doigts, aussi tangible que le chagrin qui vibrait dans sa voix. Daniel saisit en même temps sa main et la feuille.

— Anne, murmura-t-il.

— Ne t'inquiète pas, dit-elle en hochant la tête. Tu m'as tant donné ! Grâce à ta générosité, tout va bien pour moi ; c'est pour Tom... Au début, tu le traitais comme un fils. C'était merveilleux. J'ai toujours su que tu aurais voulu avoir un fils plutôt qu'une fille ! On dirait que tu es devenu jaloux de lui : il s'est fait une place à laquelle tu ne peux prétendre, il est aimé et considéré. (Sa voix se fit plus basse et hésitante.) Tu seras toujours Bonner l'incendiaire...

Anne eut l'impression que ses derniers mots résonnaient comme un coup de tonnerre menaçant, mais Daniel, qui ne l'avait jamais entendue parler sur ce ton, l'écouta en silence, sans même sourciller.

Stevie, arc-bouté, tendit la main vers la feuille qu'elle tenait. Elle la lui donna.

Les coudes sur les genoux, Daniel la regardait fixement derrière ses sourcils broussailleux.

— C'est Tom qui t'a demandé d'intercéder en sa faveur ? demanda-t-il.

— Jamais de la vie ! Il me croit incapable de tenir de tels

propos, mais il est surmené. Tu lui as confié deux postes et je t'entends lui donner des ordres et le critiquer continuellement. Si tu veux prendre ta retraite et rester à la maison, libre à toi ! Il suffit d'engager un bon assistant et de le laisser en paix. Nous sommes une famille, et nous ne pouvons continuer à nous prélasser chez nous pendant que Raina et Tom travaillent, sauf s'ils trouvent une satisfaction dans leurs activités...

Stevie émit un mugissement : il avait laissé tomber les deux feuilles ; ils les ramassèrent et les lui tendirent.

— Bien, dit Daniel, Tom aura un assistant.

Anne se contenta de hocher la tête en silence ; puis elle se détourna sans un mot et monta l'escalier avec Stevie dans ses bras. Une jeune et jolie femme qui marchait avec grâce, le dos bien droit...

Lorsque Anne rentra chez elle, par cette soirée d'octobre, la lampe du bureau de Tom brillait à travers les arbres du jardin. Le voyant assis à sa table de travail, elle l'entoura de ses deux bras.

— Tu as l'air si fatigué, ces temps-ci ! dit-elle. Papa t'en demande trop ; je le trouve mesquin avec toi.

Tom examina sans rien dire le stylo qu'il tenait à la main.

— Il s'est montré si généreux, Anne !

— Mais il te le fait payer cher. C'est toi qui paies pour nous deux !

Anne s'était levée et faisait les cent pas dans le bureau. Tom se sentait épuisé. Les colonnes de chiffres se brouillaient sous ses yeux.

— Oui, soupira-t-il.

— Je lui en ai parlé, aujourd'hui. Ça ne lui a pas plu, mais je lui ai dit ses quatre vérités. (La voix d'Anne tremblait légèrement.) Je pense qu'il est jaloux de toi...

195

Tom croisa un instant son regard.

– Quoi ?

Anne se cacha la bouche derrière ses doigts.

– Je lui ai dit qu'il devenait sadique à ton égard. Il t'envie parce que les gens ont de la sympathie et de l'estime pour toi !

– Mon Dieu, Anne !

– Je lui ai demandé de te donner un assistant – quelqu'un qui te décharge d'une partie de tes tâches, puisqu'il ne s'occupe presque plus de ses affaires. Il risque de bouder pendant un certain temps, mais j'ai déjà connu ça autrefois ! Tu pourras probablement choisir la personne qui te convient, et il paiera son salaire.

Anne resta un moment silencieuse, les yeux dans les yeux de Tom.

– Personne, à part moi, ne pouvait lui parler sur ce ton, car je n'ai rien à perdre. Je regrette d'avoir mis si longtemps à me décider.

Tom bondit et la serra avec force contre lui. Elle enfouit son visage dans son épaule, sans une larme.

Qui était-elle ? Que savait-il de cette femme dont il avait tant de fois baisé les lèvres ? Il la regarda dormir, cette nuit-là. Il la regarda encore le lendemain matin en se réveillant, et, une fois installé à son bureau, son visage familier se dessina devant ses yeux comme une énigme.

Le soir, à son retour, il ne la trouva pas à la maison : elle était déjà chez Daniel, qui recevait du monde à dîner. Quand il alla la rejoindre, peu avant la nuit, par le chemin de gravier, son smoking était aussi sombre que les arbres et les branches de la forêt. Les couleurs automnales avaient disparu, découvrant des structures imposantes et dénudées, pareilles à des squelettes.

Il entra dans le vaste salon, pénétré de cette image. Raina

était là, éblouissante dans sa robe vert émeraude qui rappelait les splendeurs de l'été passé.

Mais il n'avait d'yeux que pour Anne. Quand Daniel recevait, ses invités se tenaient toujours à distance de manière à préserver un petit espace autour de l'homme au froid regard bleu. En revanche, ils s'approchaient volontiers d'Anne, parlaient, riaient avec elle, et son visage s'éclairait à leur contact.

Tom la suivit des yeux, comme il l'eût fait pour une jeune inconnue, riche et souriante, qui aurait pénétré dans le no man's land autour de Daniel. Personne n'osait s'aventurer jusque-là, pas même Raina. Anne souriait au monde depuis la rive où se tenait son père, comme pour proclamer que le seuil n'était pas infranchissable ; mais il l'était et elle le savait.

Tom la contemplait donc, fasciné. Elle portait ce pesant fardeau aussi naturellement qu'elle avait porté le fils de Daniel parmi les invités souriants.

Emily Webb vint rejoindre Tom dans l'embrasure d'une porte, une coupe de champagne à la main.

– Regarde-la, lui dit-elle à voix basse, en voyant Anne prendre son père par le bras. Elle se donne tant de mal qu'il a fini par réaliser qu'elle est digne de son amour.

– Pas vraiment, marmonna Tom. Elle n'y arrivera jamais, à mon avis.

Emily ouvrit de grands yeux.

– Pourtant, elle est prête à tout pour se faire aimer de lui...

– Non, objecta Tom, pas à *tout*.

15

Drayton Point était à l'époque victorienne une simple maison de l'Iowa, construite en brique et en calcaire du pays par un ingénieur de l'Union Pacific. Les Drayton des générations suivantes avaient tâté de différents styles – Second Empire, reine Anne, néoclassicisme grec, Renaissance italienne – et la bâtisse s'était étendue au nord et au sud. Un ensemble de vérandas couvertes de tapisseries, de portes cochères voûtées, sous des toits mansardés, avec une courtine et une tour majestueuse couronnée du drapeau de l'Iowa. On avait recouvert ce grand gâteau d'anniversaire d'un glaçage de teintes pastel : murs rose bonbon, dentelle de bois vert pistache, et maçonnerie couleur vanille dans les coins et les avant-toits.

– Comme c'est appétissant ! gloussa Raina, tandis que la voiture roulait sur la longue allée serpentine. On pourrait en découper une part et s'en régaler, comme dans le conte de Hänsel et Gretel !

Depuis un siècle, la famille Drayton résidait à Drayton Point. George Drayton, un riche mécène du Midwest, était le dernier de la lignée. Après avoir accueilli lui-même Tom et Raina, il leur fit les honneurs de la vaste demeure, avec ses parquets cirés et ses hauts plafonds. « Enchanté ! Enchanté ! » répétait-il sans cesse, en regardant Raina d'un air médusé.

Il laissa Raina et Tom en haut d'un escalier en colimaçon qui menait à leurs deux chambres contiguës. Tom déballa

198

ses vêtements et se mit à la fenêtre. Il pensait à Anne qu'il trouvait changée depuis peu. Sa jolie bouche avait une expression différente, ses yeux bleus évitaient souvent les siens. Il l'avait surprise à genoux dans le jardin, en train de taillader aveuglément la terre boueuse avec une truelle comme si elle donnait des coups de poignard. Des larmes ruisselaient le long de ses joues. Le vent froid, avait-elle prétendu.

Il entendit une clef tourner dans une serrure. La porte de communication avec la chambre de Raina s'ouvrit.

– La clef est de mon côté, dit-elle en riant. Ils doivent penser – bien à tort – que tu es capable de te défendre.

Elle glissa les mains sous sa veste, mais il recula en objectant qu'on les attendait à table.

Des oiseaux gazouillaient dans le parc et des feuilles mortes tourbillonnaient au coin d'un pavillon de thé japonais. Des voitures s'arrêtèrent devant la porte d'entrée, puis on ouvrit des valises dans une série de chambres hautes de plafond.

Raina descendit déjeuner en pensant aux lèvres et aux mains de Tom qui effleureraient bientôt sa peau, à la place de la robe de laine qu'elle portait pour l'instant. Des femmes victoriennes corsetées avaient sans doute vécu des amours clandestines dans cette maison. Leurs amants les avaient patiemment déshabillées, puis elles avaient appelé leur femme de chambre – allons, plus vite que ça ! – pour les rhabiller, les boutonner, les peigner, les lacer. Et elles étaient descendues déjeuner, sereines et distantes, comme elle à cet instant.

Elle s'assit à côté de Tom. On les suivit du regard.

L'après-midi, au musée, ils ne passèrent pas non plus inaperçus.

– Tout me semble irréel ! s'exclama Raina, assise sous un rayon de soleil automnal. On dirait un mirage.

– Un mirage ?

– J'ai eu la même impression en arrivant à la galerie Rolinger. Du temps où j'étais étalagiste en Californie, je marchais à quatre pattes dans une vitrine, sous les ordres d'un patron ventripotent et vulgaire. En moins de temps qu'il n'en faut pour le dire, je me suis retrouvée à la tête de cette galerie. On écoutait mon point de vue avec déférence, je pouvais faire de grands projets et obtenir les fonds nécessaires... (Elle soupira.) Jamais je ne serai plus heureuse qu'aujourd'hui... sauf si je deviens ta femme un jour.

Un galeriste et un directeur de musée qui passaient près de Raina et Tom leur sourirent.

– Elle est sa belle-mère, chuchota le premier.

– Incroyable ! fit le second.

Incroyable... Raina prononça ce mot maintes fois au cours du week-end. Ils participèrent à des discussions sur « la conservation des œuvres d'art », sur « l'état des arts en Amérique », et même sur « la manière d'initier le grand public aux beaux-arts ».

– Comment Daniel Bonner et Anne Lovell peuvent-ils envoyer leurs conjoints en mission plusieurs jours de suite avec une telle insouciance ? s'étonna Raina, en tête à tête avec Tom. Tous les initiés savent que ces rencontres sont avant tout un prétexte pour...

Tom resta muet.

– Un prétexte pour s'envoyer en l'air, continua Raina, la bouche collée à son épaule nue. On dirait qu'ils nous croient de marbre. (Elle ouvrit des yeux incrédules.) Et que penseraient de moi les autres femmes présentes ici si je m'abstenais ?

– Daniel et Anne nous font confiance. Un sentiment démodé et si... (Tom enfouit un instant son visage dans l'oreiller de Raina, puis, allant au bout de sa pensée, il ajouta :) Si pitoyable !

200

Raina se leva pour verser le thé, car un plateau avait été déposé à quatre heures devant leur porte.

– Je dirais plutôt : pratique ! Et confortable... Chacun de nous a ce qu'il désire, sauf toi. Tu n'as pas d'enfant et aucun espoir d'en avoir un jour.

– En effet.

– Mais tu mérites mieux que ça ! (Raina observa par-dessus sa tasse le visage grave de Tom.) Le prochain enfant de Daniel sera donc de toi.

Tom renversa un peu de son thé et s'assit face à Raina.

– De moi ? Tu m'as dit que tu prenais des précautions...

Raina éclata de rire.

– Des précautions dans le but d'être enceinte de *toi*.

Elle posa sa tasse et sa soucoupe sur la table, et s'allongea de tout son long sur le lit, le visage encadré par la masse sombre de ses longs cheveux.

– Je n'ai jamais aimé Daniel et je veux déposer *ton* enfant entre *tes* bras. Je te dirai alors : « N'est-ce pas le plus beau bébé du monde ? », et tu me répondras : « Oui, c'est vrai. »

Tom regarda Raina se relever, nue et altière. Elle revêtit pour le dîner une robe bleue qui semblait nimber son corps d'une eau écumante. Un enfant se cachait sous ce tissu chatoyant. Ils empruntèrent l'escalier rose en colimaçon pour aller dîner.

– Vénus sortant de sa conque, dit un bel homme à Raina, l'œil pétillant sous le lustre de cristal.

– Alors attention à mon fils Cupidon, armé d'un arc et d'une flèche ! répliqua-t-elle, rieuse.

Un soleil d'automne tiédissait les bois lorsque Anne emmena Stevie cet après-midi-là sur les chemins tapissés de feuilles mortes. Elle attendit d'être assez loin des deux grandes maisons pour lui donner son cochon en peluche favori et lui dire, après l'avoir assis sur une souche :

– Tu es mon frère.

Le petit garçon la dévisagea sans sourire, comme s'il avait perçu son intonation désespérée. Elle s'agenouilla devant lui dans un bruissement de feuilles séchées et murmura :

– Je vais tout t'avouer. Tu dois savoir que j'ai grimpé à un arbre et provoqué la mort de ma mère, accidentellement, quand j'étais enfant. Maintenant, j'ai essayé de conquérir mon père, mais j'ai perdu Tom.

– Cochon, dit Stevie en lui tendant le jouet rose.

Anne, qui avait pleuré toutes les larmes de son corps, promena son regard dans la profondeur des bois où les dernières feuilles tremblotaient encore sur les branches.

– Personne ne sait que je sais, reprit-elle. Tout est comme avant, et si papa ne devine rien...

L'image de Tom dans les bras de Raina la saisit aussi brutalement que les cris des geais bleutés au bord de la rivière. Stevie l'observait, les bras tendus. Elle s'assit dans les feuilles mortes en le prenant sur ses genoux, serré contre son cœur.

– Je ferai en sorte que tout redevienne *vraiment* comme avant, souffla-t-elle.

Elle avait passé la journée seule ; Daniel était resté seul lui aussi dans sa serre et au jardin. Il avait prié Tom d'engager un assistant, et se montrait poli et distant avec sa fille et son gendre. Un changement d'attitude que Raina – trop excitée par ses projets de séjour à Drayton Point – avait été la seule à ne pas remarquer...

Anne ramena Stevie chez lui à l'heure du dîner. Daniel s'affairait toujours dans sa serre lorsqu'elle repartit à travers les bois sombres, après l'avoir mis au lit.

Pendant leur dernier dîner à Drayton Point, Raina couva Tom du regard. Les autres invités montèrent se coucher, mais les deux amants attendirent, assis dans le salon magnifiquement décoré, que la grande maison victorienne sombre dans le silence et qu'un domestique ait éteint les dernières lampes.

Ils gravirent ensemble l'escalier en colimaçon, et, sans prévenir, Raina prit la main de Tom pour l'embrasser sur le palier apparemment désert. Ni l'un ni l'autre ne se doutaient que deux yeux les observaient par une porte entrouverte...

Tom jeta un regard noir à Raina, qui alla s'enfermer dans sa chambre. En se déshabillant, elle revoyait son air contrarié : elle n'aurait pas dû jouer avec le danger mais personne ne les avait surpris, personne ne pouvait se douter !

Nue entre ses draps, elle écouta le tic-tac de sa pendulette dans la maison silencieuse. Les minutes passèrent. Quand une demi-heure se fut écoulée, elle bondit hors du lit et courut vers la porte de communication entre les deux chambres. Le pauvre Tom, comment aurait-il pu entrer ? Elle avait oublié de tourner la clef.

Et, justement, la clef avait disparu. Impossible d'ouvrir, la porte était fermée à double tour.

– Tom ? appela-t-elle par le trou de la serrure. Ils ont fermé la porte, ces puritains du Midwest ! Qu'allons-nous faire ?

Il n'y eut pas de réponse. Tom était sans doute dans la salle de bains. Assise sur le tapis, près de la porte, elle attendit un moment en grelottant avant de l'appeler à nouveau. Un œil collé au trou de la serrure, elle ne vit rien ; alors elle rampa jusqu'à la table de nuit et prit une lampe de chevet qu'elle dirigea vers la serrure. Au fond brillait l'extrémité de laiton de la petite clef qu'elle avait eue entre les mains la veille.

Puisque la clef était du côté de Tom, il ne tarderait pas à

la rejoindre. La nuit précédente, il ne l'avait pas quittée avant l'aube, et pourtant leur liaison durait depuis sept ans.

Elle retrouva avec plaisir la chaleur de son lit et ferma les yeux, voguant de rêve en rêve jusqu'au moment où elle crut entendre une sonnerie. Ébahie, elle reconnut le son de sa pendulette de voyage : une nouvelle journée commençait et elle avait passé la nuit seule dans son lit.

Quand elle descendit, Tom prenait son petit déjeuner. Ils remercièrent leur hôte et prirent congé des autres invités, avant de sortir sous un brillant soleil.

– Tu m'en veux ? demanda Raina à son compagnon dès qu'ils furent seuls dans la voiture. Personne ne nous a vus. Tout le monde était au lit, et une belle-mère peut se permettre d'embrasser son gendre.

– C'est dangereux...

– Tu as peur des commérages ? Rends-toi compte de ce que Daniel y perdrait. Sa femme et son fils ! Et que dirait-on de son prochain enfant ? Quant à Anne, pense au tort qu'il lui ferait !

– Il a horreur qu'on se moque de lui, bougonna Tom.

Raina se mit à rire en entrecroisant ses longs doigts.

– Il ne tient pas non plus à défrayer la chronique. Il a tiré un trait sur son passé et il évitera à tout prix d'attirer l'attention sur sa famille. D'ailleurs il m'aime, et je porte son deuxième enfant...

Ce soir-là, Anne prit sa douche à huit heures, revêtit une chemise de nuit neuve et brossa ses cheveux brillants dans le silence de la maison vide.

En se parfumant, elle se dit que Tom, à son retour de Drayton Point, s'étonnerait de la trouver prête à aller au lit si tôt. Elle était rarement à la maison quand il rentrait le soir !

Son regard devint plus intense dans le miroir, comme si elle regardait loin devant elle – ou plutôt loin en elle-même. Elle scrutait son visage dans tous ses détails en enviant la beauté de Raina. « Ravissante ! » lui avait déclaré sa rivale, la semaine précédente, devant la robe qu'elle portait au gala de Noël. Mais Raina avait l'art de mentir, de jouer la comédie.

« Je dois tant à Daniel », avait-elle coutume de dire en regardant Tom. Des souvenirs insidieux, accumulés dans l'esprit d'Anne pendant des années, venaient maintenant la submerger comme une marée impossible à contenir.

Elle frissonna face à son miroir. L'écorce rugueuse du chêne sous sa main, la voiture arrêtée sur la route... Des amants dans cette pièce, leur reflet dans ce même miroir...

Elle entendit la clef de Tom tourner dans la serrure de la porte d'entrée. Quelques secondes après, il était dans la chambre.

– Déjà à la maison ? demanda-t-il avec un regard inquiet. Tu m'attendais ?

Il se débarrassa sans un mot de ses vêtements. Son silence et la rapidité de ses gestes surprirent Anne. Deux étrangers se retrouvant dans un endroit dangereux et ne parlant pas la même langue...

Ils firent l'amour. Tom brûlait d'une ardeur inhabituelle ; elle lui répondit avec une avidité qu'elle ne se connaissait pas. Revenue à la réalité, mais encore essoufflée, les lèvres tuméfiées et le corps en feu, elle contempla au-dessus de sa tête le baldaquin d'une blancheur immaculée. Tom lui dit qu'il l'aimait.

– Moi aussi, répondit-elle.

Grâce à la lumière de la salle de séjour, elle distinguait les vêtements de Tom, à côté du monticule de sa chemise de nuit. Sa valise était posée à côté de la porte. Elle se souvint des allusions à peine voilées de ses collègues de la crèche :

Un incendie ne nous aurait pas tirés du lit, Sam et moi... Nous n'arrêtions pas de faire l'amour...

Elle s'endormit enfin, mais aux premières lueurs du jour elle fut réveillée par les mains de Tom sur sa peau nue et ses lèvres près des siennes. Sa fougue la surprit à nouveau ; bouleversée, elle y répondit avec ferveur, avec des mots d'amour qu'elle ne pensait pas connaître.

Son trouble l'empêcha de retrouver le sommeil, d'autant plus que l'aube éclairait sa chambre. Après avoir contemplé longuement le visage assoupi de Tom, elle promena son regard autour de la pièce avec un étrange sentiment de dépaysement.

– Bonjour, mon amour, lui dit-il lorsqu'il ouvrit les yeux.

– Mon amour ! murmura-t-elle.

Elle lui sourit, rouge d'émotion : jamais elle ne lui avait souri ainsi. Malgré sa joie, elle avait l'impression de porter un masque et de se voir de loin évoluer sur une scène de théâtre.

Aussitôt hors du lit, elle s'habilla à la hâte. Il lui fallait Stevie ; elle avait besoin de prendre dans ses bras son petit corps tiède et de le serrer contre sa poitrine. Elle dit au revoir à Tom et courut à travers les bois ensevelis sous la brume.

Tom l'avait regardée partir, pensif. Chez lui, dans sa propre chambre, il s'était senti dans un monde inconnu, aux côtés d'une femme ardente et passionnée.

Sa valise était restée à côté de la chemise de nuit qu'il lui avait presque arrachée. Anne venait de lui révéler une sensualité qu'il ne soupçonnait pas.

Il enfouit son visage dans l'oreiller. Deux ans avaient passé depuis le jour où il l'avait entendue pleurer en apprenant qu'elle ne pourrait pas avoir d'enfants. *J'ai l'air d'une femme, et je ferai de vieux os !* Ce cri déchirant résonna à ses oreilles.

Il l'avait vue agenouillée, seule dans le jardin de son père, en train de taillader la terre boueuse. Des larmes ruisselaient le long de ses joues, et pourtant il ne l'avait pas rejointe.

Tom gémit. Il l'aimait lui aussi, mais il l'avait privée de ses ardeurs qui auraient fait d'elle une femme de chair. Comment avait-il pu oublier si vite son cri déchirant ?

Daniel prenait son petit déjeuner quand Anne arriva, Stevie dans ses bras. Il lui dit bonjour, mais son regard bleu resta obstinément fixé sur son journal et sur sa tasse de café. Raina parut.

– Bien matinale ! lui dit-il.

Il tendit à son épouse une assiette pleine de croissants et annonça qu'il avait reçu la veille une visite de Mary Clellan.

– Un de tes anciens flirts ? susurra Raina.

– Elle prétend que toute la ville parle de nous.

Anne fut aussitôt sur le qui-vive.

– Elle dit que nous faisons l'admiration de tous nos amis, reprit Daniel.

– Qui admire-t-on ? s'enquit Raina.

– Anne, Tom, toi et moi. D'après Mary, nous sommes merveilleux.

– Pourquoi ?

– Tout le monde est sidéré que nous arrivions à si bien nous entendre. Notre départ à quatre en Italie fait sensation.

Anne sentit ses traits se figer.

La longue chevelure de Raina oscillait sur sa robe cramoisie, dont les reflets rosissaient son visage harmonieux. Elle jeta un coup d'œil à Stevie ; l'enfant décocha un coup de pied dans le vide et cogna son camion sur la table. Anne rencontra alors le regard de sa rivale. Un instant lui suffit pour y surprendre cette fugace inquiétude qui l'avait frappée la veille quand Tom était revenu de Drayton Point.

16

La semaine suivante, la maison des Lovell brillait de tous ses feux au-dessus des jardins et des terrasses surplombant la rivière. Des invités, presque des intimes, déambulaient dans les pièces illuminées.

Anne se faisait un devoir de briller autant que sa maison ; avant même que sonne l'heure de passer à table, elle se donnait de bonne grâce en spectacle – il lui semblait ne pas avoir le choix. Raina, quant à elle, semblait désireuse de la mettre le plus possible en valeur.

– Anne a effectué des recherches sur le Ruysdael que Daniel a offert au musée des Beaux-Arts, confia-t-elle à un mécène et à un conservateur de musée assis à sa table.

Les deux hommes, qui discutaient de la victoire du tandem Eisenhower-Nixon aux élections, s'interrompirent pour accorder à Anne une attention polie et quelque peu condescendante. Elle leur fit part brièvement de ses récentes découvertes, fruit d'un ou deux après-midi de travail en bibliothèque. Après avoir plaisanté au sujet de son « amateurisme », elle posa de pertinentes questions au directeur de musée à propos de ses dernières acquisitions de peinture américaine.

– Les dîners d'Anne sont toujours fastueux, déclara Raina en quittant la salle à manger.

Les invités qui l'entendirent approuvèrent en chœur et Anne accepta les compliments avec le plus grand naturel possible. Pendant le reste de la soirée, elle sentit que les mots et les sourires de Raina l'emprisonnaient comme les barreaux d'une cage.

— Anne a le chic pour recevoir, dit encore Raina au moment où les invités prenaient congé.

Daniel, après être allé complimenter la cuisinière pour son dîner, se dirigeait vers le vestibule de la maison quand la conservatrice d'un musée s'adressa à Anne :

— Je disais justement que je vous trouve ravissante. (Son regard se posa sur Anne puis sur Raina.) Avez-vous décidé d'un commun accord de porter la même nuance de bleu ?

— Nous sommes comme deux sœurs, répondit Anne d'un ton calme que Daniel remarqua, bien qu'il fût hors de vue. Nous avons choisi par hasard le même bleu, car nous avons les mêmes goûts.

— Au lit aussi, elles sont interchangeables ! ricana à mi-voix un individu bedonnant, en grande conversation avec un ami. Nous en avons eu la preuve à Drayton Point !

Personne ne l'entendit, sauf Daniel, qui resta figé sur place dans le corridor sombre. Il entendit aussi un troisième larron préciser, d'une voix basse mais intelligible :

— Tom Lovell, naturellement !

Quand Anne se retourna, les trois bavards grimaçaient un sourire. Daniel se joignit à eux, le visage aussi énigmatique que d'habitude.

Les invités partirent les uns après les autres ou par petits groupes ; Daniel, Raina, Tom et Anne les regardèrent marcher le long de l'allée bien éclairée en direction de leurs voitures.

Dès qu'ils furent seuls, Daniel se tourna vers Anne.

— Je ne pense pas que nous puissions partir tous les quatre en Italie le mois prochain, lui annonça-t-il.

Debout entre Tom et Raina, elle rassembla ses forces avant de murmurer, d'un air dégagé :

— Pourquoi pas ?

— Tu sais que nous nous considérons tous les cinq comme une famille unie...

— Bien sûr, fit-elle, mais notre absence ne durerait pas longtemps...

Elle s'adressait maintenant à Daniel comme s'ils étaient seuls au monde ; Tom et Raina semblaient pétrifiés.

Daniel émit un grognement qui aurait pu passer pour un rire et tendit un bras vers Raina.

— Raina vous expliquera elle-même les changements qui attendent notre petite famille, dit-il en l'enlaçant vigoureusement.

Il y eut un silence sépulcral. Raina se cacha le visage dans la manche de lainage sombre de son mari et murmura d'une voix étouffée :

— Je suis enceinte.

Une fois passé le premier moment de surprise, Anne bégaya d'une voix blanche :

— C'est... merveilleux.

— Un autre fils ? demanda Tom avec un rire forcé.

Daniel et Raina gardèrent le silence, puis tout le monde se congratula d'une voix animée, en faisant mille projets dont les échos se propagèrent jusqu'au fond des bois.

— Il est temps de rentrer, dit Daniel en s'engageant avec Raina dans la sombre allée qui menait chez eux.

Tom et Anne les suivirent un moment des yeux. Anne tremblait sous le vent de novembre... *Les changements qui attendent notre petite famille...*

Tom l'attira à lui pour l'embrasser, mais elle garda les bras ballants.

— Déçue de renoncer à ce voyage ? lui demanda-t-il.

Anne tressaillit au contact de ses lèvres.

— Papa aime trop Raina pour aller en Italie sans elle.

Ses efforts pour ne pas répondre aux baisers de Tom lui arrachaient des larmes, mais il n'en sut rien en raison de l'obscurité. Le « Je suis enceinte » de Raina retentissait encore en elle...

— Il te considère comme un fils aîné qu'il aurait choisi pour lui succéder, reprit-elle.

— Il m'a beaucoup aidé ; j'aimerais lui prouver ma reconnaissance.

— Ta reconnaissance, répéta Anne sans autre commentaire.

— Tu frissonnes ! s'exclama Tom.

Anne se retourna pour regagner sa maison encore étincelante de lumière, mais elle se sentait dépossédée : le fantôme d'une autre femme y flottait encore.

À Noël, un manteau de neige recouvrit toute la région. Tom passait de longues journées à son bureau, déserté par la plupart des employés. Assis devant des montagnes de dossiers, il remarquait à peine le silence qui l'entourait.

— Il travaille du matin au soir, confia sa secrétaire à une collègue, lorsque le personnel revint après les fêtes du nouvel an. Il finira par être plus au courant des affaires que son beau-père, mais il a l'air fatigué. Il a perdu le sourire !

En fin d'après-midi, Daniel fit une apparition et repartit après avoir signé quelques lettres. De la fenêtre, elle le vit tourner au coin de la 5e Rue, derrière un monticule de neige.

La partie ancienne de la ville, au bord de la rivière, était toute proche. Daniel traversa la courette sombre d'un immeuble et sonna à une porte.

— Dan, fit-il.

— Tu peux monter !

Une femme lui avait répondu depuis le premier étage. Il l'aperçut bientôt : une brune entre deux âges, plantureuse, dont les yeux noirs le regardaient approcher d'un air soucieux. Elle lui prit le bras et ils montèrent ensemble les dernières marches.

211

– Ça va pas, Daniel ?

– Ça va, mais j'ai la tête qui tourne un peu.

– Comme toujours, marmonna-t-elle en refermant derrière elle la porte de l'appartement.

Il s'assit pesamment sur une chaise.

– Toujours quoi ?

– Les femmes t'ont toujours fait tourner la tête.

– Toi seulement, Sally.

– Et combien de centaines d'autres ?

Sally gloussa en s'essuyant les mains sur son tablier.

– Café ou whisky ?

– De l'eau.

– J'aurais pas cru ça de toi !

Elle lui apporta un verre et ils gardèrent le silence pendant que Daniel buvait l'eau jusqu'à la dernière goutte.

– Où est ton frère ? demanda-t-il enfin, le verre frais et humide contre sa joue. Au travail ?

– Il dit qu'il vieillit et qu'il va finir par le payer au prix fort s'il ne se décide pas à s'arrêter de trimer...

Sally descendit l'escalier en appelant :

– Charley ! Charley !

Charley Xavier arriva au bout de quelques minutes. Il rentra sa chemise dans son pantalon avant de saluer Daniel.

– Ça faisait longtemps, marmonna-t-il. Merci de ton aide.

Ils étaient maintenant seuls dans la pièce. D'un geste éloquent, Daniel éluda les remerciements, comme s'il chassait un nuage de fumée.

– J'allais tout de même pas te taxer d'un loyer !

– C'était le bon temps, fit Charley.

– Justement... Je me demandais si tu pourrais me rendre un petit service un de ces jours, en cas de besoin.

– Tout ce que tu voudras. T'aurais pas quelqu'un dans le nez, par hasard ?

212

– Ça te rapportera gros. Je te préviendrai au bon moment.
– À ta disposition !

En ville, l'air commença à s'imprégner de neige. À la campagne, elle formait des tourbillons s'engouffrant au-dessus du lit de la rivière et le long des routes de montagne.

Anne, qui skiait à travers champs près de la rivière, fit cligner ses cils blanchis de givre. Derrière elle, un léger sillage se mêlait à celui des lapins et des biches. Elle avait passé des heures sur ses skis de fond pendant les fêtes du nouvel an, contente de s'évader et bien décidée à réfléchir.

Mais elle n'arrivait pas à se concentrer. Elle skiait comme dans un rêve, puis rentrait à la maison, les joues fraîches et roses. Des courants – pareils à des serpentins de lumière – circulaient entre Tom et elle dès qu'ils se retrouvaient. Daniel et Raina s'en doutaient-ils ?

Pourquoi ce changement soudain, après tant d'années ? Anne découvrait des facettes de Tom jusque-là réservées à Raina, et que sa rivale retrouverait sans doute après la naissance du bébé...

En larmes dans les bois dénudés, elle se sentait aussi solitaire qu'elle l'avait été à sept ans... jusqu'au moment où elle pensait à la nuit brûlante qui l'attendait. Alors, elle fondait d'amour en se souvenant du moindre geste de Tom, du moindre de ses regards quand ils étaient à table ou en train de bavarder au coin du feu. Ces regards en disaient long sur ses sentiments...

Elle le détestait, aussi. Elle revoyait le visage de Raina contre son épaule, sous un soleil d'automne... Tom posant sa main sur la cuisse de Raina...

Et de qui était le bébé qu'elle attendait ?

Le silence de la campagne avait un pouvoir apaisant. Les arbres aux branches nues lui parlaient, ainsi que les plantes aux feuilles encore vertes sous l'épais tapis de neige.

Il lui arrivait de sourire quand les yeux de Tom rayonnaient d'amour pour elle, et Raina, dont les formes s'étaient arrondies pendant tout l'hiver, surprenait parfois ce sourire. Un soir où elles assistaient à une pièce de théâtre sur leur premier poste de télévision, Raina s'étonna de voir Anne suivre d'un air paisible une scène peu réjouissante.

– Heureuse ? lui demanda-t-elle pendant les publicités.

Anne avait remarqué que Raina supportait mal de voir les gens sourire, comme si elle soupçonnait quelque intention malveillante à son égard.

– Pourquoi es-tu si heureuse ? insista Raina.

– Comment ne pas l'être quand j'ai Tom, papa, toi et Stevie autour de moi, et bientôt un nouveau-né ?

Anne garda un visage énigmatique. Raina attendit la fin du programme de télévision pour la questionner :

– Que dirais-tu d'une virée à Chicago pour acheter la layette du bébé ? Juste nous deux...

– Chicago... murmura Anne.

Elle escorta Raina jusqu'à sa chambre à coucher. Raina s'assit sur un tabouret devant sa coiffeuse – aussi sophistiquée que le tableau de bord d'un vaisseau spatial, avec ses cylindres pour tubes de rouge à lèvres, ses casiers de flacons, ses palettes de mascara et de fards à paupières, ses rainures pour brosses, mais le tout dans un désordre absolu.

Après avoir fouillé un moment, Raina, l'œil pétillant, saisit un tube de rouge à lèvres sans capuchon.

– Allons faire une virée, comme avant la naissance de Stevie !

– Je ne suis pas sûre...

– Tu me parais un peu fatiguée, ces temps-ci, dit Raina.

Elle se leva pour regarder dans la glace les deux femmes debout côte à côte : la femme enceinte et celle qui ne pourrait jamais avoir d'enfants.

– Je vais m'occuper un peu de toi, ça te fera le plus grand

bien, reprit-elle en passant un bras autour des épaules d'Anne, comme si elle tenait à lui faire partager son allégresse. On m'a indiqué une excellente adresse à Chicago, où nous pourrons faire de toi une beauté. Rien de tel qu'un peu de coquetterie pour remonter le moral d'une femme !

Raina était belle, même dans ses robes de grossesse. Elle se rassit en jetant un regard satisfait à son reflet dans la glace. Comme Anne ne disait rien, elle prit son silence pour un consentement.

– Allons-y la semaine prochaine, proposa-t-elle.

Les vents froids de mars soufflaient du lac Michigan sur les bateaux à quai, les conserveries et les minoteries de Chicago. La neige blanchissait le Loop et les autoroutes ; elle commençait à recouvrir le Soldier Field et à souligner le bord du lac aux eaux noires.

Raina et Anne descendirent du taxi, et tournèrent le dos à la neige et aux vents cinglants pour pénétrer dans un univers de cosmétiques multicolores et de parfums envoûtants. Des femmes assises se regardaient dans des miroirs, tandis que de jolies employées en blouse rose s'affairaient autour d'elles, lissant, peignant, brossant, frottant, dessinant et redessinant...

Au bout de quelques minutes, Anne fut confiée à deux blouses roses prêtes à intervenir.

– Elle doit être éblouissante, leur dit Raina. Les cheveux, le visage, tout...

Les deux bonnes fées félicitèrent Anne pour ses beaux yeux, la longueur de ses cils, ses ravissantes pommettes ! On la shampouina puis on discuta longuement de ses cheveux. Après les avoir lissés, on les ébouriffa et on les roula, bien serrés, sur des bigoudis entourés de papier. Elle respira de pénibles odeurs quand on relia chaque rouleau à un appareil électrique, jusqu'à ce qu'elle sente la chaleur sur son crâne à travers les tampons de coton.

Une fois déroulés, ses cheveux trempés pendaient en tire-bouchon autour de son visage. Des peignes durs lui ratissèrent le crâne, séparèrent les mèches, et on lui recouvrit la tête d'un filet rose après avoir soigneusement enroulé et épinglé le tout. Elle resta si longtemps sous le casque au ronronnement monocorde qu'elle finit par se plonger dans une pile de magazines féminins.

On fit bouffer ses cheveux séchés autour de sa tête avec des brosses plus douces.

– Seyant et chic comme un casque, gloussa l'une des blouses roses, qui avait disposé des boucles autour du visage d'Anne. Avec cette frange frisée, vous pourrez porter une de ces adorables petites toques en forme de croissant, épinglée au-dessus de la nuque. Ça sera divin !

– Contente ? lui demanda une autre en lui tendant un miroir, tandis que Raina, les mains croisées sur son ventre arrondi, hochait la tête avec enthousiasme.

– Oui, ça me paraît assez naturel, répondit Anne.

Une troisième employée mit son grain de sel.

– Les jupes fourreaux et les petites vestes courtes vous iront à ravir. (Elle se tourna vers Raina.) N'est-ce pas que la mode de printemps est sublime ?

– Absolument, approuva cette dernière en souriant.

On s'occupa ensuite du visage d'Anne, « joli mais un peu pâle », selon ces dames, qui s'adressaient à Raina comme si leur cliente était un objet – un portrait à retoucher.

Ce portrait devint lentement méconnaissable, sous le regard attentif d'Anne, qui suivait l'opération dans le miroir. Une demi-douzaine de mains s'affairaient, dans un brouhaha de remarques flatteuses et d'exclamations.

– Que dis-tu de ton nouveau look ? lui demanda Raina quand elle fut maquillée.

— Pas si nouveau, répondit-elle.

Cette bouche sensuelle ne lui était pas inconnue. Elle tourna vers Raina ses yeux d'un bleu d'acier sous leur maquillage.

— Tous ces chichis sont amusants une fois de temps en temps, mais Tom m'apprécie au naturel.

— Tu verras sa réaction quand il viendra nous chercher à l'aéroport ! répliqua Raina.

Elles déjeunèrent dans un endroit élégant, achetèrent la layette du bébé et assistèrent à une pièce de théâtre. Anne était maintenant « dans le vent », et les regards des hommes qui se retournaient sur son passage étaient de plus en plus éloquents.

— Je pourrai t'aider à te coiffer et à te maquiller si tu n'as pas encore l'habitude, lui proposa Raina le lendemain matin avant le départ.

Anne refusa son offre.

— Non merci, lui dit-elle. J'ai bien retenu le mode d'emploi de la tonne de flacons, de pots, de tubes, de brosses et de crayons que je remporte avec moi. Je m'en servirai avec plaisir dans les grandes occasions, mais je tiens à rester naturelle pour plaire à Tom.

Quand Tom vint les chercher à l'aéroport, Anne arborait son rouge à lèvres habituel pour seul maquillage, et ses cheveux, ébouriffés par le vent, n'avaient plus rien d'un « casque chic ».

— Que tu es belle ! s'exclama-t-il en la serrant dans ses bras. La ville te réussit.

— Une idée de Raina, murmura Anne.

Raina ouvrit la bouche pour donner des précisions, mais Tom parut l'ignorer. Il contemplait Anne et son regard brillant s'attardait sur sa bouche, ses épaules, le galbe de sa joue...

Assise au coin du feu, Emily Webb écarquillait les yeux et restait bouche bée, tandis que ses boucles d'oreilles en filigrane d'argent tintaient doucement.

— De la pure folie ! s'écria-t-elle enfin.

— Daniel est au courant, Anne aussi, observa Tom.

— Raina s'imagine qu'ils ne vont pas réagir ?

— Il me surcharge de travail et il me toise d'un œil de glace. Il m'oblige à rentrer tard le soir et à me lever à l'aube...

— Tu auras de la chance s'il s'en tient là ! Quant à Raina, tu étais bien placé pour savoir que rien ne l'arrête.

Tom se vautra sur le canapé. Son regard rappelait à Emily sa défunte sœur, mais elle se félicitait surtout de ne pas être à la place d'Anne ou de Raina et d'avoir atteint un âge où l'on est moins sensible à la séduction.

— Dieu sait ce qu'elle fera ! Mais Anne est admirable, dit Tom.

Emily lui répondit par un grognement maussade qui traduisait bien ce que lui inspiraient Raina enceinte, le redoutable Daniel et un jeune homme venant tout juste de réaliser qu'il aimait vraiment sa femme.

— Elle essaie de nous sauver la mise, reprit Tom. Elle est la seule de nous quatre à ne pas penser uniquement à elle-même. On l'a trompée, on lui a menti, elle est seule, elle n'aura jamais d'enfants, elle se doute que celui qui va naître est de moi, et pourtant...

— Pourtant elle t'aime ?

— Plus que jamais, murmura Tom en se prenant la tête dans les mains. Et moi aussi, je l'aime. Raina n'est pas digne d'amour.

— Mais elle est enceinte de toi.

— Oui, dit Tom, le visage toujours caché entre ses mains. Raina prétend que Daniel et Anne nous ont tenus à l'écart et jetés dans les bras l'un de l'autre, mais ce n'est pas une

218

raison ! J'ai fait le malheur d'Anne, pour les beaux yeux de Raina qui ne songeait qu'à se venger !

— Tu es impardonnable, mais la chance te sourit, car tu as toujours Anne de ton côté, sa fortune, et ta situation. Si j'ai un conseil à te donner, méfie-toi quand même de Daniel Bonner, conclut Emily en se mordant les lèvres.

17

Un beau jour d'avril, avant l'aube, Daniel conduisit Raina à l'hôpital. James William Bonner vint au monde à midi.

– Encore un Bonner, dit Raina quand toute la famille se retrouva dans sa chambre pour admirer le petit paquet aux joues rouges qu'elle tenait dans les bras.

Au bout de quelques jours, on installa Jamie dans sa nursery – l'ancienne chambre d'enfant d'Anne. Le portrait de Patricia Bonner, accroché à l'un des murs, semblait veiller sur son berceau.

Une ou deux semaines plus tard, Anne alla déjeuner chez Emily Webb. Elles parlèrent du bébé.

– Nous pensons qu'il aura les yeux bruns de Raina, dit Anne. Stevie se demande déjà quand il pourra jouer avec Jamie.

Emily esquissa un sourire, mais elle avait l'étrange impression qu'Anne se préparait à lui avouer la véritable raison de sa visite.

Après avoir débarrassé la table, Mrs. Park referma la porte derrière elle.

Emily jouait avec une miette de gâteau sur la nappe de lin en admirant Anne : un léger maquillage accentuait le bleu de ses yeux – frangés de longs cils, comme ceux de son père – et ses cheveux, plus courts, lui encadraient joliment le visage.

– Vous êtes inséparables tous les quatre, dit-elle enfin. Ça fait plaisir à voir ! Vous finissiez par devenir de véritables ermites, Daniel et toi. Ta nouvelle coiffure te va à ravir ; le maquillage aussi. Et quel style ! Cette robe que tu portais au gala de bienfaisance...

Le visage d'Anne resta de marbre.

– J'étais l'une des principales attractions, n'est-ce pas ?

– Aux yeux de Tom, en tout cas ! Tu représentes un précieux atout pour la communauté, et tu devrais te montrer plus souvent.

– Il me semble que je me suis littéralement exhibée...

– Le couronnement de la Reine des cœurs...

– Dommage que je n'aie pas porté un Bikini pour monter sur le podium ! Je suppose que Raina a suggéré à Tom de me montrer en public pour me faire plaisir...

Anne parcourut du regard le solarium sur lequel donnait la salle à manger d'Emily – des plantes vertes, des fauteuils en rotin et une ondée d'avril derrière les vitres.

– Raina a un sens inné de la mode, reprit-elle avec une intonation bizarre. Quand nous étions à Chicago, le mois dernier, elle a décidé de me « recréer », selon son expression. Elle jure ses grands dieux qu'elle ferait *tout* pour moi, et je ne peux plus avancer d'un pas sans la voir apparaître à la manière d'un... satellite !

Emily sentit une menace planer dans la pièce, pareille à un nuage sombre.

– Raina et Tom sont si sociables, lança-t-elle au hasard, comme une bouffée d'air frais.

– Oui, ils nous entraînent, papa et moi, dans leur sillage. Fini le bon temps où nous pouvions passer des heures à travailler dans la serre ou à jouer avec Stevie ! Parfois... (Anne se tourna sur sa chaise pour regarder par la fenêtre) j'ai l'impression que mon père se demande pourquoi nous devons parader tous ensemble – comme quatre chevaux de cirque, couverts de pompons et de grelots. Ça m'inquiète qu'il se pose cette question, d'autant plus qu'il s'en cache, et je ne pense pas que ce soit par amour pour moi... (Emily l'écoutait, médusée, sans dire un mot.) Inutile d'ajouter que Tom est adorable avec mon père... Je le constate de plus en plus chaque jour ! Si nous sortons ensemble, Raina et moi, ce qui arrive de temps à autre, je trouve Tom en train de tenir compagnie à papa quand je rentre. Raina et lui font leur possible pour maintenir l'harmonie entre nous.

– Évidemment, risqua Emily.

– J'ai toujours souhaité que nous formions une famille unie, mais je n'aurais jamais cru nécessaire de faire bloc jour et nuit à ce point-là !

– À ce point-là ! répéta Emily d'un air sidéré.

– J'étais heureuse – ou du moins je croyais l'être –, et je suis censée le rester *définitivement*.

– Je te le souhaite du fond du cœur...

– Tom et Raina vont assister à un congrès, fin juin, à Denver. Ils hésitaient à partir, mais j'ai insisté. En somme, ils s'évertuent à faire mon bonheur. (Les yeux d'Anne s'emplirent de larmes.) Je les aime tant, ainsi que les enfants, que je ferai de mon mieux pour rester heureuse.

Un moment ébahie et émue elle aussi, Emily se leva et prit le visage d'Anne entre ses mains.

– Moi qui t'avais toujours crue douce, tendre et à l'abri du mal ! Protégée, en somme...

– Tu veux dire stupide ?

– Non, pas le moins du monde ! J'avais déjà remarqué ta force de caractère, mais je viens de me rendre compte à quel point...

Anne l'interrompit :

– Alors, aide-moi !

– Si j'en ai les moyens, répondit Emily en desserrant son étreinte.

Quand elles se dirigèrent vers le salon pour le café, Anne était devenue une autre aux yeux d'Emily – une inconnue qui se saisit brusquement de sa tasse en prononçant des paroles presque *menaçantes.* C'est du moins ainsi qu'elle les présenta à Mrs. Park un peu plus tard.

– Je te demande ton aide, lui dit Anne, parce que je sais depuis des mois que mes confidences ne risquent pas de te surprendre. Il y a des années que tu as parfaitement compris ce que je te dis maintenant !

– Des années ? Je suis au contraire stupéfaite...

– Non, car c'est toi qui m'as présenté Tom...

Emily ouvrit la bouche sans émettre aucun son.

– D'autre part, tu étais l'amie de Raina, elle a habité chez toi, tu as su qu'elle sortait avec mon père...

– Vous étiez si bien... assortis, tous les quatre...

– Oui, dit Anne d'une voix inhabituelle. Une famille parfaitement unie... J'ai utilisé très souvent ces mots-là depuis 1949, n'est-ce pas ?

Elle posa sa tasse et sa soucoupe, qui résonnèrent sur la table basse avec un cliquetis aigu.

– Tu as connu Raina et Tom des années avant moi !

– En Californie...

– Au début des années quarante, ils se connaissaient déjà eux aussi, n'est-ce pas ?

Incapable de répondre, Emily détourna les yeux. Pendant un moment, elles n'entendirent plus dans le silence que le martèlement des gouttes d'eau sur les fenêtres du solarium.

– Puisque tu fais depuis si longtemps partie de la famille et que tu nous connais si bien tous les quatre, reprit Anne de sa nouvelle voix, j'ai besoin de ton aide.

– Bien sûr !

Emily se leva comme un zombie pour suivre Anne qui allait chercher son manteau dans le vestibule.

– Je compte sur toi pour convaincre mon père que tout va pour le mieux entre nous quatre et que nous sommes parfaitement *assortis,* selon ton expression, insista la jeune femme en enfilant son manteau. Tu le connais... Il ne faut surtout pas le contrarier... Tu vas donc lui montrer que tu n'as aucun doute au sujet de notre bonheur.

Elle ouvrit la porte d'entrée. Emily, debout sur le seuil, restait muette.

– Tu t'y entends pour jouer la comédie, ajouta Anne, et il me semble que j'ai déjà suivi ton exemple sans m'en rendre compte.

Tandis qu'elle longeait l'allée sous la pluie pour reprendre sa voiture, la voix furieuse d'Emily résonnait dans la cuisine où se tenait Mrs. Park.

Chez Daniel, Anne trouva Stevie dans la chambre de Jamie, le menton appuyé au bord du berceau. Elle souleva le bébé dans ses bras et l'emmena au salon ; Stevie l'accompagna d'un pas chancelant.

– Comment va Emily ? demanda Raina.

– Toujours au courant des derniers commérages, répondit Anne en tendant le bébé à son père.

Elle s'assit sur l'un des canapés et Jamie resta blotti contre elle.

– Quelle tignasse sombre ! s'exclama Daniel, le regard fixé sur le bébé. À l'hôpital, Jamie était le plus brun de toute la pouponnière. Une infirmière m'a dit qu'on l'appelait Clark Gable.

Anne eut une fois de plus la sensation que le bonheur de toute la famille ne tenait qu'à un fil.

– Les enfants ont souvent les cheveux noirs à la naissance, observa-t-elle sereinement, alors qu'elle s'arc-boutait de toutes ses forces contre une menace presque palpable.

Les yeux de Daniel allèrent de Tom à Raina, qui lui reprit son fils en murmurant :

– En tout cas, c'est un délicieux bébé.

Elle avait retrouvé sa taille de guêpe, et son élégant

ensemble de soie éclaira d'une note lumineuse la nursery lorsqu'elle y déposa son fils.

Anne l'avait suivie dans cette pièce, maintenant bleu et blanc, qui avait été pendant tant d'années sa chambre. Tout avait changé, à l'exception de la vue et de la grande photo de Patricia – où la jeune femme avait les cheveux coupés au carré comme dans les années vingt et un rouge à lèvres sombre.

– Ta mère aurait pu avoir un fils comme Jamie, dit Raina.

Debout près du berceau, elle scrutait Anne. Son air soucieux fit soudain place à un sourire : Tom se tenait sur le pas de la porte.

La tête haute, elle s'approcha de lui.

– Tom ! souffla-t-elle.

Anne ne pouvait pas voir le visage de Raina, mais il y avait dans son intonation et dans son attitude une étrange solennité – dont elle se souvint par la suite, quand elle chercha à y voir plus clair.

Raina tendit l'enfant à Tom.

– N'est-ce pas le plus beau bébé du monde ?

Une fois encore, Anne eut une impression bizarre, d'autant plus que Tom, debout près de Raina, évitait son regard.

– Oui, c'est vrai, répondit-il à voix basse.

Jamie tourna les yeux vers Tom, qui posa un moment la main sur sa tête sombre.

Apparemment comblée, Raina reprit Jamie dans ses bras pour le déposer dans son berceau.

– Anne ? demanda Daniel, qui venait d'apparaître sur le pas de la porte. La nurse de Jamie vient de se décommander. Pourriez-vous le garder, Tom et toi ? Raina déteste faire appel à des inconnues.

– Nous resterons ici tous les deux, dit Tom. J'en profiterai pour vérifier certains comptes.

Daniel et Raina partirent après le dîner. Anne s'installa

avec un livre dans un fauteuil du bureau ; Tom s'assit à la table de travail de Daniel devant des colonnes de chiffres, un crayon entre les dents.

Jamie se mit à pleurer.

– Je vais voir, dit Anne.

Elle emprunta le corridor menant à la nursery, où flottaient encore les effluves fleuris du parfum de Raina.

Sous le cadre doré abritant la photo de sa mère, elle changea les couches humides du petit garçon. C'était dans cette chambre qu'elle avait pleuré toute seule, bien des soirs, tandis que Daniel s'enfermait dans son bureau et qu'elle n'avait personne à qui parler, à part Sophie Larson et Mr. Hanson.

– Es-tu *mon petit frère* ? demanda-t-elle, les yeux embués de larmes, au bébé qu'elle tenait dans ses bras. Qui es-tu ?

Jamie se contenta d'enfouir ses joues dans son cou. Elle le déposa dans son berceau – le sien quand elle était bébé –, mais une soudaine intuition la frappa à la douce lumière de la lampe... Elle reprit le petit garçon, qu'elle regarda dans les yeux un moment. Quand elle le borda dans son berceau, il dormait déjà.

Tom travaillait toujours dans le bureau de Daniel. Elle reprit sa lecture à côté de lui. Il leva les yeux vers elle, puis se replongea dans ses chiffres. Elle put observer à loisir le volume de ses joues, la forme de ses yeux...

Les notes envoûtantes d'une fugue de Bach s'élevaient dans la maison. La tête sombre de Tom était penchée sur ses documents ; un catalogue à demi achevé de la galerie de Raina traînait sur une table.

Au bout d'une heure, Anne abandonna son livre et retourna voir Jamie. La musique s'était tue et une lumière tamisée éclairait la chambre du bébé. Elle se balança dans le rocking-chair à côté du berceau, songeuse, les yeux fixés sur le sourire de sa mère, dans le cadre doré.

226

– Anne !, appela Tom du bureau, puis ses pas résonnèrent dans le corridor.

Elle n'avait encore rien dit, et rien ne pressait... Elle hésitait à troubler la sérénité de son mari alors que le parfum de Raina flottait encore dans l'air et que Jamie dormait paisiblement sous la lampe.

Tom changea d'expression lorsqu'il la vit dans le rocking-chair, le bébé dans ses bras : elle avait des gestes tendres et sûrs pour l'embrasser sur ses petites joues avec l'amour d'une mère. Il avança de quelques pas encore.

– J'aime Jamie, dit-elle à voix basse, les yeux perdus dans le vague. Pour rien au monde je ne pourrais me passer de lui !

Elle ne fit aucune allusion à Stevie, et le silence de la pièce devint presque intenable.

– Mes soupçons se sont précisés le soir de ton retour de Drayton Point, dit-elle, mais j'ai commencé à avoir des doutes bien avant. (Elle regarda Tom dans les yeux, puis ajouta en relevant le menton d'un air de défi :) Tu me sous-estimais.

– Oui, je t'ai toujours sous-estimée.

Anne cacha un moment son visage contre celui de Jamie, en réfrénant son envie de se jeter dans les bras de Tom.

Il y eut encore un long silence pendant lequel ils n'entendirent plus que les petits bruits de succion du bébé. Anne, qui le tenait dans ses bras, sentait son utérus répondre, ses mamelons brûler...

– Tu n'en as parlé à personne ? demanda Tom.

– Je sais que vous ne vouliez pas nous blesser, dit-elle enfin. Vous avez fait votre possible, mais les circonstances... Je sais maintenant que vous étiez... amis, Raina et toi, depuis très longtemps...

– Si tu l'avais su à l'époque, est-ce que ça aurait fait une différence ? demanda-t-il au bout d'un moment.

Il ne cherchait ni à protester ni à demander pardon. Le sentant désarmé, elle murmura :

– Je t'aurais tout de même épousé, car je t'aime ; mais je n'aurais sans doute pas supporté que mon père épouse...

Anne laissa sa phrase en suspens, puis elle ajouta, le visage cramoisi :

– Jamie est de toi.

Tom ne s'abaissa pas à mentir.

– Tu aurais supporté de ne jamais m'en parler ? demanda-t-il d'une voix admirative.

Anne croisa son regard.

– Peut-être pas. Après avoir pesé le pour et le contre, j'aurais sans doute voulu te montrer que je savais, que je ne suis pas...

– Quoi ?

– Aussi naïve que tu le croyais...

Tom se taisait, impénétrable, puis il laissa échapper un soupir déchirant. Anne s'approcha de lui, Jamie dans ses bras. On aurait dit un père, une mère et leur enfant – un parfait tableau de famille.

– Est-ce que... ?

Tom s'interrompit, incapable de prononcer le prénom de Daniel.

– Est-ce que quelqu'un d'autre est au courant ?

Anne arbora un sourire que Tom ne lui connaissait pas.

– À mon avis, tu serais au courant s'*il* savait, répliqua-t-elle.

– Personne n'a fait la moindre allusion, à part toi ; et je m'abstiendrai de poser des questions à qui que ce soit, ajouta Tom du ton solennel d'un homme en train de prêter serment.

Un bruit leur parvint du vestibule : une porte s'était ouverte, et Raina cria :

– Nous sommes rentrés !

228

Anne déposa le petit Jamie, toujours endormi, dans son berceau. Quand Raina, plus élégante que jamais, fit son entrée dans la nursery, elle dévisagea Anne et Tom avec insistance. Leur expression lui parut aussi indéchiffrable que celle de la jeune femme dans son cadre doré.

— Il fallait que je vienne, déclara Emily, quelques semaines plus tard, en rejoignant Anne dans le patio de son père. Absolument !

Anne installa Stevie dans sa chaise haute et s'assit de manière à entendre Jamie s'il se réveillait.

— Je suis seule avec les enfants, dit-elle à sa visiteuse en lui versant du thé.

— Évidemment, tout le monde est absent ! Comme toujours ! Qui veille sur vos deux foyers, à part toi ?

Emily partit d'un rire strident et considéra sa tasse de thé d'un regard sombre. Comme Anne se taisait, elle répéta d'un air sentencieux :

— Il fallait que je vienne. Personne ne te tient compagnie, tu ne peux pas te faire d'amis. La fille de Bonner l'incendiaire est toujours seule...

Anne la considéra de ses yeux toujours plus bleus.

— Je suis l'épouse de Tom Lovell.

— Oui, mais il y a Daniel qui est en train de gâcher ta vie ! Il veut finir ses jours dans cette forteresse, auprès de toi et de ses enfants, avec ce jardin et cette serre pour s'y délasser...

— Je ne sais pas ce qu'il veut.

— Il ne tolère *aucun* obstacle, en tout cas, déclara Emily, et surtout pas quand il est question de femmes ! Les gens s'imaginent qu'il a fait incendier les entrepôts de Clingman parce qu'ils étaient rivaux en affaires. Quelle bêtise ! Rachel Harriman était l'enjeu. Ils la voulaient tous les deux, mais

Bob Clingman a eu le dessus. Une jolie femme, cette Rachel... Elle a bien failli s'appeler Rachel Bonner et devenir ta seconde mère. Par la suite, Daniel s'est arrangé pour gâcher sa vie avec Bob ; il a complètement démoli ce pauvre type !

Stevie grognait, après avoir jeté tous ses jouets du haut de sa chaise. Anne se baissa et lui rendit ses trésors perdus.

– Je ne connais pas bien mon père ! murmura-t-elle.

– Tu ne représentes pas un obstacle pour lui. Il te juge naïve et charmante. Il ne te connaît guère plus que tu ne le connais.

– Je lui ai demandé de donner un assistant à Tom, et je lui ai déclaré qu'il était jaloux de sa popularité. J'ai même osé affirmer que j'étais la seule personne bien placée pour intercéder en faveur de mon mari, car je n'avais rien à perdre.

– Oh ! mon Dieu, mon Dieu ! balbutia Emily.

Les vagissements de Jamie leur parvinrent par une fenêtre ouverte. Anne prit Stevie sur sa chaise et rentra, suivie d'Emily. Une brise de mai rafraîchissait la maison, après s'être engouffrée dans les bois et au-dessus de la rivière.

Anne changea Jamie d'une main experte. Un nouveau-né dans les bras et un bambin accroché à ses jupes, elle avait l'air d'une jeune mère épanouie.

– Le beau petit, roucoula-t-elle à l'intention de Jamie. Le beau petit garçon de Tom !

Elle croisa le regard d'Emily au-dessus des cheveux ébouriffés du bébé.

– Je n'aurais jamais cru que je pourrais un jour serrer *son* enfant sur mon cœur...

– Ma chère petite, s'écria Emily en enlaçant Anne et le bébé, je t'en prie, sois prudente ! Je tenais à te donner ce conseil...

18

– Absolument épatante ! s'exclama Sally McDonald, assise sous les miroirs dorés de Grover Place, où avait lieu l'élégant bal de la Junior League. Elle a toujours été bien habillée grâce à l'argent de son père, mais là, je la trouve...

– Aussi belle que Raina, dit Alice Ryesdal.

Mary Clellan laissa fuser un petit rire.

– Tu n'aurais pas dit ça, autrefois !

– C'est vrai, admit Alice, Anne s'est mise au goût du jour et elle a l'éclat de la jeunesse.

Elle s'interrompit, car la robe d'Anne, qui dansait avec Tom, venait de frôler ses orteils. Anne sourit aux trois commères.

– Le mariage lui réussit, reprit Alice. Quel âge peut-elle bien avoir ?

– Elle est mariée depuis au moins quatre ans...

Les sourcils froncés, Alice se concentra.

– Alors, elle a vingt-sept ans, et Raina... trente-deux.

– Elle est assise avec Daniel dans un coin, là-bas.

Alice fronça une fois de plus les sourcils.

– Il a cinquante-sept ans.

Les danseurs s'immobilisèrent quand la musique s'interrompit. Tom entraîna Raina sur la piste de danse, tandis qu'Anne acceptait l'invitation d'un jeune avocat.

Daniel et Emily valsaient ensemble.

– Malgré mon âge avancé, j'aime toujours danser, déclara Emily.

231

– Ton âge avancé ! se récria Daniel. J'ai beaucoup d'« avance » sur des jeunes femmes comme toi...

Il dévorait Raina et son cavalier des yeux. Raina portait une robe noire, mais un col blanc soulignait la pâleur de son visage couronné d'un haut chignon ; sa jupe tourbillonnante frôlait le pantalon sombre de Tom.

Elle sourit au passage à Emily Webb tout en s'adressant à Tom d'une voix languissante :

– Je ne te vois plus jamais seul. Même pas pour déjeuner. Et si je t'appelle au bureau...

– Je déjeune avec Anne.

Les yeux de Raina lancèrent des éclairs.

– Anne est un modèle d'affection et de gentillesse...

– C'est vrai.

– Tu crois qu'elle *sait* ?

– Bien sûr que non. Elle est « transparente », selon ton expression. Tu disais même « incolore ».

– Nous avons été si prudents, dit Raina, au bord des larmes. Maintenant tu as ton fils, et j'étouffe dans la petite vie tranquille d'Anne !...

Tom ne lui répondit pas ; il avait détourné les yeux.

– À Denver, nos deux chambres communiquaient, et pourtant tu n'es pas venu me retrouver. Tu m'en veux ?

Emily, dans les bras de Daniel, venait de les frôler. Tom lui sourit.

– Rien n'a changé, dit-il.

– Mais si ! Daniel me regarde parfois d'une manière...

– Notre avenir dépend d'Anne. Je sens que Daniel me déteste et tu ferais bien de te méfier, toi aussi. Anne se met en quatre pour lui montrer que nous formons une grande famille heureuse et unie. Mais Jamie est mon fils, et ça devient chaque jour plus évident ! Ce n'est pas moi qui leur jetterai la pierre, même s'ils ont leur part de responsabilité.

Tom gardait un visage paisible en dansant, mais sa voix

trahissait son inquiétude. Raina éclata de rire et ses pendentifs de diamants, éclairés par le lustre, lancèrent mille feux.

– Si nous partions ? Ils ne pourraient rien contre nous et nous aurions enfin la paix. Je te donnerais d'autres enfants...

– J'ai été stupide !

– De m'aimer ? demanda Raina.

Elle souriait à Tom d'un air badin, et leurs corps s'accordaient comme les deux moitiés d'un même tout.

– Oui, dit Tom.

Le visage de Raina se figea comme un beau masque contre l'épaule de Tom.

– Stupide d'avoir un fils de moi ?

– Nous leur avons fait du mal.

– Ils se suffisent parfaitement à eux-mêmes.

– Ils nous ont fait confiance. Anne nous pardonne, mais Daniel ?

La musique s'interrompit. Tom laissa Raina au bord de la piste de danse et rejoignit Anne.

– Tu es... éblouissante, ce soir, dit Emily à Anne, qui la remercia.

Enlacés, Tom et Anne allèrent goûter la fraîcheur du jardin. Raina s'assit à côté d'Emily d'un air digne, ses mains gantées sur les genoux. Emily la complimenta ; elle répondit à ses questions sur Jamie et Stevie, avant de lui rappeler son dîner rituel du dimanche en compagnie des Bonner et des Lovell.

– Heureuse ? lui demanda Emily après une légère hésitation.

Raina lissa ses gants et se leva. Daniel l'observait de loin, de ses yeux d'un bleu de glace.

– Bien sûr ! répondit-elle en se dirigeant vers lui, le dos droit et le cou étincelant de diamants sous les hauts lustres.

Ils sortirent dans le patio.

Le jardin de Grover Place, où flânaient Tom et Anne dans l'air embaumé, était éclairé simultanément par des lampes extérieures et par la lumière de la salle de bal.

– Emily a raison, souffla Tom. Tu es la plus belle de toutes !

Il la serra tendrement contre lui en marchant. Sa robe scintillait de perles à la lumière du jardin et une fontaine jaillissait sur leur chemin, mais il avançait la tête basse, perdu dans ses pensées.

Anne s'arrêta devant la fontaine. Elle eut la tentation de prendre le visage de Tom entre ses mains et d'échanger des baisers brûlants avec lui, sa robe écarlate contre son costume noir. Elle aurait murmuré : « J'ai vu Raina ; tu la tortures en te montrant le plus possible avec moi... », mais elle garda le silence et se contenta d'admirer les jeux de lumière sur le jet d'eau.

Raina et Daniel étaient assis côte à côte dans le patio. Sous le regard aigu de son mari, Raina suivait Tom et Anne des yeux...

L'été enveloppa les deux maisons sur le coteau dans l'ombre profonde des bois.

Par une fin d'après-midi, Anne et Tom allèrent courir le long des chemins bordés de feuilles en forme de cœur du gingembre sauvage et de touffes de plantes d'eau gris-vert. Au-dessus de leur tête, un pivert martelait un arbre de son bec ; des oiseaux s'égosillaient. Ils prirent leur itinéraire habituel à travers bois, puis une route qui menait à une ferme appartenant à Emily Webb.

Anne leva les yeux pendant sa course. D'énormes nuages reculaient lentement vers l'horizon et se perdaient dans l'atmosphère. Au-dessous s'étendait l'édredon brumeux des champs, parsemé d'arbres. Quelques taches colorées signalaient des fermes, et le soleil se réverbérait parfois dans les vitres d'une voiture roulant sur une lointaine route de campagne.

Une brise tiède rafraîchissait les jambes et les bras nus

d'Anne et faisait onduler les épis d'orge au bord de la route. Elle arracha l'un d'eux, doux comme une plume. Un merle aux ailes rougeoyantes se posa sur un câble téléphonique. L'air embaumait le trèfle et la terre noire de l'Iowa.

Au bout d'une demi-heure ils parvinrent en haut d'une dernière montée d'où ils aperçurent d'imposants silos à grain bleu argent. Une grande maison blanche, entourée d'une véranda et nichée entre un écran de pins et un bosquet de noyers et de chênes, se dorait au soleil couchant.

Après s'être approchés, ils coururent le long d'un chemin, dépassèrent la boîte aux lettres et une rangée de roues de chariot peintes en blanc. Une machine à fourrage ronronnait dans un grand nuage de poussière.

Dans la remise où le fermier rangeait ses outils, des centaines d'objets en métal, en bois et en caoutchouc pendaient à des clous ou s'entassaient dans des tiroirs.

Par la porte ouverte de la grange, ils aperçurent, dans un rayon de soleil, la masse rutilante d'une moissonneuse-batteuse toute neuve, aux longues serres bombées.

La senteur des champs de maïs au soleil se mêlait aux odeurs de vieux bois et de foin. Un grand silence régnait, à peine troublé par le vrombissement lointain d'un tracteur et le bourdonnement de quelques mouches.

Anne saisit Tom par les deux bras et fixa son regard sur lui.

– Je vois clair dans ton jeu, murmura-t-elle.

– Quel jeu ?

– Tu lui mens, n'est-ce pas ? Tu lui fais croire que je ne sais rien.

– Oui.

– Les hommes m'effrayent, dit-elle. Même toi...

Tom baissa les yeux, elle insista :

– Elle est anxieuse, et mon père...

– Oui, ton père ?

Debout sur le seuil de la grange, Anne lâcha les bras de Tom et passa un doigt sur le bois rugueux de la porte.

– J'ai parlé à Emily...

– De quoi ? demanda Tom en battant des paupières.

Anne ne put réprimer un léger mouvement d'impatience à l'idée qu'il connaissait la réponse.

– Elle a dû me trouver cruelle... Je lui ai dit qu'elle avait toujours su ce qu'il y avait entre Raina et toi, et qu'elle devrait *désormais* faire comme si tout allait pour le mieux.

Face à Tom dans la grange silencieuse, Anne le dévisageait de ses grands yeux émus.

– J'essaie de donner à papa l'impression que Raina est ma meilleure amie. Tu t'en es rendu compte ?

– Je t'ai bien observée, fit-il.

– Il devrait réaliser que nous nous aimons de plus en plus, toi et moi. Nous sommes six – une grande famille – et j'espère qu'il voit à quel point je suis attachée à Jamie.

Anne se jeta dans les bras de Tom et ils restèrent tendrement enlacés ; leur ombre allongée se projetait sur le sol jonché de paille.

– Nous devrions rentrer et nous préparer à recevoir nos invités, murmura-t-elle avec un léger frisson.

Ils coururent sur le gravier ; lorsque les champs et la route furent loin derrière eux, la nuit tombait déjà sur les bois surplombant la rivière.

Tom s'arrêta en chemin, près de l'arbre déraciné.

– Nous sommes ensemble pour toujours, murmura-t-il en embrassant Anne.

Pour toujours... Elle se répéta maintes fois ces mots en prenant sa douche et en s'habillant. Quand elle se vit dans le miroir de sa chambre, prête à accueillir ses invités, il lui sembla que ses craintes s'étaient évanouies pendant sa course à travers bois. Une paire de boucles d'oreilles dans une main, elle chercha vainement le reflet de l'ancienne Anne Lovell :

la femme qui ajustait devant elle ses merveilleuses topazes avait de grands yeux brillants ; un homme la désirait...

Tom sortit de sa douche.

– Tu es belle ! dit-il.

La tête rejetée en arrière, dans le scintillement de ses topazes, elle suivit des yeux les préparatifs de son mari.

Tom, en noir et blanc – cheveux noirs, costume de flanelle noire, chemise blanche –, alla ouvrir la porte de leur chambre, puis s'immobilisa, la main sur le loquet. Anne ne broncha pas ; il la prit brusquement dans ses bras et la couvrit de baisers et de caresses.

– Il y a déjà une vingtaine de personnes...

Un baiser réduisit Anne au silence.

– Qui se soucie de nous ?

On sonnait à la porte ; la femme de chambre accueillit de nouveaux invités, et un brouhaha lointain de conversations animées se fit entendre.

– Une table bien garnie, des boissons à profusion... qui se soucie de nous ? répéta Tom, la bouche contre l'épaule nue d'Anne.

Elle tenta de lui répondre, mais ne put proférer qu'une série de « Oh ! » et de « Ah ! » étouffés par l'oreiller.

La sonnette retentit plusieurs fois de suite.

– Nous ne leur manquerons pas davantage après le dessert, murmura Tom au bout d'un moment, le regard brûlant de désir. Retrouve-moi ici tout à l'heure !

Quand les Lovell rejoignirent leurs invités, personne ne nota leur retard : les bavardages allaient bon train dans le salon. On annonça le dîner, et Tom prit place à une extrémité de la longue table, Anne à l'autre.

– J'ai pour interlocutrice la plus jolie femme ici présente, lui déclara un directeur de banque.

Anne décrocha furtivement l'une de ses boucles d'oreilles : l'autre était restée sur la moquette de la chambre. Elle remercia le galant homme, dont les deux voisines lui jetèrent un regard peu amène.

Les joues en feu et les yeux incandescents, elle entendait Tom lui chuchoter : « Retrouve-moi ici tout à l'heure ! » De l'autre extrémité de la table, il venait de lui décocher un clin d'œil complice.

— À quelle œuvre de bienfaisance vous intéressez-vous en ce moment ? lui demanda l'une des invitées.

Après avoir hésité entre sa cuillère et sa fourchette, elle parvint à lui répondre qu'elle travaillait tous les lundis après-midi au centre civique.

Il fut question de la campagne d'Eisenhower ; elle se mêla sans peine à la conversation. Il suffisait de se laisser porter... Un intérêt poli se lisait sur son visage, tandis que son corps s'enflammait sous sa robe.

Une femme de chambre enleva son assiette de potage.

— J'ai lu votre article sur le sénateur McCarthy, dit-elle au journaliste du *Courier* assis à côté d'elle. Vous revenez de Washington ?

En écoutant sa réponse, elle se souvint qu'enfant elle se cachait dans les placards et les hautes herbes. Elle se sentait protégée aussi par ses vêtements. Maintenant, sachant ce qu'elle savait, elle pouvait enfin assister à un dîner sans masque, avec un visage serein, un corps détendu et un regard animé qui ne la trahissait pas.

On servit le café au salon. Les invités poursuivirent leurs conversations par petits groupes, puis le silence se fit à mesure que se vidait la maison.

Le lendemain matin, à son réveil, Anne se demanda si ses souvenirs de la veille n'étaient qu'un rêve. Tom, endormi à côté d'elle, sous le baldaquin, avait un air étrangement ténébreux. Mais une boucle d'oreille en topaze scintillait comme un œil d'or sous une chaise ; elle n'avait pas rêvé...

19

Jamie – un bébé potelé qui passait des bras d'Anne à ceux de Tom et de Daniel – prospéra pendant l'été et l'automne. Raina voyait rarement ses enfants ; elle était trop occupée à surveiller la construction d'une nouvelle aile de la galerie Rolinger. Dès la fin de l'automne, tout fut achevé, à part les aménagements paysagers. Début décembre, un dimanche, elle fit les honneurs de sa nouvelle installation à Emily, Daniel, Tom et Anne.

– Une visite privée de la Rolinger, quel privilège ! gloussa Emily.

Derrière les vitres, elle aperçut Tom et Daniel marchant sous un soleil automnal le long des parterres récemment tracés.

Tom se sentit rassuré à la vue des deux femmes dans la galerie. Il avait de plus en plus souvent l'impression d'avancer sur une corde raide et il lui arrivait d'avoir froid dans le dos en écoutant Daniel.

– Comme toujours, tu capitules devant leurs exigences. C'est ridicule ! maugréa Daniel.

Ils se querellaient une fois de plus à propos de locations d'appartements.

Tom frissonna sous le soleil. Il était le plus vulnérable des quatre... Anne, Raina et Daniel pouvaient s'appuyer sur la puissance des Bonner. Mais lui, qui était-il, sinon le gendre d'un homme riche ? En outre, il savait maintenant comment Daniel avait fait fortune.

– Les locataires se plaignent, dit-il à Daniel. (Tom ne voulait pas céder sur tous les points.) Aux premiers froids, ils vont geler.

– Refaire les trottoirs, changer les toits, les chaudières... Toujours la même chanson ! protesta Daniel en le foudroyant du regard comme s'il était son pire ennemi.

– Ils ont déjà gelé, l'hiver dernier. Je pense qu'il faut remplacer les chaudières ; on ne peut pas les rafistoler une fois de plus. Elles sont installées depuis au moins vingt-cinq ans !

Malgré son insistance, Tom n'obtint aucune réponse. Son beau-père avait-il tort ? Avait-il raison ? En tout cas, il s'agissait d'un jeu dangereux auquel il avait l'air de prendre plaisir.

Raina, elle, semblait se complaire à le mettre dans l'embarras le plus souvent possible. Comment pouvait-elle être aussi imprudente alors qu'ils partageaient maintenant la certitude que Daniel savait ?

Il avait l'impression de faire la pirouette devant elle, comme ces équilibristes qui se produisent dans les cirques, fendant l'espace d'un pas sûr sous les feux des projecteurs. Une sérénité apparente se lit sur leur visage béat, alors qu'ils travaillent toujours sans filet !

Quand il leva les yeux, Raina l'observait depuis la galerie. Elle se détourna en souriant.

– Je voulais vous présenter la nouvelle galerie Rolinger en avant-première, dit-elle à Anne et Emily.

– Mon Dieu ! s'écria cette dernière, en arrêt devant une toile.

Elle contemplait un personnage ailé, peint à grands coups de pinceau, et aussi rouge qu'un écorché vif. Ce personnage, dos nu, chevauchait des éclairs éblouissants et bandait son arc en direction des visiteurs.

– Une œuvre récente de George Avenel, annonça Raina. Ses toiles se vendent très bien.

– Le peintre du Michigan dont tu nous as parlé ? s'enquit Anne.

Raina hocha la tête.

– *Le Général du désir*, lut Emily sur un carton fixé au mur, en reculant à petits pas d'un air effrayé. L'archer menaçant semblait sur le point de la clouer au mur avec sa flèche.

– Avenel m'a confié que le titre s'inspire d'un sonnet de Shakespeare, dit Raina. Il s'agit de Cupidon, ou Éros, le dieu de l'Amour.

– L'amour ? murmura Emily d'un ton perplexe en parcourant des yeux la galerie. J'aime autant rejoindre ces messieurs dehors pour discuter des aménagements paysagers. C'est plus dans mon style.

Elle poussa les portes vitrées et sortit au soleil.

Raina et Anne, une fois seules, se regardèrent en silence.

– Puisque nous sommes en tête à tête, dit Raina au bout d'un moment, j'aimerais te poser une question.

Surprise par son intonation, Anne s'adossa à un mur blanc.

– Je t'écoute.

Raina hésita. Derrière elle, le Général du désir montrait ses petites dents blanches et acérées.

– J'ai senti une tension entre nous ces derniers temps... Comme si je t'avais contrariée sans le savoir... Dis-moi si je me trompe.

Voyant le trouble d'Anne, Raina la prit par le bras et l'entraîna devant les vitres donnant sur le jardin.

Contre toute attente, elle garda le silence, puis elle obligea Anne à suivre son regard : Daniel, seul, les bras croisés, clignait des yeux dans le vent froid de décembre.

– Il tient à moi, déclara Raina, le menton relevé, en se tournant vers Anne.

Elles observèrent Daniel un moment sans bouger, puis Raina s'éloigna comme si elle avait marqué un point.

– Voilà pourquoi je ne supporte pas qu'il y ait la moindre ombre entre nous, reprit-elle.

– Tu te fais des idées.

– Je te trouve soucieuse, et tu ne me parles plus comme avant. Ai-je fait quelque chose qui t'aie déplu ou chagrinée ?

Anne remarqua que Raina ne semblait ni gênée ni désireuse de se justifier.

– Je ne vois pas, et toi ?

– Moi non plus, mais en es-tu bien sûre ? insista Raina.

– Absolument sûre.

– Alors je suis contente de t'avoir parlé franchement ; j'attache beaucoup d'importance à la franchise, c'est mon point faible ! conclut Raina.

Elle serra Anne dans ses bras, et celle-ci ne put que l'étreindre à son tour.

À cet instant, les portes vitrées s'ouvrirent derrière elles et, avant même que les deux femmes aient repris leurs distances, Tom, Daniel et Emily s'arrêtèrent sur le seuil, bouche bée devant la scène dont ils étaient témoins. L'instant d'après, ils firent mine de n'avoir rien vu, et Raina déclara avec le plus grand naturel :

– Maintenant que je vous ai fait visiter mes nouvelles installations, si nous allions dîner ?

Elle verrouilla les portes de la galerie et ils marchèrent jusqu'au *Riverside,* un restaurant à quelques blocs de là : les salles Art nouveau, peintes en gris et rose, étaient décorées de miroirs et de colonnes à motifs de lotus.

Quand ils eurent passé commande, Emily s'adressa à Tom et Anne :

– Vous devez vous réjouir de partir en voyage tous les deux la semaine prochaine. Vous joignez l'utile à l'agréable.

– Nous irons à New York et à Chicago, répondit Anne en prenant la main de Tom.

— Et nous ferons du tourisme chaque fois que je ne serai pas retenu par le congrès, précisa ce dernier.

Son épaule effleura celle d'Anne, qui sourit à la ronde.

— Si papa et Raina nous accompagnaient, ça serait parfait, confia-t-elle à Emily.

— Nous hésitons à laisser les enfants, dit Daniel d'un ton paternel.

— Il faut surtout préparer les jardins avant l'hiver, objecta Raina, qui jouait les épouses taquines.

— Vous avez tout votre temps pour voyager tous les quatre ensemble, dit Emily, très à l'aise dans son rôle d'amie intime de la famille, attablée devant de bons plats et des visages affectueux.

— J'espère bien ! s'exclama Anne, la tête abandonnée sur l'épaule de Tom.

Daniel ne les quittait pas des yeux. La réverbération du soleil dans la rivière toute proche allumait des étincelles dans ses pupilles bleues.

Raina glissa une main dans la sienne.

Il plut à New York. Il plut à Chicago, puis il neigea : le blizzard recouvrit le Loop de plusieurs centimètres de blancheur.

Anne et Tom s'achetèrent des bottes et sillonnèrent la ville dans la neige poudreuse, un quartier après l'autre.

— Quand nous sommes ensemble, je reprends confiance, murmura Anne tandis qu'ils marchaient, tendrement enlacés.

— Si nous allions au zoo ? proposa Tom. Par un temps pareil, il ne risque pas d'y avoir foule !...

— Une deuxième lune de miel, dit-elle. Une lune de miel sous la neige...

Le zoo était presque désert. Sans doute conscients qu'ils

n'avaient pas à se donner en spectacle, les serpents dormaient, lovés en arabesques émaillées. Seul un cobra était réveillé ; ils s'arrêtèrent derrière la vitre pour l'observer.

– Tu verras, tout ira bien, dit Anne. Papa se figure que nous sommes heureux tous les six, bébés compris, dans nos belles maisons et nos jardins.

Tom semblait hypnotisé par le cobra, qui s'élevait sur sa hampe mouchetée.

– Il *sait*, murmura-t-il.

– Mais tout le monde continuera à se taire, n'est-ce pas ?

Anne croisa à travers la vitre le regard inquiétant du reptile et s'éloigna avec Tom.

– Si nous allions à la ménagerie voir les lions ? suggéra-t-il.

Les lions prenaient leur repas et semblaient presque à l'étroit dans le vaste espace – imprégné d'une odeur de fauves – où résonnait leur démarche pesante. Les yeux jaunes de tous les félins se tournèrent vers les deux visiteurs avec une si évidente malveillance qu'ils restèrent figés sur le seuil. Aux premiers rugissements, ils rebroussèrent chemin.

Ils s'arrêtèrent dans la neige, penauds.

– Avons-nous l'air si succulents ? s'étonna Anne.

– Oui, *toi*, dit Tom en l'embrassant.

L'air froid de l'hiver pétillait dans leurs poumons comme du champagne. Ils prirent une profonde inspiration avant de contourner la ménagerie entre d'énormes congères.

Derrière une solide clôture en fil de fer, deux panthères jouaient dans la neige comme des chatons. Les yeux fermés, elles n'étaient que deux silhouettes noires sur fond blanc ; quand elles ouvrirent les yeux, l'éclat jaune vif de leur regard brilla comme une flamme. Au bout d'un moment, elles se roulèrent dans la neige en se léchant l'une l'autre langoureusement.

La neige tombait aussi sur l'Iowa. Raina faisait les cent pas dans le salon d'Emily, entre une fenêtre d'où elle voyait la neige tomber et un miroir qui reflétait la blancheur du jardin.

— Je me sens prise au piège dans la petite vie tranquille d'Anne, et tu es la seule personne à qui je peux me confier... comme à une mère, ajouta-t-elle à brûle-pourpoint.

Emily, droite et raide sur son siège, garda un silence éloquent.

— Anne sait tout, j'en suis sûre... absolument sûre ! ajouta Raina.

— Tout ?

Raina ne répondit pas.

— Que Jamie n'est pas de Daniel ? insista Emily.

— Tu l'avais remarqué ?

— Oui, mais Daniel n'a pas les mêmes raisons que moi d'avoir des doutes !

Raina se jeta sur un canapé, le visage caché entre ses mains.

— Voyons, voyons ! dit Emily en allant s'asseoir près d'elle et en l'entourant d'un bras. Tu m'as dit un jour que tu n'avais pas l'habitude de te plaindre...

— Je ne me plains pas, gémit Raina, mais, si Anne est au courant, je peux craindre le pire.

— Pourquoi ? demanda Emily bien qu'elle connût la réponse.

— Anne ne me fait pas peur, et Tom se taira. Quand par hasard nous sommes seuls, je le supplie de ne rien dire et il me conseille de ne pas m'inquiéter.

— Donc, tu redoutes Daniel. Mais pourquoi ? (Emily croisa le regard horrifié de Raina et lui tendit un Kleenex, avec lequel elle se tamponna les yeux.) Il aura tout à perdre s'il dit un seul mot ! Il fera voler en éclats le bonheur d'Anne en lui révélant la faute de son mari. Il fera de Jamie... ce qu'il est. Il te...

— Je suis seule, si seule ! s'écria Raina.

Après un long silence, elle murmura entre ses dents :

— Nous étions si heureux !

— Daniel et toi ?

Raina foudroya Emily du regard.

— Tu n'a jamais pris mon parti, bien que Tom soit ton neveu et moi la fille de ta meilleure amie !

Emily alla se rasseoir sur son siège.

— Autrefois, je considérais Anne simplement comme une jeune fille riche et bien élevée.

— Elle n'a pas trop de soucis à se faire !

— Au contraire, elle s'inquiète pour Daniel, pour Tom, pour toi et pour les garçons. Elle se demande si elle aura la force d'arriver toute seule à ses fins.

— Quelles fins ?

— Elle voudrait vous sauver tous. Elle va tenter le coup...

— En parlant à Daniel ?

— Tu la sous-estimes. Nous l'avons tous sous-estimée ! Elle ne parlera pas à Daniel. As-tu remarqué ses manœuvres pour le bloquer au cas où... Elle lui rappelle chaque jour qu'il a trop à perdre, qu'elle est parfaitement satisfaite de son sort. Elle fera son possible pour sauver tout le monde, mais tu devrais l'aider...

Raina se releva à son tour du canapé et alla se camper près d'Emily.

— Pourquoi l'aider ? J'ai déjà tout ce que je veux.

— Même Tom ?

Raina toisa Emily d'un air de défi.

— Attends et tu verras !

III

20

À leur retour de Hawaii, en mars, Tom et Anne dînèrent chez Daniel, qui les mena à l'un de ses garages après le repas. Il avait, leur dit-il, une surprise pour Raina.

— Oh ! s'écrièrent Anne et Raina d'une même voix.

— Une Corvette ? s'étonna Tom. Comment avez-vous fait pour vous la procurer ?

— J'ai eu du mal, beaucoup de mal, fit Daniel. D'ailleurs, elles n'existent qu'en blanc.

— Elle est pour moi ? demanda Raina.

La carrosserie en fibre de verre était splendide, la grille du radiateur étincelait.

— Ton cadeau d'anniversaire, avec un peu d'avance ! déclara Daniel en tendant les clefs à sa femme, qui lui octroya un baiser avant de s'asseoir à la place du conducteur d'un air digne.

— Moteur « Blue Flame », dit Tom.

— Trois carburateurs latéraux, ajouta Daniel.

Il arborait un sourire triomphant, lui qui ne s'était jamais intéressé aux voitures de sport jusque-là.

Tom fit plusieurs fois le tour du véhicule et, tandis que les deux hommes vantaient ses mérites, les deux femmes rentrèrent à la maison, leurs tasses de café à la main.

— Daniel prend plaisir à te faire de beaux cadeaux, dit Anne, le bras passé autour des épaules de Raina.

Fatiguée, elle ne put réprimer un bâillement, puis elle annonça son intention d'aller se coucher.

Chez elle, tout en déballant ses affaires et en prenant une douche, elle se remémora l'expression de Daniel, son intonation. Quand Tom revint, il s'écria que c'était une « sacrée voiture ».

Elle acquiesça et se glissa dans son lit, où elle put enfin étirer ses jambes engourdies par le voyage.

– Daniel trouve Raina un peu déprimée depuis la naissance de Jamie, dit Tom. Il voudrait qu'elle prenne des vacances.

Anne s'assit dans son lit, les yeux brillants.

– Tu vois, conclut-elle, il cherche à nous rendre heureux, il tient à notre bonne entente...

Le lendemain matin, elle se sentait toujours d'aussi bonne humeur. Tom haussa les sourcils lorsqu'elle apparut au petit déjeuner, vêtue d'un pantalon chaud et de bottes.

– Je vais m'empâter si je ne prends pas plus d'exercice, dit-elle. Allons nous promener !

La neige tombée pendant la nuit pesait sur les branches des conifères et certains ployaient littéralement sous son poids. Après avoir secoué quelques sapins du jardin pour redresser leurs branches, Tom et Anne se retrouvèrent tout blancs à leur tour.

Ils se brossèrent l'un l'autre du revers de la main. Daniel, resté seul à la table du petit déjeuner, leur fit signe à travers la fenêtre lorsqu'ils traversèrent son jardin.

Le sentier s'élargit, Tom prit la main d'Anne, mais elle s'échappa en courant à travers la forêt enneigée, comme si le bonheur lui donnait des ailes. Il hocha la tête avec un sourire.

Sa jeune épouse avait le visage rosi par le froid lorsqu'ils enlevèrent manteaux et bottes dans la cuisine de Daniel.

– Samedi matin, et je n'ai pas à prendre la voiture sous

la neige pour aller en ville... Si vous saviez comme j'apprécie d'avoir un assistant, surtout par ce temps ! s'exclama Tom.

Sans répondre, Daniel gratta une allumette et enflamma les bûches préparées dans l'âtre du salon. Des flammes s'élevèrent entre les fenêtres encadrant un paysage de ciel bleu et d'arbres noirs sur fond blanc.

Anne était allée chercher Stevie et Jamie dans la salle de jeux. Stevie étala l'un de ses puzzles sur le tapis près du foyer ; elle prit Jamie sur ses genoux pour le câliner.

Tom observa Raina qui passait les tasses de café à la ronde : elle considérait ses enfants comme de simples bibelots – ses éléphants de porcelaine posés de chaque côté de la cheminée, ou ses coussins brodés, dispersés sur les canapés.

Anne remarqua elle aussi l'expression de Raina.

– Tu es parfaite dans cette robe bleu lavande, lui dit-elle, attirant l'attention générale sur Raina, qui était réellement... parfaite.

Puis elle murmura à l'intention du bébé :

– Tu as bien grandi pendant que nous étions à Hawaii.

Ensuite, Stevie eut droit à un sourire.

– Toi, lui dit-elle, tu deviens un grand garçon. Bientôt trois ans...

L'enfant rassembla les pièces de son puzzle pour se rapprocher d'elle.

Raina se tenait derrière la chaise de Tom, sa tasse à la main ; elle le vit passer sa main gauche – où brillait une alliance – dans ses cheveux noirs. Un escalier en colimaçon rose pâle se dessina un instant dans son esprit... des coussins éclairés par le soleil, tandis qu'un bateau se balançait sur la rivière... Elle savait qu'il était sensible à sa présence, mais il faisait mine de l'ignorer.

Elle alla donc se poster derrière Daniel, dont la chevelure grise émergeait du canapé. La conversation tournait autour d'un jardin d'enfants pour Stevie. Chacun avait son point de vue, sauf elle. Tout en buvant son café, elle promena son regard autour de la grande pièce décorée d'objets d'art rapportés jadis d'Europe par Daniel et Patricia.

Les yeux fixés sur Anne et le feu de bois, Tom semblait béat. Il parlait d'une école Montessori pour Stevie. Les élégantes bottes de Daniel brillaient d'un éclat particulier et la chevalière qu'il portait à son doigt étincelait. Stevie se frottait maintenant la joue contre le jean d'Anne, qui berçait Jamie dans ses bras.

Au bout d'un moment, elle se leva et vint déposer le bébé endormi dans le giron de sa mère.

— Il fait trop chaud pour Jamie près du feu, lui dit-elle. Installe-toi confortablement avec lui, maintenant que tu nous as donné notre café. Il est mouillé, mais il dort et ça ne le gêne pas.

Raina s'assit à côté de Daniel. Les cheveux noirs de son fils contrastaient avec le bleu lavande de sa robe. Daniel tendit la main pour le caresser. Dans la pièce silencieuse où ronronnait un feu de bois, il murmura au bébé endormi :

— Tu portes le prénom de mon père, et tu lui ressembles.

Anne dévisagea Daniel un long moment.

— Tu n'as même pas une photo de lui, n'est-ce pas ?

— Nous étions trop pauvres pour prendre des photos, répliqua Daniel.

Anne alla le rejoindre sur le canapé. Les bras autour de son cou et sa joue contre la sienne, elle garda un moment les yeux fermés. Un sourire flottait sur ses lèvres. Elle a repris espoir, se dit Tom en l'observant d'un air éperdu d'amour, que Raina ne put manquer de remarquer.

Comme Stevie avait attrapé un mauvais rhume, Anne passa une nuit sur un lit de camp, dans la chambre de l'enfant. À son retour de la galerie – après minuit, car elle préparait une exposition –, Raina la trouva endormie sur le lit, sa tête brune à côté des cheveux bruns de Stevie.

Les premières anémones donnèrent le signal du printemps dans les bois dénudés : leurs pétales encore froissés se déployaient au-dessus de feuilles restées vertes tout l'hiver sous la neige. Les cœurs de Marie étendaient leurs tremblantes ailes blanches dans les endroits abrités.

Par un matin ensoleillé, Raina se tenait debout, à la fenêtre de sa chambre. Derrière elle, le sol était jonché de vêtements et de chaussures. Ce désordre lui plaisait, car elle aimait voir ses affaires en tas. Oui, tout cela lui appartenait, à elle seule ! C'était peut-être infantile de sa part, mais elle aurait volontiers dormi sur un tas de vêtements serrés contre son cœur comme des poupées de chiffons.

Elle soupira, le regard perdu au-dessus des jardins et des bois. Quelqu'un marchait parmi les arbres ; elle aperçut Stevie entre Anne et Tom : un couple et son enfant se promenant au soleil...

Ils savaient qu'elle faisait souvent la grasse matinée. D'un coup de pied, elle se débarrassa de ses mules, puis elle claqua la porte de sa salle de bains derrière elle. Son corps nu se reflétait dans le grand miroir au cadre doré, incorporé au mur. Elle contempla son image en se souvenant de Tom, à l'époque où il la rejoignait le soir dans son bureau : la lueur du candélabre soulignait le modelé de ses muscles, puis se perdait dans son épaisse chevelure, et parmi les lions et les tigres de la tapisserie sur laquelle ils s'étreignaient.

Tom devait être maintenant à moins d'une centaine de pas... Elle tira le rideau de douche d'un geste rageur, ouvrit les robinets. Sous un jet d'eau aussi brûlant que sa colère, elle murmura :

– Attends un peu, et tu vas voir de quoi je suis capable !

253

Les ombres des arbres dénudés se dessinaient sur le sol de la forêt. Anne, Tom et Stevie marchaient en file indienne dans l'air frais et humide.

— C'est le moment d'aller voir le bois aux jacinthes, dit Tom.

— Oh oui ! s'exclama Stevie.

— Au printemps dernier, tu étais trop petit, mais tu vas bientôt avoir trois ans, expliqua Anne. J'avais à peu près ton âge quand j'ai découvert ce secret que mon père m'avait caché jusque-là.

— Tu n'en parleras à personne, sauf à Jamie quand il sera assez grand, recommanda Tom.

Anne tourna son visage vers le soleil lorsque le chemin s'ouvrit sur une clairière.

— Ces prés et ces bois n'ont pas changé, dit-elle à Stevie. Ils étaient pareils quand j'avais ton âge et que je me promenais avec ma mère.

La petite main de Stevie serra étroitement la sienne.

— Tu resteras *toujours* ?

Anne jeta un regard surpris à Tom.

— Oui, toujours. Et ton papa, ta maman et Tom aussi. Nous n'avons pas l'intention de nous en aller. Maintenant, es-tu prêt ?

— Prêt.

— Alors, Tom, tu peux emmener Stevie au bois des jacinthes ! dit Anne en nouant un foulard autour des yeux de l'enfant.

Tom le souleva et ils dévalèrent la pente. Stevie se sentit transporté dans un véritable conte de fées — deux mains solides étaient passées sous ses bras, ses chaussures battaient l'air, des senteurs humides emplissaient ses narines dans le silence des bois.

— On y est ! s'écria Anne.

Les pieds de Stevie touchèrent le sol, des mains dénouèrent le foulard. Devant lui s'étendait un tapis si bleu qu'il se crut la tête en bas, face au ciel. Des milliers de clochettes bleu pâle s'accrochaient aux tiges vertes, et les boutons étaient teintés de rose.

– Les jacinthes, les jacinthes ! répétait l'enfant.

Un peu plus haut, un espace ensoleillé disparaissait sous les herbes sauvages. Anne évita de regarder dans cette direction : le jardin de son enfance se cachait là, toujours vert dans ses souvenirs.

Stevie parla du bois aux jacinthes pendant le dîner. Il y fit encore allusion quand Anne le mit au lit.

– C'est magique, dit-il en remontant son drap sous son menton.

Anne le serra dans ses bras et posa un instant la tête sur son oreiller.

– Oui, murmura-t-elle en soupirant de bonheur près de son oreille, il faut beaucoup de magie pour former une famille comme la nôtre...

– J'aimerais que tu viennes moins souvent à la maison, déclara Raina à Anne le lendemain matin.

Elle était assise au bord de sa table de travail, dans le bureau de la Rolinger. Vêtue d'un twin-set écarlate et d'une jupe étroite, les cheveux tirés sur la nuque, elle avait tout d'une femme d'affaires.

– Oui, dit Anne.

Le canapé sur lequel elle avait pris place était large et plat comme un divan. Une tapisserie ornée de lions et de tigres se mordant la queue le recouvrait. Les mains crispées sur les genoux, elle ajouta :

– Je comprends.

– Il me semble que Stevie est perturbé par les doubles

signaux qu'il reçoit. Je voulais déjeuner avec toi pour t'en parler.

Anne passa un doigt sur les moustaches d'un lion de la tapisserie.

– Je me suis trop attachée à Stevie et à Jamie, je suppose.

– C'est normal ! répliqua sèchement Raina. Après tout, ils sont tes demi-frères, si bizarre que cela puisse sembler. Je me doute que tu crois agir dans leur intérêt...

Anne approuva d'un signe de tête en s'agrippant à son sac d'une main moite.

– Stevie recommence à faire des cauchemars, ajouta Raina d'un ton presque agressif.

Elle jeta une bougie consumée dans la corbeille à papier.

– J'en ai parlé plusieurs fois au Dr. Garrick, se hâta de répondre Anne. Il m'a suggéré de...

Raina l'interrompit.

– Tu l'as donc emmené chez le médecin, et tu...

On frappa à la porte.

– Un appel longue distance, Mrs. Bonner, dit la secrétaire.

– Notez le numéro, je rappellerai cet après-midi.

Raina tendit à Anne son manteau et sa toque de fourrure déposés au vestiaire, puis elle se coiffa d'un petit chapeau décoré de roses et de plumes d'autruche.

– J'ai réservé une table au *Granny Meg's*, annonça-t-elle.

Leur table les attendait au restaurant, où plusieurs garçons appelaient Raina par son nom.

– C'est la première fois que je viens ici, dit Anne en ouvrant de grands yeux. Je suis peut-être trop casanière...

Raina saisit la balle au bond.

– Je voulais justement aborder ce point avec toi, car je t'aime comme une sœur. Je me rends bien compte que tu t'isoles... Vous avez beau vous plaire dans la serre, au jardin et avec les enfants, Daniel et toi, vous pourriez certainement

256

vous trouver des occupations plus... stimulantes. Que devient le Centre pour le troisième âge ?

– Ils ont engagé un directeur à plein temps.

Anne n'avait pas osé répondre que les pensionnaires du centre considéraient son père comme un assassin, et qu'elle n'était pour eux que la fille de l'Incendiaire.

– Les activités bénévoles et les possibilités de volontariat ne manquent pas, déclara Raina tandis que des inconnus entraient et la saluaient.

Elle se leva pour leur parler, sans même songer à leur présenter Anne. Seule à table, cette dernière se pencha sur le menu.

C'est à Stevie qu'elle pensait. Elle ne cessa de penser à lui pendant le déjeuner et après avoir quitté Raina. Une fois rentrée, elle le trouva avec Daniel du côté est du jardin, entre les deux maisons. Couvert de boue et tout excité, il plaçait de son mieux des plants de primevères le long d'un muret de pierre. Le parfum entêtant des jacinthes arrivait par bouffées, porté par une brise printanière.

Stevie courut en direction de la serre et Anne s'adressa à son père.

– J'ai eu une conversation avec Raina, lui dit-elle. À son avis, Stevie est un peu perturbé, ces derniers temps : je suis si souvent chez vous qu'il doit s'imaginer qu'il a deux mères. (Elle dégagea les mèches de cheveux que le vent ébouriffait devant ses yeux.) Il vaudrait mieux que...

Daniel l'interrompit sèchement :

– Elle veut te tenir à l'écart ?

– Non, elle n'a pas employé ces mots-là, dit Anne d'une voix tranquille. Je crois qu'elle essaie de se consacrer davantage à ses devoirs maternels. Dans l'intérêt de vos fils, il ne faut pas que je monopolise leur affection... (Anne détourna les yeux et reprit :) Je n'ai pas d'enfants, mais ce n'est pas une raison pour que je me substitue à vous, que je vous supplante...

Assis sur ses talons, Daniel vit son fils sortir de la serre.

— Le vent se lève, dit-il en évitant le regard d'Anne, et Stevie est dehors depuis longtemps. Nous ferions bien de rentrer et de prendre une boisson chaude.

Il laissa ses bottes boueuses devant la porte de la serre, avant de s'installer dans l'arrière-cuisine, où Stevie s'écria :

— Je voudrais de la vanille !

Anne retira son chapeau et ses gants, prépara le cacao et versa quelques gouttes de vanille à Stevie. Quand ils se furent réchauffé les mains au contact des tasses chaudes, elle décida de lui parler.

— Nous serons moins souvent ensemble pendant quelque temps, lui dit-elle, mais ta maman va passer plus de temps avec toi...

Stevie lui jeta un regard effaré de ses grands yeux bleus si semblables aux siens.

— Tu dois m'aider pour mon nid d'écureuils ! grogna-t-il. Et le plan du trou de serpents ! Et puis il faut mettre la boîte à bourdons devant la fenêtre. On n'a pas encore collé dans mon herbier les fleurs des arbustes ; certaines viennent juste de s'ouvrir...

— Ta maman veut te voir plus souvent : elle m'a dit qu'elle resterait tous les après-midi à la maison.

Stevie passa la langue sur sa moustache de chocolat d'un air sinistre.

— Elle n'y connaît rien !

— Tu pourras toujours me téléphoner chez moi si tu as des questions à me poser.

— Ce n'est pas pareil ! protesta Stevie en se trémoussant sur le haut tabouret de cuisine. Elle a peur des bourdons. On déjeunera ensemble, au moins ?

— Je ne crois pas.

258

– Jamie n'est pas drôle. Je ne peux même pas lui parler !

– Tu raconteras ce que tu fais à ta maman. Ça l'intéresse.

– Elle n'aime pas les insectes... elle les appelle des « bêtes ». Je parie qu'elle ne me laissera pas installer ma maison à bourdons.

– Je te signale que les bourdons n'arrivent pas avant juin, dit Anne. Tu auras le temps de tout expliquer à ta maman.

Stevie rampa sous son lit et en sortit la « Maison ».

Daniel s'était inspiré des indications données dans un ouvrage sur les bourdons. Son fils et lui avaient cloué un fond en bois et quatre parois, ainsi qu'une cloison – munie d'une ouverture – qui délimitait deux pièces. La porte d'entrée arrondie comportait un tronçon de tuyau d'arrosage en guise de tunnel d'accès pour les abeilles.

Stevie alla chercher le toit en verre amovible, que Daniel l'aida à glisser dans ses rainures, au-dessus des deux pièces.

Un éclair de jalousie traversa l'esprit d'Anne : jamais son père n'avait joué ainsi avec elle ! Sous ses yeux, le fils de Daniel rosissait de plaisir en ajustant le tuyau avec un morceau de carton.

– Je vous cherchais ! s'écria Raina, debout sur le seuil de la chambre.

Ils sursautèrent tous les trois au son de sa voix, comme si elle les prenait en faute. Mais Raina souriait à son mari et à son fils.

– C'est ma ruche, dit bravement Stevie. On l'accroche à ma fenêtre, mais il n'y a pas encore de bourdons dedans.

– J'espère bien ! fit Raina.

Stevie continua à s'affairer dans sa chambre. Jamie était réveillé : Anne l'avait entendu en passant. La veille, elle serait allée le changer avant de rejoindre avec lui le cercle de famille ; elle préféra s'asseoir comme une invitée dans le bureau de Daniel, où il discutait avec Tom de l'attribution des fonds.

— Des centaines de demandes ! dit Tom à Anne. J'ai passé la journée à débusquer les illuminés et les roublards ; mais la plupart des demandes se justifient plus ou moins.

— Heureusement, nous avons établi une liste de critères très stricts ! lança Daniel.

Raina entrait avec Jamie. Elle s'assit sur le canapé, face à Anne : la parfaite image d'une jeune maman s'occupant de son bambin de un an. Ses longues jambes croisées, elle releva les cheveux des deux mains, en se donnant un peu – mais si peu – en spectacle...

Soudain, Anne se revit dans une maison en ruine sur la lande. Raina avait eu cette même pose aguichante sous les yeux de Daniel, l'homme qu'elle allait épouser, et de Tom...

Raina garda Jamie sur ses genoux pendant le dîner. Il contemplait une rangée de bougies brillant sur un arrière-plan de branches secouées par le vent ; une giboulée de printemps fit ruisseler une ondée le long des vitres. La jeune maman laissait Jamie picorer quelques bouchées ou boire une gorgée d'eau dans son verre, tout en parlant de l'artiste qu'elle allait bientôt exposer. Assise face à Daniel, dans leur intérieur raffiné, elle se pavanait – à la fois mère, épouse et directrice de galerie. Anne était libre de l'observer si elle le souhaitait...

À vrai dire, c'était Daniel qui l'observait... Les yeux fixés sur son visage, il ne parlait guère. Mais, quand Anne et Tom ouvrirent leurs parapluies pour rentrer chez eux à travers bois, il les arrêta :

— J'estime que Raina a besoin de changement. Il lui faut de vraies vacances ! Comme elle peut s'absenter en juin, nous irons passer un mois en Californie – si vous acceptez de nous garder les garçons. Elle a toujours adoré la Californie ! Nous nous arrêterons à l'auberge que nous avions trouvée charmante, autrefois, Patricia et moi. Je sais qu'elle y est toujours. Le sud du lac Tahoe est une région splendide !

– Par la même occasion nous ferions rénover les cuisines en notre absence, déclara Raina. Nous n'aurions pas le désagrément des travaux.

– Ce serait une excellente occasion de roder la nouvelle voiture, ajouta Daniel.

Anne accepta avec enthousiasme de garder les enfants. Elle semblait ravie, mais, avant de s'élancer avec Tom en direction des bois, elle se retourna une dernière fois vers Jamie, dans les bras de sa mère.

Les chemins étaient boueux et l'averse égratignait la surface de la rivière. Lorsqu'ils furent assis au coin du feu, après avoir déposé dans le vestibule leurs parapluies trempés, elle raconta à Tom sa conversation avec Raina pendant leur déjeuner en tête à tête.

– Elle me demande de garder mes distances vis-à-vis des enfants, dit-elle d'une voix tremblante.

Le visage caché dans l'épaule de Tom, qui contemplait le feu d'un air sombre, elle ajouta :

– Je n'ai pas pris Jamie une seule fois dans mes bras aujourd'hui. Il me manque. Et que va penser Stevie ? Je ne lui ai même pas dit bonsoir. Je me suis attachée à ces deux petits garçons, comme s'ils étaient les miens. Ce sont les seuls enfants que...

Anne laissa sa phrase en suspens, mais Tom avait compris à demi-mot : Stevie et Jamie étaient les seuls enfants qu'elle aurait jamais. Ils s'étreignirent longuement dans le silence de la grande maison vide.

21

Il plut toute la nuit, mais, au matin, le soleil scintillait sur les feuilles humides et sur l'herbe lorsque Daniel arriva chez Anne, après avoir zigzagué entre les flaques d'eau du chemin.

Tom et Anne prenaient leur petit déjeuner. Après une dernière tasse de café, Tom partit en ville. Daniel s'étira sur son siège.

– Je voudrais faire construire un terrain de jeux pour les enfants, à côté de votre patio, dit-il. Si nous nous y prenons maintenant, il sera terminé avant notre départ, en juin prochain.

– Ça me permettrait de voir les enfants jouer depuis la maison, approuva Anne.

– Il faudrait aussi une nursery pour Jamie, une *vraie* nursery.

Le visage d'Anne s'illumina.

– Deux enfants sous mon toit ! Tu n'imagines pas comme je me réjouis !

– Si, j'imagine très bien, répondit Daniel en la transperçant de son regard bleu.

– Ils vont manquer à Raina. Elle devient une bonne mère.

Daniel alla faire un tour dans les « chambres d'enfants » au bout du couloir, avec leurs sièges sous les fenêtres et leurs hauts placards.

– Stevie doit avoir une chambre avec des lits jumeaux pour inviter ses petits copains à passer la nuit. Un bureau encastré, des tiroirs pour ranger ses affaires, un bon éclairage. Pourquoi pas un panneau d'affichage le long d'un mur ?

Tous les matins, Daniel amenait son fils chez Anne.

— On installe ma chambre, je dois rester déjeuner pour tout choisir, disait Stevie à sa mère.

Il y eut pendant plusieurs semaines des menuisiers et des maçons chez les Lovell.

— Nous mettrons des balançoires sur le terrain de jeux, et un bac à sable pour Jamie, annonça Daniel un soir, à table.

— Jamie est trop petit pour le sable, objecta Raina. Il le mangera. Il mange tout, à son âge !

— Ça lui servira quand il sera plus grand, dit Daniel.

On construisit donc un bac à sable, puis Daniel fit installer des chevalets le long de la clôture du terrain de jeux : une rangée d'enfants pourraient y peindre à l'ombre.

— Mes fils auront sûrement le sens artistique de leur mère, remarqua-t-il.

— Je n'en doute pas ! approuva Anne, tournée vers Raina.

Stevie annonça que son père lui avait promis une surprise pour son anniversaire, car « à son âge on est res-pon-sable », dit-il. La surprise se matérialisait sous les fenêtres de sa nouvelle chambre.

« Qu'est-ce que c'est ? » demandait plusieurs fois par jour l'enfant, qui faisait la navette entre les menuisiers et Daniel ou Anne. En se mettant au lit, un soir, il interrogea sa mère pour la vingtième fois :

— Qu'est-ce que c'est ?

— Je n'ai pas la moindre idée de ce qui se passe dans l'autre maison, répondit Raina.

— C'est parce que tu ne laisses pas Anne venir ici.

Stevie se tourna vers le mur, la tête cachée sous son drap. En s'endormant, il pensa à la « chose » mystérieuse – embaumant le bois frais – qui prenait forme sous les fenêtres de sa nouvelle chambre, et il plongea dans le monde des rêves.

— Stevie ne fait plus de cauchemars, remarqua Daniel un soir. Il m'a dit qu'il rêve de sa nouvelle chambre et du mystérieux cadeau.

Le jour de son anniversaire, le jeune garçon s'éveilla à l'aube et courut aussitôt dans la chambre de ses parents. Craignant d'irriter sa mère, il s'approcha du côté du lit où dormait son père, dont il effleura doucement la nuque. Daniel ouvrit les yeux, se retourna et finit par se lever en murmurant :

— Joyeux anniversaire !

Le salon était encore à demi plongé dans l'obscurité. Ils s'assirent sur un canapé.

— Trois ans ! dit Daniel à Stevie. Sais-tu que c'est l'âge de raison ?

— Vraiment ? demanda l'enfant surpris, en s'asseyant bien droit.

— Vraiment. Et c'est le moment de changer de prénom.

— Changer ?

— Stevie est un prénom de bébé, comme Jamie pour James. En réalité, tu t'appelles Steven.

— Je m'appelle Steven.

— Et tu as des responsabilités, déclara Daniel, impressionné par le ton solennel de son fils. Tu vas me promettre de prendre toujours soin de ton petit frère, même quand tu es très fâché contre lui. C'est comme ça quand on a l'âge de raison. Moi, je n'ai pas eu la chance d'avoir un frère.

— Pas de frère ?

— Alors, j'ai essayé d'en trouver un, mais j'ai mal choisi. Il m'a appris à faire des bêtises.

— Des bêtises ? répéta Steven, les yeux écarquillés.

— Habillons-nous et allons voir ce qu'il y a sous les fenêtres de ta nouvelle chambre, proposa Daniel.

Aussitôt prêts, ils glissèrent leurs pieds dans des baskets et sortirent en courant par la porte du patio. Les jardins étaient encore dans la pénombre et la rosée perlait sur les jeunes feuilles. En traversant celui d'Anne, ils aperçurent un parterre de tulipes « Red Emperor », en forme de flammes, qui, une fois ouvertes, flamboieraient au soleil.

– Va voir, souffla Daniel. Doucement, pour ne pas les effrayer ; ils dorment.

– Oh ! fit Steven, bouche bée, lorsqu'il aperçut les lapins tachetés derrière la grille de l'enclos.

Ils dormaient côte à côte, leurs longues oreilles repliées et les pattes dissimulées sous leur fourrure.

– D'eux aussi tu seras responsable, insista Daniel. Et il faudra leur donner des noms.

À son petit déjeuner d'anniversaire, Steven annonça que ses lapins s'appelaient David et Jonathan.

– On en a parlé à l'école du dimanche, expliqua-t-il. Et moi aussi j'ai un nouveau nom.

– Un nouveau nom ? s'étonna Tom.

– Je suis trop grand pour m'appeler Stevie, je m'appelle Steven ! J'ai l'âge de raison et je dois veiller sur Jamie... et les lapins.

Il y eut un goûter d'anniversaire pour Steven, mais, aussitôt après le départ des enfants, il courut chez les Lovell voir ses protégés.

– Ce clapier l'attire comme un aimant, reprocha Raina à Daniel. Tu ne pourrais pas en construire un ici ?

– Le sol ne convient pas. Il y a trop d'ombre, trop d'humidité...

Raina remettait de l'ordre dans le salon après le goûter d'enfants. Ses longues boucles d'oreilles oscillèrent lorsqu'elle tourna la tête.

– Je ne veux pas de ces bourdons ici, dit-elle. Je l'ai répété mille fois à Steven, tu devrais le savoir ! Il va se faire piquer, et nous aussi, par ces bestioles velues !...

– À ta guise. Nous pourrons peut-être installer la boîte à

la fenêtre de la nouvelle chambre de Steven, dit Daniel d'un ton neutre avant de se rendre chez les Lovell.

Quand il revint, à l'heure du dîner, Steven s'adressa à sa mère, le visage rayonnant.

— Anne dit que ma boîte à bourdons ne la gêne pas, alors nous la mettrons chez elle.

— Je crois que Steven devra passer une bonne partie de ses journées dans l'autre maison, ces temps-ci, dit Daniel. La recherche des reines n'est pas une mince affaire : il faut guetter dans la prairie jusqu'au moment où l'on en voit une piquer du nez dans l'herbe.

— En général on ne sait pas où elle est allée.

— Parfois, on le sait, observa Daniel.

— Hier, j'ai déchiré mon short, et aujourd'hui je me suis écorché ! s'écria l'enfant.

— C'est si difficile d'attraper une reine ? demanda Raina.

Daniel haussa les épaules.

— On n'a pas besoin de l'attraper, on veut savoir où elle va... où elle se cache.

— La reine trouve la maison de quelqu'un d'autre, dit Steven.

— Et elle s'y installe, ajouta Daniel.

— C'est quelquefois un trou de souris, bien douillet.

— Mais elle se trahit si on fait le guet assez longtemps, précisa Daniel.

Les reines des bourdons allaient et venaient dans l'air tiède du printemps. Daniel, Anne, Tom et Steven observaient ces insectes rapides, au gilet jaune étroitement cintré, aux extrémités effilées, noires et velues, se propulsant de leurs ailes légères et fragiles à plus de deux cents battements par seconde.

Daniel finit par voir une reine disparaître dans un trou creusé au milieu de la prairie.

– Nous l'avons ! s'écria Steven un soir.

– Qui ? demanda Raina.

– La reine. Papa l'a trouvée dans son nid.

– On ne l'a pas encore, intervint Daniel, qui avait entendu son fils.

– Mais on sait où la trouver, insista l'enfant.

– Le mois de juin est le meilleur moment pour la déterrer.

Sur ces mots, Daniel se dirigea vers sa voiture avec sa valise. Il se rendait à New York en voyage d'affaires, car Tom était trop occupé par une vente d'immeuble pour y aller.

– Je pars bientôt pour la Californie avec ta maman, lui dit-il, mais Anne et Tom t'aideront à ma place. Embrasse-moi, et sois bien sage jusqu'à mon retour.

Le samedi suivant, Raina se réveilla fort tard. Daniel était à New York ; la maison lui parut vide et silencieuse. La baby-sitter avait emmené Jamie en promenade et Steven, selon son habitude, s'était faufilé jusque chez Anne.

Lorsque Raina sortit dans le patio, un souffle d'air printanier caressa ses jambes et ses bras nus, mais nulle main brune et ferme ne saisit la sienne lorsqu'elle descendit vers la rivière. Le bateau de Daniel se balançait à l'ombre des saules, sur l'eau miroitante, mais personne n'était étendu sur les coussins. Elle revoyait la chevelure sombre de Tom, éclairée d'une lumière diffuse... Qu'elle était seule, sur ce bateau ! Elle aurait aimé saisir à pleines mains ses épaules robustes, fondre sous ses baisers et l'entendre chuchoter des mots tendres à son oreille...

Quand sa solitude devint insoutenable, elle remonta les marches et s'avança dans les bois en traînant les pieds sur le gravier. À la croisée des chemins, les racines déterrées d'un tilleul s'entrecroisèrent au-dessus de sa tête comme des serpents moussus.

– Tom, souffla-t-elle, la joue contre l'écorce rugueuse d'un arbre, en sanglotant.

La maison des Lovell apparaissait de l'autre côté des bois : ses hauts murs de pierre semblaient sortis de terre pour la narguer. Elle se souvint du couple d'amoureux qu'ils étaient, deux ans plus tôt... Ses yeux s'emplirent de larmes à nouveau.

Elle s'arrêta à l'entrée du jardin d'Anne. Tom avait-il oublié ce que cette maison avait représenté pour eux ? Avait-il oublié les amants s'embrassant à en perdre le souffle, s'arrêtant pour s'assurer qu'il n'y avait aucun bruit... Et ce tapis bleu dans la « chambre d'enfants », les vitraux...

– Maman !

La voix excitée de Steven résonna dans le jardin.

– Viens, je vais te montrer mes lapins.

Raina jeta un regard aux lapins, puis Steven la fit entrer dans le salon. Tom était si impatient qu'il l'avait portée pour franchir cette porte. S'en souvenait-il ?

– Je dois rester chez Anne, dit Steven, parce que mes lapins et mes bourdons ont besoin de moi.

Raina s'assit sur un canapé, les yeux fermés. Au même instant, Anne entra en compagnie de Tom.

– Daniel a téléphoné hier soir, leur annonça-t-elle. Il paraît qu'il nous a retenu des chambres dans cette auberge de montagne, au sud du lac Tahoe. Ensuite, nous irons passer quelque temps à San Francisco et à Los Angeles.

Elle étendit ses longues jambes, les yeux mi-clos, puis elle se pelotonna sur le canapé d'un air langoureux.

– Il y a cinq ans déjà que je ne suis pas retournée en Californie, reprit-elle. Je suis folle de joie !

– Tu n'auras peut-être pas envie de revenir en Iowa, dit Anne.

Raina prit un air inspiré.

– En effet, j'y ai songé.

– À quoi ? demanda Tom.

– À la possibilité de ne pas revenir ici, de rester en Californie...

– Sérieusement ? s'enquit Anne, d'un ton aussi neutre que possible.

– Pourquoi pas ? Daniel n'a aucune raison de vivre dans un pays aussi froid en hiver et aussi torride en été. Ses jardins dépérissent chaque automne. Tom est devenu le vrai patron de la société Bonner, n'est-ce pas ? Daniel peut donc aller jardiner toute l'année en Californie. Les garçons seraient ravis !

Anne intervint calmement.

– Qu'en dit papa ?

– Il pense à moi et aux enfants, et il cherche avant tout à me faire plaisir, déclara Raina avec un sourire satisfait, en jetant un coup d'œil autour du salon. Nous garderions notre maison ici et nous viendrions en vacances.

– Il faudrait emmener David et Jonathan, dit Steven qui avait écouté, la bouche ouverte, avec une mine navrée. Et il y a aussi Anne, Tom, et mes bourdons.

– Ils feront comme ils veulent, déclara Raina.

Rassuré, Steven se tourna vers Tom et Anne.

– Vous viendriez habiter tout à côté de chez nous, leur dit-il.

Les premiers jours de juin furent plutôt frais dans l'Iowa. Raina prit l'avion jusqu'à Chicago pour faire des achats, puis suivit Steven chez Anne, un après-midi, munie d'une valise de vêtements.

– Veux-tu m'aider à choisir ce que j'emporte en Californie ? lui demanda-t-elle. Ça sera une surprise pour Daniel à son retour. (Elle sourit à Tom, et Steven sortit

269

rendre visite à ses lapins.) Je m'invite ici parce que mon fils passe son temps chez vous.

– Comme au bon vieux temps, murmura Anne, d'une voix émue. Si tu restais dîner en attendant le retour de Daniel, on pourrait organiser une présentation de mode !

– Te rappelles-tu quand on manquait de chaussures pendant la guerre ? Les maillots de bain élastiques étaient introuvables, et on achetait des bas ignobles. Rien à voir avec le Nylon !

– J'étais à Berkeley, dit Tom. Tu te souviens de Stalingrad ?

– Et de la mort de Roosevelt ? ajouta Anne. Je revois l'endroit exact où j'étais quand j'ai appris sa mort.

– Comme tout le monde, trancha Raina. Et qui a oublié MacArthur ? À ce propos, et comme lui, je vous dirai ceci : je reviens tout de suite !

Elle partit s'isoler dans l'une des chambres et reparut au bout d'un moment prendre la pose.

– Qu'en dites-vous ? J'espère que nous irons danser de temps en temps, Daniel et moi, pendant notre voyage.

Anne, à l'aise dans son vieux jean et sa chemise de sport, s'assit, les jambes croisées, pour regarder Raina tourbillonner, vêtue d'une robe de mousseline bleue. Une tenue de cocktail dont les fines bretelles retenaient à peine le décolleté plongeant. L'étoffe flottait délicatement et venait effleurer ses sandales bleues à talons aiguilles.

– Magnifique ! murmura Anne.

– Ton avis, Tom ? demanda Raina.

– Ça ira.

– Ça ira pour quoi ? minauda-t-elle.

Tom s'éloigna sans répondre.

Elle s'esquiva à nouveau puis revint, moulée dans un tailleur de lin vert, à jupe moulante, avec un boléro gansé de noir, assorti à son turban. Se pavanant comme un manne-

270

quin sur le seuil de la pièce, elle revêtit l'un après l'autre tous ses élégants vêtements. Des robes du soir en satin, un chapeau à la Lily Dache, orné de lilas et de feuilles vertes, assorti à une cape en cachemire. Un twin-set de laine écarlate sur une jupe plissée en mousseline de soie... Raina n'avait pas coupé ses cheveux depuis des années, car elle mettait un point d'honneur à ne pas céder aux caprices de la mode.

Au moment où elle apparaissait en short noir, sexy, avec un dos-nu, Emily arriva, comme tous les dimanches soir, pour dîner.

– Raina essaie les vêtements qu'elle va porter en Californie, lui confia Anne. Regarde ce short avec ses bretelles ornées de strass !

Raina se rhabilla et parla de son voyage pendant toute la soirée. Steven, autorisé à dîner à table, se tint comme un grand, car il était heureux de ne pas rester dans « l'autre maison » avec Jamie.

– Tu viens voir tes lapins chaque jour ? lui demanda Emily, en allant prendre son café au salon avec ses hôtes.

Steven hocha la tête avec enthousiasme.

– Je suppose que nous les emmènerons si nous partons dans l'Ouest, dit Raina.

Emily dévisagea Raina, puis Anne.

– Dans l'Ouest ?

– Peut-être, répondit Raina, le sourire aux lèvres. Tu sais à quel point j'aime la Californie. Daniel me comprend. De plus, il pourrait jardiner là-bas beaucoup mieux qu'ici, et les enfants seraient heureux comme des rois.

– Vous partiriez pour de bon ?

– On reviendrait régulièrement à la maison, si nous la gardons. Enfin, rien n'est encore sûr...

Emily interrogea Anne et Tom du regard.

– Il faudrait revenir souvent, poursuivit Raina d'un ton désinvolte. Les enfants oublient si vite ! Même si nous revenons tous les ans, Steven aura d'autres centres d'intérêt, de nouveaux amis... Quant à Jamie, quel souvenir gardera-t-il ? Aucun, je suppose.

Craignant de croiser le regard de Tom et d'Anne, Emily baissa les yeux.

— Jamie est enrhumé. Pauvre chou, je le trouve bien agité ! dit Raina, qui jouait les mères aimantes.

Anne prit une profonde inspiration.

— Nous pourrions peut-être aller jeter un coup d'œil...

— Sur qui ? demanda Raina.

— Sur Jamie.

Raina parut tomber des nues ; Emily la dévisagea un moment.

— On verra tout à l'heure, quand Daniel rentrera, conclut la jeune mère.

De retour chez elle, une heure plus tard, Emily s'assit dans la cuisine et considéra d'un air pensif Mrs. Park qui confectionnait un quatre-quarts.

— Je vous trouve bien soucieuse, déclara son interlocutrice favorite. Tous les dimanches soir, vous revenez dans cet état.

— Je suis censée calmer le jeu ; leur apporter lumière et sérénité, comme si je versais du miel sur une bombe...

— Et la bombe ne va pas éclater ?

— Anne fera tout son possible pour éviter le drame. Elle montera au créneau s'il le faut...

Le silence se fit dans la cuisine. On n'entendait plus que le fouet de Mrs. Park, qui travaillait vigoureusement le sucre et le beurre : cette opération était le secret de la réussite, en matière de quatre-quarts.

— Raina est insensée, dit Mrs. Park.

— Elle ne manque pas d'énergie.

— Ça ne suffit pas.

– Alors, que devrait-elle faire ?

– Je ne sais pas. Anne a tissé une véritable toile d'araignée autour d'elle.

Mrs. Park brisa net un œuf et fit glisser le jaune et le blanc dans la jatte.

– Elle va se tenir tranquille ?

Emily lui décocha un regard foudroyant.

– À mon avis, elle a perdu la tête !

– Pourquoi ? demanda Mrs. Park, sa cuillère immobilisée dans les airs.

Emily lui répondit, l'œil mauvais :

– Steven m'a dit, quand nous jouions ensemble, qu'Anne ne venait plus chez lui. Raina lui a demandé de se tenir à l'écart... Voilà pourquoi Daniel a fait construire un terrain de jeux *chez Anne,* des chambres d'enfants *chez Anne,* et pourquoi aussi il a mis les lapins de Steven *chez Anne* ! Ce soir, Raina est allée encore plus loin.

– Ce soir ?

– Elle a annoncé carrément son intention de s'installer en Californie avec Daniel et les garçons.

Mrs. Park pâlit sous le choc.

– Daniel est au courant ?

– Peu importe. Raina joue sa dernière carte ! Anne et Tom l'ont écoutée sans broncher. Ils n'avaient pas le choix.

Les deux femmes se turent. Emily se retourna pour regarder son jardin plongé dans la nuit : les phalènes tournoyaient autour des lanternes et se lançaient, tels des kamikazes, contre leurs parois brûlantes.

Par ce matin de juin, les files de voitures prenaient des reflets dorés au soleil. À midi, Raina poussa la lourde porte d'une ancienne fabrique transformée en restaurant au bord de la rivière. Une foule de clients déjeunaient sous des

273

poutres taillées à la serpe, entre des murs blancs couverts de toiles soigneusement sélectionnées.

Dans la salle à l'éclairage tamisé, le maître d'hôtel parcourut des yeux les tables bondées pour lui trouver une place libre.

— Ne vous dérangez pas, je vais rejoindre un ami à sa table, lui dit l'élégante jeune femme.

Tom était déjà assis, les yeux tournés vers le bord de la rivière et le pont de chemin de fer. De temps à autre, un train le traversait, à quelques dizaines de mètres des tables nappées de toile de lin. Il aperçut Raina, qui s'assit face à lui et ouvrit le menu.

— Nous pourrions nous parler à la maison, grommela-t-elle. Pourquoi m'obliges-tu à te suivre jusqu'ici ?

Quand le garçon se fut éloigné après avoir pris sa commande, elle ajouta à voix basse, répondant elle-même à sa question :

— Parce que tu ne veux pas me parler !

Des canards se dandinaient au bord de l'eau et venaient se gaver de pain rassis sous les fenêtres du restaurant ; elle les regarda un moment se disputer un croûton.

— Parce que, reprit-elle, Anne a tous les atouts dans son jeu. L'argent. Cet air de sainte-nitouche, apparemment irrésistible. La maison que son père a fait construire pour elle. Les enfants, car Daniel voudrait la consoler de sa stérilité. Elle le tient à sa merci !

Tom observait lui aussi les canards, dont les cous noirs avaient des reflets irisés sous le soleil de juin.

— Anne est si bonne ! ricana Raina. Un ange... elle n'a qu'à lever le petit doigt pour que ses désirs se réalisent. À mon avis, elle est solide comme l'acier et mortellement dangereuse. (Ses cheveux crantés scintillèrent au soleil lorsqu'elle pencha la tête.) Maintenant, reste à savoir si tu es toi aussi à sa merci...

Elle croisa un instant le regard gris de Tom et reprit son monologue, un vague sourire aux lèvres :

– J'estime que tu es devenu l'esclave de Daniel... Tu envies ma liberté... Je dirige ma galerie comme je l'entends et je n'ai de comptes à rendre à personne. Pendant ce temps, tu travailles comme une bête de somme, ce qui lui permet de consacrer tout son temps à Anne et aux enfants. Bonner l'incendiaire te manipule ! (Raina scruta le visage fermé de Tom.) J'ai bien mené ma barque, tu sais. La Rolinger est devenue célèbre, j'ai deux enfants, dont un de toi... As-tu réalisé qu'avec ton expérience et ton prestige tu pourrais trouver une excellente situation n'importe où ?

Quelqu'un se mit au piano dans la grande salle de restaurant, au-dessus de la rivière, et la musique noya les chuchotements alentour.

– Je peux, moi aussi, gagner ma vie facilement en Californie ! s'exclama Raina. Il y a tant de galeries, publiques et privées ! Comme j'aurai la garde des enfants, il me versera des...

Tom, éberlué, la dévisagea.

– Daniel n'admettrait pas...

Elle l'interrompit à son tour :

– Daniel a horreur d'attirer l'attention sur lui. Il ferait tout pour éviter un divorce à scandale, car Dieu sait ce qu'on pourrait entendre au sujet de Bonner l'incendiaire, ou de la fille de l'Incendiaire !

Le garçon vint leur servir la commande. Après avoir empli à nouveau leurs tasses de café, il leur proposa d'autres petits pains chauds. « Non merci », répondirent Raina et Tom d'une seule voix.

– Je vais partir pour la Californie avec Daniel, déclara Raina quand le garçon se fut éloigné. Je compte acheter une maison, un « second foyer » pour mon mari, mes fils et moi. Mes enfants adoreront la vie dans l'Ouest. Les écoles et les universités y sont excellentes. Je tiens à eux, je tiens à toi – en homme libre, à la tête d'une belle situation –, mais je ne veux pas de Daniel là-bas. Si Daniel refuse d'acheter maintenant une maison, je l'obtiendrai au moment du divorce.

Tom garda le silence. Raina le sonda du regard.

– Je ne pars pas en vacances dans l'Ouest... je vais m'installer jusqu'à la fin de mes jours en Californie. Maintenant, te voilà prévenu !

Raina s'était attaquée à sa salade avant même que Tom ne soulève sa fourchette. Elle coupa une tomate cerise, en mangea la moitié et leva les yeux vers lui.

– Je ne me pose plus qu'une question – dont je t'ai déjà fait part. Anne a-t-elle mis le grappin sur toi, ou se contente-t-elle de son argent, de son père, de ses jardins ? N'oublions surtout pas les jardins...

Tom se leva brusquement et laissa tomber sa serviette sur la table.

– Libre à toi de m'accompagner en Californie pour élever ton fils, et d'autres enfants que nous aurons ensemble si tu le désires... Réfléchis bien, conclut Raina.

Sans un mot, Tom se faufila parmi les tables du restaurant. Raina le suivit des yeux, puis croqua la seconde moitié de sa tomate. Un train passa, si près qu'elle aperçut des mots écrits à la craie sur les wagons : des messages circulaient de gare en gare le long des voies ferrées.

Quand Daniel revint de New York, Steven courut à sa rencontre à travers les jardins.

– On part pour la Californie ! lui cria-t-il en lui laissant à peine le temps de se garer dans l'allée. Bien sûr, on emmènera les lapins et les bourdons ! (Il se jeta, tout excité, dans les bras de son père.) Je nagerai dans le Pacifique !

Raina, qui sortait sur le patio, croisa le regard de Daniel et lui souhaita la bienvenue.

– Bon voyage ? demanda-t-elle.

Il l'embrassa, étonné.

– Que veut dire Steven ?

– Il se hâte un peu trop de tirer des conclusions, murmura Raina avec un rire indulgent, mais il sait ce qu'il veut.

– C'est toi qui lui en as parlé ?

– De temps en temps, pour tâter le terrain.

– Tu ne m'avais pas mis au courant, déclara Daniel.

Raina haussa légèrement ses épaules bronzées.

– Nous pourrons en discuter un de ces jours. Je pensais acheter une maison là-bas – une résidence secondaire.

– Tu as soumis tes projets à Anne et à Tom ?

– Évidemment. Ils vont y réfléchir. Nous prenons toujours nos décisions en famille, n'est-ce pas ? Et nous agissons toujours dans l'intérêt des enfants.

Anne arriva en courant à travers bois dès que Daniel lui eut annoncé son retour. Elle se jeta dans ses bras avant de l'interroger sur son voyage et sur la vie trépidante de New York, mais elle semblait lasse. Des cernes sombres marquaient son visage.

Les yeux fermés, Daniel la serra contre lui.

– Je suis content d'être rentré, dit-il d'une voix bourrue. Tout va mieux dès que je suis à la maison avec mes fils et toi.

Après le dîner, il resta plusieurs heures au jardin en compagnie d'Anne et de Tom. Ils traversèrent les bordures de plantes vivaces en posant les pieds sur les dalles de pierre afin d'observer les nouveaux spécimens.

– Il faudrait des tuteurs supplémentaires pour les delphiniums et les asters avant qu'ils deviennent plus grands, suggéra Tom.

– Nous repiquerons les chrysanthèmes et les asters avant notre départ en Californie, dit Daniel.

Anne intervint à son tour.

– Il y a des tonnes de phlox.

– D'un vilain rose magenta, observa Daniel.

– Il aurait fallu enlever les fleurs fanées à temps ! Et nous avons des taupes sous la pelouse sud.

Sur ces mots, Tom emmena Daniel examiner les taupinières.

Anne scrutait le ciel pommelé de nuages roses et bleu lavande. Les oiseaux de la forêt s'égosillaient avant la nuit ; leurs cris aigus et poignants lui rappelèrent que l'homme grisonnant qui traversait tranquillement le jardin pour la rejoindre portait un masque – comme elle et tous les membres de sa famille...

Sentant la fraîcheur soudaine de l'air, elle tendit la main vers sa veste posée dans l'herbe. Tom voulut l'aider, mais Daniel le devança. Elle se retourna assez vite pour voir deux regards glacés se croiser au-dessus de sa tête.

– Je suis fatigué, dit Daniel, je vais rentrer.

Il l'embrassa et disparut dans la maison. Steven courait vers Anne, sa couverture à la main.

– Une histoire ! Une histoire sur la couverture ! criait-il.

Les soirs d'été, Steven et elle s'allongeaient souvent côte à côte sur la pelouse de Daniel. L'enfant regardait les étoiles tout en écoutant les histoires qu'elle lui racontait. « Il était une fois un roi... » soufflait-elle, car il aimait que les contes de fées débutent de cette manière.

– Ta maman a l'intention de te lire un conte tous les soirs, lui dit-elle. Va la chercher, et peut-être qu'elle s'allongera avec toi sur la couverture.

Steven fit demi-tour sans un mot et rentra en traînant sa couverture derrière lui. Anne sentit ses yeux s'embuer de larmes : allait-il s'imaginer qu'elle ne l'aimait plus et se culpabiliser, comme beaucoup d'enfants dans ces cas-là ?

Ce fut une parfaite nuit de juin, chaude et étoilée. Aussitôt couché, Tom s'endormit, mais Anne resta de longues heures éveillée, à contempler une traînée de lumière lunaire effleurant le plancher.

Longtemps après minuit, elle se leva et se mit à errer dans la maison. Dans la nouvelle chambre de Steven, elle distingua le miroitement de sa ruche contre la fenêtre, une pile de livres sur un siège, et le contour de flacons et de cuillères sur son bureau.

À travers les vitres apparut soudain une silhouette sombre. Un homme surgi des bois ténébreux... Glacée d'horreur, elle se demanda qui pouvait se faufiler ainsi dans l'ombre.

Sur le point d'appeler Tom ou de courir le rejoindre, elle reconnut le visage de l'intrus, à la lumière diffuse du jardin : c'était son propre père qui traversait la pelouse. Elle recula d'un pas dans la chambre de Steven pour le regarder approcher.

Daniel fit le tour du terrain de jeux, y pénétra, passa la main sur les balançoires, le bac à sable et les chevalets incorporés à la clôture. Puis il s'immobilisa, les yeux tournés vers la maison, le patio, les terrasses, la rivière en contrebas, comme si tout cela lui appartenait – ce qui était d'ailleurs le cas.

Il approcha ; elle recula. Après avoir observé le clapier de Steven, il caressa le rebord de la fenêtre de la chambre qui lui était destinée, et il se prit la tête entre les mains. Une faible lueur éclairait sa silhouette, tandis que les insectes du jardin redoublaient leurs stridulations.

Finalement, il se retourna et disparut dans l'obscurité des bois, aussi mystérieusement qu'il était venu.

22

— Je vais habiter chez Anne, Anne, Anne ! claironnait Steven le lendemain matin, en sautant sur place entre Anne et Tom.

La voiture avait reculé dans l'allée. Raina et Daniel clignèrent des yeux sous le soleil matinal, dont les rayons pénétraient à travers le pare-brise.

— Je vais dormir dans ma nouvelle chambre ! Au revoir ! Au revoir ! reprit Steven.

Raina se retourna : debout à côté de Tom, Anne tenait Jamie dans ses bras, et Stevie sautillait près d'eux, fou de joie. Éblouie par le soleil, elle ferma les yeux en imaginant Tom assis à la place de Daniel ; Tom partageant avec elle cette nuit-là un lit inconnu...

— Tu n'oublies rien ? demanda Daniel.

Les champs de l'Iowa s'étendaient à perte de vue : soja bleu-vert, jeunes pousses de blé d'un vert presque jaune.

Raina hocha la tête et faillit lui répondre qu'elle n'oublierait *jamais* un seul regard de Tom, la texture de sa peau, la souplesse de ses cheveux...

— Impatiente de revoir la Californie ? reprit Daniel.

— Je meurs d'impatience. On se sent si libre aux premières heures d'un voyage, quand toutes les décisions sont prises et qu'on ne peut plus revenir en arrière !

Raina se laissa aller en arrière et étira ses longues jambes. La Corvette blanche était chargée de ses luxueux bagages, et l'argent liquide qu'elle emportait dans son sac à main aurait suffi à ses dépenses d'une année entière quand elle était une jeune fille pauvre.

Daniel regardait fixement la route.

– La Californie t'a manqué ?

– Oh oui ! s'écria-t-elle.

Sans répondre, Daniel arbora un masque inexpressif qu'il allait garder pendant tout le voyage.

Raina jeta un regard furtif à ses bagues constellées de diamants, tout en ayant une pensée émue pour l'élégante garde-robe qu'elle allait inaugurer en Californie. Adieu les cours de ferme de l'Iowa, ses cochons et sa boue ! Adieu les enfants ! Elle ne leur avait jamais consacré beaucoup de temps, car elle avait donné systématiquement la priorité à sa galerie. Un jour, elle leur expliquerait qu'elle songeait déjà à leur avenir...

– Je m'étonne que tu tiennes tant à retourner en Californie, dit Daniel d'une voix plus détendue. Tu t'y sentais si malheureuse, d'après ce que tu m'as raconté !

– Toi aussi, tu as eu une jeunesse pénible dans l'Iowa !

– Oui, mais j'ai toujours aimé ma terre natale. Je ne supporterais pas de vivre ailleurs.

– Même si tu devais habiter au-dessus d'une boulangerie ? demanda Raina en essayant de plaisanter. Ou que tu doives dormir à même le sol, comme moi à Berkeley, avec mon oreiller contre un mur et mes pieds contre l'autre ?

Elle ferma les yeux pour se remémorer la chandelle plantée dans une bouteille, l'odeur de la soupe qui bouillonnait dans la casserole, la présence de Tom.

Daniel gardait le silence.

Les yeux toujours clos, Raina s'imagina en Californie avec Tom. Ils trouveraient de bons jobs...

– Bien souvent, je n'avais même pas de lit pour dormir quand j'étais un adolescent paumé, dit Daniel.

Raina entrouvrit les paupières : ils étaient arrêtés à un

stop, sur une étroite route de campagne. Elle referma les yeux : Tom l'enlaçait passionnément dans une belle maison californienne...

– Nous volions dans les magasins, ajouta Daniel.

Un semi-remorque les dépassa. Daniel jeta un coup d'œil à Raina.

– Je ne me suis jamais fait prendre !

– Tu volais dans les magasins ? s'étonna Raina.

– Bien pire ! On avait des couteaux et des revolvers. C'était un jeu d'enfant de se les procurer... et de s'en servir. Mon copain Bill Drucker et moi, on a joué du couteau dès l'âge de treize ans. Si quelqu'un n'était pas pour nous, il était contre nous. Toute une philosophie de la vie !

À mille lieues de là, Raina rêvait de sa future maison.

– Qu'en penses-tu ? demanda Daniel.

– Comment ?

Daniel posa sur elle son regard bleu, qui brilla un instant.

– Tu as sommeil ? Je te parlais de ma philosophie de la vie quand Bill Drucker était mon pote : si quelqu'un n'était pas avec nous, il était contre nous.

– Oui, grommela Raina en bâillant.

Elle referma les yeux pour donner à Daniel l'impression qu'elle dormait : il savait qu'elle avait tendance à s'assoupir dès qu'elle était en voiture. En réalité, elle imaginait que les deux divorces avaient été prononcés – le sien et celui de Tom. Elle avait la garde des enfants et elle contemplait l'océan avec son amant...

– Un jour, on a fait sa fête à un gars, reprit Daniel. Un faux jeton qui se mêlait un peu trop de nos affaires ! On s'est si bien occupé de lui qu'il avait un œil devant et un œil derrière, et plus de nez du tout... (Raina sursauta.) Nous étions des gamins un peu exaltés. Mais, quand on grandit sur Wasserman Street, on mûrit vite. On n'a pas tardé à réaliser qu'on vivait dans un monde pourri et qu'on avait beaucoup à apprendre des hommes d'affaires et des politiciens. On a traîné dans leur milieu, on a analysé leurs méthodes, en somme...

Conscient d'avoir éveillé l'attention de Raina, Daniel poursuivit son monologue d'une voix inspirée :

— Attrape-les avant qu'ils ne t'attrapent : c'est la règle numéro un ! On était si jeunes et si naïfs qu'on avait commencé par se faire avoir. Pathétique, non ?

— Pathétique ? s'étonna Raina.

— Les salauds vous foutent dans la merde, et on s'en aperçoit trop tard. Ne pas se laisser avoir, c'était notre nouvelle devise. On finit toujours par les coincer, car ils se prélassent comme le ver dans le fruit...

Raina faisait tourner en silence ses bagues autour de ses doigts.

— C'était avant que j'entre dans la marine de guerre, poursuivit son compagnon. Tu te doutes comme je me suis senti à l'aise dans les forces armées...

Les mains crispées sur les genoux, elle l'interrompit :

— Toi et moi, on en a vu de toutes les couleurs ! D'ailleurs, on en a parlé avant notre mariage. Tu te souviens ? Par une nuit d'été, au bord de la rivière, tu m'as embrassée pour la première fois. Tu m'appelais de ces merveilleux noms d'amour irlandais...

Daniel fronça les sourcils.

— Des noms que me donnait ma mère.

— Le lendemain matin, on a parlé aussi de nos grands-parents. Aucun de nous deux ne se souvenait de son père, mais nous avons eu des mères énergiques. Je me sentais si proche de toi ! Nous avons fait l'amour et tu m'as demandée en mariage. Ensuite, pendant que tu dormais, j'ai erré dans ta belle maison comme une âme en peine, et j'ai pleuré toute seule dans le noir.

— Pourquoi ?

– Parce que j'avais vingt-neuf ans et rien à te donner. Mon passé me semblait un vrai gâchis. Et puis j'ai pensé que je pourrais au moins te donner un fils.

– Mission accomplie.

– Doublement ! Nous sommes allés voir Anne et Tom à Haworth, où nos chambres étaient au-dessus de cet effroyable cimetière ! Je t'ai rejoint dans ton lit parce que j'avais si peur...

– Tu es venue parce que tu avais peur ?

– Oui, j'avais peur des tombes. Les cadavres et les squelettes m'ont toujours fait horreur...

– Les morts sont inoffensifs, murmura Daniel.

Raina soupira et reprit d'une voix plus gaie :

– Te souviens-tu des fraises à la crème que nous avons mangées au petit déjeuner à Florence ? Et de cette robe que tu m'as achetée à Paris pour aller à l'Opéra ?

Ils déjeunèrent dans une petite bourgade. La salle enfumée du café disparaissait sous les publicités tapageuses de plusieurs marques de bière ; les habitués, tassés le long du comptoir, leur jetèrent des regards curieux lorsqu'ils s'installèrent à une table dans un coin. On leur servit une purée de pommes de terre « maison » au beurre, et un *apple pie* garni d'une crème succulente.

– Rappelle-toi ce reliquaire que nous avons acheté près de l'île de la Cité, reprit Raina. Il contenait des cendres et des fragments d'os... Le vendeur ne s'adressait qu'à toi, mais j'étais seule à m'y connaître en orfèvrerie. Il refusait de m'écouter.

– Et finalement, je me suis fait avoir. Ce reliquaire n'était pas en argent...

Raina haussa les épaules.

– Tout le monde peut se tromper.

Depuis le début de la journée, Raina avait l'impression que Daniel donnait volontairement un tour négatif à leur conversation. Elle dut déployer des trésors d'ingéniosité pour lui rappeler leur amour réciproque et les bons moments des quatre années qu'ils venaient de passer ensemble...

Elle remonta en voiture, épuisée, ferma les yeux et revit aussitôt Jamie, dans les bras d'Anne, s'agrippant de sa petite main ferme à ses cheveux bruns au moment de leur départ. À demi assoupie, elle se représentait la femme de Tom, perchée sur un tabouret de cuisine pour bavarder avec Mirabelle – dont elle connaissait tous les problèmes, de même que ceux de Sophie et du jardinier. Les domestiques l'appréciaient, ils étaient aux petits soins pour elle.

Elle se souvint de l'expression d'Anne, dans le jardin de Daniel, un jour où elle l'avait croisée après avoir fait l'amour avec Tom, dont les baisers brûlaient encore sa peau. Anne portait une vieille chemise, un jean et des bottes de jardinage. Elle était de petite taille et certainement menacée par l'embonpoint. Quand elle parlait, elle penchait la tête sur le côté ; sa fâcheuse habitude de hausser les sourcils dessinait des rides précoces sur son front. « La pauvre fille ! avait-elle pensé alors. Elle a tout et rien à la fois. Ni amant, ni enfants, ni carrière... »

Elle s'assoupit, la bouche sèche, et se mit à rêver de l'époque où elle était une maigre jeune fille, à la fenêtre de sa chambre, dans les relents de goudron et de fumée. Dehors, des gangs se battaient dans la chaleur des nuits new-yorkaises, et elle observait les torses musclés des garçons et leurs poitrines velues, ruisselantes de sueur. Quand des cris gutturaux résonnaient entre les murs de brique et les devantures des magasins, il lui arrivait de frissonner...

Sa tête dodelina légèrement. Elle ouvrit à demi un œil, qu'elle referma aussitôt en apercevant Daniel.

En ce temps-là, sa mère était encore la jeune et jolie Olga Weigel. Emily devait être jolie, et pauvre elle aussi, car elle n'avait pas encore épousé le riche Wendell Webb. Les deux femmes l'emmenaient au drugstore prendre des *chocolate sodas* par les après-midi de canicule. Perchées sur de hauts tabourets, près du siphon d'eau de Seltz, elles regardaient se former les bulles glacées de chocolat mousseux.

Elle rêva de sa jolie mère faisant sa toilette avant d'aller au lit, pour se débarrasser de l'odeur de graillon collée à ses vêtements. « Ton père aime que j'aie la fraîcheur d'un bouquet de fleurs, lui disait-elle presque chaque jour en se savonnant devant le lavabo fêlé, sur lequel l'eau froide laissait une longue traînée brunâtre. S'il vient ce soir, je ne veux surtout pas sentir le lard... »

Quand elle s'éveilla, le visage de sa mère mit un certain temps à s'effacer et elle faillit sombrer dans la mélancolie. « Ça suffit, pensa-t-elle, les yeux fermés comme si elle dormait. Tom va venir. » Elle rêva de ses joues lisses, pareilles à des joues d'Indien, de ses dents blanches et régulières. Quel homme, à part lui, avait d'aussi longs cils, des yeux d'un tel gris ?

Elle s'arracha avec peine à sa rêverie, puis elle se redressa, après avoir passé la langue sur ses lèvres sèches. Daniel garait la voiture sur le parking d'un restaurant.

Il était maintenant un tout autre homme, lui disant qu'elle était belle, l'aidant à s'asseoir, lui tenant la main à la lueur d'un candélabre...

Le garçon nota la commande et vint les servir.

— Tu veux vraiment une maison en Californie ? lui demanda son époux en baisant ses mains couvertes de diamants dès qu'ils furent seuls.

— Oh oui ! J'ai toujours rêvé d'une maison sur la plage.

— Nos fils y seraient heureux comme des rois... Eh bien, c'est à voir. Nous pourrions visiter ensemble des maisons sur la côte...

L'hôtel victorien où ils passèrent la nuit était charmant. Ils firent l'amour dans un lit à baldaquin. Raina resta longtemps éveillée, les yeux ouverts, à imaginer Tom près d'elle. Elle se souvenait de leurs après-midi à Drayton Point...

– Je t'aime, Tom.

Elle articula ces mots du bout des lèvres.

Attention à mon fils Cupidon, armé d'un arc et d'une flèche, avait-elle dit alors. C'était à peine deux ans plus tôt, et elle était enceinte de lui...

Elle revoyait la maison d'Anne à la lumière du crépuscule ; Tom se demandait s'il devrait mentir à sa femme...

Et le Général, qu'il avait gardé sur sa table de nuit !

Le ciel s'assombrissait sur la lande. *On ne plaisante pas avec Daniel Bonner,* disait Tom. À travers son voile de mariée d'une blancheur immaculée, elle le voyait tendre à Daniel l'alliance qu'elle allait porter. Plus tard, un bateau se balançait sur le courant d'une rivière. *Anne est admirable, mais il la tient à sa merci,* disait-il alors.

Ses yeux s'emplirent de larmes. Elle les essuya au drap en imaginant une aube californienne : elle était étendue sur un lit moelleux et Tom déposait Jamie dans ses bras, tandis que Steven venait se pelotonner sous les couvertures. Soudain, ses deux petits garçons lui manquèrent – Jamie avec ses cheveux noirs et ses yeux sombres qui rappelaient tant ceux de Tom, et Steven au genou écorché, car il s'était cogné aux marches du patio en faisant la chasse aux insectes. Elle n'aurait pas dû être aussi stupide à propos des bourdons ! À son retour, elle lui dirait de les garder à la maison s'il voulait.

Elle soupira. Le soleil brillait dans un patio ; un peu plus loin grondait le Pacifique. Après le petit déjeuner, Tom emmenait Steven courir sur la plage : une longue silhouette brune et un corps plus menu affrontaient les vagues. Pendant que Jamie s'endormait sur ses genoux, elle lisait le journal en buvant son café à petites gorgées. Tom, amoureux, revenait ensuite. Son corps avait un goût de sel et respirait la fraîcheur.

287

« Il viendra me rejoindre... » Elle se répéta cette phrase, encore et encore, jusqu'à ce qu'elle se confonde avec le rythme lancinant des vagues.

Des nuées de brume s'échappaient du jardin clos des Lovell. Le babil de Steven éveilla Anne : debout devant le grand lit blanc, il la tirait par le bras, puis il s'en prit à Tom.

Ce dernier s'éveilla à son tour.

– La vie de famille ! dit-il en souriant.

Il sortit de la chambre en pyjama, Steven sur ses talons. Au bout d'une minute, il revint avec Jamie dans ses bras. Après s'être rallongé, il installa l'enfant sur sa poitrine.

Le père et le fils posèrent le même regard sombre sur Anne. Steven vint se blottir dans le lit.

– Comment va ton genou ? demanda Anne.

Steven remonta son genou au niveau du menton pour exhiber son pansement.

– Mieux !

– C'est bien, dit Tom. Maintenant, allons prendre notre petit déjeuner !

Anne habilla Jamie dans la nursery, sous les anges des vitraux aux ailes protectrices. Steven avait baptisé cette pièce « la chambre des anges ».

– Mon gentil chéri, le petit garçon de Tom... chantonnait Anne en installant Jamie sur sa chaise haute, dans le patio.

Tom lisait le journal quand Mirabelle apporta le plateau du petit déjeuner.

– C'est drôle de manger dehors, dit Steven en se hissant sur une chaise d'adulte. On peut entendre la rivière.

Aussitôt après, Tom emmena Steven courir dans le jardin. L'homme et l'enfant étaient déjà bronzés par le soleil de juin. Jamie endormi sur ses genoux, Anne parcourut le journal en

288

terminant son café. Elle faisait le vide dans son esprit pour se concentrer sur cette matinée parfaite.

Steven contourna la maison pour aller nourrir les lapins. Tom vint embrasser sa femme, puis la tête noire et ébouriffée de Jamie.

— Tu es de plus en plus merveilleuse, murmura-t-il. Tu m'aimes ?

— Oh oui ! répondit Anne à voix basse, en passant la main dans son épaisse chevelure.

— Je t'aime, moi aussi. Mais as-tu confiance en moi ? demanda Tom.

— Oui, j'ai confiance.

— Alors je vais te répéter les paroles de Raina, juste avant son départ.

Ils entendaient Steven converser avec les lapins. Les grains de mica des pierres polies du patio scintillaient au soleil. Anne assit Jamie dans sa chaise haute et Tom l'enlaça tendrement.

— Quand elle aura persuadé Daniel d'acheter une maison au bord du Pacifique, elle demandera le divorce et elle voudrait que j'en fasse autant. Elle pense qu'il lui laissera la nouvelle maison, la garde des enfants, de l'argent... et que je viendrai la rejoindre.

— Tu en as l'intention ?

Anne sentit le corps de Tom frémir. Elle se dégagea et, une main sur sa bouche, le réduisit au silence.

— Réfléchis bien ! reprit-elle. C'est peut-être ta seule chance de garder ton fils...

Il saisit sa main et embrassa sa paume. Son regard gris plongea dans ses yeux bleus.

— Je t'ai déjà dit que je ne peux pas me passer de toi, murmura-t-il.

Ils restèrent un moment enlacés, si émus qu'ils en oublièrent la rivière, les arbres et les jardins.

— Jamie, souffla Anne. Steven...

Des catalpas aux trompettes blanches mouchetées émanait un parfum presque trop capiteux pour être supportable...

Toute la journée, Steven ne parla que de sa chasse aux bourdons.

– Ce soir, nous allons capturer la reine, annonça-t-il à Mirabelle en faisant irruption dans la cuisine.

Elle avait gardé pour lui de petits bocaux propres, fermés d'un couvercle. Dans chacun d'eux, il introduisit des Kleenex.

– Pourquoi ? lui demanda-t-elle en rinçant la vaisselle dans l'évier.

– Les bourdons ont peur quand on les attrape. Ils font un terrible remue-ménage et ça peut les tuer.

– Je vois, dit Mirabelle. Et cette pince ?

– C'est un cadeau de papa, dit Steven en brandissant une pince à longues branches. On attrape les bourdons par leurs pattes arrière quand ils sont sur le dos.

– Ils ne risquent pas de s'envoler ?

– Pas le soir, quand on va les chercher dans leur nid. Ils ne voient pas assez bien pour voler dans le noir. Ils grouillent partout à la recherche de quelque chose de chaud à piquer. Si on les touche, ils se renversent sur le dos et ils bourdonnent, avec leur aiguillon en l'air...

– Oh ! fit Mirabelle.

– Stupéfiant ! renchérit Steven.

Mirabelle éclata de rire.

Quand vint la nuit, Steven, Anne et Tom s'en allèrent dans la prairie. Anne portait une torche et la boîte de bocaux, Tom une autre torche et une bêche. Steven se chargeait de la truelle, de sachets en papier et de la pince.

Au-delà de l'allée de gravier, les bois sombres se refermèrent derrière eux. Le sentier n'était plus qu'une légère trace serpentant entre les rochers et les racines. Ils marchaient les uns derrière les autres, Steven entre Anne et Tom.

Tom aurait pu se passer de la lampe, car il connaissait ce sentier par cœur : il l'avait emprunté l'été précédent, et son ombre l'avait protégé du soleil de midi quand il pensait à Raina, à son corps nu sur le tapis bleu sombre...

Des insectes bourdonnaient ; la senteur humide de la forêt imprégnait l'air.

Au bout d'un moment, l'air devint plus sec et s'emplit de l'odeur âcre des vesces foulées au pied et de la bergamote. C'était l'époque de la pleine lune. Au-dessus d'eux se déployait la voûte étoilée du ciel.

— On approche, murmura Steven lorsqu'ils eurent traversé la prairie.

— Arrêtons-nous, dit Tom.

Ils posèrent leur matériel dans l'herbe.

— Tu vois le trou ? demanda Steven. On l'a indiqué avec un drapeau. (Un chiffon blanc ondulait au bout d'un bâton à la faible lueur de sa torche.) Il faut arriver tout doucement sur eux, sans les éblouir, autrement ils vont s'envoler.

Anne et Steven avaient planté le petit drapeau le matin même. Ils avancèrent tous les trois à pas de loup après avoir voilé à demi le faisceau de leurs lampes.

— Les ouvrières doivent être au fond avec la reine, souffla Tom à Steven. Nous allons tambouriner sur le sol autour de l'entrée pour savoir si elles sont loin de la surface.

— Allons-y ! dit Steven, frémissant d'émotion et ravi de monopoliser l'intérêt des adultes.

Après avoir tambouriné sur le sol, ils restèrent à l'affût. Mêlé au souffle du vent dans l'herbe, un bourdonnement étouffé leur parvint.

Steven ouvrit des yeux émerveillés.

— Les voilà ! souffla-t-il. Attention, les ouvrières vont venir !

Ils attendirent à la lumière diffuse des torches, mais pas un insecte n'apparut.

– On peut glisser un brin d'herbe à l'intérieur, suggéra Steven.

– Bonne idée, dit Anne.

Tom trouva une tige flexible qu'il enfonça avec précaution. Le bourdonnement devint plus net et plus clair : un chœur en plusieurs tons...

– Ils ne sont pas loin de la surface, murmura Tom, sinon on ne les entendrait pas aussi bien. Je vais essayer de dégager l'herbe tout autour.

À la lumière tamisée des torches, il arracha l'herbe avec une truelle, puis il creusa légèrement la terre.

– Je ne veux pas aller trop loin, dit-il.

Soudain, un bourdon sortit du trou et se mit sur le dos.

– Passe-moi la pince et une bouteille, je vais te l'attraper, dit Anne à Steven.

Elle le saisit par une patte arrière et le déposa sur le Kleenex d'un flacon. Un tout petit insecte, à peine plus gros qu'une mouche commune, dont les ailes luisaient faiblement !

Aucun autre ne le suivit. Quand Tom eut dégagé encore un peu la terre, ils aperçurent les brindilles sèches du nid de souris. Un deuxième bourdon surgit alors ; Anne le captura aussi.

– Faisons sortir un maximum de bourdons, dit-elle.

Les uns après les autres, les bourdons furent capturés, jusqu'au moment où il n'y eut plus que le bourdonnement de la reine sous les brindilles.

– Oh ! regardez ! chuchota Steven.

La reine était là, magnifique dans sa parure noir et or, et aussi vibrante qu'un moteur. Elle s'agrippait à une petite masse d'un brun or : des œufs agglutinés et recouverts d'une substance caramel. Les cocons ouverts de ses ouvrières, gorgés de nectar, brillaient à la lueur diffuse des lampes.

– Il faut l'attraper ! souffla Steven. Touche-la et elle va se retourner.

Dès qu'Anne eut effleuré la reine du bout de sa pince, elle se laissa tomber sur le dos.

– Vite ! Vite ! répétait Steven, follement excité. Attrape-la !

Anne saisit la reine par la patte arrière, à l'aide de la pince, et la déposa dans le flacon ouvert que lui tendait Tom.

– Nous avons la colonie entière ! criait Steven en trépignant de joie.

Il pouvait s'époumoner, maintenant que tous les insectes étaient en lieu sûr.

– Prenons tout ce qu'il faut pour son nid, dit Anne, sinon il ne restera pas dans ta boîte.

Elle saisit délicatement la petite masse de caramel.

– C'est si doux !

– On a apporté des cuillères ! s'exclama Steven.

Les têtes brunes de Tom et Steven se penchèrent au-dessus de l'herbe pour récolter le nid et la couvée. Le tout fut étalé dans un sachet de papier kraft.

– Ça y est ! dit Steven.

Après avoir plié bagage, ils reprirent le chemin de la maison au clair de lune, mais Anne resta un moment immobile près du trou béant. La reine avait cru s'être mise en lieu sûr pour pondre et couver ses œufs, mais il n'y avait maintenant plus trace de vie dans son nid vide...

23

Le lendemain matin, Daniel se montra peu bavard sur les routes du Wyoming. Raina, pleine d'espoir, somnolait à côté de lui : il avait semblé approuver son idée d'acheter une maison en Californie. Mais elle avait intérêt à se montrer aussi tendre et aimante que possible...

Ils s'arrêtèrent pour déjeuner. Bercée par la voiture, elle replongea aussitôt après dans sa torpeur. Elle s'imaginait assise à côté de Tom, roulant vers l'Ouest, où l'attendait une vie nouvelle.

En fin de journée, la voix tranchante de Daniel la réveilla en sursaut :

– Les salauds ! grommelait-il, en la regardant du coin de l'œil pour s'assurer qu'elle l'entendait.

– Comment ?

– Je repensais aux salauds que j'ai connus. À mon pote Bill Drucker, et à la manière dont on a réussi à les avoir, en fin de compte...

Ils dépassèrent un camion transportant du bétail. Raina aperçut un instant de gros yeux exorbités à travers les parois de bois.

– Il y a une palissade chez moi, à Waterloo, près de la rivière, au-delà de Webster Place, reprit Daniel en scrutant le rétroviseur avant de se rabattre sur la file de droite. Si on regarde bien, à une hauteur d'environ deux mètres cinquante, on aperçoit deux marques dans le bois. Des entailles au couteau. Comme personne ne l'a repeinte depuis trente ans, les taches de sang se voient encore un peu. (Il sourit à Raina.) Un de nos gars voulait jouer au plus malin. On a su qu'il voulait garder tout le pognon qu'on s'était fait ensemble. Un vrai filou ; tu vois le genre ?

Raina garda le silence. Daniel poursuivit son monologue d'un air pensif :

– Ma mère ne me demandait jamais d'où venait mon argent. J'ai commencé par acheter de la nourriture, puis je lui ai offert des livres d'art, un bon manteau, des robes, des chaussures. Enfin, on s'est installés dans un endroit agréable où nous avions chacun notre chambre, une cuisine et une salle de bains. Avant, nous dormions par terre, comme toi à Berkeley, mais nous n'étions pas étudiants. Une mère et son enfant ! Depuis la mort de mon père, elle passait ses journées debout, et ses orteils n'étaient plus que de la chair à vif...

La voix de Daniel se durcit :

– Bill Drucker et moi, on ne se laissait jamais arnaquer ! On a repris l'argent que ce salaud nous avait tiré et on lui a rendu la monnaie de sa pièce en le faisant grimper sur une caisse, près de cette palissade dont je te parlais...

Raina lui jeta un regard sombre, mais rien ne pouvait l'arrêter :

– Une palissade solide, tu sais ! Nous l'y avons attaché, les bras en croix, debout sur cette caisse un peu branlante. On a peaufiné quelques détails et on lui a délié les bras. Il hurlait, mais il n'y a que des entrepôts à Webster Place ! Qui aurait pu l'entendre un vendredi soir ? C'était désert jusqu'au lundi.

Raina aperçut un signal lumineux de limitation de vitesse, à l'entrée d'une bourgade. Daniel ralentit docilement. Trente kilomètres à l'heure...

– Jamais d'excès de vitesse dans les petites agglomérations, marmonna-t-il. Ils ont toujours besoin d'argent : le château d'eau est à repeindre, le mur du cimetière tombe en ruine, à moins que l'équipe de basket du lycée n'ait besoin d'argent pour garder un de ses joueurs vedettes...

Il s'arrêta à un feu rouge. Une famille entra dans un drugstore et disparut derrière des affiches placardées sur les vitres. Raina mourait d'envie de descendre de voiture et de courir se cacher derrière les dentifrices et les mousses à raser.

La Corvette redémarra et sortit de l'agglomération. Des gens sans histoires pique-niquaient à l'ombre dans un parking, dans la chaleur du mois de juin.

– Ce salaud était donc sur sa caisse, le dos au mur, reprit Daniel. Mon pote Bill avait le sens de la justice, mais aussi le génie de la mise en scène ! Il avait apporté un rat crevé, mûr à point, attaché à une ficelle : un vrai rat qu'on a suspendu sous le menton de cette ordure. (Daniel s'étira en appuyant sur l'accélérateur.) Il sentait mauvais dès le début, mais imagine la puanteur à la fin du week-end, quand quelqu'un a fini par entendre ce mec et le descendre de sa caisse !...

Raina écoutait, horrifiée.

– On s'est mis en quatre pour lui, insista Daniel. De vrais pros ! J'ai toujours tenu à avoir une maison propre et en ordre, à prendre des bains fréquents... Bill était aussi minutieux que moi, et nous voulions faire passer un message précis à ceux qui finiraient par trouver cette ordure, avec son rat autour du cou. Je t'ennuie avec mes souvenirs du bon vieux temps ?...

Le regard fixé sur l'horizon, Raina ne put que hocher la tête.

– Ça n'a pas été facile de le hisser sur cette caisse, mais, une fois dessus, il était comme une mouche épinglée. On n'a même pas eu besoin de lui attacher les pieds : sans la caisse, il aurait été dans le même pétrin que le Christ sur sa croix !

Daniel se pencha pour prendre une pastille de menthe dans la boîte à gants.

– On ne transperce pas facilement une main avec un couteau, reprit-il en croquant sa pastille à pleines dents. Il faut passer entre les os au bon endroit ! Ce mur porte toujours les traces de cette crucifixion...

Après avoir savouré son bonbon en silence, il ajouta, pensif :

– Bill Drucker était mon meilleur ami. Il savait comment mettre le feu à un bâtiment sans laisser de trace. Rien de tel qu'un bon incendie pour se débarrasser d'un concurrent ! Des gens ont cramé en même temps ; une simple erreur de sa part. Quand il m'a téléphoné, le lendemain, il s'est excusé, et il a ajouté : « Au moins, les pompiers et les flics t'ont foutu la paix ! » C'est vrai, je n'ai pas eu de problèmes de ce côté-là...

La bouche sèche, Raina tenta d'intervenir, mais Daniel l'ignora :

– Nous faisions partie d'un gang. Bill était le plus doué de nous tous pour le racket. On avait à peine vingt ans et il était à bonne école pour devenir inspecteur de police...

Raina déglutit avec peine et remua légèrement ses jambes ankylosées.

– Rien de plus simple que le racket ! poursuivit Daniel. Il faut de la publicité et des garanties. On offre des garanties à un homme d'affaires ; si on est assez connu dans sa rue, il accepte de casquer et le tour est joué.

D'un coup d'œil, Raina détailla le profil de Daniel : son nez anguleux semblait avoir été cassé, son menton creusé d'une fossette – ou d'une cicatrice. Il tenait le volant d'une seule main, et sa chevalière jetait des étincelles flamboyantes.

– Ça peut se corser quand un type n'a pas compris ce qu'il risque, précisa-t-il. Dans ce cas, on lui donne quelques avertissements. Une vitrine brisée, par exemple... Les vitrines coûtent cher et quand les gens passent, le lendemain matin, ils demandent qui a fait ça. On s'arrange pour leur donner la réponse, et il n'y a pas de meilleure publicité...

Raina observait les écriteaux cloués sur des poteaux le long de la route. Tous les kilomètres environ, ils proposaient du « miel du pays » en énormes lettres noires peintes à la main.

– Je me suis engagé dans la marine, mais la guerre se terminait, reprit Daniel. J'aurais pu retrouver Bill et finir mes jours dans un sac lesté de pierres, au fond de la rivière, comme lui ; heureusement, Patricia a bouleversé ma vie. C'est elle qui m'a sauvé. (Son regard croisa un instant celui de Raina.) Elle était belle, intelligente et fidèle. Elle m'aimait...

Glacée par l'intonation de son mari, Raina se contenta de rejeter la tête en arrière, les yeux fermés. Quand la nuit tomba, il avait parcouru des kilomètres en dissertant du sort réservé aux femmes adultères, aux traîtres et aux salauds. Il ne se préoccupait guère de savoir si elle l'écoutait ou non.

Raina faisait semblant de dormir. Elle pensait à Daniel lisant des livres à Steven ou apprenant patiemment à Jamie comment boire dans une tasse. L'homme assis près d'elle était-il l'amateur de jardins qui passait des heures dans les plates-bandes, affublé d'un vieux pantalon avec des poches aux genoux ?

Ils s'arrêtèrent pour dîner. Daniel sourit à Raina, son verre de vin à la main. La lumière des candélabres accentuait son nez anguleux, mais il souriait comme s'il avait passé la journée à tenir des propos plus aimables les uns que les autres.

– Je veux que tu profites au maximum de ton séjour en Californie, souffla-t-il. Tu auras l'occasion de danser, de faire du shopping, de visiter des galeries.

Il prit la main de Raina dans la sienne en la scrutant de son regard bleu.

– Je me suis acheté une nouvelle robe du soir, lui confia-t-elle, surprise.

– Eh bien, allons danser après le dîner !

Quand il eut feuilleté le guide, il jeta son dévolu sur un hôtel au décor digne d'une comédie musicale hollywoodienne : colonnades antiques, statue de Vénus sortant des flots, halls étincelants de miroirs et lits en forme de conque...

– Mets ta robe du soir, ordonna-t-il. Il y a un bon orchestre en bas, et une piste de danse.

Raina choisit sa robe bleue – du même bleu que celle qu'elle portait jadis avec Tom à Drayton Point – et releva sa lourde chevelure. Daniel lui passa autour du cou son collier de diamants.

La tête haute, elle gagna une table près de la piste de danse, sous le feu des regards. Daniel commanda des boissons.

– Voilà ce dont je rêvais quand j'étais pauvre et que je guettais les garçons depuis ma fenêtre, murmura-t-elle.

– C'est ce qui te manque en Iowa ?

Raina se pencha vers son mari en découvrant ses seins, à peine dissimulés par le tissu bleu de sa robe.

– On pourrait tout avoir en Californie ! De magnifiques jardins pour toi, des galeries d'art, des spectacles, des sorties, un voyage à Hawaii de temps en temps...

– Tu serais heureuse ?

– Oh oui ! s'exclama Raina. Mais je pense aussi aux garçons, à leurs études, leur avenir...

Ils posèrent leur verre pour aller danser sur la piste noire et étincelante.

– As-tu pensé à Anne et à Tom ? demanda Daniel un instant après.

Un doux chuchotement lui répondit :

– Tom s'est laissé séduire par l'Iowa, et Anne s'y plaît,

elle aussi. Ils pourront venir nous voir pendant les week-ends si nous leur manquons, nous accompagner au théâtre, au concert, sur la plage...

Daniel serra Raina contre lui, sans un mot.

– Quelle bonne soirée ! dit-elle en se rasseyant à sa place. On a trop peu souvent l'occasion de sortir.

– Je ne suis pas un grand amateur de danse, répliqua Daniel, mais je ne veux pas te priver de ce plaisir. Amuse-toi bien sans moi, je vais au bar !

Raina, éberluée, n'eut pas le temps de répondre : Daniel s'éloignait déjà, la laissant en proie aux regards concupiscents. Les joues en feu, elle porta son verre à ses lèvres en se demandant que faire, mais un homme vint l'inviter à danser avant qu'elle ait avalé sa dernière gorgée d'alcool. Poussée par la colère, elle accepta...

Son partenaire était un beau garçon sûr de lui, au regard langoureux et aux longues mains. Il dansait bien et observait Daniel, assis au bar.

– Votre père ? demanda-t-il.

– Mon mari.

L'homme ricana en la plaquant contre lui.

– Il doit bien avoir soixante ans !

– Non, cinquante-sept.

– Alors, son compte en banque doit sacrément plaider sa cause !...

Raina ne répondit pas. Sa robe du soir pailletée collait à ses seins et à ses hanches ; ses longs cheveux se déployaient derrière elle chaque fois que son partenaire la faisait virevolter dans ses bras.

Accoudé au bar, Daniel paraissait aussi paisible que s'il avait payé cet homme pour faire danser sa femme.

Raina tournoya près de lui et jugea le moment venu de se libérer, après avoir remercié son cavalier. Elle avait les mains poisseuses et le dos moite à l'emplacement de sa paume.

– Assez dansé ? demanda Daniel.

– Oui, répondit-elle.

Dans leur chambre, ils s'allongèrent côte à côte sur leur lit en forme de conque.

– Nous arriverons au lac Tahoe demain soir à l'heure du dîner, annonça Daniel. Notre auberge est au sud du lac.

– C'est là que tu as séjourné avec Patricia, n'est-ce pas ?

Daniel se détourna sans un mot et sans un geste. Raina s'en étonna, mais elle pensait à Tom. Depuis dix ans, elle avait besoin de ce réconfort... Silencieusement, du bout des lèvres, elle forma les mots « Je t'aime ». Si seulement il avait été avec elle dans ce lit en forme de conque...

Daniel ne semblait pas endormi. À quoi songeait-il, si près d'elle qu'elle sentait la chaleur de son corps ? Raina scrutait les moindres détails de l'étrange chambre d'hôtel, maintenant que ses yeux s'étaient accoutumés à l'obscurité. « Tom viendra », se dit-elle, et elle se souvint de sa mère, qui répétait : « Il viendra ce soir, j'en suis sûre... », tandis qu'elle lavait ses longs cheveux bruns pour les débarrasser de leur odeur de graillon.

Une soudaine fureur la saisit. Elle croyait entendre Daniel et ses histoires d'usine en flammes, de nez coupé... Il prenait plaisir à lui raconter des horreurs, et il l'avait abandonnée, seule à sa table, comme une serviette froissée, une assiette sale !

Elle resta éveillée pendant des heures. Quand elle finit par s'endormir, peu de temps avant l'aube, elle rêva qu'elle abandonnait Daniel sur l'autoroute : elle était au volant et il n'avait plus qu'à marcher jusqu'en Californie.

La journée du lendemain traîna en longueur. L'Utah, le Nevada... Raina était obsédée par son rêve : Daniel abandonné et elle, au volant de sa Corvette blanche, fonçant vers San Francisco où l'attendait une vie nouvelle...

Daniel gardait le silence. La carte déployée sur les genoux, elle s'aperçut qu'elle étudiait les routes de la côte comme si elle se préparait à réaliser son rêve.

Elle fit semblant de dormir pendant tout l'après-midi, et Daniel ne prit la parole qu'en fin de journée :

– Mon Dieu, attaqua-t-il, je suis mauvais juge en matière de femmes ! On devrait m'appeler « le roi Lear ». J'avais le choix entre trois femmes ; j'ai tourné le dos à la meilleure, celle qui m'aimait le plus...

Raina ouvrit de grands yeux. Le désert brunâtre s'étendait à perte de vue, aussi lugubre que le ton de Daniel.

– Anne n'a jamais eu ce qu'elle méritait, reprit-il. Jamais ! Sa mère l'appelait la « gringalette », et ça m'était bien égal... (Daniel parlait d'une voix tourmentée que Raina ne lui connaissait pas.) Anne était différente de Patricia, et j'ai été trop bête pour comprendre qu'elle avait la douceur et la modestie de ma propre mère. Je me suis désintéressé d'une petite fille aimante ! Je l'ai blâmée d'avoir eu peur en haut d'un arbre – elle n'avait que sept ans... Le jardin qu'elle avait planté pour me faire plaisir, je l'ai saccagé. (Un rictus haineux déforma le visage de Daniel.) Et quand j'ai enfin ouvert les yeux, qu'est-ce que j'ai fait pour lui rendre justice ? Je l'ai exposée à ses pires ennemis !...

Raina soupira discrètement. Daniel citait la Bible en se lamentant au sujet d'Anne... Au moins, il n'était plus question de rats et de crucifixions ! Les yeux fermés, elle imagina, une à une, toutes les pièces de sa maison en Californie. Des murs blancs. Des tapis aux teintes vives. Elle achèterait avec Tom un mobilier merveilleusement minimaliste... Il y aurait un mur décoré uniquement de plantes vertes...

Daniel s'arrêta à une station-service et disparut aux toilettes. Pourquoi ne pas l'abandonner là, comme dans son rêve ?

Elle se cabra de tout son corps. C'était absurde ! Elle avait étudié la carte : pas une seule ville à des kilomètres à la ronde et, si elle démarrait avant que le plein soit fait, elle n'irait pas bien loin !

Il revint, se rassit à sa place, et son rêve s'évanouit aussitôt.

Le soir, quand elle eut faim, ils dînèrent dans un restaurant à la mode de Tahoe. Elle but trop de vin ; mais pourquoi s'en priver ? Elle n'en dormirait que mieux en voiture et elle pourrait rêver tout à loisir !

– J'ai réfléchi toute la journée à ton projet d'acheter une maison en Californie, dit enfin Daniel. Je crois deviner tes intentions...

– Oui, marmonna Raina, l'esprit troublé par le vin.

– Anne a enduré assez de tortures, tu comprends ? Elle a droit au bonheur.

Raina hocha la tête en promenant son doigt sur le bord de son verre.

– Nous ne pouvons pas la priver des garçons, reprit Daniel, il n'est donc pas question d'une maison en Californie !

Le visage de Raina s'empourpra de colère. Anne, toujours Anne ! Sur le point de hurler et de taper du poing sur la table, elle se maîtrisa avec peine. Fuyant le regard de Daniel, elle se concentra sur le vernis écarlate de l'un de ses ongles, qu'elle gratta. Les fragments s'étalaient sur la nappe, comme la trace sanglante d'un petit animal blessé.

– Les nuits sont glaciales dans ces montagnes, dit Daniel, après avoir déposé quelques billets sur la table en guise de pourboire. Nous ferions bien de prendre des vêtements chauds dans nos bagages et de nous changer aux toilettes avant de repartir.

Raina suivit ses conseils. Sa veste de lainage et son jean la réchauffèrent. Elle monta en voiture sans un mot, à côté de Daniel, qui portait lui aussi de lourds vêtements de randonnée.

– Si tu faisais un petit somme ? suggéra-t-il en s'éloignant des néons de Tahoe. Il sera l'heure d'aller au lit quand nous arriverons à l'auberge.

Les yeux fermés, elle songeait que ce menteur n'avait jamais eu la moindre intention d'acheter une maison en Californie. Folle de colère, elle s'imagina en train de le pousser hors de la voiture, sur quelque route sombre de montagne.

Puis elle se laissa entraîner par ses projets. Elle visitait de belles villas californiennes et choisissait la plus somptueuse. Elle était à la tête d'une galerie mondialement connue, et Tom venait la rejoindre la nuit...

Elle savait qu'elle arriverait à ses fins, d'une manière ou d'une autre. Repue et abrutie par les excès d'alcool, elle s'assoupit à demi, puis se redressa, les lèvres sèches.

– C'est encore loin ? demanda-t-elle.

– Plus très loin.

Elle jeta un coup d'œil par la vitre : les phares éclairaient le bord de la route ; au-delà, leurs faisceaux lumineux ne balayaient que le néant.

– Il se fait tard, dit-elle.

– Pas si tard.

Raina cligna des yeux et ne vit qu'une route en lacet dans la lumière des phares.

– Tu as perdu ton chemin ?

– Je sais où je vais, répliqua Daniel.

– Cette route me paraît dangereuse...

– C'est la meilleure !

Raina referma les yeux en soupirant.

– Et la seule, ajouta Daniel.

Raina observait son mari à travers ses longs cils. Ses mains crispées sur le volant donnaient l'impression qu'il poussait la voiture de ses muscles noueux. Son visage en sueur se reflétait dans le pare-brise. Il serrait les dents à mort, mais pour rien au monde il n'aurait admis qu'il se trompait.

S'il voulait tourner en rond toute la nuit, il était libre de le faire ! Elle n'avait pas faim, elle pouvait dormir dans la voiture, et elle rentrait en Californie...

Des heures après minuit, la Corvette blanche roulait seule sur la route sinueuse, entre les flancs escarpés des montagnes. Son conducteur regardait droit devant lui ; une belle femme brune dormait à ses côtés, le visage à demi dissimulé par ses longs cheveux, en dodelinant de la tête au gré des tournants. Quand une agglomération surgissait dans une traînée lumineuse, le conducteur rebroussait parfois chemin en murmurant : « J'aurais dû tourner ici... »

Raina avait sombré dans le même rêve qu'à l'aube précédente. Une joie céleste la soulevait de terre. Après avoir abandonné Daniel, elle roulait triomphalement sur une route inconnue où l'attendait une vie nouvelle...

Toujours en rêve, elle crut voir Daniel s'arrêter et éteindre ses phares. Elle l'entendit lui dire : « J'ai un besoin urgent à satisfaire, je reviens dans un instant ! » Il ouvrit la porte et ses pas crissèrent sur le gravier. Rêvait-elle toujours quand, voyant la clef de contact, elle se jeta à la place de Daniel restée vide ? Quel bonheur ce serait de rouler sur ces routes de montagne ! Elle croyait déjà foncer au volant de sa Corvette d'un blanc lunaire, mais ce n'était que la vibration dans ses os des longues heures passées en voiture...

24

Un soleil matinal balayait de jaune les rangs de jeunes maïs de l'Iowa ; ses faisceaux lumineux parvenaient à travers bois jusqu'au salon des Lovell et au bureau contigu de Tom. Alors que les arbres au bord de la rivière baignaient encore dans une lumière glauque, il éclairait déjà le jardin clos de murs, sous les fenêtres de la chambre à coucher.

Alanguie dans les bras de Tom, Anne regardait surgir des perles de rosée.

— Quelle béatitude ! dit-elle d'une voix rêveuse.

— Cette maison emplie d'enfants ?

Les yeux bleus d'Anne s'illuminèrent.

— Oui.

— Et moi, je ne compte pas ? demanda Tom.

Anne lui tapota tendrement la joue.

— Idiot, c'est toi qui comptes le plus.

— Mais tu ne te sentais pas bien chez nous...

— Tu crois ?

— Tu passais ton temps chez Daniel.

— Je suppose que...

Anne s'interrompit et reprit posément, comme si elle voyait plus clair au fur et à mesure qu'elle parlait :

— Étant donné que papa ne m'a jamais aimée, je cherchais sans doute à éveiller ses sentiments... ou du moins à créer des liens en jardinant avec lui, en l'aidant à recevoir ses invités... Et puis, il y avait Steven. Je ne pouvais pas l'abandonner à Raina...

Anne avait parlé à voix basse, d'un ton presque coupable.

– Elle s'intéressait bien peu à lui et à Jamie, reconnut Tom, tandis qu'elle lissait du bout du doigt sa veste de pyjama. Et les chambres d'enfants, tu ne supportais pas de les voir vides quand je partais toute la journée...

– Si vides...

– Personne n'a cherché à te comprendre, jamais. Ni moi ni Daniel !

– Je n'aurais pas dû m'éloigner de toi.

Tom prit le menton d'Anne dans sa main et plongea son regard dans le sien.

– Tu nous as pardonné à tous les deux. C'est admirable de ta part. Raina n'aurait jamais...

La sonnerie du téléphone retentit à côté du lit. Anne prit le temps d'embrasser son mari avant de répondre.

– Où es-tu ? demanda-t-elle. Comment vas-tu ?

Son visage s'assombrit, et elle murmura à l'intention de Tom :

– C'est papa.

Elle écouta une ou deux minutes avant d'ajouter :

– Nous viendrons te chercher à l'aéroport. Nous allons tous bien. À tout à l'heure !

Après avoir raccroché, elle donna à Tom les explications qu'il attendait :

– Raina termine le voyage toute seule. Elle a quitté papa hier soir près du lac Tahoe ; il pense qu'elle roule vers la côte ouest. Il rentre en avion cet après-midi.

– Que s'est-il passé ?

– Ils se sont disputés, d'après lui, au sujet de leur installation en Californie. Il ignore ce qu'elle va faire : continuer jusqu'à la côte ou revenir ici ? Elle était littéralement hors d'elle.

– Quand l'a-t-elle quitté ?

307

– Hier, dans la nuit. Il est allé directement à l'aéroport sans rentrer se coucher.

Steven vint se glisser sous le drap près de Tom et d'Anne qui mirent fin à leur conversation.

– Comment vont tes bourdons ? demandèrent les deux adultes.

– La reine n'est pas là, répondit l'enfant, les sourcils froncés.

– Laisse-lui le temps de revenir, conseilla Tom.

– C'est son nid, elle connaît le chemin, ajouta Anne.

Quand l'avion eut atterri, Daniel traversa le tarmac, vêtu d'une épaisse veste de lainage, d'un jean et de chaussures de sport. Anne se jeta dans ses bras.

– Tu as l'air épuisé ! s'écria-t-elle.

– Attendez-moi tous les deux dans la voiture, je vais chercher les bagages, proposa Tom.

– Je n'ai plus de bagages, grommela Daniel.

– Et vos valises ?

– Raina est partie avec. Nous roulions vers l'auberge, peu après minuit, et je me suis trompé de route. J'en ai profité pour aller me soulager dans les buissons, elle a pris le volant et elle a démarré sans moi...

– Tu es resté tout seul ! s'exclama Anne, horrifiée.

– Nous venions de nous disputer violemment, et elle avait bu beaucoup de vin au dîner. Je m'étais perdu sur ces routes tortueuses, ce qui n'a pas arrangé les choses...

– Qu'as-tu fait ? Il ne passait aucune voiture ? demanda Anne.

Daniel haussa les épaules d'un air las.

– Je n'en ai pas vu une seule. J'ai marché longtemps... Par chance, nous nous étions changés à cause du froid. J'avais mon portefeuille dans ma veste, ce qui m'a permis d'aller à l'aéroport et de rentrer en avion.

– Vous auriez pu la rejoindre, suggéra Tom.

– Elle avait de nombreuses heures d'avance sur moi. Si j'avais loué une voiture jusqu'à San Francisco, par où aurais-je commencé ? Elle se cache certainement, car elle ne veut plus jamais me revoir... C'est du moins ce qu'elle prétendait. (Il passa la main sur ses yeux rougis.) Je me suis dit qu'elle finirait peut-être par revenir ici.

Ils dînèrent de bonne heure dans le patio ; Steven demanda des nouvelles de sa mère. Il voulait savoir si son père avait vu des lions de montagne. Pendant le repas, Anne sentit l'absence de Raina planer dans la maison vide de Daniel, de l'autre côté de la forêt.

Le soleil se coucha. Après avoir allumé des chandeliers sur la table, Anne plongea son regard dans la nuit.

– Vous savez ? demanda Steven.

– Quoi ? demandèrent les adultes en chœur.

– Il y a des fleurs qui restent belles même quand elles se fanent !

Steven courut chercher une plante à l'intérieur de la maison.

– Vous voyez ! dit-il en brandissant sous les yeux de Tom et de Daniel une poignée de saintpaulias. C'est moi qui les ai trouvées. Anne dit que j'ai de bons yeux, mais j'ai eu l'impression qu'elles me parlaient.

– Tu ne vas pas les garder ? s'enquit Tom.

– Le cœur est pourri, observa Daniel.

Steven partit voir ses bourdons.

– Les enfants sont bien installés, dit Daniel en se levant. Pourriez-vous les garder chez vous quelques nuits de plus ?

– Volontiers ! répondirent Anne et Tom d'une seule voix.

– Je n'ai pas fermé l'œil la nuit dernière, rappela Daniel. Je tombe de sommeil.

Il dit au revoir de loin à Steven, tapota l'épaule de Tom et embrassa Anne.

– Steven ? appela-t-elle.

La nuit tombait et des phalènes tournoyaient autour des chandeliers du patio. La voix de l'enfant résonna dans l'obscurité :

– Je donne à manger aux lapins.

– C'est l'heure d'aller au lit, déclara Anne, qui l'avait rejoint près du clapier.

– Pourquoi papa est revenu sans maman ? demanda Steven. Il va falloir que je rentre à la maison ?

– Nous verrons. Ta maman aime beaucoup la Californie. Elle a peut-être eu envie d'y aller toute seule. Elle a pris la voiture et ton papa est rentré.

Steven souffla les bougies, puis aida à débarrasser la table. Anne lui lut une histoire avant de le border et d'entrer sur la pointe des pieds dans la nursery. Jamie dormait à poings fermés sous les anges des vitraux.

Tom attendait dans le séjour.

– Alors, demanda-t-il dès qu'Anne l'eut rejoint, qu'en penses-tu ?

– Papa est furieux, et pour cause. Elle l'a laissé seul, en pleine nuit, sur une route de montagne !

– Quelle sauvage ! s'exclama Tom. Comme toujours, elle n'a pensé qu'à elle.

– Mais les enfants ? Tu la crois capable de les abandonner ?

– Elle ne s'est jamais fait beaucoup de souci pour eux.

Anne se dégagea des bras de Tom pour le regarder en face.

– J'ai ma part de responsabilité, reprit-il.

– Dans la fugue de Raina ?

– Quand elle a envisagé nos deux divorces, je n'ai pas dit

310

non. Je me suis contenté de me lever de table en silence et de m'en aller.

— Tu n'as pas non plus dit oui !

— Elle espérait que je changerais d'avis. Elle n'avait toujours pas renoncé !

Anne se pelotonna contre Tom sur le canapé, exactement comme Raina du temps où elle se plaignait d'être mise en quarantaine.

— Nous sommes coupables aussi, Daniel et moi, dit Anne. Nous avons pris nos distances...

Tom l'interrompit d'un baiser. Quand Anne lui échappa un moment, avec un petit rire ému, pour reprendre son souffle, il murmura :

— Je t'aime. Si tu savais comme je t'aime...

Ils restèrent assis côte à côte. Anne, mélancolique, abandonna sa tête sur l'épaule de Tom.

— J'ai essayé de leur faire comprendre que nous formions une famille, et j'avais peur, dit-elle.

— Avant leur départ ?

— Je ne t'ai jamais parlé de mes insomnies, mais j'ai tourné en rond pendant des nuits entières dans la maison. Je pensais au risque de perdre les enfants, à mon père...

— Tu aurais dû me réveiller...

— Mais non ! Tu te levais tôt le matin, et d'ailleurs je n'avais pas de vraie raison de passer des nuits blanches. Une seule fois, j'ai bien failli t'appeler. C'était après minuit, et j'ai vu un homme surgir des bois.

Tom eut un mouvement de recul et fronça les sourcils.

— J'ai reconnu papa, reprit Anne.

— Une exploration nocturne de son territoire, suggéra Tom en souriant.

— C'est ce que j'ai pensé, mais il ne se contentait pas de regarder. Chacun de ses gestes exprimait une profonde détresse... Il est allé sur le terrain de jeux, puis du côté du clapier, et il a observé la façade de notre maison. Ensuite...

Anne regarda Tom au fond des yeux.

– Il s'est approché de la fenêtre de Steven, il a posé une main sur le rebord, de l'autre il s'est caché le visage ; il n'a pas bougé pendant un moment, et il est reparti.

– C'est tout ?

Anne hocha la tête.

– Il avait l'air si seul ! Si triste ! Presque en deuil...

Ils restèrent longtemps enlacés. Les bruissements de la nuit leur parvenaient à travers les fenêtres ouvertes. Au bout des sentiers de gravier, cachée derrière les arbres, la maison de Daniel étincelait de lumière.

Le lendemain, un dimanche, Daniel se réveilla peu avant midi, puis il traversa les bois pour déjeuner avec Anne.

– Rien de neuf ? s'enquit-elle.

– Rien.

– Puisque la journée est fraîche, nous pourrions nous changer les idées en désherbant – sans l'aide de Tom, car il a dû aller au bureau.

– Je peux désherber ? demanda Steven.

– Il y a une mauvaise herbe particulièrement nocive qu'il faudra arracher si tu la trouves. Je n'en veux pas ici !

Après le déjeuner, Anne et Daniel s'agenouillèrent dans les plates-bandes et emplirent des poubelles entières de pissenlit et de mouron blanc. Un soleil radieux striait l'herbe du jardin, où Jamie trônait sur sa balancelle. Steven courait de temps en temps le pousser, puis revenait en quête du lierre rampant qu'il avait pour mission d'arracher. La plante se détachait du sol en longues chaînes aux petites feuilles froissées, laissant une forte odeur dans les mains.

– C'est une plante nocive, marmonnait-il en imitant le ton de son père. On n'en veut pas ici.

– Surtout pas ! déclara Daniel d'une voix retentissante.

Anne l'observait à la dérobée.

– Tu es si en colère ! lui dit-elle quand Steven courut rendre visite à ses lapins.

Daniel continua de désherber au soleil, sans lui répondre. Elle insista :

– Il s'est passé quelque chose entre Raina et toi...

– Je ne veux plus jamais entendre parler d'elle ! s'écria-t-il avec une soudaine amertume. Qu'elle me laisse en paix ! Je vis avec toi et les enfants ; je n'en demande pas plus. Tu es ce que j'ai de plus cher au monde. J'ai l'impression que Patricia m'est revenue, ou plutôt ma mère. Oui, ma mère... Patricia était cruelle avec toi !

Le jardin n'avait pas changé. Steven parlait à ses lapins et Jamie gazouillait au soleil, mais qu'était-il arrivé à son père ? *Tu es ce que j'ai de plus cher au monde*, avait-il dit.

– Papa, balbutia-t-elle, avant de courir chez lui, la gorge nouée.

Les pièces étaient ensoleillées, mais fraîches. La cuisinière et la femme de chambre avaient pris leur congé ; la maison résonnait des coups de marteau des menuisiers et des sons informes s'échappant de leur radio dans la cuisine. Debout devant la bibliothèque du salon, Anne les entendit à peine.

Elle promenait distraitement un doigt sur une rangée de livres – encyclopédies, albums de reproductions, catalogues – consultés par Raina pendant des années, quand elle réalisa que seuls les ouvrages de référence de son père étaient là. Ceux de Raina avaient disparu...

D'un regard elle embrassa la pièce : il n'y avait plus trace des grands éléphants de porcelaine de Raina, près de la cheminée, ni de ses coussins sur les canapés.

Elle passa en revue l'ensemble des pièces : c'était la maison de Daniel, comme autrefois, avant l'arrivée de Raina.

Les menuisiers, au milieu d'un nuage de sciure, levèrent les yeux de leurs planches quand elle traversa les cuisines. Dans le cagibi réservé aux poubelles, elle souleva les couvercles l'un après l'autre. Tout y était : les vêtements de Raina, ses cosmétiques, ses bibelots, ses papiers et ses livres, entassés pêle-mêle.

Dans la chambre à coucher, la penderie ne contenait plus qu'un alignement de cintres satinés. Une traînée de poudre s'était répandue sur la coiffeuse, et on pouvait encore respirer les ultimes effluves de parfums volatilisés.

Anne retourna au jardin et souleva Jamie de sa balancelle, avant de s'asseoir avec lui sur un banc. Des bouleaux, plantés par Raina l'été de son mariage, oscillaient dans la brise matinale et diffusaient une ombre légère.

Le bébé lança son jouet dans l'herbe, Anne le lui tendit.

– Elle n'aurait pas pu t'abandonner ! lui souffla-t-elle en regardant ses cheveux noirs briller au soleil.

Daniel désherbait autour des pieds de pivoines. Il travaillait en profondeur pour bien dégager les feuilles, les tiges et les racines, et une pluie de coups de couteau entaillait le sol.

À chaque sonnerie du téléphone, Anne retenait son souffle et s'interrogeait... Mais les jours passèrent, puis les semaines, sans que la voix de Raina se fasse entendre.

– Elle ne prend même pas de nouvelles de ses enfants ? demanda-t-elle à son père, le dernier matin de juin.

C'était après le petit déjeuner. Sa tasse de café à la main, Daniel la regardait s'occuper de ses violettes sur les tables à rempoter. Elle souleva un plant, dégagea ses feuilles emmêlées au plant voisin et examina sa corolle.

– Elle est peut-être blessée, ou morte... dit-elle.

Pour toute réponse, elle n'entendit que le cliquetis de la tasse sur la soucoupe.

Que lui as-tu dit pour qu'elle ne téléphone même pas à la maison ? Pourquoi as-tu supprimé tout ce qui lui appartenait ? Si seulement elle avait pu poser ce genre de questions à son père ! Elle dépota un pied de violette au-dessus d'une corbeille, s'assura de l'absence de parasites sur ses racines, puis le rempota.

Daniel avait tourné les yeux vers les jardins, au-delà des fenêtres. Devant son visage plus indéchiffrable que jamais, Anne murmura :

– Nous l'avons traitée comme une intruse, toi et moi. Elle a dû se plier à tes habitudes, à notre mode de vie... Ce n'était pas facile pour elle de trouver sa place ici. Elle a toujours dû dormir dans le lit d'une autre.

Anne arracha quelques fleurs fanées d'un saintpaulia rose baptisé « Amazing Grace », en évitant le regard éberlué de son père.

– Tu vois ça ? reprit-elle, penchée sur l'une des étagères. Elles poussent si vite qu'elles se bousculent... (Elle ramassa un plant tombé à terre.) Pauvres petites, vous manquiez de place !

Quand elle alla rempoter le plant sur l'évier de la cuisine, Daniel la suivit. Tom surgit alors du salon.

– Nous devrions aller faire un tour là-bas, lui annonça Daniel. Prenons l'avion, et louons une voiture à Tahoe. Nous partirons de l'endroit exact où elle m'a quitté et nous irons à San Francisco. Elle connaît cette ville ; je parie qu'elle y est. Maintenant que nous avons contacté toutes les galeries et tous les musées de Californie, nous n'avons plus qu'à nous rendre sur place !

Tom hésita.

– C'est un mauvais moment pour m'absenter. La vente Jepsen...

— Je tiens à ta présence, déclara Daniel d'un ton sans réplique.

— Si vous ne la retrouvez pas, suggéra Anne, vous pourriez engager un détective...

— Bonne idée, fit Daniel.

Anne serra Tom dans ses bras en lui disant qu'elle était contente qu'il accompagne son père, et elle lui demanda de l'appeler tous les soirs.

Tom appela donc Anne tous les soirs. « Des nouvelles de Raina ? » lui demandait-il invariablement, et il obtenait à chaque fois la même réponse négative.

— Nous avons loué une voiture et roulé jusqu'à l'endroit où Raina a quitté Daniel, annonça-t-il le premier soir, de sa chambre de motel. Nous suivrons la route qu'elle a dû emprunter — en direction de Stockton, puis de San Francisco.

La conversation téléphonique terminée, Daniel, affalé dans son fauteuil, étendit les pieds sur le lit de Tom.

— Pourquoi ne pas se renseigner à l'auberge ? Elle aurait pu s'y arrêter, avant de continuer sa route vers l'Ouest le lendemain matin. Je viens d'y penser.

— L'aurait-elle trouvée en pleine nuit ? demanda Tom.

— Elle avait toutes les cartes nécessaires et l'auberge était plus proche que le lac Tahoe Sud. Si elle y a dormi, elle a pu confier ses projets à quelqu'un.

— Étant donné qu'elle avait la voiture et beaucoup d'argent, elle a dû rouler jusqu'à la côte, objecta Tom. Vous risquiez de venir la rejoindre dans cette auberge !

Daniel se dirigea vers la porte de la chambre.

— Je vais me coucher, dit-il en haussant ses sourcils broussailleux au-dessus de ses yeux d'un bleu de glace. À tout hasard, il faudrait appeler l'auberge.

Intrigué par son intonation, Tom composa aussitôt le numéro de l'auberge. La réceptionniste lui affirma qu'aucune femme dénommée Raina Weigel ou Raina Bonner n'était descendue à l'hôtel le 10 juin.

– Mais Daniel Bonner avait réservé une chambre pour cette nuit-là, observa Tom.

– Je vous assure que non, répondit la réceptionniste, après avoir vérifié une seconde fois.

Aucune réservation ! Tom remercia l'employée, raccrocha, et sortit de sa chambre.

Dehors, la fraîcheur de la nuit le saisit à travers sa mince chemise. Une ombre violette enveloppait les montagnes ; seuls les pics étaient encore éclairés par les dernières lueurs du soleil. Quelque part, sur les flancs rocheux, serpentait une route, comme une fine cicatrice. Daniel avait laissé une boîte d'allumettes sous une pierre, pour signaler l'endroit où Raina l'avait quitté.

Tom frissonna. Après avoir remis la boîte d'allumettes sous sa pierre, il s'était approché avec Daniel du bord de la route surplombant le précipice. D'un coup de pied, il avait projeté dans le vide une autre pierre qui avait rebondi beaucoup plus bas, puis heurté la paroi plusieurs fois de suite, jusqu'à ce que le bruit décroissant de sa chute se perde dans le silence.

La présence de Raina lui parut soudain presque palpable : sa voix, son parfum, sa manière d'enfouir ses doigts dans ses cheveux... Elle était au soleil de Californie, et elle l'attendait...

25

Daniel et Tom s'envolèrent dès le lendemain pour San Francisco.

– Tu as vécu ici à l'époque où ta tante y habitait, remarqua Daniel tandis qu'ils attendaient leurs bagages à l'aéroport. Connaissais-tu Raina ?

Les secondes suivantes parurent une éternité à Tom.

– Oui, dit-il enfin. Je l'avais rencontrée chez Emily.

– Chez Emily... répéta Daniel d'un ton songeur en récupérant sa valise.

Le détective engagé par Daniel – un homme entre deux âges et corpulent – fit son travail dans les règles. Il écouta patiemment ses clients, prit des notes, tout en considérant Tom avec attention, derrière ses lunettes ternies. Daniel subit le même examen pendant qu'il lui fournissait quelques précisions.

– Le nom de jeune fille de ma femme est Weigel. Née à New York en 1920, elle a étudié à Berkeley et obtenu sa licence en 1945. J'ai d'ailleurs noté tous ces points pour vous. Pendant l'été 1948, elle est retournée à Berkeley, où elle a passé sa maîtrise en 1949, avant de m'épouser. Je sais peu de chose des années qui précèdent notre rencontre, sinon qu'elle travaillait dans une galerie et vivait dans une chambre d'étudiant. En 1948, elle a failli se marier, mais j'ignore le nom de son prétendant.

Tom gardait le silence : lui savait qu'il s'agissait de la galerie Reeno et que Raina aurait dû épouser Quentin Bradford...

318

Daniel disposa des photos de sa femme devant le détective. Tom eut l'impression que cet homme le dévisageait après avoir regardé le dernier cliché, le montrant en compagnie de Raina. Il sortit du bureau aussi angoissé que s'il avait eu un espion à ses trousses.

Son angoisse le tenaillait toujours lorsqu'il reprit l'avion avec Daniel. À son arrivée chez lui, toujours aussi tourmenté, il se mit à table dans le patio, avec Daniel et Anne.

– Ce détective a une excellente réputation, dit Daniel à Anne qui lui versait son café. Il dispose de tous les éléments nécessaires et il ne négligera aucune piste.

Tom était transi, malgré la douce chaleur du patio.

– Nous ne pouvons rien faire de plus, conclut Daniel.

Son ton catégorique laissait entendre que la discussion était close. Il rentra chez lui avec l'intention de se coucher de bonne heure, car il se sentait las.

Après son départ, Anne versa une seconde tasse de café à Tom.

– Aucun indice ? lui demanda-t-elle. Pas même à l'auberge ?

– Elle n'y a jamais mis les pieds. J'ai vérifié. À mon avis, elle a roulé jusqu'à San Francisco... (Tom fixa sur Anne un regard grave.) Daniel va tout découvrir...

Impressionnée par la mine inquiète de son mari, Anne referma ses bras autour de lui.

– Découvrir quoi ?

– Combien de temps j'ai vécu avec elle. Ce détective a une photo de Raina avec moi ; il va trouver des gens qui nous ont connus ensemble.

– Tu as vécu longtemps avec elle ? demanda Anne après un silence.

Le visage enfoui dans l'épaule de Tom, elle aurait voulu ne plus être là, ne pas l'entendre.

– Nous n'avions pas un sou, lui expliqua-t-il. Alors, je me

319

suis installé dans sa chambre, qui était à peine plus grande qu'un placard. Nous faisions la cuisine sur une plaque chauffante. Deux étudiants jeunes et stupides ! Quand elle a été sur le point d'épouser ton père, j'ai décidé de t'avouer notre liaison, mais elle m'a dit : « J'en ai vu de toutes les couleurs, laisse-moi tenter ma chance ! »

Anne resserra son étreinte.

– Bien sûr, tu ne voulais pas lui nuire !

– Ton père aura maintenant la preuve qu'Emily, Raina et moi lui avons menti. Je t'ai caché la vérité, à toi aussi... Mon Dieu, que j'ai été aveugle et stupide !

– Et moi donc ! s'écria Anne.

Ils restèrent longtemps enlacés dans l'obscurité croissante.

– Que va-t-il faire ? demanda Tom au bout d'un moment.

– Rien, je suppose. Il est heureux.

– Sans Raina ?

– La veille de votre départ en Californie, il m'a affirmé que j'étais ce qu'il a « de plus cher au monde »...

Tom ne vit pas le visage d'Anne, mais il perçut une note d'allégresse dans sa voix.

– Il a finalement ouvert les yeux, murmura-t-il. Comme moi !

Ils échangèrent maints baisers, puis Anne alla se rasseoir dans son coin, le visage entre les mains.

– Emily soutient que Raina m'a fait le plus beau des cadeaux en s'en allant. Depuis son départ, je me sens heureuse !

– Les garçons et moi aussi, dit Tom. Et je doute qu'elle manque beaucoup à Daniel...

– Je ne comprends pas qu'elle ait renoncé à ses fils et à toi ! s'écria Anne, après avoir découvert son visage.

Tom se tourna vers le jardin sans un mot.

– Papa a dû lui dire des horreurs, conclut Anne d'une voix navrée. Sinon, comment aurait-il pu l'arracher à tout ce qui la retenait ici ?

Le mois d'août arriva. Régulièrement, le détective faisait parvenir ses rapports à Daniel.

« Des nouvelles de Raina ? lui demandait Anne à chaque fois.

– Toujours rien, répondait Daniel. Il s'intéresse à plusieurs pistes, mais sans grand espoir de la retrouver. »

Semaine après semaine, l'été s'écoula. Les deux garçons habitaient toujours chez les Lovell, dont la maison s'emplissait de jouets, de chaises hautes, de parcs en bois, de cris et de questions. Des baguettes frappaient les notes d'un piano miniature, des appels retentissaient la nuit pour demander de l'eau, les objets disparaissaient sous des couches d'objets plus récents, et les murs se couvraient de traces de boue et de traits de crayon. Ces deux petits êtres possédaient une incroyable énergie !

– Tu es une vraie mère de famille, déclara Daniel à Anne un après-midi de septembre.

Une fête champêtre avait lieu ce jour-là. Assis sur un banc, ils regardaient Steven conduire une petite locomotive le long d'un circuit.

Le ton béat de son père déplut à Anne, qui protesta aussitôt :

– Ces enfants ne sont pas les miens, ni ceux de Tom. Ils passent l'été avec nous, mais je pense qu'ils devront bientôt rentrer chez toi. Tu es leur père.

– Je voudrais que tu les gardes et que tu te sentes heureuse, répliqua Daniel.

À la lumière du soleil, il lui parut vieilli. Était-il malade ? Les mains croisées sur les genoux, elle lui répondit avec le plus grand calme :

– Tu ne peux pas nous les *donner,* et nous ne pouvons pas les prendre en charge. D'innombrables décisions vont s'imposer pour leur avenir ; ce n'est pas à nous qu'il appartient de les prendre. Quand Raina reviendra...

– Elle ne reviendra pas.

– Elle abandonnerait ses enfants ?

– Pourquoi pas ? Elle ne serait pas la première.

– Plus tes fils grandissent, plus cette situation risque de les perturber. As-tu remarqué qu'ils commencent à jouer sur tous les tableaux ? Quand tu leur refuses quelque chose, ils s'adressent à moi, et inversement.

Daniel faisait signe à Steven à chacun de ses passages, et l'enfant imitait le sifflement d'un train.

Anne croisa le regard bleu de son père, illuminé d'amour.

– Ils t'ont toujours considérée comme leur mère, lui dit-il. Nous changerons leur nom pour en faire des Lovell ; ils oublieront qu'ils sont les fils de Bonner l'incendiaire.

La locomotive miniature s'était arrêtée en gare. Daniel souleva Steven dans ses bras, tandis qu'Anne restait immobile et muette. Le bambin de trois ans grimpa sur le banc ensoleillé, et c'est à elle, non à Daniel, qu'il demanda « un second tour, s'il te plaît »...

Un matin de septembre, Tom trouva une enveloppe sur son bureau. Le nom de l'expéditeur n'y figurait pas, et elle portait un cachet de San Francisco. Bien que ce ne fût pas une lettre professionnelle, le message était dactylographié :

Très cher Tom,

Ces deux mois loin de toi ont été une rude épreuve ! Je pense à toi des centaines de fois par jour depuis que j'essaie de refaire ma vie à Berkeley. Je ne te dirai pas quel est mon nouveau job, ni où j'habite – ce sera une surprise. Je sais que Daniel me recherche, ne lui parle surtout pas de cette lettre !

J'espère rester avec toi, Steven et Jamie, jusqu'à la fin de mes jours.

Pour l'instant, je suis ici et je t'attends. Je te laisserai un message dans notre ancienne petite chambre de Berkeley pour que tu puisses me retrouver.

Je t'aime,

R.

Tom, sous le choc, constata d'abord que Raina avait réalisé son projet de quitter Daniel et de trouver un emploi dans l'Ouest. Maintenant, elle lui demandait de la rejoindre.

Son trouble s'accrut quand il prit conscience qu'elle ne lui avait pas manqué et qu'il ne voulait plus d'elle ; mais c'est en pensant à Anne, privée des deux garçons, qu'il éprouva un véritable sentiment d'horreur.

— Je vais aller à Berkeley pour essayer de lui faire entendre raison, déclara-t-il.

Anne lisait la lettre qu'elle tenait à la main.

— Penses-tu qu'elle avait tout prévu quand elle a épousé papa ?

— Non, elle a simplement envisagé certaines possibilités.

— Elle a toujours su ce qu'elle voulait.

— Et qu'elle n'aura jamais, dit Tom en prenant Anne dans ses bras.

— Mais le tribunal lui confiera la garde de Steven et de Jamie. Elle est leur mère...

Tom marchait de long en large. Il s'arrêta dans un coin de la pièce, face au mur.

— Tout est ma faute ! gémit-il. Si j'avais rompu avec elle dès son arrivée ici...

— Jamie n'aurait jamais vu le jour, dit Anne.

Tom fit volte-face.

— Et nous ne serions pas aussi épris... Je n'aurais jamais cru pouvoir aimer quelqu'un aussi passionnément.

Le regard bleu d'Anne se posa sur Tom.

— Parle pour toi ! J'ai toujours rêvé d'un tel amour.

Daniel ne se sentait pas bien. Il resta alité pendant une semaine presque entière, mais refusa de voir le médecin. Quand Tom et Anne lui annoncèrent l'arrivée d'une lettre de Raina, il ne manifesta aucune émotion.

— Elle ne veut pas que nous te mettions au courant, lui avoua Anne, mais nous n'aimons pas les cachotteries. Raina est ta femme et tu seras content de la savoir en bonne forme.

— Vous n'êtes pas encore assez reposé pour entreprendre un long voyage, dit Tom. Je vais aller à Berkeley et j'espère la convaincre de revenir ici. Anne ne m'accompagne pas : elle préfère rester avec les garçons.

— Quand pars-tu ? demanda Daniel, dont les yeux bleus lançaient des éclairs du fond de leurs orbites.

— Jeudi.

— À quelle heure ?

Tom sortit son billet de sa poche.

— À huit heures précises. Vol 85 pour Denver. Je reviens le lendemain, car je dois m'occuper de l'affaire Browning.

— Bon, grommela Daniel.

— Un message pour Raina ?

— Eh bien, elle nous manque. (Le ton de Daniel laissait supposer qu'il n'en pensait pas un mot.) J'accepte de passer l'éponge et de lui accorder mon pardon si elle revient ! Mais elle ne reviendra pas, conclut-il en fixant sur Tom un regard glacial.

J'espère rester avec toi, Steven et Jamie, jusqu'à la fin de mes jours, avait écrit Raina. Anne fit la valise de Tom en essayant de ne plus y penser.

– Vois si Daniel accepterait d'aller consulter un spécialiste à Rochester après mon retour, lui demanda Tom à l'aéroport. En attendant, prends bien soin des enfants.

– Promis ! chuchota Anne en l'embrassant une dernière fois. Quand tu auras retrouvé Raina, dis-lui qu'elle me manque, qu'elle manque à ses fils et que Daniel...

Elle se tut brusquement.

Tom s'éloigna, puis se retourna vers Anne : elle avait les mains sur la bouche et les yeux noyés de larmes.

– Anne ! s'écria-t-il.

Après être revenu sur ses pas, il posa sa valise à terre pour la serrer dans ses bras, en répétant d'un ton navré :

– Anne, ma chérie !

La délicate jeune femme et l'homme aux cheveux sombres qui la couvait d'un regard gris ardoise formaient un couple harmonieux, au milieu de la foule de l'aéroport.

– En dehors du fait qu'elle a des droits sur les garçons, elle ne présente plus aucun intérêt pour moi, dit Tom. Tu es celle que j'aime !

– Pardon, murmura Anne dans un souffle.

Tom la secoua doucement.

– J'espère que tu n'as plus d'inquiétude.

– Elle est si...

Anne s'interrompit, la bouche sèche, et ajouta :

– Tu pourrais souhaiter...

– En ce qui la concerne, je ne souhaite plus rien.

– Vous formeriez une vraie famille...

– Une famille avec elle ? Alors que tu m'offres ta gentillesse, ton honnêteté, ta beauté...

Les grands yeux bleus d'Anne s'illuminèrent.

– Dans ce cas, tout va bien, dit-elle en souriant.

325

Tom l'embrassa encore avant de la quitter.

Un vent d'automne rugissait sur les pistes d'envol lorsqu'il s'installa à sa place et boucla sa ceinture. D'un regard oblique il vit rouler des avions à l'empennage de requin. « Neuf ans déjà », se dit-il. Neuf ans depuis la fin de la guerre et son arrivée en Iowa !

Quand l'avion prit de l'altitude et fit un virage sur l'aile, les champs se déroulèrent comme un très ancien parchemin quadrillé de brun et de vert. Parfois, le soleil dardait ses rayons sur une rivière, et les étangs irisés brillaient, pareils à des feuilles d'or.

Il voulut lire pour passer le temps, mais, à mesure que les champs de blé du Nebraska cédaient la place à des contreforts puis à des chaînes de montagnes, il se souvenait du vent froid balayant une route de montagne et de la boîte d'allumettes de Daniel sous une pierre. « C'est ici qu'elle m'a quitté », avait-il dit d'un ton glacial.

La douceur des longs cheveux de Raina sous ses mains, ses formes pulpeuses, le rythme de sa voix le hantaient... Il croyait l'entendre murmurer : *Je pars pour la Californie y finir mes jours avec toi...*

Après avoir loué une voiture, il alla droit au vieil immeuble qu'il avait habité avec elle. Personne ne lui ouvrit. Debout devant la porte, il se revoyait, jeune homme, montant les marches quatre à quatre pour aller rejoindre sa belle...

Une femme de ménage se pencha par une fenêtre et lui demanda ce qu'il voulait. Un billet de cinq dollars, agité ostensiblement, la fit descendre.

– J'aimerais revoir rien qu'un instant une chambre au quatrième... J'y ai vécu quand j'étais étudiant, expliqua-t-il en lui tendant son billet.

L'employée le prit et s'engagea dans l'escalier.

– Laquelle ? demanda-t-elle au dernier étage.

– Celle-ci.

– C'est un débarras. Il n'y a pas de lumière : l'ampoule est grillée.

Tom pénétra dans l'antre sombre qui lui rappela d'anciennes nuits d'amour. Des serpillières traînaient là où étaient jadis leurs oreillers, et des cartons s'empilaient le long des murs.

– Que de souvenirs ! murmura-t-il entre ses dents.

– Vous croyez qu'il va pleuvoir, pour finir ? Ils nous promettent la pluie depuis des mois, mais ils se moquent du monde, répliqua la commère, sans doute dure d'oreille.

Tom s'habituait petit à petit à l'obscurité, à l'odeur fleurie mais artificielle des produits d'entretien mêlée à la puanteur des serpillières crasseuses. Les murs lui semblèrent nus, à part un petit rectangle fixé au-dessus de l'encadrement de la porte. Grimpé sur une caisse, il s'en empara.

– Qu'est-ce que c'est ? demanda la femme de ménage, intriguée.

– Une simple carte postale. Quelqu'un d'autre est venu voir cette chambre ?

– Je n'ai vu personne.

– Quelqu'un a habité ici ces derniers temps ?

– Dans un débarras ? Pas depuis que je travaille dans cette maison ! Ça fera trois ans le mois prochain.

– Il n'y a pas de bureau, ou de responsable qui aurait pu prendre un message pour moi ?

La femme haussa les épaules.

– Je ne vois pas qui... Je fais le ménage dans les communs ou dans les chambres quand elles se libèrent, et le propriétaire vient pour les locations. C'est tout.

– Merci, dit Tom.

Il glissa la carte postale dans sa poche et sortit sous un soleil radieux.

327

Assis dans sa voiture, il promena son regard sur la rue grouillante d'activité, mais c'est Raina qu'il voyait, assise face à lui au restaurant. *Je te veux pour toujours,* lui soufflait-elle, les yeux dans les yeux.

Il sortit la carte de sa poche. Une carte sans tampon de la poste, ni timbre, ni adresse. Un de ses coins s'était déchiré dans l'encadrement de la porte. Elle représentait l'imposante façade du palais de Buckingham – une succession de pilastres aussi réguliers que des touches de piano. Sous le monument où trônait la reine Victoria, plus grande que nature, flamboyaient la pourpre et les ors de la relève de la Garde.

Au verso, il reconnut l'écriture de Raina : des mots jetés en travers de la carte comme une promesse ou un défi, et signés d'une seule lettre, comme le ferait une reine :

Le général de la Garde se souvient.

R.

Tom démarra sans savoir précisément où aller. Dans sa lettre, Raina lui avait promis de lui donner son adresse ; or sa carte n'indiquait rien de tel. On aurait dit un souvenir du bon vieux temps, abandonné dans cette chambre depuis des années...

À l'ancien emplacement de la galerie Reeno se tenait maintenant une agence immobilière. Tom décida à contrecœur de passer chez Quentin Bradford.

Il ne reconnut pas tout de suite le nabab ventripotent, vêtu d'un lamé scintillant et couvert de paillettes, qui l'accueillit.

Son hôte lui fit signe d'entrer dans le vaste séjour.

– Alors, tu as perdu ta Raina ? lui demanda-t-il en louchant sur sa veste et son pantalon coûteux.

– Pas vraiment. Nous n'avons jamais été mariés.

– Ah oui, je m'en souviens maintenant ! Ton détective m'a dit qu'elle s'appelait maintenant Raina je-ne-sais-comment. Je lui ai conseillé de chercher quelqu'un d'encore plus riche que ce monsieur. À mon avis, c'est la seule solution.

– Elle ne t'a pas donné de nouvelles ?

– Pourquoi à moi ? s'étonna Quentin.

– Tu as toujours fréquenté des gens cousus d'or.

– Sans doute pas assez pour elle ! (Le même regard méprisant qu'autrefois brillait dans le visage poupin de Quentin.) Nous organisons une fête ce soir dans ma résidence sur la plage. Je t'invite ! Tu rencontreras peut-être des personnes susceptibles de te renseigner...

– Merci, j'accepte, dit Tom.

– Il vous faut un costume ! s'écria un charmant éphèbe, vautré sur un canapé. C'est indispensable !

– Occupe-t-en, Brian, ordonna Quentin. Costume et masque !

Il se couvrit le visage de son masque et se mua en un Noir à la barbe foisonnante.

Brian fouilla dans des cartons dissimulés derrière son canapé. Il en sortit pêle-mêle des costumes aux couleurs criardes.

– Un roi, ça vous plairait ?

– Va pour le roi, dit Tom.

D'un geste théâtral de matador, Brian brandit un vêtement en lamé or. La tenue royale était décorée d'hermine synthétique et d'émeraudes en verroterie qui étincelaient sur les épaulettes.

– Et voici le masque, avec les cheveux et la couronne, déclara Quentin.

Il déploya la barbe noire et la longue chevelure sous une couronne scintillante.

– Alors, à tout à l'heure ?

– Certainement, dit Tom en s'en allant, le costume lamé or sur son bras et le masque royal à la main.

Malgré l'heure tardive, le détective était toujours à son bureau, dans le même immeuble que lors de la première visite de Tom et Daniel, mais il disposait maintenant de plusieurs pièces et d'une jolie secrétaire.

– Rien de rien ! lança-t-il. J'ai appelé toutes les galeries, tous les musées, mais elle ne s'est manifestée nulle part. Aucun indice ne me permet de retrouver sa trace ! Elle a dû basculer dans l'océan – avec sa voiture. Même le véhicule a disparu !

– Elle m'a adressé une lettre pas plus tard que la semaine dernière, répliqua Tom. Elle ne veut pas dire où elle se cache, c'est à vous de jouer.

– S'agit-il d'une lettre manuscrite ?

– Dactylographiée ; et elle signe « R ».

Le détective s'étira sur son siège puis croisa les mains sur son ventre rebondi.

– Rien ne prouve qu'elle a vraiment écrit cette lettre.

– Eh bien c'est à vous de le vérifier !

Le détective parut contrarié.

– Bon, on va encore essayer... Vous avez certainement eu connaissance des éléments que j'ai communiqués à votre beau-père...

– Non.

– Alors, venez vous asseoir, et jetez un coup d'œil sur ceci.

Le détective installa Tom devant un bureau, et la jolie secrétaire posa une série de dossiers devant lui. *Bonner, Raina* était écrit en toutes lettres sur chacun d'eux.

Tom constata qu'il était beaucoup question de lui. « Tom

Lovell et Raina Weigel ont vécu en concubinage pendant dix-huit mois lorsqu'ils étaient étudiants à Berkeley en Californie », lut-il sans sourciller.

Après avoir remercié le détective, il s'engagea à le prévenir s'il recevait une nouvelle lettre et s'en alla en ignorant délibérément son sourire narquois.

26

« Savoure chacun de ces précieux instants », se disait Anne depuis ce matin de juin où elle avait fait ses adieux à Daniel et Raina. Steven et Jamie vivaient entre ses murs : un véritable don du ciel ! Ils l'entouraient comme l'avaient fait les bambins de la crèche, grimpant sur ses genoux, tordant ses cheveux sur leurs doigts, la couvrant de baisers. Le jour, ils la câlinaient et la caressaient ; la nuit, elle faisait l'amour avec Tom. À ce régime, son corps se transformait : les gens la trouvaient de plus en plus épanouie et charmante...

C'était l'occasion ou jamais de donner de bons souvenirs aux enfants. Steven, au moins, se souviendrait ! Ils soufflaient vers le ciel des bulles de savon irisées, lançaient leur cerf-volant dans les prés.

Toutes les saisons défilèrent pour eux en accéléré : Anne décora un sapin du jardin, fit apprendre par cœur des cantiques de Noël à Stevie et accrocha deux petites chaussettes au manteau de la cheminée, en déclarant que saint Nicolas travaillait toute l'année. Il y eut les napperons de dentelle et les découpages de papier rouge de la Saint-Valentin. On tressa des paniers avec des languettes en carton comme à Pâques, et on les emplit bien sûr de sucreries. Le 4-Juillet, anniversaire de l'Indépendance, fut célébré en entonnant l'hymne américain, dans un grand vacarme de cuillères en bois tapant sur des seaux et des casseroles. Une dinde à la sauce aux airelles et des costumes d'Indiens évoquèrent

Thanksgiving. Tout cela resterait gravé dans leur esprit quand l'été aurait pris fin !

Cependant, Tom était en Californie à la recherche de Raina. Quand il téléphona pour lui dire qu'il n'avait pas trouvé son adresse dans la petite chambre, Anne se cacha le visage entre les mains et retint difficilement ses larmes.

À neuf heures, Tom longea la côte en voiture. La Californie s'étendait partout alentour, véritable tapis de lumières au bord du Pacifique aux eaux sombres, et Raina était quelque part au milieu de ces lumières. *Je pars pour la Californie y finir mes jours avec toi,* avait-elle dit.

Il frappa son volant du poing. Elle l'avait obligé à venir la chercher jusqu'au fin fond de Berkeley, et elle se vengeait en se cachant... À moins qu'elle n'apparaisse masquée à la soirée de Quentin. Pourquoi pas ? C'était un stratagème digne de Raina... Mais il la trouverait, quoi qu'il arrive !

Les néons californiens éclairaient le visage soucieux de Tom. Lorsqu'une voiture changea de file au même moment que lui, il ne remarqua rien.

Il parvint à destination à une heure avancée. Les voitures étrangères clinquantes des invités s'alignaient le long de l'allée majestueuse. Il gara son auto de location parmi elles. Autrefois, il cachait sa vieille guimbarde à quelques blocs de là et arrivait à pied chez Quentin.

Dans sa voiture, Tom attendit que la soirée de Quentin batte son plein en songeant aux rapports que le détective avait adressés à Daniel depuis juin.

Daniel les avait gardés secrets. « Le détective s'intéresse à plusieurs pistes », affirmait-il d'un air impénétrable, alors qu'il savait pertinemment que son gendre avait été l'amant de Raina avant lui – et après.

La maison était grandiose. Il se souvint que, plus jeune,

il se sentait malade de jalousie dès qu'il apercevait ce palais de verre surplombant le Pacifique. S'il supportait ce spectacle, c'est que Quentin, qui paradait, un bras autour de la taille de Raina, ne passerait pas la nuit avec elle. Il ne se doutait pas le moins du monde qu'un pauvre étudiant en sciences économiques de Berkeley aurait ce privilège !

Quentin avait fait bâtir au bord de l'eau une jetée brillamment éclairée, qui n'existait pas à l'époque. Des couples y flânaient. Debout près de la porte ouverte de sa voiture, Tom enfilait sur son costume sa parure royale étincelante lorsqu'une voiture passa. Il ajusta le masque sur son visage.

Un maître d'hôtel le fit entrer. Quentin flamboyait littéralement au bord de la piste de danse, et sa horde d'invités resplendissait dans de bizarres costumes orientaux. Ils portaient des masques, des collerettes et des manchettes clinquantes, comme des enfants que leur mère aurait parés de tous ses bijoux de pacotille. Certains avaient des pierreries dans les cheveux, ou collés au front et même sur le nombril.

Tom se fraya un chemin au milieu des conversations bruyantes, sur un arrière-fond de vocalises et de tambours exotiques. Il scrutait toutes les femmes présentes à travers les ouvertures pratiquées dans son masque. Raina n'était pas là – il l'aurait reconnue sous n'importe quel déguisement !

Devant les vagues sombres de l'océan, ses souvenirs affluaient. Raina devinait immédiatement sa présence, mais, entourée d'un cercle d'admirateurs, elle évitait de tourner les yeux vers lui. Dans ces pièces transparentes comme des bulles de savon, elle jouait de chacun de ses regards et de ses sourires, comme autant de promesses qu'ils passeraient la nuit, enlacés, dans leur nid d'amour. Elle abandonnait parfois son verre à demi plein sur une table ; il y goûterait l'empreinte de ses lèvres en le vidant.

– Pardon, Votre Altesse, susurra une voix pâteuse.

Une femme à la tête rasée, au masque orné de fins sourcils

et d'yeux cerclés de noir, s'était glissée entre Tom et le buffet.

– Vous avez de la coke ? fit-elle.

– Non !

Tom cessa de penser à Raina, dont il n'était plus le jeune amoureux transi. Il emplit son assiette en souriant et pouffa d'un rire libérateur que personne n'entendit dans le brouhaha général. Ce bal masqué, dans cette maison fabuleuse, aurait été le comble du bonheur pour le jeune étudiant sans le sou et arriviste qu'il était jadis !

Il s'assit, retira son masque et mangea d'un bon appétit. Puis il dissimula à nouveau son visage et passa d'un groupe à l'autre. Il n'était question que de ventes aux enchères chez Sotheby's ou Christie's...

« Connaissez-vous Raina Weigel ? » demandait-il. Ou bien : « Avez-vous rencontré par hasard une jeune femme appelée Raina ? » Il obtenait pour toute réponse un hochement de tête négatif.

Personne n'avait les idées très claires : à vrai dire, la moitié des invités étaient ivres. Des femmes, minces comme un fil, disparaissaient sous des bijoux affriolants et semblaient enrobées de sirop de myrtille, de gelée de menthe et d'un glaçage à la cerise. Certaines avaient des problèmes de sinus, ce qui n'était guère surprenant, car on sniffait joyeusement dans l'une des salles de bains. Dans une autre, il aperçut, à travers la porte entrouverte, deux longues silhouettes féminines enlacées. Une blonde et une brune échangeaient des baisers, leurs vêtements éparpillés à leurs pieds. « Entrez, il y a de la place pour tout le monde ! » s'écria la blonde sans laisser à Tom le temps de refermer la porte.

Sur la piste de danse, une myriade de couples dansaient, ou plutôt essayaient de danser, amalgamés dans leurs pierreries. Quelques invités s'étaient effondrés sur des sièges.

Au milieu de ces corps brûlants, Tom eut une brève vision

de flocons de neige tombant sur les arbres au bord de la rivière : Anne courait avec deux jeunes garçons, sous l'immense ciel pur de l'Iowa. Calme et digne, il assistait au bal masqué de Quentin comme un adulte à une fête enfantine.

Soudain, les tambours exotiques résonnèrent de plus belle et la chanteuse annonça quelque chose en faisant signe à Quentin. Puis les tambours se turent ; un tel silence régna dans le grand salon vitré que Tom put entendre gronder les vagues du Pacifique...

– Nous sommes ici en plein mélodrame sentimental ! annonça Quentin d'une voix tonitruante, les yeux fixés sur Tom. Un jeune homme de l'Iowa a perdu sa bien-aimée, qui porte le doux nom de Raina Weigel, ou Raina Bonner, ou Raina Weigel Bonner. Elle en a eu ras le bol des porcs et du maïs de l'Iowa, et elle a disparu sans laisser d'adresse. Si quelqu'un sait où se trouve notre brebis égarée, qu'il nous prévienne. Nous ferons de notre mieux pour qu'elle rentre au plus vite à la bergerie !

Quentin hurla de rire, et la chanteuse l'imita, tandis que les tambours se déchaînaient.

Tom les entendit à peine, car une femme venait de faire son apparition sur l'estrade, à côté de Quentin.

C'était Raina, aussi imprévisible que cinq ans plus tôt, sur une place de la ville en effervescence. Elle avait alors surgi parmi des hommes masqués de têtes de morts, manifestant contre l'extermination des Juifs pendant la guerre qui venait de s'achever.

Vêtue d'un costume vaporeux d'odalisque, elle avait dénoué ses longs cheveux bruns, qui enveloppaient ses épaules d'un châle brillant. Elle tournait le dos à Tom, et, derrière elle, le visage poupin de Quentin grimaçait un sourire.

Le regard de Tom se figea. Ce fut tout. Une lueur de

336

dépit brilla dans les yeux de Quentin, qui s'attendait à le voir se ruer au milieu des danseurs sur sa brebis égarée.

Raina avait donc trouvé refuge chez Quentin, dans cette maison où elle se doutait qu'il finirait immanquablement par la retrouver...

Elle passa ses deux bras autour du cou de son protecteur ; les mains grassouillettes du pacha glissèrent le long de son dos. Tom ne broncha pas jusqu'au moment où elle lui fit face : ce n'était plus qu'un éphèbe aux yeux bleus, affublé d'un haut à dos nu et d'un sarouel bouffant.

Une mise en scène orchestrée par Raina ! Tom eut à peine le temps d'envisager cette possibilité : deux femmes gloussant de rire l'entraînaient vers une pièce voisine. D'autres hurlaient :

– On échange nos vêtements ! Allons, c'est le moment !

Les deux excitées dépouillèrent les hommes présents dans la pièce de leurs costumes et de leurs masques. Tom troqua le sien contre un pantalon moucheté et une veste de velours décorée de crocs en plastique. Il cacha ses traits derrière un masque de léopard, ravi de pouvoir se dissimuler sous un nouveau déguisement. Un jeune homme blond portait maintenant l'habit royal, et le fauve qu'il était devenu pouvait errer dans la maison, en quête de Raina.

La vaste demeure grouillait de gens à demi nus – ou plus – qui échangeaient leurs vêtements, sautillaient d'un pied sur l'autre pour enfiler un pantalon, se regardaient dans la glace en ajustant leur masque. L'orchestre jouait toujours. Tom prit un siège le plus loin possible des musiciens et se mit à l'affût : Raina aurait beau dissimuler son visage, il saurait la reconnaître au balancement de son corps...

Quentin s'était effondré sur un canapé, dans les bras du jeune homme à la perruque brune, paré des mousselines d'une odalisque. La soirée se poursuivait sans lui, et des femmes hurlantes exigeaient déjà un nouveau changement de costume. Elles coincèrent Tom dans un couloir et l'obligèrent à revêtir un pantalon de satin bouffant, une chemise de soie blanche, un gilet rouge ; puis elles l'affublèrent d'un masque enturbanné, avec une moustache en crocs et d'épais sourcils.

Il resta debout, fasciné par les reflets des danseurs dans les immenses panneaux vitrés. Au-delà de ce kaléidoscope étincelant, sur la jetée éclairée entre la maison et l'océan, un homme solitaire contemplait les flots. Tom reconnut le lamé or de son premier déguisement, son masque surmonté d'une couronne, ses joyaux scintillants...

— Bart est sur la jetée, dit une femme près de Tom. Tu ferais bien de t'occuper de lui.

— Moi ? demanda son interlocutrice.

— Oui, toi. Sinon, Jeanie s'en chargera à ta place. Tu vois, elle va le rejoindre.

Jeanie venait de faire glisser les panneaux vitrés et se dirigeait vers la jetée. Au moment où ils se refermaient, le roi s'effondra en un tas d'or inerte.

La jeune femme se mit à courir, se pencha vers lui, puis se releva, les yeux écarquillés et la bouche ouverte. Sa longue jupe traînait derrière elle et ses seins rebondissaient dans son bustier argenté, tandis qu'elle se précipitait vers la maison. Elle entra en poussant un cri strident que même les musiciens de l'orchestre entendirent. Ils tournèrent les yeux dans sa direction.

— Bart est mort ! hurlait-elle. On a tiré sur lui !

Ses cris et ses balbutiements déchiraient le silence, car l'orchestre avait cessé de jouer. Elle s'assit par terre, le visage caché entre ses bras, en se balançant d'avant en arrière. Des femmes vinrent s'agenouiller autour d'elle.

Pendant ce temps des hommes accouraient sur la jetée. Tom ne bougea pas. Quelques femmes vinrent regarder à travers les vitres, à côté de lui, mais Raina ne figurait pas

338

parmi elles. Si Raina était là, quand la verrait-il ? Elle devait savoir qu'il assistait à ce bal masqué.

Les policiers, arrivés rapidement sur les lieux, regroupèrent les invités silencieux dans la maison.

— Nous vous prions de rester sur place, déclara l'un d'eux. Nous sommes à la recherche du présumé coupable. Y a-t-il des témoins ?

On interrogea Jeanie dans une pièce à part. Les invités, mal à l'aise sous leurs déguisements, erraient comme des âmes en peine. Derrière les vitres, les flots noirs de l'océan semblaient monter la garde.

— Nous avons trouvé l'homme que nous cherchions et nous l'avons désarmé, vint annoncer un policier après une longue attente. Vous pouvez disposer.

On avait donné du café à Quentin, qui parlait d'un ton calme aux forces de l'ordre, malgré sa fureur. Ses invités clinquants rentraient chez eux et Tom suivit leur exemple. Il avait depuis longtemps quitté l'allée et sa voiture roulait déjà sur la route, quand il se souvint du costume qu'il portait. Il se gara sur le bas-côté, le temps de retirer sa chemise, son pantalon, son gilet et son turban, qu'il jeta sur la banquette arrière.

Au volant, il revit brusquement l'homme abattu sur la jetée. La victime portait *son* masque, *sa* couronne, *son* costume... Il roula encore une centaine de mètres avant de s'écrier :

— J'étais donc l'homme à abattre !

Lui ? Mais pourquoi ?

— Ça va de soi ! reprit-il, toujours à haute voix.

Quentin le haïssait, évidemment, car il savait maintenant qu'il avait été pendant des années l'amant de Raina ; que c'était à ses côtés qu'elle s'était réfugiée, après l'avoir abandonné aux marches de l'autel.

Quentin ? Ce traître lui avait envoyé la prétendue lettre

de Raina. Mis au courant de certains détails grâce à elle, il l'avait attiré sur la côte et invité à son bal masqué...

– Il savait quel costume je porterais ! marmonna-t-il à plusieurs reprises, sa voix résonnant tristement dans la voiture.

On avait arrêté le tueur, mais Quentin devait connaître l'adresse de son hôtel. Et, si Raina était à San Francisco, elle faisait tout pour rester introuvable...

Tom jeta son costume dans le caniveau. L'hôtel pourrait lui renvoyer sa valise. Il fila droit à l'aéroport, prit le premier avion pour Denver, et, de là, le premier avion pour Waterloo.

IV

27

– Tu n'as pas à te sentir coupable, Tom, dit Anne, les larmes aux yeux.

– Je n'aurais pas dû lui dire sans ménagement que je n'avais pas réussi à retrouver Raina...

Ils attendaient dans le hall rutilant, fatigués après avoir pris l'avion en urgence pour transporter Daniel à l'hôpital de Rochester.

– Il m'a dévisagé comme si j'étais un fantôme – tu l'as bien vu – et il s'est écroulé, insista Tom.

– Vous pouvez maintenant aller voir Mr. Bonner, vint leur annoncer une infirmière.

Mais il n'y avait rien à voir de plus que Daniel endormi, relié à toutes sortes d'appareils, les mains jointes sur la poitrine comme un homme dans son cercueil.

Anne et Tom se rassirent dans la salle d'attente, bondée de gens au visage grave, jusqu'à ce que les médecins les appellent enfin.

– Nous pouvons alléger ses souffrances, leur dirent-ils. Nous en avons les moyens !

– Mais il n'y a plus d'espoir ? demanda Anne.

– Non.

Ils avaient déjà entendu cette réponse dans cette même ville...

– On dirait que Rochester nous porte malheur, dit Anne en larmes, dans leur chambre de motel.

Tom repartit en avion pour s'occuper des garçons. Anne

resta au chevet de Daniel. Elle ne le quittait que pour errer dans les couloirs de l'hôpital.

Les rouages administratifs du grand établissement tournaient lentement.

– Peut-on contacter votre mère ? vint demander une secrétaire à Anne. (Elle consulta la carte d'entrée de Daniel.) Mrs. Daniel Bonner ?

– Il s'agit de ma belle-mère. Impossible de la contacter !

– Est-elle décédée ?

– Nous ne savons pas où la joindre.

L'infirmière parcourut les cases vides de la carte en fronçant les sourcils.

Daniel, étendu sur son lit, semblait dormir. Les médecins affirmaient qu'il ne souffrait pas, car il était sous médication.

Assise près du lit, Anne lui tenait la main pendant des heures. Elle lui parlait parfois comme s'il pouvait l'entendre.

– Ma mère, que tu adorais, s'est tuée parce que j'ai grimpé dans cet arbre, souffla-t-elle un jour. Mais regarde Steven ! Il aura bientôt mon âge à l'époque où tu m'as dit : « J'aurais préféré que ça soit toi ! » Comment peut-on dire une chose pareille ? Et l'aurais-tu dite à ton fils ?

Elle contempla le visage impassible qui reposait sur l'oreiller.

– Et tu as saccagé mon jardin parce que maman était morte et que moi j'étais toujours en vie. (Aucune réponse ne lui parvint dans la chambre silencieuse.) M'as-tu jamais pardonné ? M'aimes-tu vraiment aujourd'hui ?

Les jours se succédaient, identiques en apparence. L'infirmière faisait des apparitions de plus en plus épisodiques pour faire la toilette de Daniel ou lui donner ses médicaments. Il arrivait à Anne de rester pendant quatre heures d'affilée avec son père, à la dérive sur un océan de solitude.

Elle essayait par moments de capter les sons du monde

des vivants : les voix des infirmières dans leur bureau, qui discutaient de la « chasse aux sorcières ». Un après-midi, en passant dans le salon de l'hôpital, elle reconnut sur l'écran de télévision le visage bouffi de McCarthy, qui se déchaînait contre les communistes du Département d'État. Elle poursuivit son chemin.

La chambre de Daniel était comme une forteresse de silence. Elle regardait tourner les aiguilles de sa montre. Elle se languissait de la turbulence bruyante de Steven et Jamie. Quand Tom venait la rejoindre, pendant les week-ends, elle reprenait vie quelque temps dans ses bras. À Noël, elle passa quelques jours en famille et revint le plus vite possible à son poste. Durant ces longues semaines, Tom fit des allées et venues continuelles, tout en vaquant à ses affaires et en faisant acte de présence auprès des garçons.

Un matin de mai, Anne était assise auprès de son père, dont le visage sans expression semblait aussi rabougri qu'une tête de mort sous ses sourcils broussailleux. Elle prit sa grande main décharnée sur le drap et la retourna plusieurs fois sous un rayon de soleil. Qu'avait pu faire cette main ? Une main encore robuste, et nue : il ne portait plus l'alliance en or donnée par Raina.

– Ne pleure pas.

Anne sursauta en entendant cette voix après de longs mois de silence. Une lueur brillait dans le regard bleu de Daniel...

– Je ne pleure pas, répondit-elle en clignant des yeux pour chasser ses larmes.

– J'ai fait des choses... effroyables, articula Daniel avec peine.

Anne pencha son visage vers lui.

– Pour ta mère... j'ai sauvé les affaires de son père... Et, pour nous, j'ai essayé... Pour rester avec les garçons, chez nous... nos jardins... toi et moi...

– Je sais, dit Anne en embrassant sa joue râpeuse.

Le chuchotement de Daniel s'était éteint, comme la fumée se dissipe dans l'air lorsqu'on souffle une allumette. Anne vit son regard se dilater, se fixer sur elle, puis prendre de la distance. Ce fut tout.

– Papa ? Papa, réponds-moi ! balbutia-t-elle.

Elle tâta son poignet, ne trouva pas son pouls. Il avait cessé de respirer.

– Papa ! s'écria-t-elle une dernière fois.

Il leur restait tant de choses à se dire ! Elle finit par poser la tête sur sa poitrine et l'enlaça longtemps.

Un peu plus tard, les bavardages du personnel dans le couloir la ramenèrent au monde des vivants, que son père venait de quitter. Elle se leva et sortit de la chambre ; lorsqu'elle passa devant le bureau, l'une des infirmières se retourna et aperçut son visage.

Le printemps était revenu.

Les arbres fruitiers croulaient sous les fleurs, et le jardin d'Emily Webb n'était plus qu'une masse colorée de tulipes et de jonquilles, ondulant sous le vent comme les danseuses d'un ballet parfaitement réglé.

Emily les admirait depuis une fenêtre du premier étage, pendant que Mrs. Park agrafait le dos de sa robe.

– Si j'osais, je n'assisterais à aucun enterrement, déclara-t-elle.

– Il n'avait que cinquante-neuf ans, fit Mrs. Park en s'acharnant sur une agrafe récalcitrante.

Emily laissa errer son regard dans la pièce qu'elles appelaient toujours « la chambre de Raina ».

– Elle ne sait même pas qu'il est mort !

Mrs. Park recula d'un pas, sa mission accomplie.

– Je suis navrée pour elle.

– Raina ? Elle se fiche éperdument de nous tous !

– Parce que plus personne ne voulait d'elle, rétorqua Mrs. Park.

Les deux femmes eurent un regard pour le lit sans un pli et la chambre impeccable.

Mrs. Park revint à la charge :

– C'est si difficile de disparaître du jour au lendemain – d'abandonner sa voiture, de trouver un emploi sous un nom d'emprunt, un nouveau numéro de sécurité sociale, un extrait de naissance...

– Pas si difficile quand on a de l'argent...

– Et surtout si Daniel a tout prévu.

Le ton de Mrs. Park laissait supposer qu'elles abordaient un sujet de conversation usé jusqu'à la corde et mille fois laissé en suspens.

Emily partit à l'église avec un soupir. Après le service funéraire, elle se joignit à la procession des voitures qui se rendaient au cimetière sous le regard de citadins en train de jardiner.

C'était un après-midi de mai doux et brumeux, encore imprégné d'une légère odeur de pluie. Daniel reposait dans son cercueil, au-dessus du trou béant de sa tombe. Debout à côté d'Anne, Steven arborait un visage solennel. Le petit Jamie, âgé de deux ans, tenait la main de Tom ; il avait les cheveux noirs de Tom et les yeux sombres de Raina.

Raina, qui avait dit une fois : *Les enfants oublient si vite ! Quel souvenir gardera Jamie ? Aucun, je suppose.*

– Le testament de Mr. Bonner est daté d'il y a un an, presque jour pour jour, déclara le notaire de Daniel en étalant des papiers sur son bureau, devant Anne et Tom. L'impossibilité de retrouver Mrs. Bonner complique notre travail, mais les volontés de Mr. Bonner sont claires et nettes, comme vous verrez.

Il se tourna vers Anne :

– Votre père vous laisse votre maison et la moitié de ses terres en surplomb de la rivière ; le reste – l'autre moitié de ses terres, sa maison et sa fortune – est destiné à sa femme.

Anne et Tom échangèrent un regard incrédule.

– Toutefois, poursuivit le notaire, le paragraphe deux stipule que tous les biens de Mr. Bonner iront à sa fille Anne si Mrs. Bonner décède ou se remarie. Je me suis permis d'interroger mon client sur les motifs de sa décision. Il semblait considérer que sa fille avait un mari sur qui compter, alors que sa femme resterait sans ressources, avec deux enfants à sa charge. En outre, il échappait à des impôts substantiels en léguant sa fortune et sa maison à Mrs. Bonner.

– Le testament stipule-t-il que mon mari doit abandonner son poste ? demanda Anne d'une voix blanche.

– Il n'est pas fait mention de ce problème. Je suppose, répliqua le notaire, que Mrs. Bonner désignera la personne qui lui convient au poste de votre mari. Tant que nous ne l'aurons pas retrouvée, il me paraît toutefois souhaitable que Mr. Lovell continue de s'acquitter de ses fonctions.

Après la lecture du testament et la signature de divers papiers, Anne et Tom rentrèrent chez eux, consternés.

Steven et Jamie étaient sur le terrain de jeux avec la baby-sitter. Anne alla s'asseoir sur un canapé du salon, les yeux baissés.

– Nous gardons au moins notre maison et nos terres, dit Tom à voix basse.

– Quelle injustice à ton égard ! Pendant six ans, tu lui as rendu d'immenses services. Nous aurions pu être heureux...

Anne fondit en larmes.

– Raina a manœuvré dans notre dos, murmura Tom d'un ton amer. Maintenant, elle a presque tout, y compris les garçons... Il me haïssait, évidemment, mais il t'aimait... Il pouvait se fier à toi ! Tu as fait ton possible pour qu'il ne soupçonne jamais...

– Il devait me prendre pour une imbécile qui n'avait rien compris, dit Anne d'une voix éteinte. Ou, pis encore, il pensait que je savais tout, mais que je ne réagissais pas, par lâcheté... Il méprisait ma faiblesse, lui qui avait toujours souhaité avoir un fils...

Tom l'attira brusquement dans ses bras et lui caressa les cheveux en la berçant comme s'il consolait un enfant malheureux.

Où était donc Raina ? Le détective fit passer des annonces dans la presse et des messages à la radio. Elle allait apprendre d'un jour à l'autre qu'elle était maintenant une femme libre et riche...

– Tu as besoin de prendre l'air après être restée cloîtrée si longtemps à l'hôpital ; si nous partions quelques jours en vacances ? proposa Tom à Anne.

– Il faut quelqu'un à la maison au cas où Raina donnerait de ses nouvelles, et je ne me sens pas le courage de quitter Steven et Jamie pour l'instant, répliqua Anne. Steven m'a demandé hier si nous allions partir aussi, toi et moi...

– Daniel leur manque, conclut Tom. Je vais leur consacrer plus de temps.

Il voua toutes ses heures de loisir et ses week-ends aux deux enfants, par ce début d'été tiède et ensoleillé. Leur mère les avait quittés, puis leur père. Ils s'attachaient à lui d'autant plus.

– Sois vraiment très gentil avec Anne, dit-il un jour à Steven après une promenade dans les bois. Elle a perdu son père, comme toi. Elle est triste, elle a besoin qu'on l'aime.

Tom s'adressait à lui comme à un adulte ; le jeune garçon s'en rendit compte.

– Oui, mais j'aurai de nouveau ma mère quand elle reviendra pour nous emmener en Californie, répondit-il d'un air solennel.

– En Californie ?

– Elle nous l'avait promis. Elle disait que nous irions habiter au bord de l'océan, tu t'en souviens ? Il y a de bonnes écoles. Anne viendra avec toi habiter près de chez nous...

Il hésita un instant avant d'ajouter :

– Elle met très longtemps à trouver une belle maison.

La gorge nouée, Tom ne parvint pas à prononcer un seul mot. Depuis un an, Steven attendait...

Le soleil scintillait à travers les branches ; des nuages d'insectes s'agglutinaient dans ses rayons irisés. Tom se dit qu'Anne était la plus à plaindre. Elle avait perdu ses parents et vécu une enfance solitaire. Dès qu'on aurait retrouvé Raina, elle devrait quitter les deux garçons, qu'elle chérissait comme ses propres enfants, et l'accompagner dans une ville inconnue où il se remettrait au travail. Enfin, il avait aimé Raina longtemps avant elle et, quoi qu'il arrive, rien ne pourrait effacer cette réalité...

Il fit de son mieux. S'il l'avait cajolée avant la naissance de Jamie, il la comblait maintenant de toutes les attentions imaginables : des roses le soir sur son oreiller, de menus cadeaux à côté de sa tasse de café... Ils faisaient l'amour chaque fois qu'ils pouvaient s'isoler un moment, et elle trouvait des billets galants roulés dans son tube de rouge à lèvres, enfouis dans ses bottes de jardinage ou glissés dans la poche de son peignoir.

Il emmenait les enfants presque chaque jour dans les bois, d'où ils revenaient heureux, échauffés et sales.

– Nous avons un secret, annonça un jour Steven à Anne. Ne nous pose pas de questions ! (Il se vautra dans le hamac du patio.) J'aimerais habiter cette maison tant que je resterai en Iowa. Vous voulez bien ?

– Vous voulez bien ? répéta Jamie qui imitait systématiquement son frère.

Tom le posa à terre et l'enfant vint passer ses bras autour
des genoux d'Anne.

– Papa n'est plus là, l'autre maison est fermée à clef, dit
Steven avec l'apparente insouciance de ses quatre ans.

Anne échangea un regard avec Tom et murmura :

– Nous verrons.

– Tu seras une maman pour nous jusqu'à ce que notre
vraie maman revienne. Tu connais tous les jeux et on pourra
observer les insectes ensemble. Il y a aussi ma ruche et le
bord de la rivière...

– Maman, maman ! bredouilla Jamie en serrant les genoux
d'Anne.

Du patio constellé de soleil et de taches d'ombre, Anne
regarda les garçons courir vers le terrain de jeux.

– Pour l'instant, j'ai l'impression d'avoir une famille,
avoua-t-elle à Tom. Mais on finira bien par retrouver Raina.
Si elle lit les journaux californiens, elle reviendra dès qu'elle
saura qu'elle hérite de presque tout.

Elle s'éloigna par un chemin à travers bois, de crainte
d'avouer à Tom le fond de sa pensée : *Maintenant, Raina va
réapparaître. Papa se doutait bien qu'elle viendrait chercher
l'argent et les deux garçons. Il ne te restera plus que moi, alors
qu'avec elle tu aurais ton fils et peut-être d'autres enfants par
la suite...*

Voyant à peine les arbres qui l'entouraient, insensible à
l'air embaumé de l'été, elle marchait la tête basse, en traînant
les pieds sur le gravier. Les deux garçons n'étaient pas ses
fils ; il était temps de revenir à la réalité. Tom l'aimait peut-
être, mais pouvait-il renoncer à son seul enfant et à la possibilité d'en avoir d'autres ? Auprès de Raina et avec l'argent
de son père, il serait absolument comblé...

Trouver un emploi quelque part, vendre la maison et les

351

terres qui lui appartenaient. Elle avait déjà envisagé cette solution...

Mon Dieu, comme son père avait dû la détester ! Pendant toute une année, il avait prétendu qu'elle était ce qu'il avait de plus cher au monde et qu'il souhaitait lui confier ses enfants. En réalité, il avait déjà l'intention de tout donner à Raina : sa fortune, les enfants et Tom...

Elle grimpa en haut du vieux chêne – le meilleur refuge pour cacher son chagrin. De son nid de branches, elle apercevait au loin les maisons Bonner. La joue contre l'écorce rugueuse, elle croyait revoir sa mère, la face enfouie dans les buissons, les jambes recroquevillées sous elle et un bras tendu. Elle se souvenait aussi de la voiture de Raina, au bord de la route ; Tom avait surgi du champ dans les fumées automnales. Et, jadis, elle avait eu un jardin...

Soudain, elle aperçut à ses pieds le champ, illuminé par un soleil d'été.

Contre toute attente, un jardin était là, caché parmi les hautes herbes. Un carré de terre noire soigneusement bêché, disparaissant sous les fleurs !

Anne poussa un cri de stupeur et redescendit du chêne avec l'impression de rêver. Elle marcha au milieu des herbes sur la pointe des pieds, comme au temps de ses sept ans, en prenant bien garde à ne pas laisser la moindre trace de son passage.

Son jardin lui apparut à nouveau, lumineux et parfumé, au milieu d'un océan de verdure. Les fleurs qu'elle avait plantées autrefois semblaient revenues à la vie : des zinnias, des soucis, des œillets d'Inde...

À sept ans, elle avait fondu en larmes devant son jardin saccagé. La femme qu'elle était devenue s'agenouilla simplement.

– Anne ?

Tom l'appelait du fond des bois. Il s'approcha avec les enfants du tapis de fleurs.

– Nous l'avons fait pour toi ! s'écria Steven en l'apercevant.

– Pour toi ! répéta Jamie.

– Tom m'a aidé, déclara Steven en sautillant d'un pied sur l'autre, mais j'ai tout planté moi-même... Ne pleure pas, c'est un cadeau !

– Quelle merveille ! dit Anne d'une voix défaillante. Un si beau cadeau. Un cadeau si secret...

– On t'a surveillée. On ne voulait pas que tu découvres le jardin avant qu'il soit fleuri, expliqua Steven.

– Cette fois-ci, tu pourras le garder ; il refleurira chaque été, dit Tom.

– Chaque été ! insista Steven.

Anne jouait son rôle de mère émue, d'épouse comblée, et Tom la réconfortait en songeant à ce qu'elle avait enduré. Elle les embrassa tous les trois, les larmes aux yeux, mais ses larmes trahissaient son angoisse : elle croyait voir Daniel, debout dans le pré, se préparant à détruire une fois de plus ce qui avait fleuri pour elle.

Raina ne tarderait pas à arriver...

28

Les jours d'été s'écoulèrent dans une odeur de terre chaude et une senteur âcre et douce de jardins sous la pluie. La nuit, pendant que les enfants dormaient, Anne et Tom allaient faire l'amour sur le ponton, au bord de la rivière, ou au clair de lune, sous les arbres du jardin. Ces nuits-là, Anne oubliait presque Raina, et il lui arriva plusieurs fois au cours de l'été de ne plus penser à elle.

Raina s'obstinait à ne pas appeler, à ne pas venir. Le détective écrivait et téléphonait régulièrement ; les autres agences auxquelles ils avaient fait appel les tenaient au courant de leurs diverses tentatives.

L'été prit fin. L'absence de Raina constituait un véritable trou noir dans leur vie.

— Nous avons tout essayé, dit Anne à Tom, un des derniers jours de septembre. Tu devrais peut-être repartir à sa recherche.

— Allons-y ensemble !

— D'accord. Dans une ou deux semaines, si tu veux bien.

Entre-temps, Jamie attrapa un mauvais rhume. Anne leva les yeux quand Tom revint du bureau ; elle guettait le moindre son venant de la chambre d'enfant.

— Comment va-t-il ? demanda Tom.

Anne ouvrait la bouche pour répondre, quand Steven fit irruption dans la pièce.

— Jamie est réveillé !

Tom alla lui donner son remède. Dans la chambre de

Steven, Anne se pencha sur la boîte aux bourdons contenant une masse sombre et luisante.

– Je n'oublierai jamais le retour de ta reine au printemps, dit-elle.

– L'une de mes reines, répliqua fièrement Steven.

Le téléphone sonna. Tom alla répondre. Jamie, qui avait été agité pendant toute la journée, réclama la présence d'Anne.

Elle le berçait sous les anges des vitraux quand Tom revint.

– Qui appelait ? lui demanda-t-elle.

Un tel désarroi se lisait sur le visage de Tom qu'elle déposa Jamie dans son lit. Ils allèrent s'asseoir ensemble au salon.

Les yeux baissés et les mains crispées sur ses genoux, Tom se décida à parler.

– Le détective... C'est la Corvette ; ils ont vérifié la plaque d'immatriculation...

– Raina ?

– D'après la police, la voiture était... au fond d'un ravin, dans les montagnes.

– Oh ! souffla Anne, horrifiée.

– Ils vont sortir un corps des décombres. Il faut que j'y aille.

– C'est une femme ?

– J'ai posé la question au détective, mais on ne sait encore rien, paraît-il. Ils ont retrouvé les valises de Raina, et une partie des bagages de Daniel. Des os dispersés ! Le corps était là depuis environ un an.

– Ce n'est peut-être pas Raina... Peut-être que quelqu'un... avait volé la voiture...

Elle s'interrompit, consciente de l'absurdité de ses paroles. Tom l'enlaça, la joue contre ses cheveux, son regard gris perdu dans le vide.

– J'aimerais t'accompagner, murmura-t-elle.

– Reste ici, Jamie a besoin de toi.

– Mais s'il s'agit de Raina...

– Mon Dieu ! murmura Tom, en la serrant si fort dans ses bras qu'elle crut étouffer.

– Elle rentrait peut-être à la maison. Elle venait rapporter les valises de Daniel... À moins qu'elle n'ait appris sa mort... Non, dans ce cas le corps n'y serait pas depuis un an. Et moi qui pensais que Daniel l'avait incitée à partir ! dit Anne d'une voix navrée.

Tom la lâcha ; elle caressa tendrement son visage, ses cheveux, et il resta un moment figé sur place.

– Je supposais qu'il l'avait chassée... qu'il l'avait payée pour qu'elle abandonne ses propres enfants, reprit-elle en soupirant. Nous nous faisons des illusions quand nous croyons bien connaître nos proches !

Tom volait vers l'Ouest, l'esprit triste et vide. Il finit par feuilleter distraitement le magazine ouvert sur ses genoux.

Sur une double page, un ravissant mannequin lui souriait, son poignet aux bracelets d'or posé à côté d'une bouteille de whisky. Il crut voir Raina en robe de bal au milieu de son salon, ou allongée sur le tapis bleu, avec ses cheveux veloutés pour seule parure. Quand elle traversait la Sproul Plaza à Berkeley, pour aller le rejoindre, tous les hommes se retournaient sur son passage comme des tournesols vers la lumière du soleil. « Qui est cette fille d'une beauté surnaturelle ? » avait-il demandé à Emily la première fois qu'il l'avait vue. Il avait à peine vingt ans à l'époque, et il était subjugué.

Il crut entendre la voix de Raina dans sa chambre : ses vêtements étaient éparpillés autour d'un soldat de chiffons, et elle murmurait : *Tu sauras que je suis ici et que je t'attends.*

Le shérif adjoint s'adressait à Tom avec componction. Il était souhaitable qu'il identifie le corps, mais ce dernier avait été éjecté au moment de la chute, et il restait surtout des os. L'épave de la voiture était en lieu sûr.

– À votre avis, quand s'est produit l'accident ?

– Il y a au moins un an, selon ce rapport.

Le shérif adjoint feuilleta les pages dactylographiées d'un pouce humecté de salive.

Tom se plia à toutes les formalités avec l'impression d'être un acteur jouant dans un film policier. Le mot « corps » émaillait la conversation comme les os éparpillés au milieu des rochers...

Surtout des os. Il y a au moins un an. Raina avait trouvé la mort après avoir quitté Daniel sur la route. Son corps avait été exposé au soleil d'été, aux pluies d'automne, aux neiges hivernales et aux ondées de printemps.

Tom suivit le shérif adjoint, qui l'emmenait reconnaître le corps. Raina... Tout en marchant, il la revoyait en train de soulever des deux mains sa lourde chevelure, il entendait son rire. Le corps de Raina... Allait-on soumettre à son inspection une grande boîte emplie d'os ?

Après avoir franchi une dernière porte, il aperçut une table métallique, recouverte d'un drap que le shérif adjoint souleva. Sans doute en dernier hommage au corps de Raina, quelqu'un avait rendu « figure humaine » à ce qui en restait. Bien qu'incomplet, son squelette poussiéreux et privé de chair était soigneusement étendu sur le dos et paré de lambeaux de vêtements. Quelques liens brunâtres retenaient les os, sous la tête à la mâchoire grimaçante.

De longues mèches de cheveux bruns étaient disposées à côté d'elle et une seule note de couleur attirait l'attention : un ongle au vernis rouge, resté fixé à l'un de ses doigts.

L'arrière du crâne, fracassé, avait été reconstitué. Tom

souleva du bout des doigts une touffe de cheveux, que l'élec-
tricité statique attira sur sa manche.

– Elle avait de très longs cheveux bruns qui lui descendaient presque à la taille, dit-il.

Il enleva la touffe de cheveux fixée à sa manche ; elle
revint aussitôt vers lui quand il la posa, et le shérif adjoint
dut l'éloigner à l'aide d'un crayon.

– Nous avons trouvé ceci dans les rochers, fit un homme
assis devant un bureau, en tendant une petite enveloppe à
Tom.

Il la secoua, et une bague terreuse, mais qui étincelait
toujours, roula dans sa main.

– L'alliance de ma belle-mère, murmura Tom.

Un instant, il se revit au pied de l'autel, tendant l'anneau
à Daniel. Il signa une décharge après avoir récupéré les objets
de valeur découverts dans la voiture et glissa l'alliance à son
petit doigt. Une femme, devant une machine à écrire, lui
jeta un regard compatissant.

– Ça s'est passé l'été dernier, d'après le rapport d'enquête,
dit le shérif adjoint, le nez sur ses papiers. Au début de l'été,
apparemment. Elle était en voyage ?

Près des pieds tournés en dehors de Raina et de ses longs
tibias, Tom expliqua que son beau-père, Daniel Bonner,
était décédé en mai, sans savoir où se trouvait sa femme. La
nuit de sa disparition, elle avait bu beaucoup de vin au dîner.
Daniel, après s'être trompé de route, s'était arrêté pour uri-
ner, en laissant la clef de contact sur le tableau de bord.
Raina, fatiguée et déprimée, s'était mise au volant et avait
fui en abandonnant son mari.

Le shérif adjoint prenait des notes fébrilement.

– Daniel nous a dit avoir marché pendant presque toute
la nuit pour arriver au sud du lac Tahoe, précisa Tom.

Il savait à peine ce qu'il disait. Il avait jadis fait l'amour
avec une femme qui n'était plus qu'un tas d'os et quelques

358

lambeaux de chair brunâtre, rassemblés sur cette table métallique. Cette mâchoire grimaçante était celle de Raina : il reconnaissait le léger espace entre les incisives, sans lequel elle aurait eu un sourire absolument parfait...

– Ensuite, il a pris un taxi jusqu'à l'aéroport, poursuivit Tom, et il est rentré chez lui. Il supposait que sa femme finirait par le rejoindre ou continuerait jusqu'à San Francisco. Au bout d'un mois ou deux, nous nous sommes présentés à vos services – vous retrouverez certainement la trace de notre déposition commune. Ensuite, nous avons engagé un détective à San Francisco, celui avec lequel vous avez pris contact. Au début de l'année, je suis revenu ici faire des recherches.

– Ça suffira, dit le shérif adjoint. (Il referma son carnet.) Nous avons insisté auprès de l'administration des Ponts et Chaussées pour qu'elle place un garde-fou sur cette route, ajouta-t-il. Des gens basculent régulièrement dans le vide !

Il remit ensuite le sac de Raina à Tom, avec des milliers de dollars en billets de banque. Ce dernier signa des papiers et prit des dispositions concernant le corps et la voiture.

– Nous enverrons le reste des affaires de votre belle-mère à votre motel, annonça le policier.

– Merci, dit Tom. J'aimerais voir l'endroit où la voiture est tombée. Pourriez-vous me faire accompagner en dehors des heures de service ?

Eldon Murphy, un petit homme replet, reçut pour mission de conduire Tom sur les lieux.

– L'un de mes collègues a aperçu la Corvette de votre belle-mère depuis son hélicoptère, lui dit-il en s'engageant sur la route de montagne.

Il jeta un coup d'œil en coin à son passager.

– Dommage de démolir une si belle voiture !

Tom ne répondit rien.

– Si vous aviez vu l'énorme grue qu'il a fallu pour dégager

l'épave ! reprit le policier. Et le mal qu'ils ont eu à y accéder...

Un silence plana jusqu'au moment où Murphy s'écria :

— C'est ici !

Il se gara au bord de la route, sur un étroit accotement de gravier.

— Ça grouillait de voitures le jour où l'équipe de télévision est venue. Le sergent Gorwin gueulait et ils se sont disputé le corps — les médecins, le shérif et le coroner ! Par ici, ajouta-t-il en ouvrant sa porte.

Tom, les jambes ankylosées, sortit de la voiture.

— Mon Dieu ! soupira-t-il en levant les yeux.

Au-dessus de lui se dressait la roche brute, pareille à un visage tranché en deux. Des cavités béantes, de chaque côté d'une longue fissure blanche, faisaient penser à des yeux sans regard.

Il se retourna et vit le policier se diriger vers le bord de la route. Caché par la voiture, il en profita pour soulever une pierre : la boîte d'allumettes de Daniel était toujours là. Il la recouvrit et rejoignit son compagnon, qui contemplait la muraille rocheuse.

— Bizarre, cette falaise, n'est-ce pas ? grommela Murphy. On dirait un visage... C'est un bon point de repère. Les phares de la voiture éclairent toujours cette fissure quand on prend le tournant, d'où qu'on vienne.

Les pensées se bousculaient dans l'esprit de Tom, tandis que Murphy sondait le précipice du regard.

— La voiture a dû faire une série de tonneaux au cours de sa chute, observa-t-il. Incroyable qu'on l'ait retrouvée, à une profondeur pareille !

Tom donna un coup de pied dans une pierre, et l'écouta heurter la roche beaucoup plus bas, puis rebondir de loin en loin, jusqu'à se perdre dans le silence. Comme la première fois.

Quand Murphy se remit au volant, Tom resta un moment à suivre des yeux un oiseau planant au fond du gouffre. La pierre qu'il avait poussée du pied, l'été précédent, avait-elle atterri près d'une voiture blanche réduite en miettes ? S'était-elle arrêtée tout contre la dépouille d'une femme aux longs cheveux bruns ? Cette pensée ne lui avait pas traversé l'esprit un seul instant, sous le brûlant soleil de juillet. Il était reparti avec Daniel sans un soupçon, sans une arrière-pensée...

Quand il remonta en voiture, il eut une brève vision. Un squelette, allongé sur un canapé du salon, lui souriait d'un air satisfait en découvrant un léger interstice entre ses incisives, et lui disait : *Daniel connaît, paraît-il, une charmante auberge de montagne près du lac Tahoe.*

Tom téléphona à Anne.

– Raina ? Tu en es sûr ? lui demanda-t-elle avec un frémissement dans la voix.

– La voiture a dérapé dans le précipice l'été dernier. Donc, sa mort date d'il y a un an, d'après le coroner. On a retrouvé les valises, son alliance. La voiture est bien sa Corvette. J'ai reconnu ses dents, ses cheveux...

Il y eut un silence au bout de la ligne, puis il entendit Anne soupirer. Ce fut tout.

– Comment va Jamie ? demanda Tom.

– Il a bien dormi cette nuit, et il a meilleur appétit. Pour l'instant, il fait la sieste, et Steven est allé voir Gwen à la crèche. Je me sens seule ; tu me manques.

– Toi aussi, répondit-il. Je prends l'avion demain. Au revoir, je t'aime.

– Je t'aime, moi aussi.

Quand Anne raccrocha, le déclic du téléphone vibra comme un couperet dans sa tête et se répercuta dans tout son corps. Elle bondit, le regard brûlant, jusqu'à la chambre où des anges à la douceur céleste formaient une procession sur les vitraux.

— Mon petit garçon, souffla-t-elle au-dessus de Jamie endormi.

Elle vit les traits de son visage, presque calqué sur celui de Tom, osciller à travers ses larmes.

— Tu es l'enfant de Tom, et mon enfant, murmura-t-elle encore. Nous avons chez nous le fils de Tom, le mien...

Qu'avait-elle à courir de pièce en pièce et à répéter « le mien, le mien » ? Le souvenir de Raina hantait ces lieux, de la table de salle à manger aux canapés... Elle la voyait prenant la pose comme un mannequin au salon. Mais ce n'était plus qu'une ombre !

Qui était cette femme tournant autour de sa maison paisible ? Une maison avec des chambres d'enfants, un clapier à lapins sous une fenêtre et un terrain de jeux ombragé. Un tricycle et des jouets épars dans le patio étaient la preuve irréfutable que des enfants vivaient là.

« Le mien ! Le mien ! » sanglotait cette femme déchaînée. Elle courut à travers les bois et les jardins jusqu'à la maison silencieuse et fermée de son père, s'arrêta près des garages, sous la fenêtre de sa chambre de petite fille, et hurla :

— Tu as souhaité ma mort, mais je suis bien vivante !

Personne ne l'entendit dans l'allée déserte. Le poids qui pesait sur elle s'était volatilisé ; pour la première fois depuis des années, elle avait l'impression de respirer à pleins poumons...

— Je vis ! Je vis !

Elle courut à perdre haleine sur le sentier, dans les verts et les ors de septembre. Arrivée au pied d'un vieux chêne, à la limite d'une prairie, elle l'entoura de ses deux bras.

— Je n'y suis pour rien, je n'ai pas à me sentir coupable ! s'écria-t-elle. Si tu m'avais aimée, jamais tu ne m'aurais traitée comme ça !

Dans le jardin secret, une femme se jeta à genoux près des œillets d'Inde.

– Plus jamais ! murmura-t-elle. Ce jardin m'appartient. Tom, Steven et Jamie l'ont planté pour moi, parce qu'ils m'aiment. Tu ne m'as jamais aimée ! Tu voulais qu'à ta mort je vive seule, sans mari, sans enfants, sans argent. Horriblement seule ! Mais je ne suis ni seule ni pauvre, j'aime Tom et les garçons, et ils m'aiment !

Ils m'aiment... Ils m'aiment... lui répondit l'écho à travers la prairie.

Deux grands sacs en papier et une valise éventrée attendaient le long du mur de la chambre de motel.

Tom devait maintenant faire le tri.

Il ouvrit donc les sacs un à un et découvrit une brosse en aussi parfait état que si la voiture ne s'était pas fracassée sur les rochers. Il jeta des cartes qui avaient jauni au soleil. L'objectif de l'appareil photographique de Daniel était fêlé.

Au fond des deux sacs s'entassaient des débris divers, du linge sale, quelques livres écornés et des papiers maculés.

Il transporta la valise sur le lit. Les initiales en or de Raina brillaient toujours sous la poignée. Malgré les chocs, le cuir avait gardé son lustre, comme si Raina avait pu imaginer que sa valise serait un jour déposée sur un lit afin de parler en son nom à son bien-aimé.

Tom revit en un éclair le squelette de Raina, sa mâchoire grimaçante. Elle avait toujours su qu'il viendrait la chercher...

La valise n'était pas fermée à clef. Il l'ouvrit sans peine et son contenu se déversa : un ensemble de lin vert froissé, quelques pulls écarlates, des sous-vêtements aguichants, un turban, des cintres noirs ornés de strass, dont le tissu avait l'éclat du cuir. Enfin apparut une robe du soir bleue dont il se souvenait. Quand Raina s'était pavanée dans cette tenue, il avait dit : « Ça ira. – Ça ira pour quoi ? » avait-elle rétorqué avant qu'il lui tourne le dos.

Un renflement apparaissait sous la soie bleue. Tom repoussa la robe, et ses mains tremblantes saisirent une poupée bourrée de chiffons. Des étoiles d'or brillaient à son épaule – les quatre étoiles d'un général...

29

Eldon Murphy apercevait les montagnes, sous un soleil matinal, depuis l'une des fenêtres de son bureau.

– Son gendre est venu reconnaître le corps, confia-t-il à son collègue qui rentrait de vacances. Un jeune homme aux cheveux noirs et aux yeux clairs. Quand ça a été fini, il a demandé si quelqu'un pourrait lui montrer l'endroit où avait eu lieu l'accident.

– Et tu as eu cette chance. Il t'a filé combien ?

– Vingt dollars.

– Comment ça s'est passé ?

– On est allés sur les lieux et on a parlé de cette grande faille dans la roche. Il a jeté un coup d'œil dans le précipice.

– Il devrait y avoir un garde-fou.

– Ouais. Plus tard, j'ai vu qu'il remontait tout seul là-haut. Je l'ai suivi.

– Et alors ?

– Il allait déposer un bouquet de roses. Il avait apporté quelques pierres, qu'il a empilées. Après m'avoir dit au revoir, il est reparti.

– Je parie que tu es allé récupérer les roses...

– Bien sûr ! grommela Murphy. Ça m'a permis d'offrir un bouquet à ma femme.

Une pluie d'octobre accueillit Tom à son retour. Les rues étaient encore bordées de flaques d'eau, le lendemain matin, quand il quitta son bureau pour rendre visite à Emily Webb.

Il se gara dans l'allée et gravit en courant les marches du perron. Mrs. Park lui prit son manteau et son chapeau, après lui avoir ouvert la porte.

— Viens me rejoindre au salon, Tom ! lui cria sa tante.

Elle était assise près d'un panneau vitré qui reflétait les gris et les roses de la pièce. Au-delà, son jardin scintillait sous un rayon de soleil matinal.

— Tu as l'air fatigué, dit-elle.

Elle lui tendit une tasse et une soucoupe, car Mrs. Park venait d'apporter le café.

— Quel horrible voyage tu viens de faire !

— En effet...

Ils burent à petites gorgées, en regardant le jardin en silence.

— Mais tu dois éprouver un soulagement certain ! lança Emily. L'héritage revient à Anne... Vous avez une famille... Et tu ne risques plus de travailler sous les ordres de Raina, ou de te retrouver sans emploi... (Elle considéra son café avec satisfaction.) Je suis navrée que Daniel et Raina ne soient plus là ; pourtant, on ne pouvait pas espérer mieux pour vous quatre...

— Tu es ma seule parente, et tu n'ignores rien de ce qui s'est passé ces neuf dernières années, depuis mon arrivée ici en 1945, avec ma seule licence en poche. C'est grâce à toi que... (Tom s'interrompit d'un air grave.) Je compte toujours sur toi.

— À l'époque, tu te considérais comme un étranger. Ce n'est plus le cas !

— Je me suis initié aux us et coutumes d'ici... observa Tom d'un ton sarcastique. Je t'avais demandé de m'éviter de faire trop de gaffes, parce que Anne et son père avaient un mode de vie qui me surprenait.

– Nous avions plaisanté de nos « bonnes vieilles valeurs terriennes ».

– Et je t'avais demandé aussi de m'avertir si je m'aventurais sur un terrain miné...

– Ce que j'ai fait !

– Oui, admit Tom.

– Dieu sait que j'ai averti Raina aussi ! insista Emily d'un ton légèrement sentencieux.

Tom se releva brusquement et se mit à marcher de long en large à travers les stries d'ombre et de lumière qui traversaient les vitres.

– Mais le terrain est particulièrement miné aujourd'hui... Emily, stupéfaite, posa sa tasse et sa soucoupe.

– Pourquoi ?

Les yeux baissés, Tom garda le silence.

– Malgré la disparition navrante de Raina et Daniel, insista Emily, il me semble qu'Anne et toi...

– Je dois te dire où j'en suis depuis qu'on a retrouvé le corps de Raina.

Après avoir posé sa tasse, Tom s'assit, ou plutôt se recroquevilla sur lui-même, dans un fauteuil près d'Emily ; puis il frappa du poing l'une de ses mains en se redressant.

– Depuis que je sais que je l'ai tuée... commença-t-il.

– Tu l'aurais tuée ? Voyons, tu perds la tête ! (Emily chassa cette pensée d'un geste comme un simple nuage de fumée.) Elle s'est tuée, à la suite d'un terrible accident, lorsqu'elle a pris cette route en lacet...

– Son image me hante. Je la vois apparaître sans cesse dans les deux maisons, dans les bois, au bord de la rivière... Parfois elle est belle, parfois c'est son squelette...

– Ça suffit ! décréta Emily d'un ton autoritaire.

– Jamie a les mêmes yeux qu'elle. C'est moi qui l'ai tuée.

– Vas-tu te taire ? Raina est morte, mais elle ne peut pas vous empoisonner la vie, à Anne et toi !

– Mais si !

– Je ne peux pas y croire.

Tom se leva et se mit à faire les cent pas. Raina avait jadis foulé ce même tapis en murmurant : *Je ne supporte plus d'être prise au piège dans la petite vie tranquille d'Anne.*

– Si tu n'y crois pas, dit Tom, essaie au moins de comprendre qu'un homme que je pensais bien connaître, et qui m'a tant donné que je me sens à jamais redevable, a tué sa femme...

– Je t'en prie ! s'écria Emily, exaspérée.

– Cet homme astucieux connaissait une route de montagne aux virages sans garde-fou, et il avait un point de repère infaillible – une fissure dans la roche au-dessus de la route, impossible à manquer même en pleine nuit...

Emily, abasourdie, dévisageait Tom, qui poursuivit son récit, le visage livide :

– Il jouait la comédie chez lui. Il donnait l'impression d'avoir pardonné des insultes qu'il n'aurait tolérées pour rien au monde : une femme adultère, un fils qui n'était pas de lui... Pis encore, Raina avait volé le mari d'Anne et risquait de lui reprendre les enfants qu'elle lui avait abandonnés. Anne, qu'il semblait aimer – et même adorer – finalement !

– Oui, admit Emily, mais...

– Il est donc parti avec sa femme pour l'Ouest, en lui parlant d'une ravissante auberge de montagne où ils passeraient la nuit. Charmante escapade, en effet ! Pendant qu'elle dormait, sa voiture a basculé dans un ravin de quelques centaines de mètres de profondeur, et on n'a retrouvé qu'un tas d'os...

Emily leva les mains au ciel et ses boucles d'oreilles scintillèrent tandis qu'elle secouait la tête.

– Tu n'en sais rien ! Tu n'as aucune preuve ! s'écria-t-elle.

– Attends la suite ! Normalement, cet homme aurait dû

s'arranger pour que personne ne puisse jamais le soupçonner, n'est-ce pas ?

– Bien sûr...

Tom jeta un regard noir à Emily.

– Je te rappelle que cet individu assoiffé de vengeance n'est autre que Bonner l'incendiaire. Après la disparition de Raina, il m'a emmené dans la région du lac Tahoe. Je trouvais curieux qu'il tienne tant à me montrer le lieu où elle l'avait « quitté ». Nous avons loué une voiture et, quand nous sommes arrivés à l'endroit fatidique, il m'a demandé de soulever une pierre sous laquelle il avait caché une boîte d'allumettes.

– Il n'y avait rien ?

– J'ai trouvé la boîte. C'était là, m'a-t-il dit, qu'elle l'avait « quitté pour toujours ».

– Comment savait-il que c'était « pour toujours » ?

– Voilà la bonne question ! Et la réponse de Daniel est la suivante : « J'ai indiqué l'endroit d'où elle est tombée pour que tu saches, le jour où l'on retrouvera son corps, que c'est moi qui l'ai tuée. Et, si tu veux une autre preuve, demande-toi pourquoi j'ai légué ma fortune à ma femme infidèle. » Il s'imaginait qu'on retrouverait Raina plus rapidement. Il ne se doutait pas qu'il allait mourir et il rêvait de garder Anne pour lui tout seul – ainsi que les garçons.

Emily posa sa tasse : son café avait refroidi.

– Ce testament, quel choc pour vous deux ! Anne a dû avoir beaucoup de peine, car elle a certainement vu là une nouvelle preuve de l'indifférence de Daniel à son égard...

Tom laissa errer son regard au-dessus du jardin.

– Les apparences sont trompeuses ! Il a rédigé ce nouveau testament juste avant son départ dans l'Ouest avec Raina. Il savait à quoi s'en tenir, à propos de sa femme et de moi... Mais Anne était digne de son amour.

– Oui, elle seule !

– Était-il motivé par son amour pour Anne ou par un simple désir de vengeance ? En tout cas, il a tout légué à Raina en sachant qu'elle n'aurait jamais rien.

– Il agissait donc dans l'intérêt d'Anne, articula Emily d'une voix songeuse. Ni soupçons ni scandale ! Tout le monde pourrait supposer qu'il aimait Raina, qu'il lui avait légué sa fortune. Il était impensable qu'il ait songé à la supprimer ! Son objectif était de protéger Anne, ses enfants, et toi...

– Moi aussi ? Tu te figures qu'il avait assez d'égards pour vouloir m'épargner à cause d'Anne ?

– Bien sûr ! Personne n'aurait pu douter de son amour pour toi !

– Je te rappelle que Bonner l'incendiaire n'était pas un tendre. Sa femme l'avait trompé et l'un de ses fils n'était pas de lui !

Emily se contenta de hocher la tête dans un scintillement de boucles d'oreilles.

– Te souviens-tu que je me suis absenté quelques jours l'année dernière ? reprit Tom. Nous avions prétendu que j'allais à Denver ; en réalité, je suis parti pour Berkeley. J'avais reçu un mot de Raina au bureau.

– Mais elle était déjà morte !

– À l'époque, Daniel était le seul à le savoir. Raina m'écrivait qu'elle voulait vivre avec moi et ses deux enfants. Je suis allé là-bas pour tenter de la dissuader.

– Naturellement, tu ne l'as pas trouvée...

– Non, mais j'ai rencontré Quentin Bradford, et j'ai cru un moment qu'il avait cherché à me supprimer.

– Quoi ?

– Je ne voyais pas d'autre explication à ce qui m'est arrivé là-bas ! J'ai donc soupçonné Quentin, jusqu'au jour où la lecture du *Courier* m'a éclairé. On venait d'inculper Charley Xavier du meurtre d'un certain Bart Lanier – un meurtre commis à Berkeley, chez Quentin, dans sa maison au bord de l'océan, un soir de septembre où j'y étais invité.

– Charley Xavier est le type qu'on soupçonne d'avoir tué quelqu'un ici l'année dernière ?

– Oui, un tueur à gages. Il habitait un immeuble appartenant à Daniel, et je n'avais jamais compris pourquoi il ne payait pas de loyer. Après avoir questionné ses copains, j'ai acquis une certitude dont je ne ferai jamais part à Anne, jamais...

Tom décrivit à Emily, figée sur place, son habit de roi, puis l'amant de Quentin qu'il avait pris pour Raina. Et enfin Bart Lanier, roi de pacotille en lamé or et couvert de pierreries, s'effondrant comme un tas de chiffons au bord du sombre océan.

– Daniel avait tout manigancé ?

– Je me suis d'abord obnubilé sur Quentin ! Il avait choisi mon costume, il me haïssait et il aurait pu m'attirer en Californie en imitant l'écriture de Raina. Comme il était dans les vapes, il ignorait le changement de costume... Tu sais de quoi il est capable !

– Mais c'était Daniel, chuchota Emily.

– Alors que nous vivions en famille, presque sous le même toit, il a écrit ce mot – signé d'un « R » – pour m'attirer dans un piège. Quand il m'a vu revenir vivant de Californie, il a eu un malaise et il a fallu le transporter d'urgence à Rochester...

– Il a fait assassiner l'homme qu'aimait sa fille ! Quel monstre !

– Incroyable, non ? Je n'avais pas non plus supposé jusque-là un seul instant qu'il aurait pu provoquer la mort de Raina. Je me suis souvenu alors qu'il avait voulu savoir l'heure exacte de mon vol pour San Francisco. Autrement, Charley Xavier n'aurait jamais pu me suivre !

371

Ils restèrent un moment en contemplation devant le jardin.

— Un certain Bart Lanier a donc été assassiné par ma faute, conclut Tom à voix basse. Quant à Charley Xavier, il finira ses jours en prison.

Emily bondit sur Tom et l'empoigna par les épaules.

— Tu vas te taire ?

— Il faut regarder la vérité en face, protesta le jeune homme en s'arrachant aux mains d'Emily. Raina prétendait que Daniel ne pouvait pas me faire de mal parce que Anne m'aimait. Mais l'amour paternel n'a pas sa place quand il est question de Daniel Bonner !

Leurs regards se croisèrent dans la pièce ensoleillée. Emily finit par parler, d'une voix blanche :

— Il l'a tuée et il a cherché à te supprimer toi aussi... Un homme est mort en Californie et son assassin est en prison... Personne ne sait rien...

Tom se remit à faire les cent pas, tandis qu'Emily regardait droit devant elle.

— Tu es le seul être au monde à qui je peux me confier, car nous sommes l'un et l'autre coupables, dit-il enfin.

— Coupables ?

— Notre silence a fait le malheur de plusieurs personnes. Daniel aurait-il épousé Raina si nous lui avions dit ce que nous savions ? Si nous avions agi autrement, Raina ne serait pas morte, un homme n'aurait pas été assassiné à ma place en Californie...

Emily, les traits figés, restait muette.

Tom se cacha le visage entre les mains.

— Pas un mot à Anne, n'est-ce pas ? Elle est l'innocence même ! (Il releva la tête et Emily aperçut des larmes dans ses yeux.) Elle ne saura donc jamais que son père la considérait comme son unique héritière.

— Et qu'il a supprimé Raina pour elle ; qu'il a tenté de te

supprimer, toi aussi... dans l'espoir de finir ses jours avec ses fils et elle, dans son repaire au milieu des bois, comme un vieux monarque.

Tom scruta Emily, les yeux humides de larmes.

— Au fond, reprit-elle, perplexe, pensait-il à elle ou simplement à lui-même ?

Ils se dévisagèrent un moment, aussi horrifiés que s'ils avaient vu apparaître un homme armé d'un fusil ou aperçu un cadavre étendu à leurs pieds.

— Nous devrons mentir à Anne, encore et toujours, articula Tom avec peine. Je ne vois pas d'autre solution.

Un long silence plana, puis Emily dit, d'une voix hésitante :

— Je te connaissais mal. Je me suis trompée au sujet d'Anne. Je me suis trompée à ton sujet...

— Il faudra toujours mentir, c'est intolérable ! dit Tom.

C'est intolérable ! avait justement dit Raina un jour où ils parlaient d'Anne...

Dans le silence à peine troublé par les pépiements d'oiseaux dans le jardin d'Emily, la sonnette de la porte d'entrée retentit. Ils sursautèrent tous les deux.

Mrs. Park alla ouvrir, puis une voix féminine se fit entendre.

— Personne ne sait encore qu'on a retrouvé le corps de Raina ? demanda Emily à l'oreille de Tom.

Tom secoua la tête.

Il se doutait qu'Emily revoyait la belle Raina, la main tendue, lui disant : « Il y a si longtemps que je ne t'ai vue ! »

— Ravie de vous trouver ensemble, Emily et Tom, gloussa Sally McDonald, debout dans le vestibule, les yeux écarquillés sous ses cils noircis au Rimmel.

Elle sourit à Emily et à son neveu, face à face dans le salon ensoleillé.

— Voici le programme du club, je ne fais que passer !

Tom et Emily gardèrent le silence. Elle leur adressa un clin d'œil et, la main sur le bouton de la porte, lança d'un air sentencieux :

– Je ne voudrais surtout pas interrompre votre agréable conversation !

30

La femme de l'entrepreneur de pompes funèbres sursauta dans son lit quand on sonna à la porte, le vendredi soir après dix heures.

– Qui peut venir si tard ? s'écria-t-elle.

L'entrepreneur de pompes funèbres enfila à la hâte un pantalon, une chemise et des chaussures pour aller ouvrir.

– Un décès ? demanda-t-elle quand il revint.

– Non, c'était le gendre de Daniel Bonner. Tom Lovell, tu sais ?

Il se déshabilla et retira une chaussure d'un coup de pied.

– Il voulait mettre quelque chose dans le cercueil. « Vous inquiétez pas, il m'a dit, j'ai vu le corps là-bas, quand on l'a remonté. »

– Alors, qu'est-ce qu'il a mis ?

– Un jouet d'un des petits garçons. Triste, non ?

– Pauvres gosses, c'est navrant !

« Quelle tragédie ! Elle était si jeune et elle laisse deux petits orphelins ! Dire qu'elle est restée un an dans ce ravin ! » répétaient les gens, le lendemain, en prenant place dans l'église.

Le cercueil étincelant de Raina Bonner reposait devant l'autel, à l'endroit précis où avait été célébré son mariage avec Daniel, cinq ans plus tôt. Un soleil automnal inondait la nef à travers les vitraux.

Les enfants, sagement assis entre Tom et Anne, seraient adoptés et s'appelleraient désormais Lovell. Leur mère était dans le cercueil, mais son âme était montée au ciel. Ils avaient deux mères, disait Stevie. Jamie, trop jeune pour comprendre, avait demandé des explications à Anne.

L'orgue offert par Daniel faisait vibrer les bois, les ors et les pierres, et l'haleine du tout-petit tremblait sur les gerbes funéraires – des fougères et des roses – qui recouvraient le cercueil de Raina. Dans ce sanctuaire, Anne avait prié pendant des années dans l'espoir de donner un jour des enfants à son mari...

L'officiant parla de la condition d'épouse et de mère, du dévouement féminin. Tom jeta un regard éloquent à sa compagne, dont le visage pâle s'éclaira un instant.

Jamie, qui donnait des signes d'impatience, finit par s'installer sur les genoux de Tom. Les yeux de l'enfant rappelaient ceux de Raina.

Un peu plus loin, un squelette enveloppé de satin blanc reposait parmi des roses, entre quatre planches. Sous ses orteils était glissé un petit soldat de chiffons, avec quatre étoiles dorées à l'épaule et la lanière de son bonnet comme un bâillon en travers de la bouche.

Egalement aux Presses de la Cité

MARCIA ROSE

Service des urgences

Infirmière diplômée, Marty Lamb, trente-quatre ans, ne sait plus où donner de la tête. Responsable d'un service médico-social chargé d'accueillir et de soigner une clientèle féminine défavorisée — prostituées, droguées, adolescentes à problèmes —, elle doit lutter au quotidien contre le machisme des médecins et se battre pied à pied pour obtenir les moyens nécessaires à la survie du dispensaire.

Mais s'il n'y avait que cela !

Dans la chaleur étouffante de l'été new-yorkais, voilà que des militants fanatiquement opposés à la contraception et à l'IVG prennent son établissement pour cible, et que d'inquiétantes lettres anonymes commencent à circuler à l'intérieur des services, précédant de peu les premiers sabotages.

Avec *Service des urgences*, Marcia Rose a voulu rendre hommage à une profession, celle des infirmières, dont le métier est, selon l'une d'elles, «constamment baigné de larmes».

Si ce livre est une œuvre de fiction, peuplée de personnages tout droit sortis de l'imagination de l'auteur, la description qu'elle brosse de la vie hospitalière est criante de vérité.

CATHERINE COOKSON

L'Héritière

Seule une âme forte et déterminée était capable de sauver la famille Fairbrother d'une dislocation définitive. Mais qui pouvait se douter que la frêle, la douce Janet serait celle-là ?

Parvenu au faîte de la réussite grâce à un labeur acharné, Samuel Fairbrother, fils et petit-fils de cordonniers, décide d'acquérir une demeure digne de sa nouvelle position. Il fait rapidement l'acquisition d'un vaste manoir de trente-quatre pièces et garde à son service le majordome attaché à l'endroit. Ce dernier, qui a eu des années durant pour maître un authentique gentleman, ne cache pas au nouveau propriétaire son mépris pour le parvenu qu'il voit en lui.
Les deux hommes, qui ne peuvent cependant se passer l'un de l'autre, adoptent un modus vivendi inconfortable. Mais la maison semble ne pas porter chance à la famille Fairbrother, qui s'éparpille peu à peu. Jusqu'à ce que Janet, l'aînée des enfants, jeune fille au physique ingrat mais à l'intelligence subtile, décide de prendre la situation en main et de réconcilier sa famille au bord de la rupture...

Par la détentrice du record des ventes en Grande-Bretagne, récemment disparue, l'histoire d'une ascension sociale foudroyante dans l'Angleterre de la fin du XIXe siècle, sous le règne de Victoria. *L'Héritière* est également et surtout le portrait d'une jeune fille indépendante et douée, à une époque où se dessinent déjà les luttes des femmes pour leurs droits de citoyennes à part entière.

LISA CAREY

L'Ile aux Sirènes

La quête passionnée d'une adolescente de quinze ans, déchirée entre cette Amérique où elle est née et une île perdue au large de l'Irlande, berceau de ses ancêtres, où l'on croit encore qu'il y a plus de vérité dans les légendes que dans la vie.

Très jeune, Grace s'est révoltée contre sa mère Cliona, une Irlandaise rude et sévère comme l'île d'Inis Muruch — l'île aux Sirènes — dont elle est originaire. Belle, sensuelle, ne connaissant pas d'autre langage que celui de la passion, Grace a coupé tous les ponts avec sa mère, tiré un trait sur son passé et est partie aux Etats-Unis avec sa fille Grainne, alors âgée de trois ans.

Douze ans plus tard, Grainne, adolescente, découvre le jour de l'enterrement de sa mère qu'elle a une grand-mère irlandaise, un père qui n'était pas un simple ami de passage, comme elle l'avait toujours cru, et des racines celtes dont elle ignorait tout.

Quand sa grand-mère lui propose de revenir en Irlande et de vivre sur l'île aux Sirènes, Grainne accepte, bien décidée à reconstituer le puzzle familial et à rapprocher, par-delà la disparition de sa mère, les acteurs d'un drame dont elle aurait pu être l'innocente victime.

Un premier roman étonnamment maîtrisé alliant une profondeur psychologique impressionnante et une dimension fantastique créée par l'omniprésence de la mer et des légendes gaéliques. Un ton nouveau, une voix originale : une réussite.

Achevé d'imprimer sur presse Cameron
par **Bussière Camedan Imprimeries**
à Saint-Amand-Montrond (Cher)
en mai 1999

N° d'édition : 6751. N° d'impression : 992180/1.
Dépôt légal : mai 1999.

Imprimé en France